LE RUBIS
DE
JEANNE LA FOLLE

IV

Le boiteux de Varsovie

JULIETTE BENZONI

LE RUBIS DE JEANNE LA FOLLE

IV

Le boiteux de Varsovie

FRANCE LOISIRS
123, boulevard de Grenelle, Paris

Une édition du Club France Loisirs, Paris,
réalisée avec l'autorisation des Éditions Plon.

ISBN : 2-7441-0942-8

À Michel de Grèce
qui sait si bien élargir les horizons...

Première partie

LE MENDIANT DE SÉVILLE

1924

CHAPITRE 1

UNE ÂME EN PEINE

La fête avait quelque chose de magique. Peut-être parce que, ce soir, elle naissait de la plus pure tradition andalouse traduite à miracle par la voix exceptionnelle d'un enfant...

Assis sur une chaise près de la fontaine, vêtu d'un costume noir et d'une chemise blanche, les mains posées bien à plat sur les cuisses, le cou tendu et les yeux levés comme pour interroger les étoiles haut plantées dans la voûte bleue du ciel, Manolo, indifférent à la foule qui l'entourait, laissait jaillir sa voix pure en une *soleá* d'une grande beauté. À son côté, le guitariste debout, un pied posé sur un tabouret, se penchait vers lui avec une sorte de sollicitude.

Vrai filigrane sonore, la phrase musicale s'élançait limpide, coupée d'étranges plaintes, puis reprenait son vol. L'assistance retenait son souffle, envoûtée par une si parfaite expression du « cante jondo », le « chant profond » venu du fond des âges où se rejoignaient la musique liturgique de Byzance, celle des rois maures de Grenade et l'apport fougueux des bandes gitanes immigrées au XVe siècle. C'était la racine même du flamenco avant l'apport des cafés de Triana ou du Sacro Monte ; un extraordinaire moment d'art pur...

Comme un charme qui se brise, la ligne mélodique cassa net, générant un instant de silence suivi d'un tonnerre d'applaudissements sous lequel le jeune garçon salua gravement.

Il n'avait pas quatorze ans mais déjà il était célèbre. Deux ans plus tôt, ce gamin gitan remportait haut la main le concours de chant que venaient de fonder, à Grenade, le poète Federico Garcia Lorca et le musicien Manuel de Falla. Depuis on se l'arrachait. Tout au moins, on essayait. Ceux qui veillaient à la jeune carrière du petit chanteur opéraient une rigoureuse sélection. Mais quelle barrière pouvait résister à doña Ana, dix-septième duchesse de Medinaceli, dès l'instant où elle avait décidé d'en faire le clou de la soirée que, en l'honneur de la Reine, elle donnait pour la San Isidro ?

Debout à quelques pas des deux dames dans le grand patio illuminé par des centaines de bougies et de petites lampes à huile qui exaltaient la splendeur des azulejos, le prince Morosini oubliait volontiers le chanteur pour mieux contempler l'hôtesse et son invitée, tant leur beauté quasi nordique tranchait parmi les peaux et les chevelures brunes. Blonde en effet comme on l'est à Venise, les traits ciselés par un burin délicat autour de grands yeux clairs, la femme la plus titrée d'Espagne après la duchesse d'Albe se tenait debout auprès du fauteuil de sa souveraine dont les trente-six ans et les sept maternités n'atténuaient en rien la beauté. La blondeur anglaise de la Reine, son teint de camélia et ses yeux d'aigue-marine s'accommodaient à merveille du haut peigne andalou et des dentelles qui en coulaient. Liées par une véritable amitié — la reine Victoria-Eugénia était la marraine de la petite Maria-Victoria, fille de la duchesse qui occupait la charge de dame d'honneur — un âge à peu près semblable et un même sens de l'élégance, les deux femmes semblaient vraiment sorties d'un tableau de Goya dont l'œuvre et l'époque servaient de thème à la magnifique fête donnée à la Casa de Pilatos, le palais sévillan des Medinaceli dont le charme enchantait Morosini.

Ce n'était pas la première fois qu'il venait à Séville, mais lorsqu'il y était arrivé, l'avant-veille, c'était dans les bagages de la Reine, sur la chaleureuse invitation du Roi son époux.

— Tu viens de me rendre un grand service, Morosini, avait déclaré Alphonse XIII qui tutoyait en général les gens qui lui plaisaient, et pour te remercier, je t'en demande un autre : accompagne ma femme en Andalousie ! Elle se sent un peu accablée par l'Espagne, ces temps-ci. Ta présence sera une agréable diversion... Il y a des moments où l'Angleterre lui manque !

— Mais je ne suis pas anglais, Sire, objecta Morosini peu tenté par l'idée de se retrouver noyé dans les méandres de la sévère étiquette de cour.

— Tu es un Vénitien mâtiné de Français. C'est presque aussi bien si l'on y ajoute que tu ne considères pas le thé comme un poison violent et que tu détestes la corrida autant qu'elle... Et comme, de toute façon, tu ne peux pas loger sous le même toit, on va te retenir une suite à l'Andalucía Palace où tu seras mon invité. Je te dois bien ça, ajouta le Roi en cueillant sur son bureau un objet magnifique : une coupe d'agate cerclée d'or et de pierres précieuses dont l'anse était formée par un cupidon d'ivoire et d'or chevauchant une chimère émaillée... le « service » dont on remerciait Aldo.

Deux mois plus tôt, les talents de Morosini avaient été requis par les héritiers d'un prince napolitain trop désargenté pour que sa famille, déçue dans ses espérances, hésite à « bazarder » l'incroyable accumulation d'objets de toute sorte entassés dans son palais délabré. Il y avait de tout là-dedans depuis des animaux empaillés, des cages vides et d'affreux objets en similigothique jusqu'à de ravissants cristaux, une collection de tabatières, quelques tableaux et surtout une coupe ancienne exceptionnelle qui décida Morosini à acheter le tout avant de céder à un brocanteur la plus grande partie de ses acquisitions, gardant seulement les tabatières et la coupe qui lui rappelait quelque chose.

Le vague souvenir devint certitude après un long tête-à-tête avec de vieux bouquins dans la paix de sa bibliothèque : l'objet avait appartenu au Grand Dauphin, fils du roi de France Louis XIV. Collectionneur impénitent, le prince raffolait des coupes, plats et coffrets représentant ce qui se faisait de plus précieux aux temps de la Renaissance et du baroque. À sa mort, survenue à Meudon le 14 avril 1711, le Roi-Soleil décida qu'en dépit de l'abandon fait par lui de ses droits au trône de France, le fils cadet du Grand Dauphin, devenu le roi Philippe V d'Espagne, devait recevoir au moins un souvenir de son père. Aussi le trésor, emballé dans de somptueux coffres de cuir timbrés aux armes de l'héritier défunt, prit-il sous bonne escorte le chemin de Madrid. Il devait y rester jusqu'au règne plutôt bref de Joseph Bonaparte, dont Napoléon Ier son frère avait fait un roi d'Espagne. Peu délicat, celui-ci, en abandonnant son trône, rapatria la collection à Paris.

Lorsqu'il succéda à l'Empereur, Louis XVIII aurait pu considérer que, rassemblé en France par l'un de ses aïeux, le trésor devait y rester, mais il choisit, pour essayer de rétablir des relations détériorées par la tempête corse, de le renvoyer à Madrid. Malheureusement, l'emballage ne fut guère soigné : plusieurs pièces furent endommagées ou brisées durant le transport. Pis encore : une douzaine d'entre elles disparut... La coupe d'agate ornée de vingt-cinq rubis et de dix-neuf émeraudes était du nombre.

Ayant ainsi identifié son acquisition, Aldo pensa qu'il serait bon de la céder à la Couronne espagnole afin qu'elle rejoignît ses sœurs rescapées de tant de tribulations au palais du Prado. Il écrivit au roi Alphonse XIII et reçut, en réponse, une invitation.

Ce ne fut certes pas une bonne opération financière : les rois se font volontiers tirer l'oreille pour ouvrir leur bourse, notamment pour acheter ce qu'ils considèrent comme leur appartenant. L'Espagnol ne faisait pas exception : il feignit de croire qu'il s'agissait d'un présent, embrassa le Vénitien sur les deux joues, lui conféra l'ordre d'Isabelle II avec une émotion qui fit même couler une larme le long de son imposant nez bourbonien et l'admit définitivement « en son particulier ». Autrement dit, Morosini fut traité en ami, accompagna le Roi dans quelques-unes des courses folles qu'il aimait exécuter avec les puissantes voitures dont il raffolait et, surtout, le suivit à la chasse, ce qui lui permit de constater qu'Alphonse XIII possédait un œil d'aigle et une incroyable rapidité de tir. Ainsi, chassant au vol avec trois fusils et deux « chargeurs », Sa Majesté Très Catholique réussissait souvent le coup de cinq : deux devant, deux derrière et le cinquième n'importe où ! Stupéfiant ! C'était très certainement le meilleur fusil d'Europe, mais comment, après une semaine de tels privilèges, oser présenter une facture comme un simple boutiquier ? Aldo passa la coupe aux profits et pertes et prit la route de Séville en compagnie de Victoria-Eugénia, heureux de revoir les Medinaceli et la Casa de Pilatos, l'une des plus belles demeures érigées sous le ciel d'Espagne.

Construite dans le style mudéjar bien qu'elle eût été commencée à la fin du XVe siècle, la Casa enfermait entre ses murs sévères deux jardins foisonnants où chantaient des fontaines, divers bâtiments, une cour d'honneur et un admirable patio — celui-là même où se tenait le chanteur —, des galeries ajourées et une décoration mauresque où les azulejos tenaient une grande place. Un peu trop même au goût de Morosini qui n'appréciait pas outre mesure une telle débauche de ces plaques de faïence diversement dessinées et colorées. L'ensemble possédait cependant un charme indéniable.

Quant au nom, si ce palais de sultane portait celui du trop célèbre procurateur de Judée, il le devait à don Fadrique Enriquez de Ribeira, premier marquis de Tarifa, qui, ayant effectué un voyage en Terre sainte, voulut que sa maison ressemble à celle de Pilate. Une légende peut-être mais qui persista, et le palais devint chaque année, pendant la semaine sainte, le point de départ d'une sorte de « via dolorosa » serpentant à travers Séville dont il faut bien dire que la partie médiévale ressemble à Jérusalem, avec ses maisons blanches refermées sur elles-mêmes, ses jardins secrets et ses cours noyées d'ombre.

Frénétiquement applaudis, chanteur et guitariste s'étaient retirés après avoir eu l'honneur d'être présentés à leur reine. Morosini en profita pour reculer discrètement dans l'assistance ; le moment lui semblait propice pour aller contempler de plus près un tableau placé dans un petit salon des appartements d'hiver qu'il n'avait fait qu'entrevoir.

Silencieux sur les minces semelles de ses souliers vernis, il grimpa l'escalier qui s'élevait en larges volées dans une cage habillée de céramiques de couleur en un style mauresque adapté au goût de la Renaissance, gagna la pièce en question mais s'arrêta au seuil avec une grimace de déception : quelqu'un avait eu la même idée que lui et se tenait devant le portrait, celui de cette reine d'Espagne que l'on appelait Jeanne la Folle et qui était la mère de Charles Quint.

Œuvre du Maître de *La Légende de la Madeleine*, c'était un ravissant portrait peint quand la fille des Rois Catholiques était toute jeune et l'une des plus jolies princesses d'Europe. Le terrible amour qui la conduirait aux portes de la folie ne l'avait pas encore emportée. Quant à la femme qui se tenait là et dont les mains caressaient le cadre, sa silhouette offrait une curieuse ressemblance avec celle du tableau. Sans doute parce qu'elle était coiffée et habillée de la même façon, celle du XVe siècle.

Morosini pensa qu'il avait affaire à une originale puisque, ce soir, c'était Goya que l'on avait choisi pour thème. Le costume n'en était pas moins somptueux : la robe et le voile de tête étaient en velours pourpre, brodés d'or : des vêtements dignes d'une princesse. La femme elle-même semblait jeune et belle.

Approchant sans bruit, Aldo constata que les longues mains d'une extraordinaire blancheur abandonnaient le cadre pour toucher le bijou que Jeanne portait au ras du cou, un large médaillon d'or ciselé autour d'un gros rubis cabochon. Elles le caressaient à présent, et l'observateur crut entendre un gémissement. C'était ce joyau que le prince-antiquaire voulait examiner de plus près. Par sa forme et sa taille, il lui rappelait d'autres pierres.

Intrigué au plus haut point, il voulut aborder l'inconnue, mais cette fois elle l'entendit, tourna vers lui l'un des plus beaux visages qu'il eût jamais vu : perfection d'un ovale pâle et insondable profondeur de deux yeux immenses et sombres, si grands que la femme semblait presque porter un masque. Et ces yeux étaient noyés de larmes.

— Madame, commença-t-il...

Il n'alla pas plus loin : avec un geste d'effroi, la femme s'enfuit vers les ombres amassées au fond de la pièce peu éclairée. Ce fut si subit qu'elle parut s'y fondre, mais déjà Morosini était sur sa trace. Revenu à l'escalier, il la vit arrêtée à mi-hauteur comme si elle l'attendait :

— Ne partez pas ! pria-t-il. Je veux seulement vous parler.

Sans répondre, elle continua de glisser le long des marches, s'engagea dans la cour d'honneur, s'arrêta de nouveau près du portail. Aldo retint l'un des serviteurs qui se dirigeait vers le patio avec un plateau chargé de coupes de champagne :

— Cette dame, dit-il, la connaissez-vous ?

— Quelle dame, señor ?

— Celle qui se tient là-bas, près de l'entrée, dans cette extraordinaire robe rouge et or...

L'homme regarda le prince avec une vague commisération :

— Pardonnez-moi, señor, mais je ne vois personne...

D'un geste instinctif, il écartait un peu son plateau, persuadé que cet élégant personnage en habit — Morosini ne se déguisait jamais — n'était déjà plus dans son état normal.

— Vous ne la voyez pas ? fit Aldo abasourdi. Une femme ravissante vêtue de velours pourpre ?... Et tenez, elle fait un geste de la main ?

— Je vous assure qu'il n'y a rien ! gémit le domestique soudain apeuré, mais si elle vous fait signe, il faut la suivre !... Veuillez m'excuser !

Ayant dit, il disparut comme un feu follet, réalisant avec son plateau dont les verres s'entrechoquaient comme des dents qui claquent un miracle d'équilibre. Morosini haussa les épaules et tourna la tête : la femme était toujours là et faisait signe de nouveau. Aldo n'hésita pas une seconde : si mystère il y avait, ce mystère-là était beaucoup trop séduisant. Il se dirigea vers le porche au moment même où l'inconnue le franchissait. Il crut un instant l'avoir perdue, mais elle s'était contentée de tourner un angle de rue et il la vit soudain arrêtée près d'une fontaine d'où elle renouvela son geste d'invite avant de s'enfoncer à travers un dédale de rues et de places. Séville n'obéissait à aucun plan, éparpillant ses palais, ses maisons, ses jardins dont le vert intense tranchait sur le blanc pur ; l'ocre des bâtisses et le rose tendre des toits. Sauf aux heures les plus lourdes du soleil, la ville débordait d'une vie exubérante que la nuit n'éteignait pas. Son velours bleu piqué d'étoiles renvoyait ici ou là l'écho d'une guitare, une chanson fredonnée, des rires ou le claquement allègre des castagnettes dans quelque posada.

La femme en rouge allait toujours, de façon si capricieuse que Morosini, complètement perdu, se demanda si elle ne brouillait pas les pistes, revenant peut-être sur ses pas. N'avait-on pas vu déjà ce palmier solitaire au-dessus du mur d'un jardin ? Et cette dentelle de fer forgé tendue devant une fenêtre au pied de laquelle poussaient des roses ?

Découragé, inquiet aussi, il fut tenté de renoncer, s'assit sur un ancien montoir à chevaux : les pavés inégaux dont certains n'étaient que les galets du Guadalquivir n'étaient guère tendres pour des souliers de soirée. Une bonne paire d'espadrilles aurait été tellement plus confortable ! Et pourtant Morosini repartit...

s'enfonça dans une ruelle sombre à l'entrée de laquelle s'était arrêtée la dame en rouge. Elle esquissait toujours le même geste d'appel, mais cette fois elle souriait et ce sourire fit oublier au Vénitien ses pieds douloureux. Sans doute s'agissait-il d'une infernale coquette, pourtant elle était si belle qu'il était impossible de lui résister.

La nuit était plus sombre dans le quartier sur lequel débouchait le boyau. Les maisons étaient moins pimpantes, plus vieilles aussi. Sur leurs murs gris et lépreux, l'odeur d'orangers en fleur qui enveloppait Séville se mêlait à celle, âpre et fétide, de la misère. Et Morosini n'eut même pas le temps de se demander ce qu'une femme en robe de bal venait faire dans cet endroit qu'elle avait disparu à l'intérieur d'une bâtisse menaçant ruine mais gardant les traces d'une antique splendeur et se complétant d'un jardin sauvage. Le tout occupait l'angle d'une placette ennoblie d'une petite chapelle.

Décidé à poursuivre l'aventure jusqu'au bout, Morosini pensait avoir facilement raison du vantail fendu, mais le bois résista. Il y appuyait son épaule pour se forcer un passage quand, derrière lui, une voix s'éleva :

— Ne faites pas cela, señor ! À moins que vous ne teniez à ce qu'il vous arrive malheur...

Brusquement retourné — il ne l'avait pas entendu venir — Aldo, un sourcil relevé, considéra l'étrange personnage sorti de nulle part qui l'abordait. Avec sa figure osseuse allongée d'une courte barbe, son crâne rasé, ses pommettes accusées et l'espèce de souquenille rouge dont les trous montraient du linge qui avait l'air blanc, il ressemblait au Porteur d'eau de Vélasquez, mais ses oreilles en pointe, son œil flambant sous une lourde paupière et le pli sardonique de sa bouche mince évoquaient quelque diable sur le point de jouer un mauvais tour. Ce qui laissa Morosini tout à fait froid :

— Pourquoi m'arriverait-il malheur ?

— Parce que c'est la nuit du 15 mai, fête de San Isidro, l'archevêque de Séville qui fut aussi un grand savant, que c'est aussi la nuit de sa mort à elle...

— Sa mort ? Vous voulez dire que cette jeune femme, si belle, n'est pas vivante ?

— Elle l'est toujours, d'une certaine façon, et surtout cette nuit-là, la seule de l'année où elle puisse sortir de sa maison pour chercher celui qui la délivrerait de sa malédiction. Ceux qu'elle réussit à entraîner n'en reviennent pas ou perdent la raison parce que personne ne veut l'aider et qu'alors elle se fâche... Heureusement, tout le monde ne peut pas la voir : il faut pour cela une... sensibilité particulière...

— Comment savez vous cela ?

— Parce qu'une nuit, il y a dix ans, j'ai suivi le dernier malheureux qu'elle a pu entraîner dans son repaire. Ce que j'ai vu et entendu m'a terrifié — et croyez-moi señor, je suis brave mais là, je me suis enfui. Juste à temps, je pense. Depuis, je veille...

— Vous passez la nuit près de cette maison ?

— Oui. J'habite à côté. Le jour, je mendie devant la cathédrale, mais tant que brille le soleil il n'y a rien à craindre et il m'arrive quelquefois d'aller rêver dans le jardin en friche. La porte ne tient qu'à peine...

— Si l'endroit est tellement mauvais, comment se fait-il qu'on ne l'ait pas encore brûlé ou rasé ?

— Parce que personne n'accepterait de s'en charger par crainte du mauvais sort. C'est toujours dangereux de s'en prendre au logis d'un fantôme. Mais voulez-vous me permettre une question, señor ?

— Pourquoi pas ? soupira Morosini, séduit par les manières de ce mendiant aussi fier et digne qu'un hidalgo.

— Où avez-vous rencontré Catalina ?

— C'est son nom ?

— Oui. Elle était la fille de Diego de Susan, l'un des plus riches *conversos*[1] de la ville qui fut aussi l'une des premières victimes de l'Inquisition... mais vous ne m'avez pas répondu.

— Excusez-moi ! C'était à la Casa de Pilatos. Pendant la fête qui s'y déroulait dans le patio et les jardins, je suis monté à l'étage pour revoir un tableau qui m'intéressait. Elle était là, devant ce portrait qu'elle caressait. Elle s'est enfuie en me voyant et moi je l'ai suivie.

— Ce portrait c'est celui de Juana la Loca, la reine folle ?

— En effet. Y a-t-il un lien avec elle ? Votre Catalina est habillée de la même façon...

— Oui, bien que les deux femmes ne se soient jamais vues. La princesse avait deux ans au moment du drame et ce n'est pas à elle que s'attache l'affection de Catalina mais au bijou qu'elle porte. Vous avez dû remarquer à son cou le médaillon qui enchâsse un gros rubis ?

— Je l'ai remarqué, affirma Aldo qui se garda bien de préciser que c'était justement ce qu'il souhaitait examiner de plus près.

— C'est lui que cette malheureuse est condamnée à retrouver pour obtenir sa délivrance... mais c'est une longue et triste histoire et il se fait tard, señor !...

— J'aimerais pourtant l'entendre. Ne pourrions-nous aller quelque part boire un verre de xérès ou de manzanilla ?

1. Juifs convertis au catholicisme.

Tout en parlant, il fit surgir un billet au bout de ses doigts, Le mendiant se mit à rire, découvrant des dents presque aussi blanches que celles de son interlocuteur :

— Il est certain que nous aurions un grand succès, vous en tenue de soirée et moi dans mes oripeaux ! Cependant, j'accepterai volontiers cet argent... mais demain, quand vous serez vêtu de façon moins voyante !

— D'accord ! Où et quand ?

— Ici même. Disons... vers trois heures ? C'est l'heure chaude, il n'y aura pas grand monde. Je vous attendrai devant la chapelle.

— Et où irons-nous ?

— Nulle part nous ne serons plus tranquilles que dans ce jardin inculte. Si vous n'avez pas peur...

— Au contraire ! J'entrerais même volontiers maintenant.

— Ne m'obligez pas à recommencer ! soupira le mendiant : il n'est jamais bon de défier les forces inconnues. Demain vous saurez... ce que je sais tout au moins. Vous retournez à la Casa de Pilatos ?

— Sans doute. J'ai l'impression d'en être absent depuis des heures...

— Venez. Je vais vous trouver une voiture qui vous ramènera.

Un moment plus tard, Morosini réintégrait la fête. On en était au souper, servi dans le grand jardin sous les arceaux fleuris et les palmes d'une végétation quasi tropicale. Le bruit des rires et des conversations sur fond musical emplissait la nuit et, du coup, Morosini hésita sur la conduite à tenir : arrivant bon dernier, il pouvait difficilement se mettre à la recherche de sa place à table dès l'instant où la Reine présidait : le protocole s'y opposait.

Il choisit d'attendre, gagna le petit jardin illuminé mais désert, s'y installa sur un banc couvert de faïence jaune et entreprit de fumer le contenu de son porte-cigarettes. C'est là que le découvrit l'une des dames de la Reine :

— Comment, prince, vous êtes ici ? Mais on vous a cherché partout. Sa Majesté a même montré quelque inquiétude. Seriez-vous souffrant ?

— Un peu, oui ! Voyez-vous, doña Isabel, je suis sujet, parfois, à des névralgies fort douloureuses qui font de moi un compagnon peu agréable. Cela m'a pris pendant le concert et je me suis écarté...

Quand il s'agit d'un homme séduisant, la plus revêche des douairières a toujours de la pitié à revendre. Et celle-ci n'en était pas une.

— Il fallait me prévenir et partir. Sa Majesté vous aime bien et ne tient pas à vous voir souffrir : j'aurais présenté vos excuses... C'est d'ailleurs ce que je vais faire, ajouta-t-elle après avoir contemplé un instant le visage crispé du prince. Nous allons demander une voiture et l'on vous ramènera à votre hôtel. Je me charge de tout ! Demain vous viendrez à l'Alcazar offrir vos regrets...

— J'accepte volontiers votre secours, encore que partir sans le congé de la Reine...

— Je l'obtiendrai pour vous. Elle comprendra. Venez ! Je vais faire avancer l'une de nos voitures.

Quelques instants plus tard Morosini enchanté de son stratagème roulait vers l'Andalucía Palace au trot allègre d'une calèche à sonnailles et pompons rouges et jaunes qui lui parut le comble du confort : après sa galopade en souliers vernis dans les ruelles il ne sentait plus ses pieds. Grâce à la chère doña Isabel, il était libre de consacrer ses pensées à sa prochaine rencontre avec le mendiant. Une rencontre dont son instinct de chasseur lui soufflait qu'elle pourrait bien ouvrir une piste intéressante. Et, depuis deux ans, il n'en était pas de plus passionnantes que celles menant à l'une ou l'autre des pierres précieuses volées il y a bien longtemps au pectoral du Grand Prêtre, au Temple de Jérusalem [1]. À cette heure il n'en manquait plus qu'une : un gros rubis cabochon. Ce rubis était la raison pour laquelle Aldo avait voulu examiner en toute tranquillité le portrait de Jeanne la Folle : celui que la mère de Charles Quint portait au cou possédait tous les caractères du joyau disparu...

Depuis deux ans, en effet, Morosini courait l'Europe en compagnie de son ami l'égyptologue Adalbert Vidal-Pellicorne. Ils étaient parvenus à retrouver trois des pierres manquantes : le saphir, le diamant et l'opale. Celui qui les avait lancés dans cette quête, Aldo l'avait rencontré dans les souterrains du ghetto de Varsovie. C'était un Juif boiteux doté d'une vaste culture et d'une grande sagesse, possédant même le don de clairvoyance, et il était de ceux qui savent s'attacher les hommes. L'histoire que Simon Aronov raconta au prince antiquaire était de celles qu'on ne peut écouter d'une oreille indifférente dès l'instant où l'on est jeune, courageux, passionné de joyaux anciens et doué pour l'aventure : le peuple d'Israël dispersé à travers le monde ne retrouverait sa terre natale et ses droits souverains que si le pectoral au complet réintégrait la mère patrie. De même prendrait fin le pouvoir maléfique des pierres sacrées volées pour la première fois par les soldats de Titus. Et Dieu sait si elles étaient malfaisantes ! Leur beauté, leur grande valeur aussi suscitaient la convoitise

1. Voir tomes I, II et III.

des hommes comme des femmes, et tout au long des siècles leurs traces étaient souillées de sang.

Aldo lui-même avait eu à en souffrir : sa mère, la princesse Isabelle à qui ses ancêtres avaient légué le saphir, était morte assassinée. Comme avait été assassiné sir Eric Ferrals, le richissime marchand de canons, et par les soins de son beau-père — peut-être par sa propre femme ! — le comte Solmanski, l'ennemi juré du Boiteux, lancé comme lui sur la piste des joyaux perdus. Tout aussi néfaste était la Rose d'York, le diamant du Téméraire, le duc de Bourgogne à la destinée shakespearienne : une demi-douzaine de cadavres rien qu'après l'annonce de sa mise en vente à Londres. Sans compter une victime de Jack l'Éventreur et quelques autres ! Quant à l'opale, liée à la légende tragique des Habsbourg, passant par celle de l'éblouissante Sissi et de son fils Rodolphe, elle avait laissé quatre cadavres sur la terre autrichienne au cours du seul automne précédent. Chaque fois, les deux chercheurs rencontrèrent la main criminelle de Solmanski.

En ce qui le concernait, Morosini avait payé sa bonne part. Non content d'avoir fait une meurtrière d'Adriana Orseolo, la cousine préférée d'Aldo, Solmanski avait réussi au moyen d'un chantage ignoble à le contraindre lui, prince Morosini, à épouser sa fille, la ravissante mais inquiétante Anielka, veuve de sir Eric Ferrals probablement empoisonné par elle bien que le tribunal d'Old Bailey n'ait pu prouver sa culpabilité.

Ironie du sort : Aldo se retrouvait l'époux d'une femme dont il était fou avant de découvrir qu'il ne l'aimait plus. Si même il l'avait réellement aimée ? C'est si facile de confondre le désir et l'amour...

De retour à l'Andalucía, Aldo alla boire un dernier verre au bar. Un bon moyen de chasser les idées sombres qui lui venaient quand il pensait à celle qui portait son nom. Avec grâce d'ailleurs ! Sa beauté blonde, fragile et délicate, attirait les hommes autant qu'un pot de miel attire les mouches. On l'enviait à Morosini. Certains le jalousaient et personne ne comprendrait que le mariage restât blanc mais jamais il ne manquerait au serment fait aux mânes de sa mère assassinée, jamais il ne donnerait à la fille du meurtrier le triomphe de continuer la lignée de l'une des plus nobles et des plus anciennes familles de Venise. Il savait qu'il ne pourrait pas regarder ses enfants en face s'ils avaient Roman Solmanski pour grand-père...

À cette situation, il existait une solution : l'annulation en cour de Rome d'un mariage contracté sous la contrainte et non consommé. La décision d'Aldo était prise : il allait entamer la procédure.

S'il ne l'avait pas fait au lendemain de son mariage, c'était surtout par pitié pour celle qu'il avait dû jurer, devant Dieu, d'aimer et de protéger. Et cela, justement parce qu'il l'avait aimée au point de tout risquer pour la posséder.

En effet, la situation de la jeune femme était peu enviable malgré la présence de sa fidèle femme de chambre, Wanda, qui s'occupait d'elle depuis l'enfance. Supportée plus qu'acceptée dans un palais qui se refusait à être son foyer, tenue à distance par un mari qu'elle disait aimer, elle devait endurer l'angoisse suscitée par le sort de son père, emprisonné en Angleterre et dans l'attente d'un procès pour meurtre qui risquait de le conduire à la potence. Que le comte Solmanski fût un être abject ne changeait rien à l'image qu'en gardait sa fille et, si Morosini se réjouissait de voir son ennemi abattu, on ne pouvait demander à Anielka de partager ce sentiment. Aussi, tant que la sentence ne serait pas rendue, l'époux forcé n'enverrait pas sa demande d'annulation. Simple question d'humanité ! Mais ensuite, que Solmanski soit mort ou vivant, Aldo ferait tout pour récupérer sa liberté.

Qu'en ferait-il ? Pas grand-chose sans doute. La seule femme pour laquelle il l'eût abdiquée avec enthousiasme s'était éloignée de lui à tout jamais. Elle devait le mépriser, le détester, et cela aussi était de sa faute, il avait découvert beaucoup trop tard à quel point il aimait l'ex-Mina van Zelden, muée en une adorable Lisa Kledermann...

Découvrant que la fine champagne réveillait les souvenirs au lieu de les étouffer, Morosini abandonna le bar, monta dans sa chambre et, sans même accorder un regard au magique paysage nocturne de Séville, il se mit au lit avec la ferme intention de dormir : c'était la meilleure façon d'user le temps jusqu'à sa rencontre avec le mendiant.

L'homme était au rendez-vous. En arrivant sur la placette, Morosini l'aperçut accroupi à l'entrée de la chapelle dans sa souquenille couleur de corail. L'endroit étant désert, il ne mendiait pas et même semblait dormir. Pourtant, il se leva dès qu'apparut celui qu'il attendait et lui fit signe d'aller vers la maison où il le rejoignit.

Dans la lumière crue d'un soleil déjà africain, la lèpre et les blessures de la bâtisse étalaient leur misère sans pourtant rien enlever d'une sorte de beauté farouche, mais Morosini savait que nulle part au monde les haillons ne se portent avec plus d'orgueil qu'en Espagne.

Sans dire un mot, le mendiant sortit une clé de ses hardes et s'en servit pour ouvrir une porte plus solide qu'elle n'en avait l'air :

— Vous voyez qu'à moins d'être un esprit on n'entre pas si facilement, dit le mendiant. Mais Catalina n'a pas besoin de clés, elle !

— Et ceux qui la suivent, comment font-ils ?

— Le diable l'ouvre pour eux... Cette nuit, vous auriez pu entrer si je n'étais intervenu.

Le jardin avait dû être ravissant. Les céramiques bleues et jaunes qui en marquaient les chemins étaient éclatées, décolorées, parfois réduites en poudre mais, en ce beau printemps, la végétation plus vivace que jamais changeait les anciens massifs en une petite jungle délirante et parfumée. Une large pierre usée qui avait été un banc couvert d'azulejos bleus accueillit les deux hommes sous un oranger obstiné dont les fleurs blanches embaumaient. Tout ce joli fouillis cachait bien les blessures de la vieille maison.

— Je ne sais pas si le diable a ici son logis, remarqua Morosini, mais il offre quelques ressemblances avec un paradis...

— Dommage seulement qu'il n'y ait rien à boire ! fit le mendiant. On est presque en terre d'Islam, ici, et les houris de Mohammed se montraient plus généreuses.

— Il n'y a qu'à parler, dit Morosini en tirant d'un sac de voyage qu'il portait avec lui deux porons de manzanilla enveloppés de linge humide pour leur conserver de la fraîcheur.

Il en tendit un à son compagnon.

— Señor, vous savez vivre ! dit celui-ci en renversant la tête pour s'envoyer, d'un geste habitué, une longue rasade au fond du gosier.

Aldo en fit autant mais plus modérément :

— J'ai pensé, fit-il, que votre mémoire se sentirait plus à l'aise en s'humectant un peu. À présent, si vous

vous sentez bien, parlez-moi de cette Catalina dont la beauté m'a frappé.

— Il en a toujours été ainsi ! Dans le dernier quart du XVe siècle, elle était la plus jolie fille de Séville et peut-être même de toute l'Andalousie. Et comme son père était fort riche, elle possédait tous les moyens de mettre cette beauté en valeur : elle s'habillait comme une princesse...

— Vous m'avez dit que ce père était un *converso.* Cela veut dire converti, je suppose ?

— Oui, mais pas n'importe lequel : un Juif converti. Il faut savoir qu'à aucune époque depuis le sac d'Israël par Titus, les Juifs ne furent aussi près de bâtir une nouvelle Jérusalem qu'au Moyen Âge et dans ce pays. Leur échec définitif fut l'œuvre d'Isabelle la Catholique. D'abord, ils jouèrent un rôle important dans la venue des Sarrasins d'Afrique vers l'an 709 et ils en furent récompensés. Sous les califes, et en dépit de persécutions spasmodiques, ils obtinrent leur plus haut degré de prospérité. Ils excellaient en médecine comme en astrologie, et, par leurs coreligionnaires d'Afrique, ils se procuraient les drogues, les épices, tous les moyens d'un commerce générateur de richesse... mais je vous ennuie peut-être, señor ? J'ai l'air de vous faire un cours d'histoire et...

— Tout à fait nécessaire, le cours, et pas du tout dépourvu d'intérêt. Continuez donc !

Ainsi encouragé, le mendiant lui sourit, s'octroya une nouvelle rasade, s'essuya la bouche à sa manche et reprit :

— Quand les chrétiens réoccupèrent peu à peu la péninsule, les Juifs ne s'en trouvèrent pas troublés. Même quand le roi Ferdinand III, dit le Saint, reconquit Séville en 1248, il leur donna quatre mosquées pour s'en faire des synagogues et les quartiers les plus riches pour s'y installer, sous deux conditions : ne pas insulter la religion du Christ et s'abstenir de tout prosélytisme. J'ai le regret de dire qu'ils ne respectèrent pas leur promesse...

— Le regret ? Pourquoi ?

— Je suis juif, moi aussi, fit le mendiant avec simplicité. Diego Ramirez, pour vous servir. Et je n'ai jamais aimé trouver mes coreligionnaires en faute. Mais c'est un fait patent qu'ils purent violer la loi autant qu'ils le voulurent. Ils étaient devenus tellement riches qu'ils prêtaient aux rois. Alphonse VIII fit même de l'un d'eux son trésorier, et progressivement le gouvernement passa en grande partie dans leurs mains. On dit même que le roi Pierre le Cruel, qui séjourna souvent ici, était un Juif substitué au berceau à l'héritière légitime par la reine Marie, menacée de mort par son époux si elle ne lui donnait pas de fils. Sa mort fut un premier malheur pour les enfants d'Israël mais un malheur plus terrible encore les guettait : la grande peste, la Mort noire qui extermina en deux ans la moitié de l'Europe. Les foules affolées les en rendirent responsables, en les accusant d'avoir empoisonné les puits. Les massacres commencèrent, en dépit des menaces d'excommunication du pape Clément VI. Ici, dans la Juderia, quatre mille de ses habitants furent exterminés, les autres contraints à se convertir.

« Ce fut l'origine d'une nouvelle classe de la société, les *conversos,* mais s'il y eut quelques conversions sincères, la plus grande partie n'avait abandonné que du bout des lèvres le culte ancestral. Cependant, ils comprirent vite que c'était leur seule chance de retrouver fortune et puissance. En feignant d'être chrétiens, ils pouvaient accéder à tous les postes, entrer dans l'Église et même se marier dans les familles nobles. Et ils gravirent si rapidement les échelons qu'ils redevinrent un État dans l'État. Certains poussaient même l'hypocrisie jusqu'à malmener leurs frères pauvres demeurés fidèles à la loi de Moïse, sans pour autant renoncer à suivre les cérémonies juives.

« Cette situation aurait pu durer longtemps. Malheureusement, sûrs de leur puissance et de leurs fortunes soutenues par une Église dont une bonne partie leur était dévouée, ils se cachèrent de moins en moins, pratiquèrent le blasphème quasi officiel, la dérision et affichèrent un manque total de scrupules. Le reste du peuple les haïssait autant qu'il les redoutait, mais leur plus grande faute fut de n'avoir pas mesuré à sa juste valeur la jeune reine Isabelle en qui sommeillaient toutes les qualités d'un grand chef d'État...

— Ah ! fit Morosini, je sens que nous allons bientôt parler de l'Inquisition...

— Eh oui ! Un jour de septembre 1480, Isabelle la Catholique ouvrit l'un des tiroirs du cabinet où elle renfermait ses papiers d'État et en tira un document qui reposait là depuis environ un an. C'était un parchemin muni d'un sceau de plomb attaché à des rubans de soie aux couleurs papales : la bulle autorisant les souverains espagnols à instaurer chez eux un sévère tribunal ecclésiastique. Le document était daté du 1er novembre 1478 mais la Reine, dans sa sagesse, avait longuement réfléchi, longuement différé sa promulgation. Cette fois, elle lança l'arme redoutable qu'elle gardait dans le secret de ses appartements...

Diego Ramirez s'étant interrompu une fois encore pour se désaltérer, Morosini commença à se demander s'il lui resterait assez de lucidité pour entamer l'histoire qui l'intéressait au premier chef.

— Si je vous ai bien compris, fit-il, voilà le décor planté, l'atmosphère créée... Venons-en s'il vous plaît à cette Catalina...

— J'y arrivais, soyez sans crainte. Entre la création de l'Inquisition et le drame qui nous occupe, trois mois seulement se sont écoulés. Les deux premiers inquisiteurs, les frères Juan de Saint-Martin et Miguel de Morillo, ordonnèrent l'arrestation des *conversos* les plus suspects. Des moines dominicains constituèrent leur tribunal qu'ils transportèrent dans la forteresse de Triana, de l'autre côté du fleuve, et là, dans des cachots situés souvent au-dessous du niveau du Guadalquivir, s'entassèrent plusieurs des personnages les plus riches et les plus influents de Séville.

— Diego de Susan, le père de Catalina, était du nombre ?

— Pas encore. Mais il rassembla dans l'église San Salvador, qui était une ancienne mosquée, ceux des *conversos* demeurés libres. Le temps pressait, le danger approchait. À ces hommes dont certains étaient les principaux magistrats de la ville, Diego prêcha la révolte. Il fallait rassembler des troupes — on pouvait les payer ! — et, avec leur aide, s'emparer de Séville et du dangereux tribunal. On se répartit les tâches : recruter les hommes, acheter les armes, préparer le plan de ce qui devait être une véritable guerre à l'Église et à Isabelle. C'est là que nous en venons à Catalina.

— Qu'avait-elle à voir avec cette conspiration ?

— Plus que vous ne pensez. Elle avait le sang chaud et elle était amoureuse, éperdument, d'un des officiers de la Reine. La seule idée de le perdre la rendait folle. Or si les rebelles gagnaient, ce Miguel serait abattu un des premiers. Alors...

— Ne me dites pas qu'elle a dénoncé son propre père ?

— Si. Et tous les autres avec lui. On les enferma à la forteresse de Triana où ils furent interrogés puis traduits devant un conseil de légistes. Les moins coupables furent condamnés à des peines de prison, les chefs au bûcher. Ce fut le 6 février 1481 que s'allumèrent non seulement à Séville mais dans toute l'Espagne les premiers bûchers de l'Inquisition. Eu égard au « service » rendu par sa fille, Diego de Susan n'y monta pas mais, quand on le conduisit à la cathédrale pour faire amende honorable, il rejeta le christianisme de façade qui l'avait protégé si longtemps et se déclara Juif pratiquant. Quelques jours plus tard, il était livré au feu avec deux de ses complices. L'exécution eut lieu hors les murs, au Campo de Tablada, devant assez peu de monde : la peste rôdait encore et un profond malaise pesait sur Séville. Mais Catalina, elle, était là, cachée sous des vêtements de pauvresse, et les flammes qui dévoraient son père se reflétaient dans ses grands yeux sombres.

Le regard du mendiant s'était évadé. Il semblait avoir tout oublié du jardin sauvage et revivre la scène d'horreur qu'il décrivait.

— On dirait... que vous y étiez, vous aussi ? murmura Morosini.

Ce fut suffisant pour le ramener sur terre. Il considéra un instant son compagnon sans rien dire.

— Peut-être que j'y étais... Peut-être que je l'ai rêvé. Dans cette ville le passé n'est jamais bien loin...

— Que devint-elle ?

— Elle se retrouva seule. Son crime était de ceux qui inspirent le dégoût. Pourtant, elle pensait que les choses s'arrangeraient avec le temps. Les biens de son père avaient été saisis mais elle avait réussi à conserver de l'or, ses bijoux et surtout un rubis qu'on lui avait interdit de porter parce qu'il était une pierre sacrée, et le plus cher trésor secret de Diego de Susan...

La gorge du prince-antiquaire se sécha d'un seul coup : se pouvait-il qu'il eût découvert une piste ?

— Une pierre sacrée ? souffla-t-il. Comment cela ?

— Jadis... Il y a bien longtemps, elle ornait avec onze autres pierres le pectoral du Grand Prêtre au Temple de Jérusalem. Toutes ensemble, elles représentaient les douze tribus d'Israël. Ne me demandez pas, cependant, comment le rubis, symbole de Juda, était arrivé entre les mains de Diego. Il semble que sa famille l'ait possédé depuis plusieurs générations mais il était pour lui le signe tangible de son appartenance profonde à la foi de Moïse.

Le poron était vide. Morosini en tira un autre de son sac, pour le ravissement de son compagnon, mais, cette fois, il l'inaugura lui-même. La chance venait de lui faire découvrir un fil conducteur vers la dernière pierre manquante, celle dont Simon Aronov disait qu'il ne savait trop où la chercher. Cela méritait d'être fêté, ne fût-ce qu'avec une simple rasade de manzanilla. Même si entre savoir où le rubis se trouvait au XVe siècle et mettre la main dessus, il y avait une sérieuse différence.

Reconnaissant, il s'essuya les lèvres à son mouchoir et tendit le flacon à son compagnon en demandant :

— Et ce joyau, Catalina voulait s'en parer ?

— Bien sûr. Peu soucieuse de religion la « Susana » — on l'appelait ainsi — croyait qu'il devait conférer l'éternité à sa beauté. Pourtant elle n'a pas pu le garder.

— On le lui a volé ?

— Non. Elle l'a donné de son plein gré. Il faut considérer que sa situation était dangereuse. La communauté juive l'avait maudite. Elle était seule et son amant, horrifié par son crime, se détournait d'elle. Elle n'avait plus le choix qu'entre une existence de pestiférée ou l'exil, mais elle ne pouvait se résoudre à partir loin de celui qu'elle aimait. C'est alors qu'elle trouva de l'aide auprès d'un ancien ami de son père, l'évêque de Tiberias, un homme cupide et ambitieux. Il réussit à la convaincre de lui remettre le joyau afin qu'il puisse en faire hommage à la reine Isabelle qui adorait les rubis. En échange, la Susana recevrait la protection royale. Pour la réprouvée, vivre sous l'égide de la souveraine, c'était se rapprocher de Miguel : tôt ou tard, il finirait bien par retomber sous son charme. Elle donna la pierre...

— Que l'évêque s'empressa de garder pour lui ?

— Pas du tout. Il la remit à la Reine et plaida même la cause de la parricide en la présentant comme fortement attachée à l'Église et rejetant avec dégoût la conduite équivoque de son père. Isabelle, alors, la fit entrer dans un couvent, mais ce n'était pas ça que la Susana voulait. Ce qu'elle voulait, c'était retrouver Miguel. Ses excès de fureur la firent chasser. Dès lors, il ne lui restait plus pour vivre que la prostitution. Cela ne l'effrayait pas. Elle se réinstalla dans cette maison dont personne n'avait voulu et qui était laissée à l'abandon. Tant que dura sa merveilleuse beauté, elle y mena une vie honteuse. Avec l'âge vint la misère et enfin la mort... On dit qu'elle s'était repentie et que ce fut sur les marches de la chapelle qu'elle rendit le dernier soupir mais, comme vous avez pu le constater, la mort ne lui apporta pas le repos. Catalina hante cette maison, poursuivie par la malédiction du peuple juif...

— Sait-on quelque chose de cette malédiction ? N'y a-t-il aucune rémission possible pour l'âme en peine de Catalina ?

— Peut-être. Si elle pouvait retrouver la pierre sacrée pour la restituer aux enfants d'Israël, la paix descendrait sur elle. C'est pourquoi chaque année, elle quitte la maison qu'elle hante pour s'en aller en quête du rubis et surtout de l'homme qui accepterait de le chercher pour elle.

— Et c'est toujours à la Casa de Pilatos qu'elle va ? Le rubis du portrait serait celui qu'elle recherche ?

— Oui. La reine Isabelle en a fait don à sa fille, Juana, quand celle-ci est partie pour les Pays-Bas épouser le fils de l'empereur Maximilien, ce Philippe le Beau qui l'a rendue folle... Vous dire ce qu'il est devenu ensuite, j'en suis incapable, señor et je vous ai appris tout ce que je sais.

— C'est déjà beaucoup et je vous remercie, dit Morosini en tirant de sa poche une enveloppe contenant la récompense promise. Mais, avant de nous séparer, j'aimerais entrer dans cette maison.

Diego Ramirez fourra l'enveloppe sous sa blouse après en avoir évalué le contenu d'un vif coup d'œil, mais fit ensuite la grimace :

— Il n'y a rien à voir sinon des décombres, des rats et des toiles d'araignées.

— Et Catalina ? N'avez-vous pas dit qu'elle la hantait ?

— La nuit ! Seulement la nuit ! grinça le mendiant soudain nerveux. Les fantômes, c'est bien connu, ne se montrent pas pendant le jour.

— En ce cas il n'y a rien à craindre. Venez-vous ?

— Je préfère vous attendre ici... mais pas trop longtemps ! Cette porte-là n'est pas fermée à clé et s'ouvre sans peine... Vous pouvez la voir d'ici, derrière la cinquième colonnette de la galerie d'accès.

Aldo n'eut aucune peine à pénétrer dans l'univers désolé décrit par son compagnon. Deux salles à l'abandon sous des plafonds de cèdre dont les élégantes sculptures subsistaient avec, parfois, un reste de couleur. Au fond de la seconde, un escalier aux céramiques fendues s'envolait vers l'étage, mais on le distinguait mal tant les ombres semblaient épaisses.

Il faisait froid dans la maison abandonnée. L'atmosphère sentait la poussière, le moisi et aussi une autre odeur : indéfinissable, elle faisait peser sur le visiteur une impression de tristesse. C'était si étrange qu'en dépit de son courage Morosini se sentit pâlir cependant que des gouttes de sueur perlaient sur son front. Son cœur manqua même un battement tandis qu'il s'avançait avec lenteur vers les vieilles marches. En même temps, la sensation d'une présence s'imposait à lui, aux limites de l'angoisse. Tellement qu'il voulut réagir, sans songer cependant un seul instant à reculer :

— Qu'est-ce qui m'arrive ? marmotta-t-il. Je ne suis tout de même pas en train de devenir médium pour être ainsi affecté par l'invisible ?

Et soudain, il la vit, ou plutôt il l'aperçut car ce n'était qu'un visage aux contours mal définis, au milieu des ombres massées près de l'escalier mais c'était bien celui de la femme qu'il avait suivie la veille. C'était comme une fleur voilée de brume au milieu des ténèbres, une fleur sans tige mais capable d'exprimer toute la souffrance du monde. Les gens que l'on suppliciait devaient avoir cette expression douloureuse. Alors, presque malgré lui, Aldo parla d'une voix pleine de douceur :

— Le rubis, Catalina, je le cherche aussi, je le cherche pour le rendre au peuple d'Israël. Quand je l'aurai trouvé, je viendrai vous le dire... et je prierai pour vous !

Il crut percevoir un soupir et ne vit plus rien. Alors, comme il venait de le promettre, il prononça à haute voix les paroles du « Notre Père », fit un signe de croix et regagna le jardin. La sensation de malaise éprouvée tout à l'heure s'était dissipée, le laissant au contraire plus fort et plus déterminé que jamais. La mission confiée par Simon lui semblait plus noble encore s'il pouvait y joindre le sauvetage d'une âme en perdition.

Le mendiant qui guettait son retour avec appréhension vint au-devant de lui :

— Eh bien, señor ? Êtes-vous satisfait ?

— Oui, et je vous suis très reconnaissant de m'avoir amené ici. Je crois que cette maison sera un peu plus paisible à présent. Si toutefois, elle m'a bien compris...

— Vous... vous l'avez vue ? la Susana ?

— Peut-être... et je lui ai promis de chercher le rubis pour le rendre à ceux de sa race. Si je réussis, je reviendrai le lui dire...

Ramirez ouvrait des yeux énormes, oubliant même de finir le flacon de vin qu'il n'avait pas lâché :

— Et vous croyez vraiment pouvoir y arriver ? Après si longtemps ? Vous devez être encore plus fou que moi, señor !

— Non, mais c'est mon métier de rechercher les joyaux perdus. Partons à présent ! J'espère que nous nous reverrons un jour ou l'autre.

— Je vais rester ici encore un petit moment... en compagnie de cet excellent vin. Que Dieu vous garde, señor !

Oubliant son sac, Morosini regagna son hôtel à pied. Après son repos de l'après-midi, la ville se réveillait et c'était un plaisir que de marcher par ses rues étroites cernées de murs blancs sur lesquels veillait la tour rose de la Giralda. D'autant que c'était en se promenant ou en prenant son bain qu'Aldo réfléchissait le mieux.

Le rite de la baignoire viendrait tout à l'heure, avant de s'habiller pour se rendre au dîner que la Reine donnait ce soir-là à l'Alcazar Real. Celui-là, il n'était pas question de le manquer. D'abord pour ne pas s'aliéner une dame aussi charmante que Victoria-Eugénie. Ensuite parce qu'il espérait bien y rencontrer un personnage auquel il n'avait prêté la veille qu'une attention distraite, mais qui lui serait peut-être d'une certaine utilité...

Une idée lui venait, en effet, et, quand il en tenait une, Aldo n'aimait pas la faire attendre. L'idée n'est-elle pas du genre féminin ?

CHAPITRE 2

L'AMOUREUX DE LA REINE

En arrivant à l'Alcazar, Aldo trouva celui qu'il cherchait arpentant à pas précautionneux le patio de las Doncellas et donnant le bras à un personnage chauve et de peu d'apparence qui semblait éprouver des difficultés à marcher. Vêtu d'un habit fatigué, on eût pris ce personnage pour un vague fonctionnaire en retraite s'il n'avait arboré une fort évidente Toison d'Or d'où l'on pouvait déduire qu'il s'agissait de quelque Grand d'Espagne, et il fallait qu'il en fût ainsi pour que l'arrogant marquis de Fuente Salida lui témoignât tant de sollicitude. Aussi Morosini jugea-t-il le moment mal choisi pour l'aborder. De toute façon, il fallait quelqu'un pour le jeu des présentations officielles et le noble vieillard si augustement décoré était pour le Vénitien un inconnu. Il se dirigea donc vers le salon des Ambassadeurs dans l'espoir d'y rencontrer doña Isabel.

L'avant-veille, alors qu'il arrivait à la Casa de Pilatos avec la suite royale pour le thé, Morosini avait eu l'occasion d'apercevoir pour la première fois le portrait de Jeanne la Folle qu'il avait souhaité examiner après le concert du soir précédent. Sa tasse à la main, il s'en était approché mais quelqu'un était déjà là, remuant son thé à l'aide d'une petite cuillère sans prêter la moindre attention à ce qu'il faisait. C'était un homme âgé, droit comme un I, raide comme une planche et à peu près aussi épais. Le profil qu'il offrait n'était guère séduisant : l'absence de menton et un front fuyant d'où refluaient de longs cheveux gris donnaient toute leur importance à un long nez pointu et, au-dessus du col glacé, à une pomme d'Adam proéminente qui semblait agitée d'un mouvement perpétuel : l'homme devait être en proie à une grande émotion, mais, comme il s'éternisait, bloquant l'accès au tableau, Morosini s'approcha, déguisant son impatience sous son air le plus aimable :

— Magnifique portrait, n'est-ce pas ? On ne sait ce que l'on doit le plus admirer de l'art du peintre ou de la beauté du modèle...

La cuillère s'arrêta, la pomme d'Adam aussi. Le nez opéra un quart de tour et son propriétaire toisa Morosini avec le regard glacé d'une paire d'yeux qui avaient la couleur et la tendresse d'une gueule de pistolet :

— Nous n'avons pas été présentés, que je sache ? articula-t-il.

— Non, mais il me semble que c'est une lacune facile à combler ? Je suis...

— Cela ne m'intéresse pas. D'abord vous n'êtes pas Espagnol, cela se voit tout de suite et, en outre, je ne vois aucune raison de lier connaissance. D'autant que vous vous conduisez en importun : vous venez d'interrompre maladroitement un instant de pure émotion. Aussi vous prierai-je de passer votre chemin...

— Avec plaisir, monsieur ! riposta Morosini. Je n'aurais jamais cru qu'il soit possible de rencontrer un aussi grossier personnage dans une maison comme celle-ci !

Et il lui tourna le dos pour rejoindre le gros des invités. Ce que faisant, il fut arrêté au passage par la marquise de Las Marismas — doña Isabel — qui s'empara de sa manche :

— Je vous ai vu aux prises avec le vieux Fuente Salida, fit-elle avec un sourire moqueur. Cela n'avait pas l'air d'aller fort entre vous ?

— Justement si. Ce fut même intense mais dans le genre désagréable...

Et de raconter la brève escarmouche. La jeune femme se mit à rire :

— Comprenez, mon cher prince, que vous avez commis là un crime de lèse-majesté : oser interrompre le tête-à-tête que don Basile — c'est son surnom — avait avec sa bien-aimée reine !

— Sa bien-aimée ? Vous voulez dire qu'il est amoureux du portrait ?

— Non, du modèle. Je dirai même que c'est la grande passion de sa vie, depuis l'enfance.

— Quelle drôle d'idée ! Je me vois mal accrocher mes rêves à l'image d'une aussi sombre princesse.

— Parce que vous n'êtes pas espagnol ! Je reconnais qu'elle est un peu effrayante mais, pour nombre d'entre nous, elle est une martyre. Et puis, il faut bien admettre qu'elle fut la dernière reine avant que ne viennent les princes Habsbourg : Charles Quint, son fils, et tous les descendants. Son mariage avec Philippe le Beau fut une catastrophe pour le pays... Cela dit et pour en finir avec Fuenta Salida, il est certainement, à l'heure actuelle, la plus haute autorité en ce qui concerne l'histoire de Juana.

— Dommage qu'il soit si désagréable : c'eût été peut-être captivant de converser avec lui...

— Voulez-vous que j'arrange cela ? Venez, je vais vous présenter. Il a toujours eu un faible pour moi. Il dit que je « lui » ressemble.

— C'est un peu vrai, mais vous êtes beaucoup plus jolie ! Quant au marquis, je n'ai aucune envie de m'aventurer de nouveau dans des eaux aussi saumâtres[1]. Un grand merci pour votre offre, néanmoins...

Combien il regrettait, à présent, d'avoir fait fi de la proposition ! Il se découvrait une foule de questions à poser à « don Basile ». Le nom lui allait bien : il ne lui manquait que l'immense chapeau à double tuyaux et la soutane de jésuite pour être conforme au modèle. En attendant, il fallait essayer de réparer les dégâts, quitte à mettre son orgueil quelque peu en veilleuse...

En pénétrant dans le salon des Ambassadeurs dont la décoration et surtout la magnifique coupole en bois d'oranger dataient de Pierre le Cruel, Morosini trouva une agitation tout à fait inhabituelle. La Reine n'avait pas encore paru et, en général, on papotait en l'attendant ; cette fois une atmosphère de révolution agitait tous ces gens en tenue de soirée. Le centre semblait en être la duchesse de Medinaceli qui maniait nerveusement un éventail en plumes d'autruche noires. Aldo voulut s'approcher d'elle, mais elle l'avait déjà aperçu et venait à lui :

— Ah, prince, je vous ai fait chercher cet après-midi, vous étiez introuvable. Avez-vous déjà vu la police ?

— La police ? Non. Pourquoi ?

— Oh, croyez que je suis désolée mais il a bien fallu faire appel à elle : il y a eu un vol dans ma maison. On a pris chez moi un tableau de grande valeur : le portrait de Jeanne la Folle que vous avez peut-être remarqué ?

— Remarqué ? Vous voulez dire qu'il m'intéressait beaucoup. Je comptais même vous en parler. Quand a-t-il été volé ?

1. Fuente Salida veut dire fontaine salée, en espagnol.

— Hier soir, pendant la fête. À quel moment, je ne saurais le dire. Oh ! Voici Sa Majesté !... Deux mots en hâte : la police m'a demandé la liste de mes invités, même ceux qui accompagnent la Reine.

Elle eut à peine le temps d'aller reprendre sa place et de plonger dans sa révérence : Victoria-Eugénia souriante sous un diadème de diamants venait de franchir le seuil du salon. Doña Isabel venait derrière elle et, instinctivement, Aldo chercha « don Basile » dans la foule des invités.

Il n'eut pas à aller loin : Fuente Salida était juste en face de lui, de l'autre côté de l'allée. Son attitude arrogante mais sereine surprit Morosini. Certes, l'agitation s'était calmée lors de l'entrée royale mais il devait tout de même être au courant d'un vol qui aurait dû, normalement, le plonger dans un abîme de douleur ? Sa bien-aimée aux mains de quelque vil chenapan, cette idée devait lui être insupportable. Ou bien ne savait-il encore rien, auquel cas sa réaction vaudrait la peine d'être observée...

Tandis que la Reine bavardait avec l'un ou l'autre groupe d'invités, Morosini tira doña Isabel à part :

— J'ai un service à vous demander, chère amie. C'est... un peu délicat et je ne voudrais pas que vous me preniez pour une girouette qui tourne à tous vents...

— En voilà un préambule ! Demandez toujours.

— Ce vieil homme irascible, le marquis de Fuente Salida, je voudrais que vous nous présentiez.

Une expression amusée se peignit sur le charmant visage de la jeune femme :

— Vous avez le goût du martyre, mon cher prince ?

— N'en croyez rien, mais j'ai besoin de lui poser certaines questions. Vous m'avez bien dit qu'il était une autorité pour tout ce qui concerne Jeanne la Folle ?

— Absolument. Mais vous n'avez pas peur de tomber encore plus mal que l'autre jour ? Vous savez que le portrait qui était chez les Medinaceli a été dérobé. Il doit être d'une humeur affreuse.

— Il n'en a pas l'air. Il semble même plutôt calme. Peut-être ne sait-il encore rien ?

— En ce cas, allons-y !

Mais « don Basile » savait. Ou plutôt il venait d'apprendre, car la peau livide de son visage prenait une curieuse teinte rosâtre qui devait être chez lui le signe d'une violente émotion. Sa tête d'oiseau et son long nez tournaient de tous côtés comme s'il cherchait à renifler la trace du malfaiteur :

— Impensable ! Incroyable !... Tout à fait scandaleux, ne cessait-il de répéter. Et tout de suite, il prit à témoin Mme de Las Marismas : N'est-ce pas votre avis, chère Isabel ? Nous vivons là dans le siècle des abominations.

La conciliante doña Isabel se mit aussitôt à l'ouvrage :

— Le prince et moi partageons votre avis, cher Don Manrique, et à ce propos...

L'interpellé fit trêve un instant à ses imprécations pour darder un œil de hibou sur le nouveau venu :

— Le prince ? bougonna-t-il. Et de quoi, mon Dieu ?

Le ton était si dédaigneux qu'en dépit de ses bonnes résolutions la moutarde monta aussitôt au nez d'Aldo :

— Quand on compte quatre doges de Venise dans ses ancêtres dont un prince du Péloponnèse, lança-t-il, rendant arrogance pour arrogance, on n'a pas à rendre compte de ses quartiers à un nobliau espagnol !

Courageusement, doña Isabel se jeta dans la mêlée :

— Messieurs, messieurs ! Songez que la Reine est là ! Cet échange ne rime à rien entre hommes dont l'intelligence et le grand savoir devraient leur permettre de s'accorder. Souffrez donc, prince, que je vous présente

— privilège de l'âge précisa-t-elle en souriant pour éviter les vagues — au marquis de Fuente Salida, chambellan de Sa Majesté la reine Marie-Christine, veuve de notre regretté roi Alphonse XII. Don Manrique, voici le prince Morosini, un grand seigneur et un expert international en joyaux historiques. Sa culture est presque aussi vaste que la vôtre... En outre, le Roi, à qui il a rendu un grand service, l'aime beaucoup...

Fuente Salida esquissa un salut tout en pointant un nez méfiant sur le Vénitien en marmottant, incorrigible :

— Hum, hum !... Noblesse de commerçants tout de même ! Et de quoi pourrions-nous bien parler ?

— De cette magnifique période espagnole que l'on appelle le Siècle d'Or, fit Morosini impavide, et, en particulier de la plus malheureuse et peut-être de la plus attachante des reines : celle dont un malfaiteur a osé dérober le portrait. Doña Juana...

L'autre l'arrêta d'un geste, toussota, sortit de sa queue-de-pie un immense mouchoir, y plongea son nez et déclara :

— Le lieu, l'heure ni les circonstances ne me paraissent favorables pour évoquer un si noble souvenir. Vous ne pourriez rien m'en dire que je ne sache déjà. Au surplus, je n'accepte de parler d'Elle qu'en un seul endroit. Celui de son martyre. À Tordesillas, où j'ai une maison. Et nous en sommes loin.

— Pourquoi pas Grenade puisque c'est à la cathédrale, dans la chapelle royale, qu'elle repose auprès de son époux et de sa mère ? demanda Morosini d'un ton provocant.

— Parce qu'il n'y a là que cendres et que seule la vie m'importe ! Serviteur, Monsieur ! On annonce le souper et nous n'avons plus rien à nous dire. Mon cher duc, je vous accompagne, ajouta-t-il en se penchant avec sollicitude sur le crâne chauve de l'homme à la Toison d'Or qui avait l'air de dormir debout.

La marquise les regarda se perdre dans la foule :

— Quel incroyable imbécile ! soupira-t-elle. Les reines sont bien à plaindre d'être condamnées à vivre quotidiennement avec des gens de ce style. Celui-ci n'a même pas l'excuse de se prendre pour don Quichotte, comme j'en connais. Il est seulement atteint de *cursileria* chronique.

— *Cursileria ?* Qu'est-ce donc ?

— Une sorte de snobisme. Être *cursi*, c'est être pompeux, prétentieux, collet monté mais avec tout de même une certaine allure qui dépasse le sens bourgeois de la respectabilité. Notre Manrique est de bonne noblesse, ancienne mais pas très élevée, aussi voue-t-il une véritable dévotion à tout ce qui porte couronne ducale, princière ou, bien entendu, royale...

— La mienne n'a pas eu l'air de l'impressionner beaucoup !

— Parce que vous êtes un étranger. Le moindre des hidalgos a plus de valeur à ses yeux qu'un lord anglais ou un prince français. Et encore, pour ces derniers, il n'oublie pas que nos rois sont des Bourbons. Sur ce, offrez-moi votre bras — vous êtes mon voisin de table ! — et venez dîner, sinon vous allez encore vous faire remarquer.

À minuit et demi, Aldo avait regagné l'Andalucía Palace, assez proche de l'Alcazar pour rendre agréable un retour à pied sous une belle nuit de printemps.

Ce qui l'attendait dans la case du courrier l'était moins : il était convoqué par le *comisario de policía* Gutierez le lendemain matin à dix heures. Apparemment, il était écrit dans son destin qu'il lui faudrait fréquenter la police à chacun de ses séjours à l'étranger : après Paris Londres, après Londres Salzbourg et à présent Séville. Sans compter, bien sûr, celle de son propre pays.

« Il faudra que je songe à écrire un jour une monographie comparative », pensa-t-il en gagnant son lit avec bonheur. Cette convocation ne l'inquiétait pas : doña Ana n'avait-elle pas dit que les autorités souhaitaient entendre chacun des invités ? Ne lui était-il pas arrivé, en outre, de changer ses relations policières en solide amitié comme celle qui les liait, son ami Adalbert et lui, à Gordon Warren de Scotland Yard ?

Cependant, en pénétrant le lendemain dans le bureau du commissaire Gutierez, il sut tout de suite qu'il n'avait guère de chances d'en faire un vieux copain. Le fonctionnaire évoquait de façon irrésistible un taureau hargneux. Il avait une tête énorme, couverte de cheveux laqués d'un noir presque bleu. Le visage était rubicond, la barbe courte et taillée en pointe aussi foncée que les cheveux dont une sorte d'accroche-cœur retombait sur un front massif. Les yeux étaient sombres, très dédaigneux et très dominateurs. Si l'on y ajoutait un buste aux épaules carrées émergeant de la table encombrée de papiers et des mains comme des battoirs, on obtenait une image aussi peu rassurante que possible pour qui ne se sentait pas la conscience tranquille.

Ayant évalué d'un œil critique la haute et élégante silhouette masculine debout devant lui, le personnage grogna ; après avoir consulté une note qu'il couvrit ensuite de sa large main :

— Vous vous appelez... Morosini ?

— C'est mon nom, en effet, répondit Aldo en s'asseyant paisiblement sur une chaise placée devant le bureau et en tirant avec soin le pli de son pantalon.

— Je ne crois pas vous avoir prié de vous asseoir ?

— Simple oubli de votre part, j'imagine, fit l'interpellé avec suavité. Mais voilà qui est fait. Si j'ai bien compris, vous désirez m'entendre au sujet du vol dont madame la duchesse de Medinaceli a été victime avant-hier à la Casa de Pilatos ?

— Absolument. Et je suis persuadé que vous allez avoir des choses fort intéressantes à me confier.

Morosini leva un sourcil interrogateur :

— Je ne vois pas bien lesquelles, mais demandez toujours.

— Oh, c'est fort simple : veuillez me confier où se trouve actuellement le tableau en question ?

L'interpellé eut un haut-le-corps et fronça les sourcils :

— Qu'est-ce que j'en sais ? Ce n'est pas moi qui l'ai pris...

Gutierez prit un air finaud qui lui allait aussi mal que possible :

— C'est ce qu'il faudrait voir. Je me doute bien qu'il ne vous est pas possible de me dire exactement où est le portrait de la reine Juana. Je suppose qu'après avoir descendu le Guadalquivir, il vogue quelque part vers l'Afrique ou toute autre destination et que faire fouiller votre chambre à l'Andalucía ne servirait à rien...

— Autrement dit, vous me traitez de voleur, et cela sans le moindre commencement de preuve !

— Si nous ne l'avons pas encore, cela ne saurait tarder. De toute façon, quelqu'un vous soupçonne fortement d'avoir dérobé cet objet et en outre un serviteur vous a vu quitter la Casa en plein milieu de la fête.

— Mais c'est ridicule ! Je suivais une dame...

— Que le serviteur n'a pas vue, ce qui ne veut pas dire qu'elle n'était pas bien réelle et que, peut-être, elle emportait le tableau sous sa robe. Retiré de son cadre il ne tient pas tellement de place, et il s'agissait d'une fête costumée donc avec d'amples jupes...

— Je suis sorti, c'est vrai, et je suivais une dame, c'est encore vrai... mais je m'en expliquerai avec la duchesse. Je ne crois pas que vous soyez capable de comprendre ce qui m'est arrivé hier. Elle, si !

— Dites tout de suite que je suis idiot ! Et puis cessez de remuer, Morosini. Je déteste qu'on s'agite devant moi !

— Et moi je déteste que l'on me traite comme un repris de justice et que l'on manque aux égards qui me sont dus : je ne suis pas Morosini... tout au moins pas pour vous ! Je suis le « prince » Morosini et vous pouvez m'appeler Excellence ou monsieur le prince. J'ajoute que je suis venu dans cette ville à l'invitation de Sa Majesté le roi Alphonse XIII et dans la suite de votre reine. Qu'avez-vous à dire à cela ?

Il était bien rare qu'Aldo se livre à ce genre d'étalage nobiliaire qui faisait peut-être un peu snob ou plutôt... *cursi,* mais ce butor avait le don de l'exaspérer. Cependant, la sortie semblait avoir produit quelque effet. Le commissaire parut un peu moins rouge et ses petits yeux papillotèrent :

— La duchesse n'a pas dit tout cela, fit-il sur un ton plus conciliant mais sans songer un seul instant à s'excuser. Elle s'est contentée de donner la liste de ses invités d'avant-hier...

— Et elle a mis sur la liste Morosini tout court ?

— N... on. Elle a indiqué votre titre et je vous confronterai avec le serviteur, mais il demeure que si de lourdes présomptions pèsent sur vous c'est parce que l'un de vos pairs... j'entends l'un des participants à la fête est convaincu de votre culpabilité. Cette personne dit que vous portiez au tableau un intérêt suspect, et comme il s'agit d'une personnalité tout à fait...

— Laissez-moi deviner ! Mon accusateur c'est le marquis de Fuente Salida, au moins ?

— Je... je n'ai pas à vous donner mes sources.

— Oh, mais si, vous allez me les donner, parce que je n'accepte d'être confronté au serviteur que si vous faites venir aussi ce personnage... dont vous ignorez peut-être qu'il éprouve pour le tableau en question une véritable passion. Moi je n'ai fait que le regarder : lui, j'ai cru un moment qu'il allait le couvrir de baisers...

— On n'embrasse pas un tableau ! émit Gutierez non seulement fermé à toute forme d'humour mais proprement scandalisé.

— Pourquoi pas si l'on est amoureux de la personne qu'il représente ? Vous n'avez jamais embrassé une photo de votre femme, vous ?

— La señora Gutierez, mon épouse, n'est pas de celles avec qui l'on se livre à ce genre de privautés.

Ça, Morosini voulait bien le croire ! Si elle ressemblait à son seigneur et maître, ce devait être un véritable remède contre l'amour. Mais on n'était pas là pour ergoter sur la vie privée du *comisario.*

— Quoi qu'il en soit, je maintiens que si quelqu'un a des liens avec ce tableau, c'est bien lui.

— Vous aussi à l'entendre. Alors qui croire ?

— Mettez-nous face à face et vous verrez bien...

L'autre ne se rendait pas encore. Il gardait dans sa manche un argument qu'il croyait massif :

— Vous exercez bien la profession d'antiquaire ?

— Oui, mais les tableaux ne sont pas ma partie. Je suis spécialisé dans les pierres précieuses et les joyaux anciens. Et, si vous voulez tout savoir, en cherchant à examiner le fameux portrait c'était surtout le rubis que la reine porte au cou que je souhaitais voir de près. Le peintre l'a rendu avec un extrême talent et j'ai tout lieu de croire que cette pierre est l'une de celles que je recherche pour un client...

— Et vous croyez que je vais avaler ça ?

— Écoutez, *señor comisario*, que vous le croyiez ou non m'est tout à fait indifférent. Alors, si vous le voulez bien, nous allons nous rendre ensemble à la Casa de Pilatos où vous formulerez votre accusation en présence de la duchesse, de son serviteur et de don B... du marquis de Fuente Salida que vous voudrez bien faire chercher...

— C'est exactement mon intention, mais pas sous vos ordres et je vous conseille de ne pas le prendre de si haut ! Mener l'enquête est « mon » travail et je vais prendre les dispositions pour organiser cette réunion... demain à l'heure qui conviendra à la duchesse. En attendant, vous, je vous garde sous surveillance !

— J'espère que vous n'entendez pas m'obliger à rester ici ?

— Pourquoi pas ? J'aimerais que vous voyiez ce que donne une prison espagnole...

— Je vous conseille, en ami, d'abandonner ce projet sinon je téléphone à mon ambassade à Madrid, et par la même occasion je peux aussi appeler le Palais royal pour demander que l'on veuille bien me trouver un avocat. Ensuite...

Le taureau, après avoir fait mine, un instant, de foncer tête la première sur l'insolent pour l'encorner, se contenta de souffler sa fureur par les naseaux, se racla la gorge et finalement bougonna :

— C'est bon, vous allez pouvoir sortir d'ici, mais je vous préviens que vous serez suivi et surveillé partout où vous irez.

— Si cela peut vous faire plaisir ! Je vous signale seulement que je dois me rendre à l'Alcazar Real afin d'y faire mes adieux à Sa Majesté. Je fais provisoirement partie de sa suite et je devais repartir pour Madrid avec elle dès ce soir. Il me faut m'excuser et demander mon congé.

— Vous n'allez pas en profiter pour filer ? J'ai votre parole ?

Morosini lui offrit un sourire narquois :

— Je vous la donne bien volontiers si la parole d'un... voleur représente quelque chose pour vous. Cela dit, soyez tranquille : je serai encore là demain. N'étant pas de ceux qui fuient devant une accusation, j'entends venir à bout de celle-là avant de rentrer chez moi.

Et il sortit sur un salut désinvolte.

Sans se presser, il gagna la résidence royale, bien décidé à ne souffler mot à la Reine de ses démêlés avec la police. Il offrit ses excuses de ne pas accompagner Sa Majesté durant son voyage de retour, alléguant une irrésistible envie de rester quelque temps encore en Andalousie. En retour, il reçut l'assurance qu'on le reverrait toujours avec le plus vif plaisir à Madrid ou ailleurs et, finalement, prit congé, raccompagné jusqu'à la sortie des appartements par doña Isabel que ce désir de s'attarder à Séville surprenait un peu.

Ce qu'une femme intelligente veut savoir, elle parvient en général à l'obtenir. D'autant qu'Aldo n'avait aucune raison de lui taire la vérité. Elle sauta en l'air d'indignation :

— On vous accuse de vol ? Vous ? Mais c'est insensé ?

— Non, dès l'instant où c'est l'œuvre de votre « don Basile ». Ce bonhomme me déteste, il doit s'imaginer que j'en veux à son cher portrait et s'arrange pour se débarrasser de moi. C'est de bonne guerre... surtout s'il croit sincèrement que je suis le coupable.

— Pourquoi n'avoir rien dit à Sa Majesté ?

— Surtout pas ! Je tiens trop à mon image : la fréquentation des alguazils y laisse toujours une petite ombre. Et puis j'aime régler mes affaires moi-même...

— Vous êtes fou, mon ami ! Ce Gutierez risque de rester accroché à vos basques pendant des semaines. Il peut très bien vous envoyer pourrir en prison jusqu'à ce qu'on ait retrouvé le tableau.

— Et le droit des gens, alors ?

— Oh ça ! N'oubliez pas que l'Afrique n'est pas loin d'ici et que le temps ne compte pas. Sérieusement : si, après cette confrontation, le commissaire prétend vous garder, exigez que l'on en réfère à Madrid. De toute façon, je vais laisser une consigne au majordome qui s'occupe de notre maison sévillane. J'ai toute confiance en lui. Il surveillera et, le cas échéant, il me préviendra...

Morosini prit la main de la jeune femme et la porta à ses lèvres :

— Vous êtes la meilleure des amies. Merci !

En la quittant, il se dirigea vers la cathédrale voisine, imposante et belle dans le soleil matinal. Là, il eut beau chercher, se rendre aux différents portails du monument, il n'aperçut nulle part la souquenille rouge de son mendiant. Dans un sens, cela valait mieux afin d'éviter au policier chargé de sa surveillance de se poser des questions. N'ayant rien d'autre à faire, Aldo décida de le promener. Pour son édification, il entra faire un bout de prière dans la cathédrale puis gagna tranquillement la calle de los Sierpes, interdite aux voitures, qui était le centre nerveux de la ville. Là abondaient cafés, restaurants, casinos et clubs où, derrière de larges vitres, les hommes aisés de Séville se délassaient en buvant des boissons fraîches, en fumant d'énormes « puros » et en contemplant l'animation de la rue. Comme il était plus d'une heure de l'après-midi, Morosini décida d'aller déjeuner et entra chez Calvillo pour déguster le fameux gaspacho andalou, des langoustines grillées et du mazapan, arrosés d'un rioja blanc qui se révéla excellent. On ne pouvait en dire autant du café, préparé à la mauresque et presque en purée qu'il dut faire descendre à l'aide d'un grand verre d'eau. Après quoi jugeant que son ange gardien avait bien droit à un peu de repos, il décida de faire une petite sieste, comme tout un chacun, et regagna l'agréable fraîcheur de l'Andalucía. Son suiveur aurait le choix entre les fauteuils du grand hall et les palmiers du jardin...

Naturellement, il ne dormit pas. D'abord parce que la sieste ne faisait pas partie de ses habitudes, ensuite parce que, en dépit de son apparente sérénité, cette histoire l'embêtait. Il n'avait pas envie de s'éterniser à Séville. En outre, le commissaire Gutierez ne lui inspirait aucune confiance : s'il l'avait relâché, c'était peut-être pour se donner le temps de réfléchir à la meilleure façon de contourner la protection royale sans y laisser sa carrière, mais il était décidé à le reprendre sous sa griffe. Quelle que puisse être l'issue de la confrontation du lendemain, Morosini était à peu près certain que l'on trouverait le moyen de lui faire tâter de la prison.

Un coup frappé à sa porte vint interrompre sa crise de *morbidezza*, comme on disait chez lui, et sa lente descente vers les profondeurs obscures du découragement. Il alla ouvrir et se trouva en face d'un groom en tenue rouge galonnée qui offrait une lettre sur un plateau d'argent. Ce n'était en fait qu'un billet mais, en le lisant, Aldo eut l'impression que l'on venait de lui insuffler une bouffée d'oxygène : en quelques mots, la duchesse de Medinaceli le priait de venir bavarder un instant avec elle vers sept heures : « Nous serons entre nous. Venez, je vous en prie. Il me déplairait que vous emportiez de Séville une image déplaisante. »

Cela voulait-il dire que doña Ana était au courant et n'ajoutait aucune foi à l'accusation portée contre lui ? Il voulait l'espérer. Et puis l'aimable femme saurait peut-être quelque chose au sujet des bijoux.

Aussi fut-ce avec enthousiasme qu'il alla prendre une douche avant d'endosser un élégant complet gris anthracite dont la coupe irréprochable rendait pleine justice à ses larges épaules, ses longues jambes et ses hanches étroites. Une chemise blanche pourvue d'un col à coins cassés et une cravate de soie dans les tons gris et bleus fondus complétèrent une toilette parfaite pour rendre visite à une dame en fin de journée. Un rapide coup d'œil à une glace lui apprit que ses épais cheveux bruns grisonnaient aux tempes mais il s'en soucia peu. Au demeurant, cela convenait à sa peau mate tendue sur une ossature d'une arrogante noblesse et à ses yeux dont le bleu acier pétillait le plus souvent d'ironie.

Tranquille sur son aspect physique, il prit un chapeau, des gants et appela le portier par le téléphone intérieur pour demander une voiture devant laquelle, un moment plus tard, s'ouvrit le portail de la Casa de Pilatos.

Il trouva la maîtresse de maison sous la loggia du « grand jardin ». Vêtue d'une robe de crêpe romain d'un rouge sombre, quelques rangs de perles autour du cou, elle l'attendait assise dans un grand fauteuil d'osier, auprès d'une table sur laquelle des rafraîchissements étaient disposés. Morosini nota qu'elle semblait nerveuse, anxieuse même, pourtant elle répondit à son baise-main par un charmant sourire :

— Comme c'est aimable à vous d'être venu, prince ! Revoir ce palais ne doit pas vous causer un plaisir infini...

— Pourquoi donc ? C'est une fête pour les yeux, dit Aldo avec douceur en laissant son regard errer sur la jungle fleurie et embaumée d'un de ces jardins qui sont l'une des plus belles manifestations du génie andalou.

— Sans doute, mais il s'y passe des choses bien déplaisantes. Je ne saurais vous dire à quel point je me sens confuse, et tourmentée, que l'on ait osé vous mêler à cette vilaine affaire de tableau volé. Vous auriez dû venir m'en parler sur-le-champ. Sans doña Isabel je l'ignorerais encore...

— Ah ! C'est elle qui...

— Oui, c'est elle qui... Cette accusation est ridicule. Nous ne nous connaissons guère mais votre réputation parle pour vous. Il faut avoir le cerveau fêlé de ce pauvre Fuente Salida pour s'en prendre à vous. Quant à cet écervelé qui prétend vous avoir vu poursuivre une dame qui n'existait pas, je vais le renvoyer...

— N'en faites rien, surtout ! Le pauvre garçon n'a dit que la vérité. Il m'a bien vu sortir. Il traversait la cour d'honneur avec un plateau de verres et je lui ai demandé le nom d'une dame que j'étais seul à voir. Lui n'a rien vu du tout...

— Et le commissaire en a conclu que vous cherchiez à détourner son attention afin de permettre à un ou une complice de sortir le portrait...

— C'est à ça qu'il pensait ? Il aurait pu me le dire. En tout cas c'est ridicule, fit Aldo en riant. Comment aurais-je pu détourner son attention en lui désignant une dame qu'il ne voyait pas, et qui...

Il s'interrompit : un domestique imposant comme un ministre venait d'apparaître pour servir les rafraîchissements. Morosini accepta un doigt de xérès, imité en cela par son hôtesse. Puis, aussi silencieusement qu'il était sorti d'un bouquet d'orangers en fleur, l'homme s'effaça.

La duchesse fit tourner un instant son verre entre ses doigts :

— Cette femme, pouvez-vous me la décrire ?

— Bien sûr. Je peux vous dire aussi jusqu'où je l'ai suivie... Seulement... J'ai peur que vous ne me preniez pour un fou, doña Ana.

— Dites toujours !

Elle écouta sagement, sans mot dire et sans surprise apparente, puis elle déclara le plus tranquillement du monde :

— Certains prétendent qu'elle apparaît ici tous les ans à pareille date. Moi je ne l'ai jamais vue parce qu'elle ne se montre qu'aux hommes.

— Vous la connaissez donc ?

— Tous les Sévillans connaissent l'histoire de la Susana. Elle est inscrite dans notre mémoire collective. Mon beau-père prétendait l'avoir rencontrée... et aussi l'un de nos maîtres d'hôtel que l'on a retrouvé un matin errant par les rues et totalement privé de raison. On dit qu'elle revient ici pour le portrait de la Reine, mais surtout pour le rubis qu'elle porte au cou. Après tout, c'est peut-être elle qui a volé le tableau ?

— Je ne crois pas qu'elle en ait eu la possibilité. Quand je la suivais, en tout cas, elle ne portait rien. Mais puisque nous parlons du joyau représenté sur la toile, sauriez-vous ce qu'il est devenu ? Une pierre de cette importance doit avoir laissé sa trace dans l'Histoire ?

La duchesse écarta ses petites mains chargées de bagues dans un geste d'ignorance.

— J'ai honte d'avouer que je n'en sais rien. Pourtant, nous descendons de ce marquis de Denia qui fut le geôlier de Tordesillas où la pauvre reine subit une si longue captivité et parfois dans d'affreuses conditions. Denia et sa femme étaient rapaces au-delà de toute expression et j'ai tout lieu de croire qu'ils ont pu faire main basse sur les quelques bijoux que la pauvre reine conservait. Mais il se peut aussi qu'au moment de sa mort le rubis ne lui ait plus appartenu, sinon il nous serait peut-être parvenu par voie d'héritage. Il est possible que doña Juana l'ait offert à sa dernière et si précieuse fille Catalina quand celle-ci a quitté Tordesillas pour épouser le roi de Portugal. Mais j'y pense : puisque vous deviez, demain, être confronté à Fuente Salida, nous pourrions lui demander ce qu'il en sait ? Je crois qu'il n'ignore rien de ce qui touche à la reine folle.

— Ne venez-vous pas de dire que je « devais » ? Je le dois toujours, madame la duchesse... à moins que vous refusiez cette rencontre chez vous ? Je vous avoue que je le regretterais : je compte beaucoup dessus...

— Ce ne sera pas utile. J'ai l'intention de régler cette question ce soir même : dans un petit quart d'heure, le commissaire Gutierez devrait venir ici. Quant à Fuente Salida, je vais lui faire porter un carton d'invitation à déjeuner avec vous demain. Tel que je le connais, il accourra, ajouta-t-elle avec un sourire qu'Aldo imita :

— La... *cursileria* ?

— La *cursileria.* Le cher homme ne résiste pas à un titre ducal et j'en possède neuf. C'est un curieux personnage : chaque printemps, il vient ici et à Grenade pour effectuer une sorte de pèlerinage ; le portrait et le tombeau. Nous ne manquons jamais de l'inviter mais il s'est trouvé que, cette fois, la Reine arrivait en même temps que lui.

— J'ai été surpris de ne pas le voir dans la suite royale. On m'a dit qu'il était chambellan.

— De la reine Marie-Christine, la mère du Roi et la veuve d'Alphonse XII. Elle vit retirée à Madrid et le titre de chambellan ne correspond plus qu'à une ombre de fonction. Je crois d'ailleurs que Sa Majesté le trouvait assommant...

Avec une ponctualité toute militaire, Gutierez fit son entrée à la minute même qui lui avait été prescrite, salua en homme qui sait son monde et prit place sur le rebord du siège qu'on lui indiquait, non sans jeter à Morosini un coup d'œil lourd de sous-entendus : de toute évidence il n'était pas ravi de le trouver là. Il le fut moins encore lorsque son hôtesse prit la parole :

— Je vous ai demandé de venir me voir, *señor comisario,* pour vous éviter d'aller plus loin sur un chemin erroné, fit-elle en offrant au policier l'un de ces sourires auxquels il est difficile de résister. En effet, je suis en mesure de vous assurer que le prince Morosini ici présent n'est pour rien dans le dommage que nous avons subi...

— Veuillez me pardonner si j'ose vous contredire, madame la duchesse, mais les faits et témoignages que j'ai pu recueillir ne sont guère en faveur de... votre protégé.

Le mot était malheureux. Doña Ana fronça un sourcil olympien :

— Je ne protège personne, señor ! Il se trouve qu'un incident tout à fait fortuit me met à même de vous offrir un témoignage irréfutable. Alors que nous étions à souper, la marquise de Las Marismas est venue demander à Sa Majesté la Reine l'autorisation pour le prince Morosini, souffrant d'une crise de névralgies, de se retirer. Ensuite, elle a commandé une voiture et l'a fait reconduire à son hôtel. De mon côté, un moment plus tard, j'ai prié ma secrétaire doña Inès Aviero d'aller me chercher un châle. Ce qu'elle a fait. Or, doña Inès est formelle : le portrait était à sa place lorsqu'elle est passée devant lui.

— Elle a pu ne pas le remarquer. Lorsque l'on est habitué à voir un objet jour après jour, ce sont des choses qui arrivent...

— Pas à doña Inès ! Elle sait se servir de ses yeux et aucun détail n'échappe à sa vigilance... Vous allez pouvoir le lui demander ; je vais la faire appeler.

— Si elle est sûre du fait, pourquoi n'a-t-elle rien dit lorsque j'ai interrogé vos gens ?

— Vous ne le lui avez pas demandé, fit la duchesse avec une logique imparable. D'ailleurs, c'est quand nous nous sommes retrouvées seules hier soir que doña Inès, après avoir réfléchi, m'a dit qu'elle était certaine d'avoir vu le portrait de la Reine aux environs d'une heure du matin. Comme le prince nous a quittés vers minuit et demi, concluez vous-même.

Le ton, sans réplique, était de ceux qu'un modeste *señor comisario*, face à l'une des plus grandes dames d'Espagne, ne pouvait s'autoriser à mettre en doute, mais, de toute évidence, l'envie ne lui en manquait pas. Assis sur sa chaise, tassé sur lui-même, sa tête de taureau rentrée dans ses épaules massives, il semblait ne pouvoir se décider à lever le siège. Compatissante et pour lui laisser le temps de digérer sa déception, doña Ana ajouta, soudain gracieuse :

— Soyez bon d'informer le marquis de Fuenta Salida de ce que je viens de vous dire.

Gutierez tressaillit, comme éveillé d'un rêve et, non sans effort, se mit debout :

— De toute façon, le señor marquis ne serait pas venu demain. Avant de venir, je suis passé chez son cousin qui le loge quand il vient à Séville et j'ai appris qu'il est déjà parti.

— Comment, s'indigna la duchesse, il lance en l'air une accusation gratuite et il s'en va ? C'est bien la meilleure preuve qu'il obéissait à une rancune personnelle et que c'était de la simple méchanceté...

— Je pencherais plutôt pour de la simple économie, suggéra le commissaire qui tenait à défendre un homme si précieux. Il a pensé qu'en profitant du train royal pour regagner Madrid, le voyage ne lui coûterait rien.

Morosini se mit à rire.

— Peut-être avait-il tout simplement révisé son jugement, fit-il avec indulgence. En ce qui me concerne, tout est bien qui finit bien et je vais maintenant me préoccuper de mon propre retour.

Il se levait lui aussi, mais doña Ana le retint :

— Restez encore un moment ! Señor comisario, voilà votre enquête dans une impasse et vous devez avoir beaucoup à faire ! Je ne vous retiendrai pas plus longtemps...

Gutierez sortit, mais sa façon de traîner les pieds disait assez qu'il partait à regret.

— Il n'a pas l'air convaincu, remarqua Morosini.

— C'est sans aucune importance. Ce qui compte, c'est qu'il cesse de vous importuner. Son accusation était grotesque.

— Mais normale quand on ne connaît pas les gens et qu'il s'agit d'un étranger.

— C'est surtout normal quand on est affligé d'un esprit borné. La première qualité d'un bon policier est de savoir discerner à qui il a affaire.

La cloche d'un couvent voisin se fit entendre. Aldo se leva de nouveau sans que cette fois on l'en empêche. Son regard pétillait quand il s'inclina sur la main de son hôtesse :

— Je vous dois de grands mercis, madame la duchesse. Des mercis plus grands que vous ne voulez bien le dire !

La même petite flamme amusée brilla dans les prunelles sombres de doña Ana.

— Prétendriez-vous, mon cher prince, que ce que je viens d'affirmer n'était pas l'expression même de la vérité ?

Morosini huma l'air ambiant et la brise fraîche venue de la mer qui agitait avec majesté la cime des grands palmiers.

— Il ne fait pas chaud et la robe de Votre Grâce — il employait à dessein le titre anglais réservé aux duchesses parce qu'il trouvait qu'il lui allait bien — est en fort beau tissu, mais plutôt mince... et elle n'a pas encore réclamé de châle.

Cette fois, elle se mit à rire, quitta son siège à son tour et vint prendre le bras d'Aldo :

— Vous pensez que je devrais ?... De toute façon, je n'ai jamais froid ! Mais... je voudrais savoir pourquoi Fuente Salida s'est empressé de prendre le large. Il joue volontiers les gueux bien qu'il ne soit pas dans la misère, tant s'en faut ! Alors, pourquoi se jeter dans le train royal ?

— Une crise aiguë de *cursileria* ?

— J'ai peine à y croire : il approche l'entourage royal autant qu'il le désire. Peut-être, après tout, a-t-il éprouvé des remords de ses affirmations fantaisistes.

— C'est possible, mais s'il a des remords, je le saurai. Demain matin, je pars pour Madrid et ce serait bien le diable si je n'arrive pas à mettre la main sur lui. N'oubliez pas que j'ai besoin de ses connaissances. C'est d'ailleurs l'unique raison pour laquelle je ne lui taperai pas dessus.

— L'auriez-vous fait, sinon ?

— Comment réagirait un Espagnol dans le même cas, à votre avis ?

— Oh, avec violence, je le crains.

— Nous autres Vénitiens sommes aussi sensibles, mais je vous promets d'être des plus aimable.

Ce qu'il n'ajouta pas, c'est qu'une idée bizarre lui venait à l'esprit. Et si par hasard le voleur n'était autre que « don Basile » ?

Ils arrivaient dans le grand patio où attendait le majordome chargé de raccompagner le visiteur à sa voiture. Aldo s'inclina :

— Je suis à jamais votre esclave, doña Ana ! Je saurai, désormais, à quoi ressemble un ange gardien.

— La vérité a parfois bien du mal à se frayer un chemin vers la lumière. C'est un devoir d'état de l'y aider... et puis, pour être tout à fait franche, je me trouverai assez satisfaite d'être privée du portrait si son absence me débarrasse des visites de la Susana. Je... je ne l'apprécie guère !

En arrivant sur la place de l'ancienne Puerta de Jerez au fond de laquelle s'élevait l'Andalucía Palace, Morosini aperçut soudain, sous un vieux chapeau de paille, une souquenille d'un rouge déteint qu'il crut reconnaître et qui avait l'air de tourner en rond. Aussitôt il fit arrêter sa calèche, paya et descendit avec l'idée que le mendiant le guettait peut-être. Il ne se trompait pas : à peine l'eut-il aperçu que Diego Ramirez lui adressa un signe discret l'invitant à le suivre.

L'un derrière l'autre, les deux hommes gagnèrent un vénérable bâtiment dont la façade baroque s'ornait de magnifiques azulejos. C'était l'hospice de la Caridad, fondé au XVIe siècle par la confrérie du même nom pour donner un asile aux miséreux et une sépulture aux suppliciés dont les corps abandonnés pourrissaient jadis à la face du ciel. L'un des bienfaiteurs principaux en avait été don Miguel de Manara dont la vie dissolue devait servir de modèle à don Juan. Y voir entrer un mendiant n'avait rien d'étonnant, et pas davantage un homme élégant puisque les religieuses en charge de l'hospice recevaient souvent des dons et des visites de la haute société sévillane.

Les deux hommes se rendirent dans la chapelle qui fermait tard le soir. Sachant que l'étrange bonhomme était juif, Morosini s'étonna un peu de le voir entrer dans une église, mais Ramirez n'alla pas vers les autels. Il se contenta de se planter, à droite de la grande porte, devant la terrible peinture de Valdès Leal, chef-d'œuvre du réalisme espagnol, dont Murillo prétendait qu'on ne pouvait le regarder qu'en se bouchant le nez. Il représentait un évêque et un chevalier morts, dans leurs cercueils à demi ouverts et envahis par les vers...

— Vous auriez pu trouver autre chose ! murmura Morosini en s'arrêtant auprès de lui.

— Pourquoi donc ? Pour tous mes semblables cette peinture est un réconfort, mais c'est d'un autre tableau que je veux vous parler.

— Celui qui a été volé à la Casa de Pilatos. Je suis au courant. On m'a même accusé du vol.

— C'était une grave erreur. Je sais qui l'a pris.

Aldo considéra son voisin avec une surprise qui touchait à l'admiration.

— Comment pouvez-vous savoir cela ?

— Nous autres les mendiants sommes partout, autour des églises, de la plaza de Toros les jours de corrida, près des maisons riches quand on y donne une fête. Il m'a suffi de chercher, d'interroger...

— Et alors ?

— C'était vers deux heures du matin. La fête n'était pas finie, mais la Reine se retirait : les invités et la maisonnée se pressaient autour d'elle mais les mendiants, eux, se tenaient plutôt dans la rue derrière le mur du Petit Jardin où deux ou trois domestiques leur faisaient passer de la nourriture : il y en a toujours à foison quand on reçoit à la Casa de Pilatos et ils espèrent obtenir d'autres services en échange. Or, cette nuit-là, d'après Gomez, le mendiant de San Esteban qui est l'église voisine, il y a eu un paquet pas comme les autres : pas très grand mais rectangulaire et plutôt plat. Intrigué, Gomez a suivi l'homme qui le recevait. Celui-là n'a pas attendu le partage : il s'est sauvé comme si le diable était à ses trousses.

— Et où est-il allé ?

— Dans une vieille maison noble près de la plaza de la Encarnacíon. Elle appartient à un vieux hibou un peu gâteux dont le frère a été chambellan chez la Reine mère...

— Il ne s'appellerait pas Fuente Salida, le chambellan ?

— Je crois que c'est ça...

— Il avait donc la meilleure des raisons de diriger les recherches de la police de mon côté : c'est lui qui a fait voler le tableau et je suppose qu'à l'heure actuelle le portrait roule avec lui dans le train royal et direction de Madrid. Vous venez de me rendre un service inappréciable...

— Oh, il y a toujours un prix à quelque chose ! fit le mendiant avec modestie...

Morosini saisit l'allusion, tira quelques billets de son portefeuille et les fourra dans une main qui n'était pas bien loin.

— Encore un mot : pourquoi avez-vous entrepris ces recherches ? À cause de moi ?

Diego Ramirez devint tout à coup extrêmement grave :

— Un peu sans doute mais surtout parce que, dans la nuit qui a suivi notre rendez-vous, j'ai entendu pleurer Catalina.

— Dites-lui d'être patiente ! Je retrouverai le rubis et il retournera aux enfants d'Israël. Ce jour-là je reviendrai. Dieu vous garde, Diego Ramirez !

— Dieu vous garde, señor principe !

Ce fut une fois dehors que Morosini se demanda comment le mendiant pouvait connaître son titre, mais il ne s'y attarda pas : comme Simon Aronov lui-même, ce diable d'homme semblait posséder un service de renseignements fonctionnant à merveille...

CHAPITRE 3

LA NUIT DE TORDESILLAS

À Madrid, comme à Paris ou à Londres, Aldo Morosini ne connaissait qu'un hôtel : le Ritz. Il avait adopté ces palaces fondés par un Suisse génial dont il appréciait le style, l'élégance, la cuisine, la cave et un certain art de vivre qui, teinté différemment selon la ville, n'en établissait pas moins un lien certain entre les trois établissements et permettait au voyageur, même très difficile, de s'y sentir toujours chez lui.

Cette fois, cependant, il n'y resta que vingt-quatre heures : juste le temps d'obtenir du portier l'adresse du palais de la reine Marie-Christine, ex-archiduchesse d'Autriche, de s'y rendre pour s'enquérir du marquis de Fuente Salida et d'apprendre que celui-ci n'avait fait que toucher terre dans la résidence royale où l'attendait un télégramme l'appelant à Tordesillas. Son épouse était souffrante.

Ce fut une surprise pour Aldo qui n'imaginait pas que ce vieux forban amoureux d'une reine morte depuis bientôt cinq siècles fût pourvu d'une femme, mais la dame d'honneur asthmatique et boiteuse qui avait reçu le Vénitien assura, les yeux au ciel, qu'il s'agissait là d'un des meilleurs ménages bénis par le Seigneur Dieu. Elle n'en oublia pas pour autant de demander la raison pour laquelle un seigneur étranger souhaitait rencontrer le personnage le plus xénophobe du royaume. Mais la réponse était toute prête : on souhaitait l'entretenir d'un fait nouveau, un détail découvert par un historien français touchant le séjour effectué par la reine Jeanne et son époux, chez le roi Louis XII à Amboise en l'an de grâce 1501.

L'effet fut miraculeux. Un instant plus tard Aldo se retrouvait dehors avec l'adresse et des souhaits de bon voyage. Il n'eut plus qu'à s'en aller consulter l'annuaire des chemins de fer et retenir une place sur le train de Medina del Campo, où par la ligne de Salamanque à Valladolid, il finirait par débarquer à Tordesillas. Ce qui, avec des horaires fantaisistes, représentait un voyage au long cours pour même pas deux cents kilomètres.

Le trajet à travers les déserts de sable et de granit de la Vieille Castille fut monotone. Il faisait déjà très chaud et le ciel d'un bleu chauffé à blanc s'étendait, écrasant les villages soumis et les petits chemins qui semblaient errer à la recherche des quelques maisons dispersées dans les vallées et les hauteurs d'une sierra déprimante. En arrivant à Tordesillas après avoir essuyé le plus lourd de la température, Morosini, couvert de poussière et d'escarbilles, se sentait sale et de mauvaise humeur. Il fallait qu'il eût vraiment besoin des connaissances de ce vieux fou pour le suivre jusqu'à cette petite ville morose étalée sur sa colline dominant le Douro. Il n'y restait rien du sombre château où, durant quarante-six ans, une reine d'Espagne, séquestrée par la volonté d'un père impitoyable puis d'un fils qui l'était encore plus, avait vécu le long cauchemar alterné du désespoir et de la folie... Les descendants avaient préféré abattre ce témoin de pierre.

C'était regrettable pour le tourisme. La présence du château aurait attiré les foules et justifié l'existence d'un hôtel convenable dans cette petite ville de quatre ou cinq mille habitants. Celui qui reçut Aldo n'était même pas digne d'un chef-lieu de canton français : l'arrivant y trouva une sorte de cellule monacale blanchie à la chaux et des relents d'huile rance qui ne plaidaient guère en faveur de la cuisine-maison. Pas question de s'attarder dans ces conditions ! Il fallait voir Fuente Salida et le voir vite !

Aussi, profitant de la fraîcheur qu'apportait le déclin du soleil, Morosini prit-il juste le temps d'une toilette rapide, se renseigna sur l'église auprès de laquelle habitait son gibier et partit d'un pas allègre par les ruelles que l'approche du crépuscule ranimait.

Il n'eut pas de peine à trouver ce qu'il cherchait : c'était une grosse maison carrée, mi-forteresse mi-couvent, dont les rares fenêtres s'armaient de fortes grilles en saillie propres à décourager tout visiteur intempestif. Au-dessus de la porte cintrée, plusieurs blasons plus ou moins usés semblaient se bousculer. Cette citadelle-là ne serait pas facile à investir... et pourtant il fallait entrer ! Car si Fuente Salida s'était emparé du portrait, celui-ci ne pouvait se trouver que dans cette maison. Le difficile était de s'en assurer...

Le bel enthousiasme de tout à l'heure ayant laissé place à quelque réflexion, Aldo décida d'user d'un stratagème pour se faire ouvrir cette porte trop bien fermée. Assurant son chapeau sur sa tête, il s'en alla soulever le lourd heurtoir de bronze qui, en retombant, rendit un son tellement caverneux que le visiteur se demanda un instant si cette bicoque n'était pas vide. Mais non, au bout d'un instant il entendit un pas feutré glisser sur ce qui devait être un sol dallé.

Les gonds devaient être bien graissés car la porte s'entrouvrit sans faire le bruit d'apocalypse auquel Morosini s'attendait. Étroit, ridé, un visage de femme qui aurait pu être peint par le Greco apparut entre une coiffe noire et un tablier blanc annonçant une servante. Elle considéra un instant l'étranger avant de demander ce qu'il voulait. Rassemblant son meilleur espagnol, Aldo annonça qu'il désirait voir « el senor marquès »... de la part de la Reine. Du coup, la porte s'ouvrit toute grande et la femme plongea dans une espèce de révérence tandis que Morosini avait l'impression de changer de siècle. Cette maison devait dater au moins des Rois Catholiques et le décor intérieur n'avait pas dû beaucoup changer depuis. On le laissa dans une salle basse — il avait dû descendre deux marches pour y pénétrer — dont la voûte était soutenue par de lourds piliers. Hormis deux bancs à dossier en chêne noir qui se faisaient face d'un mur à l'autre, il n'y avait aucun meuble. Et Morosini tout à coup eut froid, comme il arrive en pénétrant dans certains parloirs de couvent particulièrement austères.

La femme revint un instant plus tard. « Don Basile » l'accompagnait, mais son sourire empressé se changea en une horrible grimace quand il reconnut l'arrivant :

— Vous ? De la part de la Reine ?... C'est une trahison : sortez !

— Pas question ! Je n'ai pas fait tout ce chemin par une chaleur de four pour le simple plaisir de vous saluer. J'ai à vous parler... et de choses importantes. Quant à la Reine, vous savez très bien que nous sommes dans les meilleurs termes : la marquise de Las Marismas qui m'a donné votre adresse pourrait vous l'assurer.

— On ne vous a pas mis en prison ?

— Ce n'est pourtant pas faute d'avoir fait ce qu'il fallait pour m'y envoyer... Mais ne pourrions nous parler dans un endroit plus aimable ? Et surtout seul à seul ?

— Venez ! fit l'autre de mauvaise grâce après avoir renvoyé la servante d'un signe.

Si le vestibule était d'une rigueur monacale, ce n'était pas le cas de la salle d'honneur où l'on introduisit le visiteur. Fuente Salida en avait fait une sorte de sanctuaire à la mémoire de sa princesse : entre les étendards de Castille, d'Aragon, ceux des différentes provinces dont se composait l'Espagne et des trois ordres de chevalerie, une haute cathèdre en bois sculpté était disposée sur une estrade à trois marches et sous un dais tendu de tissu aux couleurs royales. Un portrait de Jeanne — simple gravure en noir et blanc — était accroché au-dessus de ce trône improvisé. Sur le mur d'en face, fait de moellons que l'on n'avait pas jugé utile de recouvrir d'un crépi ou d'un lait de chaux, un grand crucifix d'ébène étendait ses bras décharnés et, de chaque côté de la salle, une file d'escabeaux était disposée de façon symétrique, chacun sous l'écu du noble censé prendre place aux jours de Grand Conseil. L'ensemble était assez impressionnant, d'autant que, traversant la pièce pour atteindre une autre porte, le marquis mit brièvement genou en terre devant le trône. Courtoisement, Morosini fit de même, ce qui lui valut le premier regard approbateur de son hôte.

— Ce siège, expliqua celui-ci, n'a pas été choisi au hasard. « Elle » s'y est assise. Il vient de la Casa del Cordon, à Burgos, et c'est peut-être mon plus cher trésor ! Passons dans mon cabinet !

Le mot de capharnaüm était ce qui correspondait le mieux à la pièce étroite, étouffante en dépit de la fenêtre ouverte sur un ciel pâlissant et les rumeurs du soir. Aux environs d'une table de bois ciré à pieds forgés couverte de papiers et d'un bric-à-brac de plumes, de crayons et d'objets sans destination apparente, les livres empilés à même le sol carrelé rendaient la circulation difficile. Le marquis en tira un escabeau qu'il offrit à son visiteur avant de gagner son propre fauteuil à gros clous de bronze tendu d'un cuir qui avait dû être rouge. Une belle pièce, d'ailleurs, pour l'œil exercé de l'antiquaire, et qui devait être aussi vieille que la maison elle-même. C'était en tout cas une base solide sur laquelle son propriétaire se sentait stable, comme en témoignaient ses mains fermement posées sur les bras. Le regard, maintenant, avait perdu toute aménité :

— Bien. Causons, puisque vous semblez y tenir, mais causons vite ! Je n'ai pas beaucoup de temps à vous consacrer...

— Je n'en prendrai que ce qu'il faudra. Sachez d'abord que, si je suis libre aujourd'hui c'est parce que la preuve a été faite de mon innocence...

— J'aimerais savoir par qui, ricana « don Basile ».

— Par la duchesse de Medinaceli en personne sur le témoignage de sa secrétaire. Je comprends qu'il vous ait paru commode de faire de moi votre bouc émissaire, malheureusement c'est raté !

— Eh bien, j'en suis ravi pour vous. Et c'est pour me dire ça que vous avez fait le voyage ?

— En partie, mais surtout pour vous proposer un arrangement.

Fuente Salida sauta sur ses pieds comme si son siège était pourvu d'un ressort :

— Sachez, monsieur, que ce mot ne saurait avoir cours chez moi. On ne prend pas d'« arrangements » avec un marquis de Fuente Salida ! Je ne suis pas un marchand, moi !

— Vous êtes seulement un acquéreur d'un modèle un peu particulier. Quant à la transaction que je vous propose — ce mot vous conviendra peut-être mieux ? —

vous verrez que, dans un instant, vous allez la trouver intéressante.

— Cela m'étonnerait tellement que je vais vous prier de vous retirer !

— Oh, pas avant de m'avoir entendu ! Vous permettez que je fume ? C'est une habitude déplorable, sans doute, mais grâce à laquelle mon cerveau fonctionne mieux ; mes idées sont plus claires...

Sans attendre la permission, il tira de sa poche son étui d'or gravé à ses armes, y prit un mince rouleau de tabac après l'avoir offert à son hôte qui, raide d'indignation muette, refusa d'un bref signe de tête. Il alluma tranquillement, aspira une ou deux bouffées puis, croisant ses longues jambes en prenant grand soin du pli de son pantalon, il déclara :

— Quoi que vous en pensiez, l'idée de posséder le portrait en question ne m'a jamais effleuré. En revanche, je donnerais cher pour savoir ce qu'est devenu l'admirable rubis que la Reine porte au cou. Si quelqu'un peut m'en apprendre davantage, c'est vous et vous seul puisque, si votre légende est vraie, personne au monde n'en sait plus que vous sur cette malheureuse souveraine qui ne régna jamais.

— Et pourquoi cette pierre-là et pas une autre ?

— Vous êtes collectionneur et je le suis aussi. Vous devriez comprendre à demi-mot mais je vais être plus explicite : ce rubis-là, dont j'ai tout lieu de croire qu'il est celui que je cherche, est une pierre maudite, une pierre malfaisante dont le pouvoir maléfique ne peut prendre fin que lorsqu'elle sera rendue à son légitime propriétaire.

— Qui est Sa Majesté le Roi, bien entendu !

— En aucune façon et vous le savez très bien, ou alors dites-moi que vous ignorez à qui appartenait ce cabochon avant d'être offert à Isabelle la Catholique qui, elle-même, l'a donné à sa fille au moment de son mariage avec Philippe le Beau ?

Les yeux du vieil homme se mirent à brasiller de tous les feux de la haine :

— Ce pourceau ! Ce Flamand qui n'a su prendre la plus belle perle de l'Espagne que pour l'avilir et la briser...

— Je ne vous dirai pas le contraire. De votre côté, admettez que la possession de ce merveilleux rubis n'a guère porté chance à votre reine ?

— Il se peut que vous ayez raison mais je n'ai pas la moindre envie d'évoquer pour vous cette histoire. On n'évoque bien ceux que l'on vénère qu'avec des gens auprès de qui on se sent en intelligence. Ce n'est pas votre cas et vous n'êtes même pas Espagnol !

— Personnellement je ne le regrette pas et il faudra vous y faire. Mais puisque vous ne semblez pas m'entendre, je vais parler plus net : c'est vous qui avez volé le portrait ou qui l'avez fait voler par un serviteur qui l'a passé par-dessus le mur du jardin à un complice déguisé en mendiant, lequel s'est hâté de le porter chez monsieur votre frère... Vous ne vous sentez pas bien ?

C'était pour le moins une litote. Devenu d'un beau violet pourpré, le marquis semblait sur le point d'étouffer. Mais, voyant que Morosini s'élançait pour lui porter secours, il étendit pour s'en protéger un long bras maigre en glapissant :

— C'en est trop ! A... allez-vous-en ! Sortez d'ici !

— Tenez-vous tranquille, s'il vous plaît ! Je ne suis pas ici pour vous juger, moins encore pour vous arracher le portrait. Je ne vous demande même pas d'avouer votre larcin et je vous donne ma parole de n'en parler à personne si vous me donnez ce que je suis venu chercher...

Peu à peu Fuente Salida retrouvait sa couleur normale.

— Je vous croyais ami de doña Ana ?

— Nous le sommes devenus depuis qu'elle s'est interposée entre un déni de justice et moi. Cela dit, qu'elle retrouve ou non son tableau m'est tout à fait indifférent. Et je ne suis pas certain d'ailleurs qu'elle y tienne tellement...

— Vous plaisantez ?

— Pas le moins du monde. Le portrait valait de curieuses visites nocturnes et annuelles à la Casa de Pilatos. Et à ce propos, autant vous prévenir tout de suite : vous risquez d'en hériter.

Le marquis haussa ses maigres épaules :

— S'il s'agit d'un fantôme, sachez que je ne les crains pas. Il y en a déjà un dans cette maison.

Morosini nota mentalement que c'était là une manière d'aveu et se contenta de l'enregistrer. En revanche, son sourire s'accentua dans l'espoir d'être plus persuasif :

— Alors, vous acceptez de me parler du rubis ?

Le vieux seigneur n'hésita qu'à peine, se laissant aller sur le dossier de son fauteuil, il s'y accouda, ses mains jointes par le bout des doigts.

— Après tout, pourquoi pas ? Mais je vous préviens : je ne sais pas tout. Ainsi, j'ignore où la pierre peut se trouver à l'heure actuelle. Peut-être irrémédiablement perdue ?

— Ce genre de recherche fait partie de mon métier, fit Aldo avec gravité. J'ajoute cependant que j'y prends plaisir. L'Histoire a toujours été pour moi un jardin étrange et fascinant où l'on risque parfois sa vie à se promener mais qui sait vous récompenser par des joies extraordinaires.

— Je commence à croire qu'il pourrait nous arriver d'être d'accord, fit le vieil homme d'un ton soudain radouci. Ainsi que vous le savez déjà, la reine Isabelle a offert cette magnifique pierre, montée comme vous avez pu le voir sur le portrait, à sa fille Juana au moment où, à Laredo, elle s'embarquait pour rejoindre les Pays-Bas où l'attendait l'époux choisi pour elle. C'était un beau mariage, même pour une infante : Philippe d'Autriche, descendant par sa mère des grands ducs de Bourgogne que l'on appelait les grands ducs d'Occident, était fils de l'empereur Maximilien. Il était jeune, on le disait beau... Jeanne croyait bien partir vers le bonheur. Le bonheur ! Est-ce que cette consolation des gens de rien peut exister quand on est princesse ! En fait, il s'agissait d'un double mariage puisque la princesse Marguerite, sœur de Philippe, épousait en cette même année 1496 le frère aîné de Jeanne, l'héritier du trône d'Espagne, et les navires portant l'infante devaient ramener la fiancée royale...

Le conteur s'arrêta, frappa dans ses mains, ce qui eut pour résultat de faire accourir la servante à laquelle il donna un ordre bref. Un instant plus tard, la femme reparaissait avec un plateau supportant deux gobelets d'étain et un flacon de vin qu'elle déposa devant son maître avec une révérence. Sans un mot, le marquis emplit les récipients, en offrit un à son visiteur :

— Goûtez cet amontillado, conseilla-t-il. Si vous êtes connaisseur, il devrait vous satisfaire...

Eût-ce été le poison des Borgia que Morosini eût accepté un breuvage qui ressemblait beaucoup à un armistice. Pas désagréable d'ailleurs : doux et très parfumé, ce vin se laissait boire.

Sans doute pour se donner du courage, Fuente Salida en avala coup sur coup deux gobelets.

— J'ignore si votre rubis y fut pour quelque chose, reprit-il mais, bien que l'on fût au mois d'août, l'énorme flotte — quelque cent vingt navires ! — essuya dans la Manche une terrible tempête qui l'obligea à chercher refuge en Angleterre, où plusieurs bateaux se perdirent. Pas celui de la princesse, grâce à Dieu, mais il fallut près d'un mois avant que l'on atteignît la côte plate des Flandres... et un autre mois avant que le fiancé se décide à paraître.

— Quoi ? Il n'était pas au port pour accueillir sa fiancée ?

— Mon Dieu non ! Il chassait au Tyrol. Il n'a jamais jugé utile de se donner beaucoup de mal pour sa femme. Pour le premier regard, d'ailleurs, c'était préférable : quand Jeanne débarque à Arnemuiden elle est trempée, en proie au mal de mer et à un rhume affreux. De toute façon, en prenant terre à cet endroit on avait paré au plus pressé et c'est à Anvers qu'eut lieu son premier contact avec sa belle-famille : Marguerite qui allait devenir sa belle-sœur et la grand-mère, Marguerite d'York, la veuve du Téméraire.

— Et le peu d'empressement de son époux ne l'a pas blessée ?

— Non. On lui a parlé d'affaires d'État et, depuis l'enfance, c'était un argument qu'elle avait appris à respecter. Vous savez, elle était sans doute la plus accomplie parmi toutes les princesses de son âge...

— Vous en parlez comme si vous l'aviez connue, remarqua Morosini remué par la passion dont vibrait la voix de son hôte forcé.

Sans répondre, Fuente Salida se leva, alla prendre dans un coin obscur de la pièce un paquet enveloppé de grosse toile qu'il déballa, révélant le portrait qu'il posa sur sa table, adossé au grand candélabre chargé de bougies à demi fondues qui l'éclairait :

— Regardez ce doux, ce ravissant visage, si jeune et si grave cependant ! Il était celui d'une jeune fille parée de toutes les qualités, d'une vive intelligence, douée aussi pour les arts : Jeanne peignait, versifiait, jouait de plusieurs instruments, parlait latin et plusieurs langues, dansait avec une grâce infinie. Seul petit point sombre : cette tendance à la mélancolie héritée de sa grand-mère portugaise... Avec juste raison, sa mère pensait qu'elle ferait une merveilleuse impératrice auprès d'un époux digne d'elle, sans imaginer un seul instant qu'une brute obtuse, abusant de la passion que Jeanne allait éprouver, l'amènerait aux portes de la folie...

« Je ne vais pas vous raconter son histoire : nous y passerions la nuit. Je vous parlerai seulement de ce qui vous intéresse : le rubis. Vous devinez sans peine qu'après les premières nuits d'amour — car il l'a aimée lui aussi, avant de la traiter en quantité négligeable pour mieux retourner à ses maîtresses ! — elle lui a offert le joyau qu'il portait avec orgueil... jusqu'au jour où elle s'aperçut qu'il ne le portait plus. La pauvre enfant a osé demander où était son présent. Philippe répondit avec légèreté qu'il pensait l'avoir égaré mais qu'on le retrouverait bien un jour ou l'autre...

— Et on l'a retrouvé ?

— Oui. Trois ans plus tard. L'Histoire avait marché à pas de géant. Le frère de Jeanne, le prince des Asturies, avait été emporté par la mort, puis ce fut le tour d'Isabelle, la sœur aînée dont l'unique enfant s'éteignit lui aussi, en 1500. De ce fait, Jeanne et son époux devenaient héritiers de la double couronne de Castille et d'Aragon. Il fallut bien revenir en Espagne pour y être reconnus par les Rois Catholiques et par les Cortès, mais

Philippe en eut vite assez de l'Espagne, peu conforme à son tempérament de jouisseur flamand. Il revint, laissant derrière lui une épouse à moitié folle de désespoir mais obligée de prolonger son séjour. Quand enfin elle put partir après de terribles scènes qui inquiétèrent sa mère, ce fut en plein hiver, par un temps épouvantable. Toutes les tempêtes semblaient s'être donné rendez-vous sur le chemin du navire, mais quand Jeanne atteignit Bruges où se trouvait alors son époux, elle trouva celui-ci en pleine fête, affichant sans vergogne sa dernière maîtresse, une magnifique créature aux cheveux d'or... sur la gorge impudique de laquelle flambait le rubis donné par amour...

« La colère de la princesse fut terrible. Le lendemain, elle faisait saisir la Flamande par ses femmes et, insensible à ses cris, non seulement elle lui arracha le bijou mais, à l'aide d'une paire de ciseaux, elle massacra sa somptueuse chevelure avant de taillader son visage. Philippe vengea sa maîtresse en traitant sa femme comme une bête malfaisante et à coups de fouet ! Elle fut si malade à la suite de ce traitement que le bellâtre eut peur de la colère de ses beaux-parents si elle venait à mourir. Craignant surtout de perdre ses droits au trône d'Espagne, il entreprit de se faire pardonner. Et Jeanne cette fois garda le rubis.

« Isabelle la Catholique mourut et les deux époux repartirent pour l'Espagne afin de s'y faire reconnaître souverains de la Castille que le décès de la Reine séparait de l'Aragon. Ferdinand, lui, vivait toujours et venait même de se remarier. Ni Jeanne ni Philippe ne devaient revoir jamais le ciel gris des Flandres. Le 25 septembre 1506, Philippe, qui avait pris froid en revenant d'une chasse, mourait après une agonie de sept jours et sept nuits durant laquelle sa femme ne le quitta pas.

« Quand il rendit le dernier soupir, Jeanne ne pleura pas, demeura même étrangement calme. Pourtant, elle allait bientôt entraîner son entourage dans une effroyable odyssée.

— C'est à ce moment-là que sa folie a éclaté : on ne pouvait l'arracher au corps de son époux qu'elle traîna après elle à travers l'Espagne...

— Quand Philippe est mort, il s'agissait plutôt d'un désespoir poussé au paroxysme. C'est vrai que la nuit qui a suivi les funérailles provisoires, elle est allée à la Chartreuse de Miraflores où le corps était déposé pour se faire ouvrir le cercueil et couvrir son époux de caresses et de baisers. J'ajoute qu'à cet instant, elle lui a passé au cou le rubis comme elle l'avait fait au temps de l'amour. Elle ne se résignait pas à l'enterrement et décida d'emmener le corps à Grenade pour qu'il y repose en roi auprès d'Isabelle la Catholique. Et c'est là que commence le cauchemar. À Noël 1506, Jeanne, à la tête d'un long cortège, quitte Burgos à la tombée de la nuit, sous le vent et les bourrasques de nos plateaux. Le cercueil est placé sur un char tiré par quatre chevaux. À l'aube on s'arrête dans quelque monastère ou une maison de village, et toujours les mots terribles tombent de la bouche de ce fantôme noir qui est la Reine :

« — Ouvrez le cercueil !

« Elle est tenaillée par la peur qu'on enlève ce corps qu'elle idolâtre. D'autant plus que, enceinte de son cinquième enfant, elle sait qu'elle va devoir s'arrêter pour le mettre au monde. Elle redoute particulièrement les femmes, même les religieuses, et elle ne tolère aucune halte dans un couvent féminin. Alors, elle s'assure qu'il est toujours là et des services funèbres sont dits trois fois par jour.

« C'est à Torquemada que va naître la petite Catalina, le 17 janvier, mais on devra prolonger cette station : une épidémie de peste dévastait la Castille et c'est seulement à la mi-avril que l'on put reprendre la route... toujours dans les mêmes conditions nocturnes et effrayantes. Si une femme osait s'approcher du cercueil, elle était mise à mort !

« À la moitié du voyage, la suite royale épuisée et horrifiée pense qu'il faut mettre un terme à ce périple et se tourne vers le père de la Reine : ce Ferdinand d'Aragon chassé de Castille par Philippe le Beau et qui est parti pour son royaume de Naples avec sa jeune épouse, la Française Germaine de Foix. Or, justement, il annonce son retour. On lui envoie des messagers pour qu'il se hâte. Et c'est ce qu'il fait, trop content de l'occasion offerte.

« La rencontre avec Jeanne a lieu à Tortoles. La jeune reine vit alors un instant de bonheur : elle aime son père et elle suppose qu'il lui rend son amour, alors qu'il ne songe qu'à régner à sa place. Cependant il cache bien son jeu, se montre tendre, affectueux, promet d'escorter lui-même le cortège funèbre jusqu'à Grenade... mais c'est ici, à Tordesillas, qu'il ramène Jeanne : elle n'en sortira qu'à sa mort, quarante-sept ans plus tard. Quant au corps de Philippe, il est déposé « provisoirement » au couvent des Clarisses.

« Des femmes ! Les Clarisses sont des femmes et, cela, Jeanne ne le supporte pas. Elle fera scène sur scène sans obtenir d'autre satisfaction qu'aller revoir encore ce mort qu'elle s'obstine à adorer... mais cette fois, elle reprendra son rubis de crainte qu'une de ces « créatures lubriques » ne le vole pour s'en parer. Désormais, elle le gardera.

— Autrement dit, il est enterré avec elle ?

— Non. Quelqu'un s'en est emparé durant l'agonie de la Reine : ceux qui la gardaient...

— Et qui étaient ?

— Le marquis et la marquise de Denia, des gens sans entrailles ni scrupules.

— Il faut donc chercher la pierre dans leur succession ?

— Leur successeur actuel, c'est la duchesse de Medinaceli. Les Denia ayant été faits ducs, leur titre est l'un de ses neuf titres ducaux. Et le rubis avait disparu de la famille depuis un grand moment.

— Qu'en savez-vous ? Vous n'avez guère eu de raisons de rechercher les dépouilles de la Reine ?

À la mine dédaigneuse du marquis, Aldo comprit qu'il venait de dire une bêtise : la moindre relique de son idole devait être précieuse à ce fanatique. Et, en effet, il entendit :

— Je n'ai fait que cela ma vie durant, y laissant le plus gros de ma fortune. Le hasard m'a d'ailleurs servi à travers mes ancêtres : l'un d'eux a relaté dans ses Mémoires avoir assisté à l'achat de la pierre par le prince Khevenhüller, alors ambassadeur de l'empereur Rodolphe II auprès de la Couronne d'Espagne. L'Empereur, vous le savez peut-être, était doublement l'arrière-petit-fils de Jeanne, par sa mère Marie, fille de Charles Quint, et par son père Maximilien, fils de Ferdinand, quatrième enfant de notre pauvre reine. C'était en outre un collectionneur impénitent, sans cesse à la recherche de pierres extraordinaires, d'objets rares et de choses étranges...

— Je sais, grogna Morosini. « Il n'aima que l'extraordinaire et le miraculeux », a dit je ne sais plus quel auteur contemporain...

Sa belle humeur venait de subir une baisse sévère : s'il fallait rechercher le rubis à travers les méandres compliqués de la plus touffue des successions impériales, il n'était pas au bout de ses peines. À la limite, violer la sépulture de Jeanne la Folle en pleine cathédrale de Grenade lui eût paru plus facile. Il éprouva cependant un bref soulagement quand Fuente Salida soupira :

— Le rubis est donc parti pour Prague, mais je ne saurais vous dire ce qu'il est devenu. Tout ce dont je suis certain, c'est qu'à la mort de l'Empereur, le 20 janvier 1612, le rubis ne comptait plus au nombre des joyaux de la Couronne et pas davantage des bijoux privés de Rodolphe ni des nombreuses pièces de son cabinet de curiosités.

— Vous en êtes sûr ?

— Vous pensez bien que j'ai cherché. Non dans l'espoir de pouvoir un jour me l'approprier mais pour savoir...

— Il vaut mieux pour vous n'avoir jamais pu vous l'offrir. Vous semblez satisfait de votre sort...

— Maintenant oui... pleinement ! fit le marquis avec un coup d'œil enamouré au portrait...

— Alors contentez-vous de cela et dites-vous que cette maudite pierre n'aurait pu vous apporter que désastres et catastrophes...

— Et cependant vous la cherchez ? Vous n'avez pas peur ?

— Non, parce que si je la retrouve je ne la garderai pas. Voyez-vous, marquis, j'ai déjà récupéré trois de ses semblables, désormais revenues à leur place originelle : le pectoral du Grand Prêtre du Temple de Jérusalem. Le rubis doit les rejoindre. C'est là seulement qu'il perdra son pouvoir maléfique.

— Un joyau... juif ?

— Ne faites pas la grimace : vous le saviez déjà, ou bien ignoriez-vous qu'avant d'être offert à Isabelle la Catholique, il avait été volé dans la Juderia de Séville par la fille de Diego de Susan avant qu'elle n'envoie son père au bûcher ?

Fuente Salida détourna la tête d'un air gêné. Une bonne moitié, en effet, de la noblesse espagnole gardait dans ses veines quelques gouttes de sang juif.

— Eh bien, prince, ajouta-t-il en se levant, voilà tout ce que je peux vous dire. J'espère que vous tiendrez votre promesse au sujet de ceci ?

Il désignait le tableau. Morosini haussa les épaule :

— Cette histoire ne me concerne pas et je n'ai qu'une parole. Cependant, vous devriez peut-être cacher ce chef-d'œuvre pendant quelque temps.

En raccompagnant son visiteur jusqu'à la porte, don Manrique garda le silence. Ce fut à l'ultime instant qu'il demanda, avec une sorte de timidité :

— Si vous arrivez à retracer le parcours du rubis... j'aimerais que vous me le fassiez connaître.

— C'est tout à fait naturel. Je vous écrirai.

Ils se séparèrent sur un salut protocolaire, mais sans se serrer la main : ces modes anglo-saxonnes n'étaient pas de mise en Vieille Castille...

De retour à son auberge, Aldo s'installait dans la salle commune avec l'idée de se commander de quoi dîner quand il vit paraître celui qu'il n'attendait pas : le commissaire Gutierez en personne plus taureau de combat que jamais. Sans perdre une seconde, celui-ci fonça sur son objectif préféré :

— Qu'est-ce que vous faites là ? grogna-t-il.

— C'est une question que je pourrais poser aussi, répondit Morosini, on ne peut plus flegmatique. Me laisserai-je aller à supposer que vous m'avez suivi ? Je ne m'en suis pas douté un seul instant.

— Vous m'en voyez ravi. Maintenant répondez. Qu'êtes-vous venu faire ici ?

— Causer.

— Seulement causer ? Avec la personne qui vous accusait de vol ? Est-ce que ce n'est pas un peu bizarre ?

— C'est justement parce qu'il m'accusait de vol que j'ai voulu m'expliquer avec lui. Quand on porte mon nom, il est très difficile de laisser ce genre d'accusation traîner derrière soi, surtout à l'étranger. J'admets que cela aurait pu se terminer par un duel ou un pugilat mais le marquis est un homme plus sage et plus pondéré que je ne l'aurais cru. Explications données et reçues nous avons permis à nos esprits de s'apaiser et le marquis m'a offert un verre d'amontillado plus qu'honorable. Voilà ! À vous maintenant.

— Quoi, à moi ?

— Dites-moi au moins pourquoi vous m'avez suivi ? Vous êtes en poste à Séville et je vous retrouve à quelques centaines de kilomètres. Que me voulez-vous encore ?

— Vos faits et gestes m'intéressent, voilà tout !

— Ah !

L'aubergiste fit à cet instant son apparition avec un plat fumant qu'il déposa sur la table.

— Si par hasard mon dîner vous intéressait aussi, nous pourrions le partager ? La cuisine espagnole est parfois sujette à caution mais elle est toujours abondante. Prenez place ! J'ai toujours aimé discuter autour d'un bon repas...

Tout en formulant son invitation, Aldo se demandait si le dîner en question était aussi bon que ça ! De toute évidence c'était du porc un peu trop cuit environné de pois chiches qui auraient dû l'être davantage, le tout agrémenté de l'inévitable piment rouge. Tel qu'il était, cependant, le plat avait l'air de séduire Gutierez qui n'hésita qu'un seul instant avant de tirer une chaise et de s'installer.

— Après tout, pourquoi pas ?

Appelé d'un geste impératif, l'aubergiste se hâtait d'ajouter un couvert. Devinant que son invité risquait de trouver la part un peu maigre, vu son gabarit, Morosini commanda une deuxième ration accompagnée d'une omelette et du « meilleur vin que vous aurez ».

À mesure qu'il donnait ses ordres, le commissaire s'épanouissait comme une rose au soleil et ce fut avec un demi-sourire qu'il ingurgita son premier verre de vin, fit claquer sa langue avec une satisfaction que son hôte ne partageait guère. Le vin en question était plutôt rapeux mais devait titrer presque autant qu'un honnête marc de Bourgogne.

— Répétez-moi un peu ce que vous êtes allé faire chez le marquis ?

— Je croyais avoir été assez clair, fit Aldo en remplissant généreusement le verre de son compagnon : j'ai demandé des explications, on me les a données et nous avons fait la paix... d'autant plus facilement que le cher marquis commençait à regretter ses accusations. Et comme l'œil rond du policier se chargeait de soupçons, il ajouta : Me trompè-je ou bien n'avez-vous pas été convaincu par ce que vous a dit la duchesse de Medinaceli ?

Dans la modeste salle d'auberge, le grand nom retentit comme un coup de gong, mettant visiblement mal à l'aise l'entêté policier : c'était en quelque sorte comme si on le mettait au défi de traiter doña Ana de menteuse... Il accusa le coup, parut se rétrécir :

— N... on, marmotta-t-il, mais je sais que la noblesse forme un vaste club dont les membres se soutiennent entre eux...

— Vous auriez dû dire ça au marquis de Fuente Salida quand il me traitait de voleur.

— Mais, enfin, il faut tout de même bien que quelqu'un l'ait pris, ce fichu portrait ? Que vous ne soyez pas parti avec, j'en conviens, mais rien n'empêche que vous n'ayez eu un complice, dûment rétribué, dans la place ?

Morosini remplit le verre de son vis-à-vis et se mit à rire :

— Tenace, hein ? Et têtu. Je ne vois pas ce que je pourrais faire pour vous convaincre. Croyez-vous que je serais venu jusqu'ici...

— ...Pour convaincre le marquis de reconnaître votre innocence ? Pourquoi pas ? Après tout, rien ne dit que vous n'êtes pas complices tous les deux.

Sur la tempe d'Aldo une petite veine se mit à battre comme cela lui arrivait quand il s'énervait ou qu'il flairait un danger. Ce butor était plus intelligent qu'il n'en avait l'air. S'il se mettait dans la tête de fouiner chez Fuente Salida, cela pouvait tourner au drame. Celui-ci pourrait s'imaginer que Morosini l'avait trompé et lui amenait la police après lui avoir tiré les vers du nez : Dieu sait, alors, comment il réagirait et ce qu'il serait capable d'inventer. Néanmoins, son visage était un modèle d'impassibilité quand il suggéra :

— Pourquoi n'allez-vous pas le lui demander ?

— Pourquoi n'irions-nous pas... ensemble ?

— Si cela peut vous faire plaisir. J'aimerais voir comment il vous recevra, dit Aldo avec un sourire suave. Mais finissons d'abord de souper, si vous le voulez bien. Personnellement un dessert me ferait plaisir, accompagné d'un vin plus doux peut-être ? Qu'en pensez-vous ?

— Pas une mauvaise idée, fit l'autre qui achevait avec un regret visible ce qui restait de vin.

C'était même une très bonne idée si Morosini pouvait réaliser celle qui lui venait. Appelé, l'aubergiste apporta du flan, du *mazapan* et une compote indécise, puis acquiesça volontiers quand son fastueux client lui demanda de « faire un tour à la cave » pour choisir plus commodément. Il s'empressa de prendre une lanterne afin de le guider.

— Je n'ai pas une cave très fournie, señor, s'excusa-t-il.

Mais elle était tout à fait suffisante pour ce que Morosini voulait en faire. À peine au fond, il tira de sa poche un carnet et un stylo, rédigea rapidement et en français un billet mettant le marquis au courant de la situation, déchira la page, la plia soigneusement puis, s'adressant à l'aubergiste qui le regardait faire avec étonnement :

— Vous connaissez le marquis de Fuente Salida ? demanda-t-il.

— Muy bien, señor, muy bien !

— Arrangez-vous pour lui faire porter ceci immédiatement. Vous entendez ? Sans le moindre délai. C'est très important. Même pour Tordesillas !

L'œil du bonhomme s'alluma en voyant le billet de banque joint à l'envoi.

— J'envoie mon garçon tout de suite. Et... pour le vin ?

On dénicha un xérès poussiéreux qui allait coûter au prince le prix d'un champagne millésimé au Ritz — c'était la seule bouteille qui restait et on la gardait pour une grande occasion ! — après quoi on alla rejoindre le policier qui avait déjà attaqué le massepain.

Une heure plus tard, le heurtoir de bronze agité par Gutierez résonnait sur la porte du marquis, faisant accourir, après un temps, une servante effarée en bonnet de nuit et camisole. Presque sur ses talons apparut don Manrique drapé dans une robe de chambre à ramages, sa figure pâle rendue plus saisissante par la chandelle qu'il tenait à la main.

— Que me veut-on ? demanda-t-il avec une rudesse qui, jointe à son aspect quasi fantômal, fit perdre au policier une partie de son assurance.

Néanmoins, l'obstination fut la plus forte et, après une avalanche d'excuses et de salamalecs, le commissaire exposa ce qu'il voulait : pistant le prince Morosini depuis Séville et très surpris de le voir venir à Tordesillas, il voulait visiter la maison... parce que... euh... eh bien, il se demandait si on ne lui avait pas joué une petite comédie et si...

Le mépris dont le marquis gratifia le policier en aurait écrasé plus d'un mais celui-là, stimulé peut-être par ses nombreuses libations, resta ferme sur ses positions. Il n'avait pas beaucoup d'idées à la fois, mais quand il en avait une il y tenait et la suivait jusqu'au bout. Laissant l'alguazil local requis pour la circonstance surveiller en bas Morosini et Fuente Salida, il suivit d'un pas décidé la servante à laquelle son maître avait enjoint d'allumer dans toutes les pièces et de tout montrer au *comisario*, y compris la cave et le grenier.

— Cherchez, fouillez ! fit-il, avec une désinvolture de grand seigneur sûr de lui. Nous serons très bien ici pour attendre...

Et sur ce, le marquis alla s'asseoir sur l'un des deux bancs de la salle basse, posa sa bougie à terre et indiqua au bout de la salle l'autre banc à Morosini qui alla s'y installer. Le gardien dut se contenter de s'adosser à un pilier.

Pendant le temps que dura la visite, les deux hommes n'échangèrent pas un seul mot. Officiellement, Fuente Salida était indigné que le Vénitien lui eût amené la police, mais le bref et silencieux sourire qu'il lui offrit disait assez qu'à sa façon il appréciait la comédie qu'ils étaient en train de jouer. Pour sa part, Morosini goûta ce long moment de silence dans l'ombre de cette salle où lui et le marquis avaient l'air de veiller quelque invisible mort. C'était très reposant, surtout pour un homme guetté par la migraine ! En effet, Aldo supportait mal les vins sucrés et le xérès, même absorbé en quantité limitée, se révélait redoutable. Il fallait la constitution d'un Gutierez pour en avaler sans dommage les trois quarts d'une bouteille.

Il commençait à s'assoupir quand le policier revint. Sale à faire peur, couvert de poussière et bredouille, il semblait de fort méchante humeur mais n'en offrit pas moins ses excuses :

— J'ai dû faire erreur. Monsieur le marquis, je vous demande de m'excuser. Avouez cependant que votre soudaine entente avec l'homme que vous accusiez pouvait donner à penser.

— Je n'avoue rien, monsieur. Il serait utile, pour exercer votre... métier, que vous appreniez à connaître votre monde. Serviteur, messieurs ! Je ne vous retiens pas...

On sortit en silence. Cependant, intrigué au plus haut point, Morosini prit prétexte d'avoir laissé tomber un gant pour revenir sur ses pas juste avant que la porte ne se referme sous la main de la servante qu'il bouscula un peu :

— J'ai laissé tomber un gant, claironna-t-il en montrant celui qu'il avait dans la main.

Le marquis s'apprêtait à regagner sa chambre. En trois pas rapides, Morosini fut près de lui :

— Pardonnez ma curiosité, mais comment avez-vous fait ?

Un mince sourire étira le long visage solennel :

— Il y a un puits dans la cour : il est dedans... J'espère que ma reine me pardonnera ce traitement indigne d'elle !

— L'amour est la meilleure, la plus grande des excuses. Là où elle est, je suis certain qu'elle le sait. Je vous donnerai des nouvelles du rubis... si j'arrive à retrouver sa trace.

Il ressortit aussi vite qu'il était entré. Les deux policiers n'avaient fait que quelques pas et l'attendaient. On regagna l'auberge en silence.

— Que faites-vous, à présent ? dit Gutierez maussade.

— Je vais dormir et demain je retourne à Madrid pour saluer Leurs Majestés avant de repartir pour Venise...

— Eh bien, nous ferons route ensemble...

Cette perspective n'enchantait guère Morosini mais si la paix avec le soupçonneux commissaire était à ce prix, il était sage de l'accepter avec bonne humeur. Le train étant à neuf heures, on décida de se retrouver à huit pour le petit déjeuner.

Le voyage fut moins pénible qu'Aldo ne l'imaginait : le policier dormit presque tout le temps. Ce n'en fut pas moins un soulagement de lui serrer la main en gare du Nord et de lui dire un adieu qu'on espérait bien définitif. Pour consoler un peu le pauvre Gutierez qui faisait triste mine, il déclara :

— Un portrait de cette importance n'est pas facile à vendre mais si j'apprends qu'on le signale dans telle ou telle vacation ou même dans une collection privée, je vous le ferai savoir...

C'était le comble de l'hypocrisie mais après tout cet homme ne faisait que son travail et essayait de le faire bien !

À l'hôtel, Aldo trouva une lettre de Guy Buteau. Comme il en avait l'habitude lorsque son patron s'absentait, le fidèle fondé de pouvoir le tenait au courant des derniers développements de ses affaires. Cette fois, cependant, Guy avait ajouté quelques mots concernant l'épouse d'Aldo :

« Donna Anielka nous a quittés il y a deux jours après avoir reçu une lettre venue d'Angleterre. J'ignore si elle a l'intention de s'y rendre car elle ne nous a rien dit. Elle a envoyé Wanda retenir un sleeping sur l'Orient-Express en direction de Paris. Elle n'a pas dit non plus quand elle reviendrait. Cecina chante toute la journée... »

Cette dernière nouvelle, Aldo voulait bien la croire : Cecina faisait de gros efforts pour supporter « l'étrangère ». Elle devait être ravie d'en être débarrassée. Quant à la missive anglaise, il croyait bien deviner ce qu'elle contenait : l'instruction du procès de Roman Solmanski devait s'achever et peut-être annonçait-on à la jeune femme la date choisie pour la comparution de son père devant Old Bailey... Restait que, si elle se rendait en Angleterre, elle allait commettre une imprudence puisqu'elle y comptait plus d'ennemis que d'amis. Mais pouvait-on reprocher à une fille de vouloir se rapprocher d'un père en situation critique ? C'était tout à l'honneur de la jeune femme. Quoi qu'il en soit, à Paris où il comptait s'arrêter pour mettre Adalbert au courant de ses trouvailles, Aldo obtiendrait peut-être des nouvelles...

Le lendemain soir, il embarquait sur le Sud-Express à destination de la capitale française.

Deuxième partie

LE MAGICIEN DE PRAGUE

CHAPITRE 4

LES PAROISSIENNES DE SAINT-AUGUSTIN

Au milieu de la foule qui se pressait sur le quai n° 4 de la gare d'Austerlitz à Paris, en dépit de l'heure matinale, Morosini occupé à passer ses valises par la fenêtre à un bagagiste aperçut soudain, voguant au-dessus des têtes, une toison blonde et bouclée qui lui rappelait quelqu'un. Le doute ne subsista pas longtemps : sous la chevelure toujours un peu en désordre, il y avait bien les yeux bleus, le nez retroussé et le visage faussement angélique de son ami et complice Adalbert Vidal-Pellicorne.

Comme il ne l'avait pas prévenu de son arrivée, il pensa que l'archéologue-homme de lettres, et agent secret à ses heures, venait chercher quelque autre voyageur du Sud-Express mais, décidé à ne pas rater cette occasion de lui parler tout de suite, il se hâta de descendre et courut vers lui.

— Qu'est-ce que tu fais là ?

— Ben, je viens te chercher ! Content de te voir, vieux frère ! Tu as une mine superbe !

Et d'assener sur le dos du voyageur une claque à agenouiller un bœuf.

— Toi aussi ! Tu es sûrement l'égyptologue le mieux habillé de toute la profession, fit Morosini, sincère en admirant l'impeccable flanelle anglaise grise de son ami relevée d'une cravate d'un jaune éteint. Mais comment as-tu su mon arrivée ?

— Mme de Sommières m'a téléphoné la nouvelle hier soir.

— J'en suis content. Elle est donc bien à Paris. Sachant ses habitudes migratrices du printemps, j'ai télégraphié chez elle en pensant qu'il y aurait au moins Cyprien pour m'accueillir et me donner des nouvelles. Sinon, il y a toujours le Ritz... mais j'avoue que j'aime autant son hôtel de la rue Alfred-de-Vigny...

— Je comprends ça mais tu n'y vas pas. Tu viens chez moi et c'est pour ça que tu me trouves ici.

— Chez toi ? Pourquoi ? La maison de tante Amélie est en réfection, elle est envahie par des visiteurs, ou bien...

— Rien de tout ça ! La chère marquise serait ravie de te recevoir, tu le sais bien, mais elle pense que tu n'apprécierais peut-être pas beaucoup d'avoir ta femme comme voisine...

— Anielka est chez elle ?

— Tout de même pas ! Elle s'est installée il y a une semaine environ dans la maison d'à côté.

— Celle de son ancien mari ? Mais je croyais l'hôtel d'Eric Ferrals vendu ?

— Il a été vidé en grande partie, mais il appartient toujours à la succession. Et la succession c'est la veuve...

— Et le fils bâtard de son mari. Tu oublies John Sutton...

— Écoute, on a tout le temps pour parler de ça. Et on serait sûrement mieux chez moi que sur un quai de gare.

Un moment plus tard, la petite Amilcar rouge vif d'Adalbert chargée des bagages du Vénitien emportait les deux amis vers la rue Jouffroy. Laissant son chauffeur aux plaisirs et difficultés d'une conduite toujours dangereusement sportive, Aldo choisit de garder le silence durant le trajet. Le printemps parisien était délicieux cette année. Un vent léger et frais colportant les senteurs des marronniers en fleur courait le long de la Seine. Le voyageur s'y abandonna, sans pour autant cesser de réfléchir à la nouvelle énigme qui se posait : pourquoi Anielka s'était-elle rendu dans son ancienne demeure ? La princesse Morosini n'avait rien à y faire... Peut-être tante Amélie et surtout son fidèle bedeau, Marie-Angéline du Plan-Crépin à qui rien n'échappait, pourraient-elles lui en apprendre davantage ? Cette question impérative le décida à rompre le silence qu'il observait toujours quand Vidal-Pellicorne était au volant :

— J'aimerais bien parler un peu avec tante Amélie ! Avez-vous prévu un rendez-vous secret, à minuit, derrière un bosquet du parc Monceau ?

— Viendra dîner ce soir ! marmotta Adalbert, l'esprit et les yeux occupés.

L'apparition de deux agents à bicyclette débouchant de la rue Royale amena un soudain apaisement aux ronflements rageurs du moteur. Adalbert leur offrit un sourire séraphique dont il envoya la fin à son compagnon :

— C'était bien, l'Espagne ? Qu'est-ce qui t'a conduit là-bas ? Doit y faire déjà diantrement chaud !

— La restitution au Trésor espagnol d'une pièce disparue depuis le siècle dernier. Cela m'a valu d'escorter la Reine jusqu'à Séville pour une fête chez les Medinaceli tandis que son royal époux allait faire quelques frasques à Biarritz... et par la même occasion j'ai trouvé la trace du rubis, la dernière pierre du pectoral...

La voiture fit une embardée traduisant l'émotion de son conducteur, mais celui-ci redressa aussitôt.

— Et tu ne l'as pas dit tout de suite ?

— Pour que tu nous envoies dans le décor ? Tu as vu à quelle allure tu conduisais ?

— J'admets que quand il fait beau je me laisse un peu aller...

— Quand il pleut aussi ! Et, à propos du rubis, ne te réjouis pas trop vite : je ne suis sûr de son parcours que jusqu'à la fin du XVIe siècle quand il a été acheté pour l'empereur Rodolphe II.

— Ne me dis pas qu'il va encore falloir se battre avec le trésor des Habsbourg ?

— Je ne crois pas. Le personnage que j'ai interrogé en Espagne jure qu'à la mort de l'Empereur celui-ci ne le possédait plus et que nul ne sait où il est passé. La première chose à faire est, je pense, d'en référer à Simon. Personne ne connaît mieux que lui les bijoux Habsbourg et, avec ce que j'ai pu apprendre, il trouvera peut-être une piste ? D'autant que cette sacrée pierre m'a l'air d'être encore plus malfaisante que les autres...

— Raconte !

— Pas maintenant. Regarde où tu vas, ça vaudra mieux !

Aldo garda un silence prudent jusqu'à ce que son ami serre les freins devant l'entrée de son domicile : un immeuble fin de siècle très cossu dans lequel il occupait un vaste premier étage sur entresol, merveilleusement entretenu par Théobald, son fidèle valet de chambre. En cas de besoin, celui-ci s'adjoignait son frère jumeau Romuald [1], avec lequel il composait une paire d'autant plus appréciable qu'elle n'avait peur de rien et savait pratiquement tout faire depuis la culture des radis jusqu'à la guerre d'embuscade en plein désert.

1. Voir *L'Étoile bleue.*

Théobald attendait « monsieur le prince » avec une satisfaction qu'exprimaient bien le somptueux petit déjeuner disposé à son intention dans la bibliothèque... et le bouquet de pivoines odorantes, placé sur un guéridon dans la chambre de l'invité.

Tout en faisant disparaître quantité de brioches chaudes, de croissants feuilletés à miracle et de toasts couverts de beurre au goût de noisette et de confiture d'abricot, accompagnés d'un café digne de Cecina, Aldo raconta ses aventures espagnoles et comment il en était venu, en échange de renseignements, à laisser un voleur jouir en paix de son larcin.

— L'amour justifie tout ! soupira Vidal-Pellicorne. Tu ne pouvais pas briser le cœur de ce pauvre homme.

— L'amour vrai, peut-être, mais l'est-il toujours autant que certains le prétendent, murmura Morosini en pensant à celle qui portait son nom grâce à un chantage concocté au nom de ce même amour. À propos, as-tu des nouvelles de Lisa Kledermann ?

Adalbert s'étrangla avec son croissant qu'il fit passer avec une demi-tasse de café. Ce qui excusa la belle teinte pourpre répandue sur son visage.

— Pourquoi Lisa à propos de l'amour ? articula-t-il enfin.

— Parce que je sais que tu as un faible pour elle. Et comme vous êtes d'excellents amis, qu'elle n'a aucune raison de te tourner le dos, à toi, je pensais que tu saurais peut-être quelque chose ?

— C'est toi qui l'as vue pour la dernière fois quand elle t'a apporté l'opale.

— Pas la moindre lettre, le plus petit coup de téléphone ?

— Rien. Elle doit avoir trop peur que je lui parle de toi et j'ignore où elle est. Pas à Vienne en tout cas : j'ai...

reçu des nouvelles de Mme von Adlerstein : il semblerait que sa petite-fille ait choisi de se volatiliser une fois de plus dans la nature.

— Alors n'en parlons plus... et revenons à la cause de tout le mal : Anielka. Que fait-elle à Paris ?

— Pas grand-chose en apparence. Elle semble vivre plus ou moins cloîtrée dans l'hôtel Ferrals... mais je préfère laisser les dames de la rue Alfred-de-Vigny t'en parler.

Mme de Sommières ne partageait pas la belle humeur d'Adalbert. Elle aimait beaucoup Aldo dont la mère avait été sa nièce et sa filleule. La nouvelle de son mariage avec la veuve de son ex-voisin et ennemi, sir Eric Ferrals, l'avait consternée. Elle admettait qu'Aldo n'avait pas eu le choix, devant l'abominable marché qui lui était imposé [1] mais, en dépit de la bénédiction nuptiale donnée au couple, elle se refusait à considérer la jeune femme comme sa nièce.

« Les tribunaux ecclésiastiques n'ont pas été inventés pour les chiens, écrivit-elle à son neveu quand elle sut la nouvelle, et j'espère que tu ne tarderas pas à en faire usage... »

Ce fut d'ailleurs la première question qu'elle posa à Morosini après l'avoir embrassé — quand elle arriva rue Jouffroy :

— As-tu introduit ta demande en annulation auprès de la cour de Rome ?

— Pas encore !

— Et pourquoi, s'il te plaît ? Tu as changé d'avis ?

— Pas le moins du monde mais, je vous l'avoue, je n'ai pas voulu accabler cette malheureuse — elle me fait

1. Voir *L'Opale de Sissi.*

un peu pitié ! — au moment où son père s'apprête à répondre de ses crimes devant la justice anglaise.

— Avec des idées pareilles tu n'en sortiras jamais. Et si on le pend, il faudra que tu la consoles ?

— J'espère qu'elle trouvera tout le réconfort nécessaire auprès de son frère. Je laisse passer le procès et j'envoie ma demande. Dès cet instant nous pourrons vivre chacun de notre côté.

— Alors dépêche-toi d'aller l'écrire et de l'envoyer. Il n'y aura pas de procès...

Le ton se faisait dramatique et Aldo, amusé, pensa que sa chère vieille tante, à certains moments, ressemblait plus que jamais à une Sarah Bernhardt âgée. Tout y était : la voix profonde et vibrante, le coussin de cheveux dont la blancheur montrait encore des mèches rousses ombrageant un regard vert qui gardait toute sa jeunesse. Même la robe « princesse » en moire violette pourvue d'une petite traîne complétait l'illusion. La marquise de Sommières restait fidèle à cette mode lancée nombre d'années plus tôt par la reine d'Angleterre Alexandra et qui convenait à sa haute taille demeurée mince. Elle portait toujours une collection de sautoirs d'or coupés de perles, d'émaux ou de menues pierres précieuses dont l'un retenait son face-à-main et dont les couleurs variaient selon celles de ses toilettes. Pour l'instant, assise très droite dans un fauteuil couvert de velours vert foncé, elle évoquait tout à la fois un tableau de La Gandara ou certain portrait d'impératrice chinoise admiré un jour dans le magasin de Gilles Vauxbrun, l'antiquaire de la place Vendôme et un ami cher.

Auprès de cette souveraine, sa lectrice — esclave et néanmoins parente — avait l'air d'un pastel en voie d'effacement tant elle semblait décolorée. C'était une vieille fille longue et maigre pourvue d'une chevelure frisée dans les jaunes pâles, de paupières tombantes sous lesquelles s'abritaient des yeux hésitant entre le gris et le jaune, mais singulièrement vifs par instants, et d'un long nez pointu que Marie-Angéline du Plan-Crépin s'entendait comme personne à fourrer dans les affaires des autres. En effet, délivrée par son physique de tout souci à propos de sa vie sentimentale, cette étonnante personne adorait se mêler sans bruit de ce qui ne la regardait pas et développait des qualités dignes du quai des Orfèvres. Dans ce rôle de détective, elle avait déjà rendu plus d'un service à Morosini qui savait l'apprécier. Ce fut vers elle que Mme de Sommières tendit une main royale :

— Plan-Crépin ! Le journal !

De nulle part mais sans doute d'une poche dissimulée dans ses amples jupes, Marie-Angéline sortit ce qu'on lui demandait : un numéro du *Morning Post* datant de l'avant-veille que Mme de Sommières, sans même y jeter un coup d'œil, tendit à Morosini. Un énorme titre, « Mort dans sa prison ! », occupait trois colonnes.

Avec stupeur, Aldo lut que le comte Solmanski, dont le procès devait venir devant le tribunal d'Old Bailey la semaine suivante, s'était empoisonné avec une dose massive de véronal dont on avait retrouvé deux tubes vides auprès d'une lettre dans laquelle le « noble Polonais » déclarait préférer rendre compte à Dieu plutôt qu'aux hommes de ses actes passés, et recommandait à ses enfants le soin de son âme. Il demandait en grâce que l'on voulût bien remettre sa dépouille mortelle à son fils, Sigismond, qui la mènerait jusqu'en Pologne où le comte pourrait reposer dans la terre de ses ancêtres...

— Ses ancêtres ? s'exclama Aldo. Le vieux fourbe n'en a pas un seul là-bas ! Il était russe.

— Puisqu'il a réussi à s'approprier le nom et le titre, il a peut-être acquis le caveau de famille par la même occasion, fit Adalbert en présentant à Mme de Sommières la coupe de champagne qui était sa boisson favorite et quotidienne lorsque venait le soir.

Aldo cependant consultait la date du journal :

— Ce numéro est d'avant-hier.

— Mais je l'ai acheté hier, indiqua Marie-Angéline. Il faut bien une journée pour qu'une publication anglaise arrive à Paris.

— Sans doute. Ce n'est pourtant pas ça qui m'intrigue. Quand m'as-tu dit que... qu'Anielka était arrivée ici ? demanda-t-il en se tournant vers son ami.

— Il y a cinq jours, je crois.

— Cinq jours en effet, approuva « Plan-Crépin ».

Et de préciser que son attention avait été attirée, vers le début de la semaine précédente, par une certaine animation survenue dans la maison voisine, inhabitée depuis la mort de sir Eric Ferrals à l'exception d'un concierge et de sa femme. Pas une grande agitation, bien sûr, mais des fenêtres que l'on ouvrait, des volets qu'on rabattait, les échos légers de gens en train de faire le ménage.

— Nous avons pensé, dit Mme de Sommières, que l'on préparait la demeure en vue de la visite d'un éventuel acquéreur mais, à son centre de renseignements préféré, Plan-Crépin a appris quelque chose...

Le centre en question n'était autre que la messe de six heures du matin à l'église Saint-Augustin où se retrouvaient les âmes les plus pieuses de la paroisse, parmi lesquelles nombre de demoiselles de compagnie, nourrices, cuisinières ou femmes de chambre d'un quartier riche et bourgeois. Marie-Angéline, à force d'assiduité, avait fini par s'y faire des relations et y puisait des informations dont plusieurs s'étaient révélées extrêmement utiles par le passé. Cette fois, le courant d'air venait d'une cousine de la gardienne de l'hôtel Ferrals qui était en service avenue Van-Dyck chez une vieille baronne, laquelle l'employait uniquement à nourrir ses nombreux chats et à jouer avec elle au trictrac...

Cette pieuse personne avait déversé dans le cœur compatissant de Marie-Angéline les doléances de sa parente qui, avec la réouverture d'un hôtel fermé depuis bientôt deux ans, voyait s'achever une agréable période de doux farniente. Le pire étant, bien sûr, qu'il n'était pas question de reprendre la nombreuse domesticité d'autrefois. Les ordres venus d'Angleterre sur papier à en-tête de Grosvenor Square portaient qu'il ne s'agissait pas d'un long séjour : lady Ferrals désirait seulement se plonger pendant quelques jours dans ses souvenirs du passé. Comme elle amènerait sa camériste, une femme de ménage suffirait, le reste du service étant assuré par la concierge elle-même et son époux qui pouvait faire office de chauffeur.

— C'est une histoire de fous ! soupira Morosini. Qu'est-ce que cette femme qui porte maintenant mon nom vient faire ici sous son ancienne identité ? J'ai appris qu'elle a quitté Venise au reçu d'une lettre arrivée de Londres...

— On a dû lui annoncer que le procès allait s'ouvrir et elle a voulu se rapprocher de son père, tenta d'expliquer Adalbert. C'est un peu délicat pour elle de retourner là-bas.

— Parce que le superintendant Warren et, naturellement, John Sutton sont persuadés qu'elle a tué Ferrals et à cause des menaces qu'elle a subies, prétendument, de la part du milieu polonais ? Selon moi, ça ne tient pas : on peut se cacher dans Londres dès l'instant où l'on en a les moyens et son frère — puisque apparemment il est revenu d'Amérique pour la circonstance — est tout à fait capable de la recevoir discrètement. D'autant qu'elle possède désormais un passeport italien et que je ne vois pas pourquoi les Polonais ou même Scotland Yard s'occuperaient d'une quelconque princesse Morosini.

— Scotland Yard peut-être pas, mais Warren, si ! C'est un nom qui lui dit quelque chose : outre l'amitié qu'il te porte, il est venu chez toi arrêter ton beau-père après avoir retourné la moitié de l'Europe[1]...

— J'ai bien envie d'aller faire un tour à Londres, bougonna Aldo. Ne fût-ce que pour bavarder un instant avec le Super ! Qu'est-ce que tu en penses ?

— Pas une mauvaise idée ! Il fait beau, la mer doit être superbe et ce serait au moins une agréable promenade...

— Si vous voulez mon avis, intervint la marquise, il vaudrait mieux que l'un de vous surveille ce qui se passe chez mes voisins. Je trouve tout ça tellement bizarre !

— Ce qu'il faudrait d'abord savoir, c'est comment « lady Ferrals » a ressenti le suicide de son père. Je suppose que Sigismond, son frère, a dû la prévenir sans attendre que la presse s'en charge ? Votre confidente aurait-elle quelques lumières là-dessus ? ajouta le prince en se tournant vers Mlle du Plan-Crépin.

Celle-ci prit la mine d'une chatte qui vient de trouver un pot de crème :

— Bien sûr. Je peux vous dire qu'hier cette dame a envoyé comme chaque matin sa Polonaise lui chercher

1. Voir *L'Opale de Sissi.*

des journaux anglais et qu'elle les a lus le plus tranquillement du monde et sans rien manifester. Bizarre, non ?

— Tout à fait ! Mais dites-moi, Marie-Angéline, votre concierge passe sa vie l'œil rivé aux trous de serrure, pour voir tout ça ?

— Il est certain qu'elle y passe un certain temps mais, surtout, elle est souvent hors de sa loge et dans la maison sous prétexte de surveiller la femme de ménage afin d'être sûre qu'elle fait bien son travail. Comme elle l'a choisie elle-même, on ne peut pas lui reprocher sa présence...

— Et elle a vu Lady Ferrals lire ce journal ?

— Lire, c'est beaucoup dire : elle y a jeté un coup d'œil puis l'a rejeté négligemment sur une table. Et comme c'est en première page, elle ne pouvait pas rater l'article...

Il y eut un silence. Les deux hommes réfléchissaient, Mme de Sommières buvait paisiblement sa deuxième coupe de champagne et Marie-Angéline piaffait :

— Alors, que faisons-nous ? s'impatienta-t-elle.

— Pour l'instant on va dîner, répondit Adalbert.

En effet, Théobald, grave comme un archevêque, venait annoncer que « Monsieur » était servi. On passa à table.

Mais on n'était pas affamé au point d'abandonner au profit de la nourriture un sujet aussi passionnant. Tout en procédant avec diligence au décortiquage d'un buisson d'écrevisses, la vieille dame suggéra tout à coup à son neveu :

— Si j'étais vous, messieurs, je me partagerais la tâche. Il serait bon qu'il y en ait un qui aille à Londres sonder les reins et le cœur du Chief Superintendant Warren. Pendant ce temps l'autre pourrait, depuis ma maison, observer celle d'à côté et ce qui s'y passe. Si ma mémoire est fidèle, mon cher Aldo, il t'est déjà arrivé de mener, seul ou en compagnie de Plan-Crépin, quelques expéditions dont tu t'es toujours fort bien trouvé ? J'avoue que les faits et gestes de ta prétendue épouse m'intéressent...

— Je n'y vois aucun inconvénient, bien au contraire, mais dans ce cas pourquoi ne pas m'avoir laissé venir chez vous directement ?

— En plein jour et toutes fenêtres ouvertes ? Tu es trop modeste mon garçon, tu devrais savoir que tes allées et venues passent difficilement inaperçues. Il y a toujours quelque part une femme pour te remarquer...

— N'exagérons rien !

— Je ne fais que constater. Et ne m'interromps pas sans arrêt. Je disais qu'en revanche, si tu venais t'installer chez nous en catimini, et de préférence en pleine nuit ?

— Quelle idée merveilleuse nous avons là ! s'exclama Marie-Angéline qui employait toujours la première personne du pluriel pour s'adresser à son employeuse et qui voyait poindre à l'horizon une aventure excitante propre à rompre la monotonie de l'existence.

— C'est vrai, approuva Aldo. C'est une bonne idée. Puis, se tournant vers son ami qui barbotait dans un rince-doigts : Ça te dit d'aller faire un tour chez Warren ?

— Non seulement ça me dit, mais cela fait au moins trois minutes que j'y suis décidé. Je pars demain. Et toi ?

— Pourquoi pas cette nuit ? Cyprien vous a amenée avec le coupé, tante Amélie ?

— Oui, et il doit nous reprendre vers onze heures. Plan-Crépin, allez donc téléphoner à la maison que l'on prépare le lit de monsieur Aldo.

Le dîner s'acheva et, quand le pas des grands « carrossiers » de la marquise annonça que la voiture était arrivée — fidèle à l'art de vivre de sa jeunesse, Mme de Sommières n'employait sa « voiture à pétrole » que lorsqu'il était impossible de faire autrement et ne concevait ses déplacements en ville qu'avec un attelage de haute qualité —, Aldo fila dans sa chambre afin d'échanger son smoking contre des vêtements plus pratiques pour s'accroupir sur le plancher d'un coupé. Il y prit une mallette avec ses objets de toilette, descendit l'escalier et, après s'être assuré qu'il n'y avait âme qui vive dans la rue, se glissa dans la voiture que Cyprien avait pris soin de ne pas arrêter sous un réverbère. Quelques minutes plus tard, les deux dames, escortées d'Adalbert, l'y rejoignaient et l'on regagna la rue Alfred-de-Vigny où le passager clandestin put débarquer tout à son aise dans la cour de l'hôtel de Sommières, une fois le portail refermé.

Ce ne fut pas pour aller se coucher : il était trop tôt. Aussi, après avoir installé tante Amélie dans le petit ascenseur qui lui éviterait le grand escalier, se rendit-il dans le jardin d'hiver qui faisait suite au grand salon afin d'y boire un verre en réfléchissant.

L'impression qu'il éprouvait était étrange. Deux ans plus tôt, aux environs de la même date, il se trouvait à la même place, brûlant d'envahir l'hôtel voisin pour en arracher la dame de ses pensées, la ravissante et fragile Anielka Solmanska qu'un père avide et autoritaire livrait au Minotaure du trafic d'armes, le riche et puissant Eric Ferrals beaucoup plus âgé qu'elle[1]. Aujourd'hui le décor était peut-être inchangé mais les personnages, eux, s'étaient singulièrement transformés. Eric Ferrals

1. Voir *L'Étoile bleue.*

avait payé de sa vie un amour qui, sans être sénile, était un peu trop tardif. Quant à la femme si ardemment convoitée alors, il avait fallu un chantage ignoble pour la lui imposer, à lui Morosini, alors qu'il ne restait rien, mais vraiment rien, d'une de ces passions brutales et éphémères qui se consument d'elles-mêmes.

Ce soir, pourtant, elle était là de nouveau, derrière la double épaisseur des murs, faisant Dieu sait quoi, dormant peut-être, bien que ce fût peu probable : c'était plutôt un oiseau de nuit. À Venise, quand elle ne sortait pas — seule le plus souvent, Aldo ne tenant nullement à consacrer par sa présence une union dont il ne voulait pas —, la lumière restait allumée très tard dans sa chambre où elle bavardait avec Wanda, sa femme de chambre, en fumant, en jouant aux cartes et même en buvant du champagne, ce qui entretenait chez Cecina une colère latente.

— Non seulement c'est une garce mais en plus elle boit ! ronchonnait la fidèle cuisinière. Une princesse Morosini ivrogne, on n'a encore jamais vu ça !

En fait, Anielka devait boire modérément car son comportement diurne ne se ressentait jamais de ses libations nocturnes.

À propos d'alcool, Aldo se servit un autre verre, mais il ne retourna pas s'asseoir. Saisi d'une soudaine envie de voir ce qui se passait dans l'hôtel voisin, il ouvrit doucement la porte-fenêtre, descendit les quelques marches, et marcha jusqu'au bout du jardin afin d'apercevoir la façade voisine. Comme il l'espérait, il y avait de la lumière à deux des fenêtres du rez-de-chaussée, celles dont il se souvenait qu'elles éclairaient un petit salon. La décision d'Aldo fut immédiate : il était venu pour voir, il allait voir ! Il rentra poser son verre, puis marcha sans bruit vers les buissons de rhododendrons, d'hortensias et de troènes qui traçaient, avec une courte grille contre le mur, la frontière entre les deux hôtels mitoyens.

Ce n'était pas la première fois qu'il franchissait cette muraille végétale. Il l'avait fait déjà le soir où Eric Ferrals fêtait ses fiançailles avec la belle Polonaise, et c'était même à cette occasion qu'il avait failli recevoir sur la tête Adalbert Vidal-Pellicorne, invité de la soirée mais occupé sur les balcons du premier étage à des activités n'ayant pas grand-chose à voir avec le comportement normal d'un homme du monde [1].

Rien de tel à craindre, cette fois : Adalbert devait être en train de se préparer à partir pour Londres.

La traversée des buissons effectuée sans bruit, Morosini s'approcha des fenêtres à pas de loup. Le spectacle qu'il découvrit avait quelque chose de paisible, presque de familier : Anielka, une cigarette aux doigts, était assise sur un canapé, les jambes repliées sous elle dans une attitude qui lui était coutumière. Elle parlait avec quelqu'un qu'Aldo ne vit pas tout de suite. Il pensa qu'il s'agissait de Wanda mais, pour mieux s'en assurer, il glissa jusqu'à la fenêtre voisine et, là, retint de justesse une exclamation : assis dans un fauteuil et fumant lui aussi, il y avait un homme, et cet homme n'était autre que John Sutton, le fils bâtard, l'ennemi juré d'Anielka, l'homme qui prétendait détenir la preuve de sa culpabilité dans le meurtre de son mari. Que faisait-il là, installé comme chez lui, souriant même à cette jeune femme qu'il semblait considérer avec plaisir ? Il est vrai que, fidèle à son image, Anielka était bien jolie dans une robe de crêpe de Chine rose dragée brodée de petites perles brillantes, à peine plus longue qu'une chemise et

1. Voir *L'Étoile bleue.*

qui n'évoquait en rien le deuil. De chemise, d'ailleurs, elle n'en portait pas : deux très minces bretelles retenaient la soie de sa robe sur des seins libres de toute entrave.

Les fenêtres étant fermées, il était impossible d'entendre ce que se disaient ces deux-là, d'autant qu'ils ne devaient pas parler très haut. Seul le rire d'Anielka parvint à franchir le vitrage. Soudain, la scène changea : Sutton jeta sa cigarette à demi consumée dans un cendrier, se leva, vint jusqu'au canapé et prit les deux mains de la jeune femme pour la faire lever puis l'enlaça avec une fougue qui en disait long sur le désir qu'il éprouvait.

Tandis qu'il enfouissait son visage contre le cou mince, elle s'abandonna à son étreinte mais quand il voulut faire glisser le fragile rempart de la robe, elle le repoussa, atténuant son geste d'un sourire et d'un léger baiser sur les lèvres puis, le prenant par la main, elle se dirigea avec lui vers la porte qu'elle ouvrit avant d'éteindre l'électricité. Un instant plus tard, la fenêtre du balcon central, au premier étage, s'éclairait : celle dont Aldo savait que c'était la chambre de lady Ferrals

Morosini resta là, sans bouger, étonné lui-même de son absence de réaction. Cette femme était « sa » femme selon la loi ; elle était en train de coucher avec un autre homme et cela ne lui inspirait rien d'autre qu'une vague colère submergée par le dégoût. Normalement, il aurait dû fracasser les carreaux de la fenêtre, se jeter sur le couple pour le séparer et inscrire à coups de poings son ressentiment sur la figure de son rival. Seulement voilà : Sutton n'était pas son rival puisqu'il n'aimait plus, il n'était rien d'autre qu'un pauvre imbécile de plus pris, comme il l'avait été lui-même, au piège d'une sirène peu ordinaire qui jouait de son corps comme d'autres jouent de la guitare.

Pour l'instant, mieux valait ne pas se manifester et observer plus que jamais les manigances de ce beau monde.

Une idée soudaine traversa l'esprit d'Aldo tandis qu'il se frayait de nouveau un chemin au milieu des buissons fleuris : Adalbert partait dans quelques heures pour rencontrer Gordon Warren. Il fallait à tout prix qu'il sache que John Sutton était passé avec armes et bagages dans le camp ennemi. Cela pouvait éviter bien des ennuis et, qui sait, être de quelque utilité au superintendant...

Rentré sur les terres Sommières, il trouva Marie-Angéline assise sur les marches, ses bras encerclant ses genoux. Il aurait dû se douter qu'elle n'irait pas se coucher avant son retour.

— Vous avez trouvé quelque chose ?

— Oui... et quelque chose que je dois faire savoir à Vidal-Pellicorne. Le téléphone est toujours chez le concierge ?

— Eh oui ! Nous n'avons pas changé d'avis à ce sujet !

En effet, Mme de Sommières détestait jusqu'à l'idée qu'une vulgaire machine pût la sonner comme une simple domestique. Pour la commodité de la vie quotidienne, elle avait fini par l'accepter, mais seulement dans la loge des gardiens, et Aldo n'envisageait pas de rendre ceux-ci témoins de ses infortunes conjugales.

— Bon, alors j'y vais !

— Ce n'est pas prudent ! Nous avons pris tellement de précautions pour vous amener ici. Si l'on vous voit de la maison d'à côté ?

— Croyez-moi, il n'y a aucune chance, ricana-t-il. Donnez-moi une clé, je n'en ai pas pour longtemps.

Quelques secondes plus tard, il prenait sa course vers la rue Jouffroy, en regrettant que le parc soit fermé, ce qui eût raccourci le trajet mais pour un homme aussi bien entraîné que lui ce n'était pas une affaire.

C'en fut une, par exemple, que se faire ouvrir. Adalbert et son valet devaient dormir du sommeil du juste en attendant l'heure du train, et il fallut un bon moment avant que la voix ensommeillée de l'archéologue demande qui était là :

— C'est moi, Aldo ! Ouvre, s'il te plaît ! Il faut que je te parle...

La porte s'ouvrit :

— Qu'est-ce qui te prend ? Tu as vu l'heure ?

— Il n'y pas d'heure pour les choses importantes ! Je viens d'aller voir ce qui se passe chez Ferrals...

— Et alors ?

— J'y ai vu ma femme en robe du soir fort décolletée se pâmant dans les bras de son meilleur ennemi, John Sutton.

— Quoi ?... Viens par ici, je vais faire du café : je ne dormirai plus cette nuit.

Tandis qu'Aldo actionnait le moulin à café, Adalbert mit de l'eau à bouillir, sortit des tasses et du sucre.

— Tu peux aussi sortir ton calvados, grogna le premier, j'ai vraiment besoin d'un remontant...

— Tu les as vus ? demanda Vidal-Pellicorne avec un coup d'œil inquiet à son ami.

— Comme je te vois... Enfin d'un peu plus loin. Ça se passait dans le petit salon et j'étais derrière les portes-fenêtres, là où on s'est rencontrés pour la première fois. Après les... politesses de l'entrée, ils se sont pris par la main comme des enfants sages pour s'attaquer au plat de résistance à l'étage supérieur...

— Et... qu'est-ce que tu as fait ?

Morosini leva sur son ami des yeux dont le bleu acier virait curieusement au vert :

— Rien, gronda-t-il. Rien du tout !... Quant à ce que j'ai éprouvé, c'était une brève poussée de fureur vite étouffée sous le dégoût, mais pas la moindre douleur. Si j'avais besoin d'une confirmation touchant mes sentiments pour elle, je viens de la recevoir. Cette femme me répugne. Ce qui ne veut pas dire qu'elle ne me paiera pas, un jour ou l'autre, ce qu'elle est en train de faire alors qu'elle est encore ma femme.

Le soupir de soulagement que poussa Adalbert aurait suffi à gonfler une montgolfière :

— Ouf !... J'aime mieux ça ! Pardonne-moi de revenir là-dessus, mais redis-moi comment elle était habillée ?

— Un chiffon de crêpe de Chine rose avec des perles dessus et rien en dessous...

— Alors qu'elle a appris la mort de son père depuis presque deux jours ? Curieuse attitude !... En tout cas, tu as bien fait de venir. Je verrai avec Warren ce que l'on peut déduire de la volte-face de Sutton.

— Oh, volte-face est peut-être un grand mot : même quand il voulait la voir marcher à la potence, il admettait avoir eu envie d'elle. Quant à Anielka, elle m'avait dit que, lorsqu'il l'avait retrouvée à New York, il lui avait proposé le mariage. Ce qu'elle a refusé vertueusement. Et tout ça parce qu'elle m'aimait. Enfin, c'était la version qui m'était destinée...

— Va savoir ce qu'il y a de vrai dans les sentiments de cette femme ! Elle t'aime peut-être, toi aussi ?...

— Ne te fatigue pas : je n'en ai rien à foutre !

Et sur cette formule lapidaire, Aldo avala sa tasse de café additionné d'un vigoureux « calva », souhaita bon voyage à son ami et reprit le chemin de la rue Alfred-de-Vigny. Un peu moins vite qu'à l'aller mais sans trop traîner : il venait de se souvenir qu'il avait oublié de demander quelque chose à « Plan-Crépin ».

Il avait tort de se tourmenter : elle n'était toujours pas couchée. Simplement, elle avait changé d'escalier et c'était sur les marches près de l'ascenseur qu'elle était maintenant accroupie, la tête sur les genoux.

— Eh bien ? demanda-t-elle. Tout est en ordre ?

— Presque, mais j'ai un service à vous demander. Vous avez l'intention d'aller à la messe, tout à l'heure ?

— Bien entendu. C'est aujourd'hui Sainte-Pétronille, vierge et martyre, fit cette curieuse chrétienne.

— Tâchez de savoir si quelqu'un est arrivé hier chez Ferrals. Un homme... Puis, pour éviter les questions qu'il sentait poindre : Je vous raconterai plus tard. Pour l'instant, il faut absolument que j'aille me reposer... et vous aussi !

À l'heure du petit déjeuner — que l'on prenait en commun dans la salle à manger —, Aldo reçut le renseignement qu'il souhaitait : l'avant-veille, en effet, quelqu'un était arrivé de Londres, mais cela n'avait rien d'extraordinaire puisque c'était le secrétaire du défunt sir Eric Ferrals, venu rencontrer sa veuve pour affaires les concernant tous deux. Il repartait ce matin même...

— Et elle, est-ce qu'elle repart aussi ?

— Il n'en est pas question. Je pense même qu'elle attend encore de la visite : la Polonaise chargée du ravitaillement a fait d'énormes provisions...

— Mais comment votre... joueuse de tric-trac peut-elle être si vite renseignée sur ce qui se passe à côté ? La concierge va aussi à la messe ?

— Ça lui arrive mais, surtout, Mlle Dufour — c'est son nom — passe chaque matin à l'hôtel Ferrals pour y prendre un solide petit déjeuner sans lequel il lui serait difficile d'accomplir sa tâche. En effet, sa patronne, sous prétexte qu'elle a une trentaine de chats à entretenir, se rattrape sur elle-même et sur sa demoiselle de compagnie qu'elle nourrit chichement. Or Mlle Dufour a bon appétit. Alors, voilà où nous en sommes...

— Qui cette femme peut-elle bien attendre, à votre avis ? demanda Mme de Sommières qui avait écouté attentivement en buvant son café au lait à petits coups.

— Peut-être son frère et sa belle-sœur ? S'ils ont obtenu la permission d'emporter le corps de Solmanski en Pologne, ils doivent passer par Paris pour embarquer ensuite le cercueil sur le Nord-Express. Si les horaires ne coïncident pas, cela leur laisse du temps...

— Tant de provisions pour seulement quelques heures et deux personnes de plus ? fit Marie-Angéline. avec une moue dubitative. M'est avis, comme on dit chez nous en Normandie, qu'il va falloir surveiller votre femme plus étroitement que jamais, mon cher prince ! Dans la journée pas de problèmes mais, pour la nuit, je vous propose de nous relayer...

— Plan-Crépin ! s'écria la marquise, vous voulez encore galoper sur les toits ?

— Tout juste ! Mais nous n'avons pas à nous tourmenter : ils sont d'accès facile. Et puis, il faut bien dire que j'adore ça ! ajouta la vieille fille avec un soupir enchanté.

— Bah, fit la vieille dame avec un regard au ciel, cela vous fera toujours passer un moment !

Quelques heures plus tard, l'assistante bénévole d'Aldo allait trouver une nouvelle matière à exercer sa curiosité. Elle quittait l'hôtel de Sommières pour se rendre au salut à Saint-Augustin quand un taxi s'arrêta devant la demeure qui l'intéressait tant. Trois personnes en descendirent : un jeune homme brun, mince et beau dans le style arrogant, une jeune femme blonde, vêtue assez élégamment mais de façon un peu extravagante, et pour finir un homme nettement plus âgé portant lorgnon, barbe et moustache qui se tenait courbé en s'appuyant sur une canne.

Du coup, pour avoir une occasion de s'arrêter, Marie-Angéline se mit à fouiller frénétiquement son réticule à la manière de quelqu'un qui croit bien avoir oublié quelque chose à la maison, ce qui lui permit de rester plantée à deux ou trois mètres du groupe qui du reste ne lui prêta aucune attention :

— Nous sommes arrivés ? demanda la jeune femme avec un accent nasillard qui ne pouvait venir que de l'autre côté de l'Atlantique.

— Oui, ma chère, répondit le jeune homme avec, quant à lui, un accent tirant plutôt sur l'Europe Centrale. Ayez la bonté de sonner ! Je ne comprends pas que l'on n'ait pas ouvert le portail à l'avance ! Oncle Boleslas pourrait prendre froid...

Il faisait un soleil radieux et une douce chaleur printanière enveloppait Paris, mais apparemment le vieillard était fragile.

— Monsieur aurait dû rester à l'intérieur, fit le chauffeur apitoyé par l'aspect tremblant du personnage. J'aurais aussi bien pu rentrer la voiture dans la cour...

— Inutile, mon ami, inutile ! Ah, voilà que l'on ouvre ! Veuillez payer cet homme, Ethel ! Oncle Boleslas, prenez mon bras. Ah voici Wanda ! Elle va s'occuper des bagages...

La camériste polonaise accourait au-devant des voyageurs. Jugeant qu'elle en avait assez vu, Marie-Angéline se frappa le front, referma son sac et, virant sur ses talons, retourna sur ses pas en courant.

Elle traversa les salons à une vitesse de courant d'air et pénétra en trombe dans le jardin d'hiver où Mme de

Sommières s'établissait en fin de journée pour la cérémonie du verre de champagne quotidien. Assis auprès d'elle, Aldo était plongé dans un ouvrage qu'il avait trouvé dans la bibliothèque et qui traitait des trésors de la maison d'Autriche, et en particulier de l'empereur Rodolphe II. Ouvrage incomplet d'ailleurs, au dire même de l'auteur, étant donné l'incroyable quantité d'objets possédés par ce dernier personnage et dont une grande partie avait été vendue ou volée après sa mort. Ce n'était pas la première fois que le prince-antiquaire s'intéressait à cet incroyable amas d'objets hétéroclites où, à côté de magnifiques tableaux et de beaux bijoux, voisinaient des racines de mandragore, des fœtus bizarres, un basilic, des plumes indiennes, une silhouette diabolique prise dans un bloc de cristal, des coraux, des fossiles, des pierres marquées de signes cabalistiques, des dents de baleine, des cornes de rhinocéros, une tête de mort accompagnée d'une clochette de bronze pour appeler les esprits des défunts, un lion en cristal, des clous de fer provenant de l'arche de Noé, des manuscrits rares, un bézoard énorme venu des Indes portugaises, le miroir noir de John Dee le célèbre magicien anglais et une foule d'autres choses destinées à alimenter la passion d'un souverain que son éternelle mélancolie poussait à la magie et à la nécromancie.

Que tout cela eût été dispersé, rien de bien étonnant, mais on pouvait espérer qu'au moins les pierres de grande valeur auraient laissé une trace — et le rubis devait compter parmi les plus importantes... Or, il n'était mentionné nulle part.

L'arrivée tumultueuse d'une Marie-Angéline excitée comme une puce lui fit oublier sa quête. D'après la description précise qu'elle en fit, Morosini n'eut aucune peine à identifier les deux premiers personnages : de toute évidence Sigismond Solmanski et son épouse américaine. Quant à l'« oncle Boleslas », c'était à la fois pour lui une nouveauté et une découverte, pour l'excellente raison qu'il n'en avait jamais, au grand jamais, entendu parler...

— Répétez-moi sa description, demanda-t-il à Marie-Angéline qui s'exécuta de nouveau avec encore plus de brio.

— Vous dites qu'il n'a pas l'air solide et qu'il marche courbé ? Avez-vous une idée de ce que peut-être sa taille réelle ?

— Et toi, questionna Mme de Sommières, quelle idée as-tu en tête ?

— Je... je ne sais pas ! Je trouve tellement bizarre l'arrivée soudaine de ce type dont le nom n'a jamais été évoqué, même pour le mariage Ferrals où il y avait la terre entière. Et puis quand on s'achète un nom, il n'est pas pour autant distribué aussi aux frères... et la véritable identité de Solmanski est russe.

— Tu dis des âneries ! Ce peut être un frère du côté maternel.

— M... moui ! C'est possible en effet. Pourtant, j'ai peine à y croire. Je crois me souvenir qu'Anielka m'a dit un jour n'avoir aucune parenté du côté de sa mère.

— Alors, vous imaginez quoi ? fit Marie-Angéline. toujours prête à s'engager dans les pistes les plus fantaisistes. Qu'il pourrait être le suicidé de Londres pas tout à fait mort ou miraculeusement ressuscité ?

— Encore une qui déraille ! protesta la marquise. Sachez, ma fille, que lorsque quelqu'un meurt en prison et cela dans quelque pays que ce soit, sauf peut-être chez les sauvages, il n'échappe pas à l'autopsie. Alors, ne rêvez pas !

— Vous avez raison ! soupira Aldo. Nous sommes en train de dérailler tous les deux, comme vous dites. Il n'empêche que j'ai envie de comprendre ce qui se passe dans cette baraque...

— Je sens, s'exclama Marie-Angéline avec satisfaction, que nous allons avoir une nuit passionnante !

Mais, à sa grande déception, à celle d'Aldo aussi, il fut impossible de jeter le moindre coup d'œil à l'intérieur de la maison. En dépit de la douceur du temps et dès que le jour se mit à tomber, les fenêtres furent fermées et les rideaux tirés, ainsi que Morosini put s'en convaincre à la nuit close en allant fumer une cigarette dans le jardin. Il y avait de la lumière dans les pièces du rez-de-chaussée et aussi dans celles du premier étage, mais elle ne se révélait que sous la forme de minces rais brillants. Une expédition sur le toit vers minuit ne fut pas plus concluante. Aldo choisit d'aller se coucher, laissant une Marie-Angéline entêtée partager avec les chats le séjour des ardoises, des balustres et des gouttières. Elle n'en descendit qu'aux approches du jour pour faire une toilette rapide et se précipiter à la messe, avec tant de hâte qu'elle arriva avant l'ouverture de l'église.

Elle en rapporta une pleine cargaison d'informations. Peut-être pour se faire pardonner la nuit sans sommeil, la chance avait voulu que la gardienne de l'hôtel Ferrals se rendît elle aussi au service matinal. Cette digne femme jugeait normal et tout à fait révérencieux d'aller prier pour le pauvre défunt dont la dépouille attendait, à la consigne de la gare du Nord, le départ du grand express européen chargé de la rapatrier, départ qui aurait lieu le soir même. Plus intéressant encore, lady Ferrals — tout le monde se donnait le mot pour l'appeler ainsi ! — n'accompagnerait pas le corps de son père comme on aurait pu le supposer. Elle demeurerait quelque temps encore à Paris et resterait auprès du vieux monsieur, trop fatigué pour continuer le voyage.

— J'ai demandé, bien sûr, si l'on avait fait venir un médecin, ajouta Marie-Angéline, mais on m'a répondu que c'était inutile. Dans quelques jours, il sera remis.

— Et elle va en faire quoi de son Tonton quand il sera sur pied, la belle Anielka ? dit Mme de Sommières. Le ramener en Pologne ?

— C'est ce que l'on saura, je pense, dans les jours qui viennent. Il va falloir prendre patience !

— Je n'en ai pas beaucoup, grogna Morosini, et je n'ai pas davantage de temps. J'espère seulement qu'elle n'a pas dans l'idée de le ramener à Venise ? Elle sait depuis notre mariage ce que je pense de sa famille.

— Elle n'oserait tout de même pas. Tiens-toi tranquille !

— Difficile ! Cet oncle Boleslas ne me dit rien qui vaille !...

Ce fut pis encore quand Adalbert revint de Londres peu de temps après. Sans être soucieux, l'égyptologue était rêveur.

— Je n'aurais jamais cru qu'un affreux assassin tel que Solmanski, guetté par la corde de surcroît, eût de telles relations. Warren non plus d'ailleurs. Il semblerait qu'après la mort de Solmanski la Justice britannique ait eu pour seul souci d'adoucir le chagrin de la famille. Les portes de la prison se sont ouvertes devant Sigismond et sa femme, on leur a remis le corps du suicidé. Ils avaient supplié qu'on leur évite l'horreur d'une autopsie que rien ne justifiait puisque l'on connaissait la cause de la mort : empoisonnement par le véronal. Mais Warren, fort attaché aux traditions et usages, n'en est pas moins fort mécontent : il a horreur de recevoir des ordres...

— Dans la douleur de la famille, est-ce qu'on a pris en compte aussi celle de l'oncle Boleslas ? demanda Aldo.

Vidal-Pellicorne arrondit encore un peu plus ses yeux bleu faïence.

— Qu'est-ce que c'est que ça ?

— Comment ? On n'a pas vu à Londres l'oncle Boleslas ? Comment se fait-il alors qu'il soit arrivé ici l'autre jour avec Sigismond et sa femme qui prenaient de lui un soin infini tant il avait l'air flapi !

— Jamais entendu parler de lui ! Et où est-il, maintenant ?

— À côté ! fit Morosini sardonique. Le jeune couple n'y a séjourné que vingt-quatre heures pour attendre le départ du Nord-Express, le cercueil ayant été laissé à la consigne de la gare, mais s'il est arrivé avec l'oncle Boleslas, il est reparti sans lui. Trop épuisé, le pauvre homme a grand besoin de se reposer, de reprendre des forces ! C'est à quoi s'occupe en ce moment ma chère femme avant de le remmener vers... on ne sait quelle destination dont j'espère que ce n'est pas ma maison.

— Tiens donc !

Les paupières d'Adalbert s'étaient plissées pour ne plus laisser passer qu'un mince filet brillant. En même temps, son nez se fronçait comme celui d'un chien qui flaire une piste. Visiblement, le ton sarcastique de son ami lui donnait à penser :

— Il me vient une idée, reprit-il, et je me demande si tu n'aurais pas, par hasard, la même que moi. C'est délirant, mais avec ces gens-là le délire est encore au-dessous de la vérité...

— Explique ! Je te dirai si c'est ça...

— Oh, c'est simple : Solmanski n'a pas pris de véronal mais une drogue quelconque qui simule la mort ou qui l'a mis en catalepsie. On l'a remis bien gentiment à sa famille éplorée et, une fois en France, on l'a extrait de sa boîte pour l'introduire dans le personnage de l'oncle Boleslas...

— C'est ça ! Bien que je me répète que c'est très difficile à réaliser...

— Tu oublies l'argent ! Ces gens-là sont très riches : outre la fortune de Ferrals dont ta chère femme comme tu dis a recueilli une belle part, il y a l'épouse américaine de Sigismond qui, tel qu'on connaît le loustic, ne doit pas être économiquement faible. Combien de temps, à ton avis, Anielka et son Tonton vont-ils rester ici ?

Durant trois jours encore, Aldo enfermé chez tante Amélie rongea son frein, dévorant tout ce qu'il trouvait d'intéressant dans la bibliothèque ou discutant pendant des heures avec Adalbert sur l'éventuel chemin suivi par le rubis après son arrivée à Prague. La première chose que l'on avait faite avait été d'écrire à Simon Aronov pour le mettre au courant et lui demander quelques lumières mais, en attendant une réponse, Morosini s'ennuyait ferme, ne trouvant guère de détente qu'à la nuit close quand il pouvait descendre au jardin afin d'observer les rares mouvements de la maison voisine. Quant à Marie-Angéline, elle ne manquait pas de faire, soir après soir, une excursion sur le toit dans l'espoir, toujours déçu, d'apercevoir quelque chose. Décidément, les habitants de l'hôtel Ferrals continuaient à vivre fenêtres et rideaux fermés alors qu'il faisait un temps délicieusement doux, ce qui prouvait bien qu'ils avaient quelque chose à cacher.

Autour de cet îlot silencieux, Paris s'agitait dans les grandes fêtes permanentes des VIIes jeux Olympiques et dans les soubresauts d'un gouvernement en ébullition qui allait entraîner dans sa chute jusqu'au président de la République, Alexandre Millerand. Et cela dura ainsi jusqu'au matin du quatrième jour où Marie-Angéline revint de la messe en courant : lady Ferrals et l'oncle Boleslas quitteraient Paris le lendemain soir à bord de l'Arlberg-Express. Aussitôt, un coup de téléphone dépêcha Vidal-Pellicorne chez Cook pour y retenir le sleeping de « Plan-Crépin ». Comme on ne savait pas où le couple comptait descendre, il jugea prudent de prendre le billet jusqu'à Vienne.

Encore qu'Adalbert doutât que, si l'oncle Boleslas était bien feu Solmanski, il oserait franchir la frontière autrichienne.

— Sous un déguisement et avec de faux papiers ? Pourquoi pas ? dit Aldo. Notre ami Schindler[1] a dû apprendre le suicide et ne doit pas user son temps assis près du poteau-frontière. Une chose est certaine : elle ne l'emmène pas chez moi. Comme le couple n'a aucune raison de se croire épié, il aurait pris le Simplon...

Le lendemain soir, Marie-Angéline ravie de l'escapade et du rôle qu'on lui faisait jouer s'embarquait dans le même wagon-lit. Et l'attente recommença.

Une attente un peu angoissée pour Morosini, inquiet à la pensée que son émissaire risquait une fois de plus de ne pas fermer l'œil de la nuit, mais tante Amélie le rassura :

— Tu sais que Marie-Angéline apprend toujours tout ce qu'elle veut savoir : je parie qu'une demi-heure après le départ du train, elle découvrira la destination de nos gens.

1. Voir *L'Opale de Sissi.*

Le lendemain matin, en effet, un coup de téléphone de Zurich éclairait la situation : les voyageurs s'étaient installés dans le meilleur hôtel de la ville, le Baur-au-Lac, et naturellement, Plan-Crépin en avait fait autant. Elle put préciser à ses correspondants qu'Anielka était inscrite sous son nom de princesse Morosini et l'oncle sous celui de baron Solmanski.

— Qu'est-ce que je fais maintenant ? demanda-t-elle.

— Vous attendez.

— Pendant combien de temps ?

— Jusqu'à ce qu'il se passe quelque chose. Si cela devait durer trop longtemps, on enverrait quelqu'un vous relayer. De toute façon, c'est peut-être ce qu'on va faire. Il ne faudrait pas que vous soyez repérée, décréta Morosini.

Le soir même, Romuald, le jumeau de Théobald, le valet à tout faire de Vidal-Pellicorne, s'embarquait à son tour pour la Suisse. Il connaissait bien les Solmanski père, fils et fille, pour avoir joué un rôle dans la tragi-comédie qu'avait été le mariage d'Anielka et d'Eric Ferrals [1], et Marie-Angéline l'appréciait.

Deux jours plus tard, celle-ci était de retour avec d'autres nouvelles : la jeune femme était repartie pour Venise, laissant l'oncle Boleslas achever de rétablir sa santé sous l'œil vigilant d'un Romuald bien décidé à ne pas le lâcher d'une semelle.

— Elle est repartie seule ? demanda Aldo.

— Bien sûr. Enfin, je veux dire avec Wanda...

— Dans ce cas, je vais rentrer moi aussi. Il est grand temps que j'aille voir ce qui se passe chez moi.

— Comptes-tu mettre en train ta demande d'annulation en cour de Rome ? demanda Mme de Sommières.

1. Voir *L'Étoile bleue.*

— C'est la première chose dont je vais m'occuper. Dès mon retour, je demanderai audience au patriarche de Venise [1].

— Si la vieille mécréante que je suis prie pour toi, cela devrait t'aider, dit Mme de Sommières en l'embrassant, ce qui était la marque, chez elle, d'une émotion extraordinaire.

Nanti d'une foule de recommandations, Aldo reprit le chemin de Venise, via le Simplon-Orient-Express. Il avait fait promettre à Adalbert de lui donner des nouvelles de Simon Aronov dès qu'il en recevrait. La trace du rubis était encore chaude : il ne fallait pas lui laisser le temps de refroidir.

1. L'archevêque de Venise porte ce titre renouvelé des anciens liens avec l'Église orthodoxe.

CHAPITRE 5

RENCONTRES...

La femme qu'Aldo retrouva en face de lui, de l'autre côté de la table du déjeuner, n'avait pas grand-chose à voir avec l'affriolante créature en robe rose scintillante qu'il avait vue sortir du salon Ferrals en tenant John Sutton par la main. En grand deuil et sans la moindre trace de maquillage, elle ressemblait à la prisonnière de Brixton Jail[1] et offrait l'image — impressionnante — d'une douleur contenue avec dignité à laquelle n'importe qui se serait laissé prendre. Sauf, bien entendu, Aldo lui-même. Mais il joua le jeu avec une parfaite courtoisie :

— Je ne doute pas que ces messieurs vous aient exprimé la part qu'ils prennent à votre douleur, dit-il en désignant Guy Buteau et Angelo Pisani qui partageaient le repas. Les mots dans de telles circonstances ne signifient pas grand-chose et je n'essaierai pas de vous dire que j'éprouve le moindre chagrin, mais je vous demande de croire que je tiens à m'associer au vôtre...

— Merci. C'est gentil de me le faire savoir.

— C'est la moindre des choses mais... je suis un peu surpris de vous voir ici. N'avez-vous pas accompagné votre père jusqu'à Varsovie ?

1. Voir *La Rose d'York.*

— Non. Mon frère n'y tenait pas et, en ce qui me concerne, je n'avais aucune envie de retourner là-bas. Vous semblez oublier que je n'y serais pas en sécurité...

— En Angleterre non plus vous n'êtes guère en sûreté. Pourtant vous y êtes allée, j'imagine ?

— Non. Je suis restée à Paris où je pensais attendre... des nouvelles du procès. Là-bas, avec la meute des journalistes, c'eût été insupportable.

— Et à Paris ? Ces messieurs de la presse ne vous ont pas dépistée ?

— En aucune façon. Wanda et moi sommes descendues chez une Américaine, une cousine de ma belle-sœur. Je devrais dire... notre belle-sœur, ajouta la jeune femme avec un mince sourire.

— Ne vous excusez pas : je n'ai pas l'esprit de famille...

— Et vous-même, ce voyage en Espagne ?

— Fort agréable... J'ai vu de très belles choses.

Aldo saisit la balle au bond pour introduire Guy dans la conversation en évoquant pour lui les « belles choses » en question, sans bien sûr faire la moindre mention du portrait volé. Il était temps qu'une autre voix s'introduise dans cet échange à fleurets mouchetés s'il voulait préserver encore un peu son sang-froid en face de ce qu'il savait être une accumulation de mensonges. Ce n'était pas la première fois qu'il soupçonnait Anielka d'être une habile comédienne, mais aujourd'hui, elle se surpassait...

Ce fut sans doute ce qui le décida à ne plus différer les premières démarches en vue de l'annulation de son mariage. Ayant revêtu un costume sombre, il se fit conduire par Zian jusqu'à San Marco avec la gondole. Sauf lorsqu'il y avait urgence, il n'employait pas son motoscaffo pour rejoindre l'ensemble basilique-palais des Doges qui était comme la couronne posée au front de la plus sublime des républiques... Les odeurs d'essence et les vrombissements iconoclastes ne devaient pas, selon lui, briser le charme du lieu de débarquement sans doute le plus bizarre, le plus lumineux, le plus annonciateur de merveilles qu'était celui de la Piazzetta.

Franchies les deux colonnes de granit oriental sommées l'une du Lion ailé de Venise, l'autre d'un saint Théodore vainqueur d'une espèce de crocodile, entre lesquelles, jadis, on exécutait les coupables, il gagna d'un pas rapide le porche de San Marco sur lequel piaffaient les quatre sublimes chevaux de cuivre doré, nés sous les doigts de Lysippe, fondus au IIIe siècle avant Jésus-Christ et qui, jadis, avaient suscité la convoitise de Bonaparte. Morosini les aimait et leur adressait toujours un petit salut avant de se glisser dans l'obscurité rayonnante de la basilique byzantine où toute lumière venait de la « pala » d'or et d'émail devant laquelle brûlait une forêt de cierges. Il avait toujours l'impression, en y pénétrant, de s'enfoncer au cœur de quelque forêt magique...

Comme d'habitude, il y avait foule. L'approche de l'été multipliait les touristes qui, petit à petit, allaient envahir Venise et la rendre moins vivable. Chrétien peu pratiquant mais profondément croyant, Aldo alla rendre ses devoirs au Maître de la maison en une courte prière avant de se mettre à la recherche du padre Gherardi qui avait béni son invraisemblable mariage.

Il le trouva à la porte de la sacristie et en tenue de sortie.

— Tu es pressé ? demanda Morosini déjà désappointé.

— Pas vraiment. Je dois être à quatre heures rio dei Santi Apostoli pour y visiter une malade...

— En ce cas, viens ! Zian m'attend au quai avec la gondole, on va te conduire à destination. Il faut que je te parle.

— On dirait que c'est sérieux ? dit le prêtre en considérant la mine soucieuse de son ami. Ils se connaissaient en effet depuis l'enfance.

— C'est même grave, mais attendons d'être à bord. Là au moins nous serons tranquilles. Donne-moi de tes nouvelles, pour commencer...

Tandis que d'un pas accordé les deux hommes se dirigeaient vers le bassin de San Marco, une femme apparut au milieu des nombreux passants venant dans leur direction. Elle était grande, un peu forte mais élégante, encore que ses vêtements — un tailleur à la coupe impeccable — montrassent quelques signes de fatigue.

La reconnaissant, le padre Gherardi sourit et voulut se diriger vers elle mais Aldo, l'empoignant fermement par le bras, l'entraîna sur la gauche afin d'éviter la dame. La figure du prêtre devint le symbole même de la surprise :

— Ne me dis pas que tu ne l'as pas reconnue ? C'est ta cousine...

— Je sais !

— Et tu ne la salues pas, tu ne t'arrêtes pas pour lui parler ?

— Nous sommes en froid, fit Morosini.

Devinant qu'il ne souhaitait pas s'expliquer davantage, Gherardi n'insista pas et attendit d'être bien installé dans les coussins de velours de la gondole pour reprendre la conversation : il avait remarqué l'assombrissement soudain du visage de son ami.

— Eh bien, dit-il avec une bonne humeur un peu forcée, de quoi veux-tu me parler ?

— C'est simple : je désire faire annuler mon mariage par Rome et j'emploie comme tu le vois la voie hiérarchique, puisque c'est toi qui l'as célébré.

— Tu veux te séparer de ta femme ? Déjà ? Mais tu n'es marié que depuis...

— Ne cherche pas ! Sache seulement que si j'avais pu faire casser cette union le jour même, je l'aurais fait.

— Mais c'est insensé ! Ta femme est... ravissante et...

— Je sais, et là n'est pas la question. D'abord, je ne l'ai jamais touchée...

— Un mariage blanc ? Entre deux êtres comme vous ? Personne ne voudra croire ça.

— Ce que croient les autres m'importe peu, Marco. Je veux faire dissoudre une union qui m'a été imposée par force...

— Par force ? Toi ?

— Par chantage si tu préfères. J'ai dû m'engager à accepter d'épouser l'ex-lady Ferrals pour sauver la vie de deux innocents : Cecina et son mari Zaccaria.

— Mais... tous les deux étaient dans la chapelle ?

— Parce que j'avais engagé ma parole et qu'on m'a fait l'honneur d'y croire. Tu es prêtre Marco, je peux tout te dire. Je dois tout te dire...

Quelques phrases suffirent pour retracer le cauchemar vécu par Aldo et sa maisonnée au retour d'Autriche de celui-ci. Le prêtre l'écouta sans l'interrompre mais avec une visible indignation, une indignation qui allait croissant :

— Pourquoi ne m'a-t-on rien dit ? explosa-t-il enfin. Pourquoi m'avoir laissé célébrer un mariage frappé au départ de nullité ?

— Je ne te le fais pas dire. Mais si l'on t'avait prévenu, tu aurais été capable de refuser...

— Bien sûr que j'aurais refusé !

— Et tu aurais été en danger. Tu n'ignores pas sous quel régime nous vivons. Ne sachant rien, tu ne risquais rien.

Gherardi ne répondit pas. Il était trop difficile d'infirmer les assertions d'Aldo. L'Italie, en cette année 1924 qui voyait le renouvellement du Parlement, subissait une véritable vague de terrorisme. La victoire des fascistes était écrasante et, pour mieux l'affirmer encore, Mussolini venait d'annexer Fiume avec l'aide d'un poète, le grand D'Annunzio, qui pour ce service rendu à la patrie recevait du roi le titre de prince de Nevoso. Mais, la veille de l'annexion le député socialiste Matteoti avait été assassiné. Tout cela, Venise le ressentait comme autant d'offenses, et Marco Gherardi n'était pas surpris, au fond, d'entendre la relation du drame vécu au palazzo Morosini.

Remontant le Grand Canal, la gondole aux lions ailés poursuivait son chemin paisible. Aldo laissa le silence l'envelopper un moment avant de demander :

— Eh bien ? Que décides-tu ? Puis-je compter sur ton aide ?

Le prêtre tressaillit comme s'il s'éveillait :

— Naturellement tu peux compter sur moi. Tu dois écrire une lettre officielle présentant ta demande et les raisons qui l'appuient. Je la transmettrai à Son Éminence le patriarche, mais je ne te cache pas que la clause du mariage « vi coactus » m'inquiète un peu. L'un des témoins de ta femme était Fabiani, le chef des Chemises noires, et comme ces gens sont à la base du chantage dont tu as été victime, ils ne vont pas aimer ce genre de publicité...

— Publicité, publicité ! Je ne vais pas crier cette histoire sur les toits...

— Non, mais au tribunal de la Rote, l'avocat du « cas » posera des questions, parfois gênantes. Il faudra que les témoins déposent et, avec la peur en arrière-plan, on obtient parfois de curieux résultats. Mieux vaudrait peut-être s'appuyer sur la non-consommation mais cela aussi présente quelques inconvénients. Ta femme est-elle arrivée vierge au mariage ?

— Tu sais très bien qu'elle était veuve.

— L'époux était beaucoup plus âgé, je crois ? Donc, ça ne veut rien dire...

— Elle a aussi eu des amants, grogna Morosini.

— Alors autant te faire un tableau réaliste de ce qui t'attend peut-être : la non-consommation dans ce cas-là peut signifier que... que le mari est impuissant...

Le « Ah non ! » protestataire d'Aldo fut si vigoureux que la gondole oscilla. Marco Gherardi se mit à rire :

— Je me doutais bien que le mot te ferait de l'effet. Pourtant, tu ne devrais pas t'en soucier : la moitié de Venise... ou est-ce les trois quarts ?... pourrait s'inscrire en faux.

— Je ne suis pas non plus Casanova ! Écoute, tout ce que je désire, c'est me retrouver libre... peut-être pour fonder une vraie famille. Alors discute cette affaire avec le patriarche, raconte ce que tu veux, mais débrouille-toi pour que je finisse par gagner.

— Tu sais que ça peut être long ?

— Je suis pressé, mais raisonnablement !

— Bien ! Je vais voir avec notre juriste et Son Éminence. On va essayer de te trouver le meilleur avocat ecclésiastique et même je composerai avec toi ta supplique au Saint-Office... Ah, je suis arrivé. Merci pour le petit voyage !

— Veux-tu que je t'attende ?

— Non. Il se peut que ma visite se prolonge. Que Dieu t'accompagne, Aldo !

Et tout en débarquant, le prêtre traça sur son ami un petit signe de croix...

Quelques jours plus tard, Morosini recevait un modèle de lettre qui lui parut tout à fait conforme à ce qu'il désirait exprimer. Il se hâta donc de la recopier avec soin, avant de l'adresser sous les formes requises par le protocole à Son Éminence le cardinal La Fontaine — natif de Viterbe en dépit de son nom si merveilleusement français ! — qui occupait alors le trône patriarcal de Venise. Le lendemain, il envoya Zaccaria prier Anielka de le rejoindre avant le dîner dans la bibliothèque. Il jugeait en effet plus élégant de l'avertir de ce qu'il entreprenait plutôt que prendre la jeune femme au dépourvu. Or, il convenait qu'elle se procure elle aussi un avocat et, en outre, il gardait le faible espoir d'obtenir une sorte de consensus mutuel pour affronter ce désagréable épisode.

La robe du soir que portait la jeune femme, en crêpe noir brodé de quelques paillettes ton sur ton, n'atténuait qu'à peine le deuil ostensible. De toute façon, pensa Morosini peu charitable, elle savait bien que la funèbre couleur convenait à merveille à son éclat de blonde.

— C'est bien solennel, cette invitation, soupira-t-elle en s'asseyant sur un canapé et en croisant avec une certaine hardiesse ses jambe fines gainées de soie noire. Puis-je fumer, ou bien la circonstance est-elle trop importante ?

— Ne vous privez pas. Je vais d'ailleurs vous accompagner, fit Aldo en tirant son étui pour le lui offrir tout ouvert.

Bientôt, deux minces volutes de fumée bleue s'élevaient en direction du somptueux plafond à caissons.

— Eh bien ? interrogea Anielka avec un mince sourire. Qu'avez-vous à me dire ?... Vous avez la tête de quelqu'un qui a pris une décision...

— J'admire votre perspicacité. J'ai, en effet, pris une décision qui ne vous surprendra guère. Je viens d'introduire auprès du Saint-Siège une demande en dissolution de notre mariage.

La riposte de la jeune femme fut immédiate et coupante :

— Je refuse !

Aldo alla s'asseoir près du cartulaire où reposaient les nombreux et vénérables titres familiaux, comme pour y puiser de nouvelles forces pour la bataille qui s'annonçait.

— Vous n'avez pas à accepter ou à refuser, encore qu'il serait sans doute plus simple que nous réussissions à nous mettre d'accord.

— Jamais !

— Voilà qui est clair mais, encore une fois, je ne vous préviens que par courtoisie et afin que vous puissiez assurer votre défense, puisque nous allons nous battre.

— Vous n'imaginiez pas une autre réponse, je présume ? Je me suis donné trop de mal pour vous épouser !

— Cela fait un moment que je me demande pourquoi ?

— C'est tout simple : je vous aime ! lança-t-elle sur un ton à la fois sec et nerveux qui faisait rendre aux mots un son bizarre.

— Comme c'est bien dit ! ironisa Morosini. Quel homme ne se rendrait à une déclaration aussi passionnée ?

— Il dépend de vous que je le dise autrement.

— Ne vous donnez pas cette peine, elle ne servirait à rien et vous le savez !

— Comme vous voudrez... Puis-je savoir sur quoi vous étayez votre requête ?

— Vous et votre père ne m'avez fourni que trop d'arguments : union contractée sous contrainte et non suivie de... réalisation. Rien que le premier article porte nullité en soi...

Anielka ferma à demi ses paupières pour ne laisser filtrer qu'un mince filet doré et offrit à son mari le plus ambigu des sourires :

— Eh bien, au moins, vous n'avez pas peur !

— Voulez-vous me dire de quoi je devrais avoir peur ?

— D'incommoder ceux qui nous ont aidés à vous conduire jusqu'à l'autel, d'abord ! Ce sont des gens qui n'aiment pas se retrouver dans leur tort.

— Si je me souviens bien, l'arrestation de votre père a beaucoup refroidi leur ardeur.

— L'ardeur peut se réveiller. Il suffit d'y mettre le prix... et je suis riche ! Vous devriez prendre ça en considération. Quant à l'autre argument que vous avancez, c'est du ridicule que vous devriez avoir peur.

— Pourquoi ? Parce que je ne veux pas coucher avec vous ? lança-t-il brutalement. Que vous soyez ravissante ne signifie rien ! S'il fallait avoir envie de toutes les jolies femmes qui passent à votre portée, la vie deviendrait intenable !

— Je ne suis pas n'importe quelle femme ! Ne me disiez-vous pas, jadis, que ma beauté était trop rare pour être tenue sous le boisseau, que je pourrais être la reine de Venise parce que j'étais sans doute l'une des plus jolies qui soient au monde ?

Aldo se leva, écrasa sa cigarette dans un cendrier et, les mains au fond de ses poches, fit quelques pas en direction de la fenêtre.

— Ce que l'on peut être bête quand on se croit amoureux ! On dit des choses délirantes ! En tout cas, vous me semblez tout à fait sûre de vous ! En vérité, j'admire ! ajouta-t-il avec un petit rire assez insolent.

— Et vous avez raison. Il suffit que je regarde un homme pour qu'il tombe amoureux de moi. Vous le premier !

— Oui, mais ça m'a bien passé. J'admets que vous ayez aussi tourné la tête d'Angelo Pisani... qui ne cesse de le regretter ! C'est étrange tout de même : on s'éprend de vous et puis on s'en mord les doigts. Vous devriez m'expliquer ça !

— Riez, riez ! Vous ne rirez pas toujours ! Même pas très longtemps, parce que j'ai le moyen de faire tomber votre prétendu mariage blanc.

— Prétendu ? Serais-je somnambule ?

— En aucune façon, mais il est des miracles...

Le mot était tellement inattendu que Morosini éclata de rire :

— Vous et le Saint-Esprit ? Vous vous prenez pour la Sainte Vierge ? C'est trop drôle !

— Ne blasphémez pas ! s'écria-t-elle en se signant précipitamment. Il n'est pas obligatoire de partager le lit d'un homme pour offrir au monde l'image heureuse d'une femme comblée... d'une future mère. Dans ce cas, n'est-ce pas, il serait bien difficile d'invoquer la « non-consommation » ?

Les sourcils d'Aldo se rejoignirent jusqu'à ne plus former qu'une barre sombre et inquiétante au-dessus des yeux en train de virer au vert.

— Votre discours me paraît un peu hermétique, dit-il. Ne pourriez-vous l'éclairer ? Cela veut dire quoi ? Que vous êtes enceinte ?

— Vous comprenez vite, fit-elle narquoise. J'espère vous donner d'ici quelques mois l'héritier dont vous avez toujours rêvé...

La gifle partit si vite que Morosini s'en rendit à peine compte : simple réflexe d'une colère trop longtemps contenue. Ce fut quand Anielka vacilla sous le choc qu'il comprit qu'il avait frappé fort. La joue de la jeune femme devint écarlate et une goutte de sang perla même à la commissure de ses lèvres, mais il n'en éprouva ni peine ni remords.

— Vous êtes vivante ? s'enquit-il, tout son calme récupéré. Allons, tant mieux !

— Comment avez-vous osé ? gronda-t-elle, repliée sur elle-même comme si elle prenait son élan pour bondir.

— Souhaiteriez-vous une seconde représentation ? En voilà assez, Anielka ! ajouta-t-il, changeant de ton. Voilà des mois... que dis-je ? des années que vous faites tous vos efforts pour que je devienne votre obéissant serviteur. Vous avez réussi à me traîner à l'autel mais, depuis cet événement, vous avez peut-être appris que je ne me laisserais pas manœuvrer si aisément. Alors maintenant, jouons cartes sur table : vous êtes enceinte ? Me confierez-vous de qui ?

— De qui voulez-vous que ce soit ? De vous, bien sûr ! Et je n'en démordrai jamais...

— À moins qu'à sa naissance cet enfant ne ressemble par trop à John Sutton, à Eric Ferrals... ou à Dieu sait qui !

Le souffle coupé, Anielka le regarda avec des yeux agrandis jusqu'à la démesure dans lesquels, avec une satisfaction cruelle, il lut une crainte nouvelle.

— Vous êtes fou ! souffla-t-elle.

— Je ne crois pas. Interrogez vos souvenirs... récents !

Elle crut comprendre et eut un cri :

— Vous me faites suivre !

— Et pourquoi pas, dès l'instant où vous avez décidé de ne pas respecter l'unique exigence que j'ai formulée au moment de notre mariage ? Je vous avais demandé de ne pas ridiculiser mon nom. Vous êtes passée outre, tant pis pour vous !

— Qu'allez-vous faire ?

— Mais rien, ma chère, rien du tout ! J'ai déposé une demande en annulation, elle suivra son cours. À vous de prendre telles dispositions qui vous conviendront. Vous pouvez même aller habiter là où bon vous semblera...

Elle se tendit comme un arc prêt à laisser siffler sa flèche :

— Jamais !... Jamais, vous entendez, je ne partirai d'ici, parce que je suis bien certaine que vous n'obtiendrez pas ce que vous voulez. Et moi je resterai et j'élèverai paisiblement mon enfant... et ceux qui viendront peut-être ensuite ?

— Auriez-vous l'intention de vous faire engrosser par la chrétienté tout entière ? lança Morosini avec un mépris écrasant. Voilà déjà un moment que je commençais à craindre que vous ne soyez une putain. Maintenant j'en suis sûr, aussi me contenterai-je de vous donner un conseil, un seul : prenez garde à vous ! La patience n'est pas la principale vertu des Morosini et, au cours des siècles, ils ne se sont jamais effrayés de trancher un membre gangrené... Je vous salue, Madame !

En dépit de son maintien impassible, Aldo tremblait de rage. Cette femme au visage d'ange que, durant des mois et des mois, il avait hissée sur un piédestal, révélait chaque jour un peu plus sa vraie nature : une créature vaine et avide, capable de tout et de n'importe quoi pour atteindre ses buts, parmi lesquels le plus important semblait être la main-mise totale sur son nom, sa maison, ses biens et lui-même. Riche par l'héritage de Ferrals, elle n'en avait pas encore assez.

— Il faudra pourtant bien que j'arrive à m'en débarrasser, mâchonnait-il entre ses dents tout en arpentant à grands pas le « portego », la longue galerie des souvenirs ancestraux, pour descendre informer Cecina qu'il ne dînerait pas au palais, ce soir. La seule idée de se retrouver en face d'Anielka de l'autre côté de la table le rendait malade. Il avait besoin d'air.

Chose curieuse étant donné l'heure, il ne trouva pas Cecina dans sa cuisine. Zaccaria lui apprit qu'elle était remontée se changer.

— Où est M. Buteau ?

— Dans le salon des Laques, je crois ? Il attend le dîner...

— Je vais l'emmener avec moi...

— Madame va dîner seule ?

— Madame fera ce qu'elle voudra : moi je sors ! Ah... j'allais oublier ! À l'avenir, Zaccaria, on ne mettra plus le couvert dans le salon des Laques mais dans celui des Tapisseries. Et que Madame n'essaie pas de modifier cet ordre sinon je ne prendrai plus un seul repas avec elle. Tu préviendras Cecina.

— Je me demande comment elle va prendre ça. Vous n'allez tout de même pas la priver de faire votre cuisine ? Elle aime tellement vous gâter !

— Tu crois que ça ne me priverait pas, moi ? fit Morosini avec un sourire. Fais en sorte que je sois obéi. Je crois d'ailleurs que ni Cecina ni toi n'aurez besoin de beaucoup d'explications.

Zaccaria s'inclina sans répondre.

Guy Buteau non plus n'avait pas besoin d'explication. Pourtant, Aldo ne put s'empêcher de la donner tandis que tous deux dégustaient des langoustes sous les lambris dorés du restaurant Quadri, choisi pour leur éviter de changer de costume — tous deux étaient en smoking ! — et pour échapper aux hordes de moustiques qui, dès le début du mois de juin, prenaient possession de la lagune en général et de Venise en particulier. Après avoir retracé pour cet ami sûr la scène qui venait de l'opposer à Anielka, il ajouta :

— Je ne supporte plus l'idée de la voir trôner dans cette pièce, à mi-chemin entre le portrait de ma mère et celui de tante Felicia. Depuis mon retour, j'ai l'impression que leurs regards se sont faits accusateurs !

— Ne vous mettez pas ce genre d'idée en tête, Aldo ! Vous êtes victime... et seulement victime d'un pénible enchaînement de circonstances, mais là où elles sont, ces hautes dames savent bien que vous n'y êtes pour rien.

— Croyez-vous ? Si je n'avais pas joué les paladins stupides dans les jardins de Wilanow et dans le Nord-Express[1], sans compter mes exploits à Paris et à Londres, je n'en serais pas là.

— Vous étiez amoureux : cela explique tout ! Et maintenant ? Comment comptez-vous vous en sortir ?

— Je ne sais pas trop. Je vais me contenter d'attendre les suites de mon procès devant Rome. À chaque jour suffit sa peine et je voudrais bien, à présent, m'occuper du rubis de Jeanne la Folle ! C'est beaucoup plus passionnant que mes affaires intimes... et surtout moins sordide.

— Avez-vous reçu des nouvelles de Simon Aronov ?

— C'est Adalbert qui devrait en recevoir et il ne m'a pas encore donné signe de vie.

1. Voir *L'Étoile bleue.*

Comme si le fait de l'évoquer l'avait attiré, une lettre de l'archéologue attendait le lendemain sur le bureau de Morosini. Une lettre que le destinataire jugea inquiétante. Vidal-Pellicorne lui-même ne cachait pas son propre souci. Non sans raison : la correspondance avec le Boiteux s'effectuait toujours via une banque zurichoise, ce qui garantissait l'impersonnalité des relations ; le courrier titulaire d'un certain numéro était transmis de part et d'autre par un anonyme, et cela à l'entière satisfaction de tout le monde. Or, la dernière lettre que les deux amis avaient adressée depuis Paris venait de revenir rue Jouffroy avec un mot du « transitaire » portant pour une fois une signature lisible : celle d'un certain Hans Würmli. Celui-ci disait que ses derniers ordres portaient d'interrompre momentanément toute correspondance : autrement dit, Aronov, pour une raison connue de lui seul, ne voulait recevoir ni envoyer aucune lettre. Adalbert concluait en disant qu'il souhaitait rencontrer Aldo afin d'en discuter autrement que par téléphone.

— Eh, bon sang, il n'a qu'à venir jusqu'ici ! ronchonna Morosini. Il a du temps libre, lui, et moi je ne peux pas laisser tomber mes affaires toutes les deux minutes...

Il en avait une, justement, qui l'occupait ce jour-là, et remettait à plus tard l'examen du problème. Il aurait bien téléphoné à Adalbert mais espionner les communications, surtout internationales, était l'un des passe-temps favoris des fascistes. Adalbert le savait, et c'était la raison pour laquelle il avait pris la plume...

Sans parvenir à se vider l'esprit de cette nouvelle inquiétude, Aldo gagna l'hôtel Danieli où il avait rendez-vous avec une grande dame russe, la princesse Lobanof, aux prises comme beaucoup de ses semblables avec des difficultés financières. Des difficultés qui pouvaient se multiplier à l'infini quand la dame en question aimait le jeu. Détestant profiter de la détresse des autres, surtout d'une femme, le prince-antiquaire s'attendait à payer un prix important pour des bijoux qu'il aurait peut-être le plus grand mal à revendre avec un bénéfice même modeste.

Cette fois, pourtant, il ne regretta pas sa visite : on lui offrit un nœud de corsage en diamants ayant appartenu à l'épouse de Pierre le Grand, l'impératrice Catherine Ire. C'était peut-être l'ancienne servante d'un pasteur de Magdebourg, mais cette souveraine plus habituée dans sa jeunesse aux auberges qu'aux salons savait reconnaître les belles pierres et les rares bijoux d'elle qui restaient en circulation étaient en général d'une rare qualité.

Sachant à qui elle avait affaire, la grande dame russe avança un prix, élevé mais assez raisonnable, que Morosini ne discuta pas : il tira son carnet de chèques, libella la somme demandée et accepta la tasse de thé noir, pur jus de samovar, qu'on lui offrait pour sceller l'accord.

Il n'aimait certes pas beaucoup le thé, mais celui-là « à la russe », il le détestait. Aussi songeait-il, en quittant l'hôtel, à se rendre sur la piazza San Marco voisine pour y boire au café Florian quelque chose de plus civilisé. Il descendait le grand escalier gothique et se dirigeait vers la sortie du palace lorsque quelqu'un le rattrapa :

— Veuillez me pardonner ! Vous êtes bien le prince Morosini ?

— En effet... mais quel plaisir inattendu de vous rencontrer à Venise, baron !

Il avait reconnu du premier coup d'œil cet homme d'une quarantaine d'années, mince, blond, élégant et dont le sourire possédait un charme certain : le baron

Louis de Rothschild dont, un jour de l'année précédente [1], il avait visité le palais de la Prinz Eugenstrasse à Vienne pour y rencontrer le baron Palmer, l'un des avatars de Simon Aronov.

— En fait, je croisais dans l'Adriatique et j'hésitais à venir vous voir quand mon yacht a tranché la question au moyen d'une panne. Je l'ai laissé à Ancône et me voici. Avez-vous un moment à me consacrer ?

— Bien sûr. Voulez-vous venir chez moi... ou bien préférez-vous rester ici où je suppose que vous êtes descendu ?

— Si je ne vous avais rencontré je serais allé au palazzo Morosini, mais êtes-vous sûr de votre entourage ? J'ai à vous dire des choses assez graves.

— Non, répondit Aldo pensant à la curiosité sans cesse en éveil — voire à l'indiscrétion ! — d'Anielka. Il serait peut-être préférable de rester ici. Les endroits tranquilles n'y manquent pas.

— Je me méfie un peu de ces endroits-là où l'on est seuls dans une pièce vide, donc obligés de baisser la voix, et où, de ce fait, on attire l'attention. C'est encore au milieu d'une foule que l'on est le plus isolé.

— J'allais boire un café chez Florian. Là, vous aurez toute la foule désirable, fit Aldo avec son sourire en coin.

— Pourquoi pas ?...

Les deux hommes, salués par les grooms, gagnèrent l'établissement qui était à lui seul une véritable institution. L'après-midi tirait à sa fin et la terrasse était pleine, mais le directeur, qui connaissait son monde, eut vite repéré ces clients exceptionnels et leur dépêcha un garçon qui leur trouva rapidement une table à l'ombre des

1. Voir *L'Opale de Sissi.*

arcades et adossée aux grandes glaces de verre gravé, leur assurant ainsi une certaine tranquillité. Au passage Aldo avait salué plusieurs personnes dont l'envahissante marquise Casati mais, grâce à Dieu, celle-ci, accompagnée du peintre Van Dongen, son amant depuis longtemps, trônait au milieu d'une sorte de cénacle bruyant où il eût été bien difficile de trouver place. Aldo eut droit à un grand sourire accompagné d'un geste de la main, répondit par une courtoise inclinaison du buste et se félicita d'un état de choses si favorable.

Ce fut seulement après avoir dégusté un premier capuccino que le baron, sans changer de ton, demanda :

— Sauriez-vous, par hasard, où est passé Simon... je veux dire le baron Palmer ?

— J'allais vous poser la question. Non seulement je n'ai plus de nouvelles, mais la dernière lettre que j'ai envoyée n'a pas été transmise.

— Où l'aviez vous adressée ?... Avant que vous me répondiez, il faut que vous sachiez que je suis au courant de l'histoire du pectoral et de votre quête courageuse. Simon sait combien je suis attaché au retour de notre peuple à la mère patrie...

— Je n'en doute pas. J'ai même supposé que vous assistiez cette recherche sur le plan financier.

— Moi et quelques autres, la plupart appartenant à notre vaste famille... Mais revenons à ma question : où envoyiez-vous votre courrier ?

— Une banque à Zurich, mais mon associé dans cette affaire, l'archéologue français Adalbert Vidal-Pellicorne, vient de m'écrire la lettre que voici. Toute correspondance doit être interrompue.

— Je vois, fit Rothschild après avoir lu. C'est très inquiétant. Je suis... presque persuadé qu'il est en danger.

— Sur quoi fondez-vous cette impression ?

— Sur le fait que nous devions partir ensemble. Cette croisière que je viens d'interrompre avait plusieurs buts, mais le principal se situait en Palestine. Notre terre, vous le savez, a été placée sous mandat britannique en 1920 mais, depuis une cinquantaine d'années, les sionistes ont implanté là-bas une vingtaine de colonies destinées à faire produire la terre. En fait, elles ont surtout vécu grâce à l'aide puissante de mon parent, Edmond de Rothschild. Cependant, tout cela est loin d'être satisfaisant. Le haut-commissaire nommé par Londres, sir Herbert Samuel, est un homme plein de bonne volonté décidé à faire régner la meilleure paix possible entre musulmans et Juifs tout en reconnaissant à ceux-ci un certain droit à une existence légale et à la formation d'un État ; mais les fonds manquent dans nos petites communautés et c'est cela que nous allions leur porter, Simon et moi. Lui, en outre, s'était chargé de ranimer l'espoir en laissant entendre que le pectoral, auquel ne manque plus qu'une pierre, pourrait peut-être bientôt opérer son retour triomphal. C'est vous dire à quel point il était attaché à ce voyage. Or, je l'ai attendu en vain dans le port de Nice où nous devions nous rejoindre...

— Il n'est pas venu ?

— Non. Et rien, pas un mot pour expliquer cette absence. J'ai attendu autant que je l'ai pu mais un important rendez-vous était arrêté... au large de Jaffa et j'ai dû prendre la mer. C'est au retour que j'ai pensé à venir vers vous pour essayer d'en savoir un peu plus. Malheureusement, vous n'avez pas l'air plus informé que moi.

— À quoi pensez-vous, en ce moment ? Croyez-vous qu'il soit... mort ?

L'étroit et sensible visage du baron Louis que le souci plissait s'éclaira d'une sorte de lumière intérieure :

— C'est l'hypothèse la plus plausible... et cependant je ne peux y croire. Je le connais bien, vous savez, et il m'est très cher. Il me semble que s'il avait cessé d'exister... je le sentirais.

— Dieu vous entende !

— D'ailleurs, n'est-il pas, depuis peu il est vrai, débarrassé de son pire ennemi ? Le comte Solmanski est mort pour ne pas affronter un procès criminel... C'est un soulagement, croyez-moi !

Morosini garda un instant le silence tandis que son regard effleurait tous ces gens rassemblés là, discutant avec animation autour des guéridons de marbre, flirtant, rêvant ou se laissant porter par la musique de l'orchestre. Tous goûtaient au soleil déclinant un moment de paix et d'insouciance tandis qu'entre son compagnon et lui-même s'amassaient des ombres inquiétantes. Il s'interrogeait sur ce qu'il convenait de faire. Devait-il révéler qu'il soupçonnait Solmanski d'être beaucoup plus vivant qu'on ne l'imaginait ?

Soudain, ses yeux se fixèrent : deux femmes étaient en train de s'installer à quelques tables de la leur que les longues feuilles vertes d'un palmier en pot leur dissimulaient en partie. L'une était vêtue de noir avec une toque de crêpe prolongée d'une écharpe glissant autour du cou, l'autre de gris et de rouge foncé. Elles semblaient s'entendre à merveille. Il perçut même un éclat de rire de l'une d'elles et une vague de dégoût lui emplit la bouche d'amertume parce que ces deux femmes, c'étaient Anielka et Adriana Orseolo. Il claqua des doigts pour appeler le garçon et commanda une fine à l'eau, après avoir demandé au baron s'il en désirait une. Celui-ci l'observait avec inquiétude :

— Non merci. Mais... vous ne vous sentez pas bien ?

Tirant son mouchoir, Aldo s'épongea le front d'une main qui tremblait un peu. Il avait l'impression de se trouver au centre d'une conspiration aux invisibles tentacules, mais un sursaut l'en tira et du même coup dicta sa décision :

— Ce n'est rien, soyez tranquille. Je crains, cependant, de devoir vous apprendre une nouvelle désagréable : je soupçonne Solmanski d'être encore de ce monde. Bien sûr je n'ai aucune certitude, mais...

— Vivant ? C'est impossible.

— À lui rien n'est impossible. N'oubliez pas qu'il dispose de la fortune de Ferrals, qu'il a aussi des hommes de main dont j'ignore le nombre mais surtout une famille : un fils que les scrupules n'ont jamais étouffé, une fille... peut-être la créature la plus dangereuse que j'aie jamais rencontrée.

— Vous la connaissez ?

— Je l'ai même épousée. Elle est à quelques pas de nous : cette jeune femme qui porte une toque de crêpe noir et qui bavarde avec une personne en gris. Celle-là est à la fois ma cousine... et la meurtrière de ma mère par amour pour Solmanski dont elle était la maîtresse.

Le sang-froid de Louis de Rothschild était quasi légendaire mais, en écoutant Morosini, ses yeux s'agrandirent comme s'il se trouvait en face de toute l'horreur du monde. Pensant qu'il le prenait peut-être pour un fou, Aldo eut un petit rire :

— J'ai toute ma raison, baron, soyez-en certain. C'est vrai que ce qui me tient lieu de famille semble une assez bonne copie de celle des Atrides...

— Comment pouvez-vous supporter pareille situation ?

— Mais je ne la supporte pas. Aussi ai-je déjà entrepris d'essayer d'en sortir... d'une façon ou d'une autre...

— Qu'envisagez-vous ? émit le baron Louis avec une note d'inquiétude.

— Rien qui soit contraire à la loi de Dieu ou même des hommes ! À moins que l'on ne m'y oblige, auquel cas je paierai le prix. Aujourd'hui, c'est le sort de Simon qui est important. Je comptais sur lui pour m'aider à retrouver la piste du rubis, la dernière pierre manquante. J'ai saisi un fil, en Espagne, mais ce fil s'est cassé...

— À quel endroit ? Où en êtes-vous ?

— À l'empereur Rodolphe II. Je sais que la pierre a été achetée pour lui. En sauriez-vous davantage ?

— Savez-vous qui l'a achetée pour l'Empereur ?

— Oui : le prince Khevenhüller, alors son ambassadeur à Madrid.

— Dans ce cas, il n'y a aucun doute : la pierre a bien été remise au souverain et il ne servirait à rien de compulser les archives d'Hochosterwitz, la forteresse que Georges Khevenhüller a bâtie en Carinthie à la fin du XVIe siècle.

— Je ne pensais pas que le nom de l'acheteur pût avoir de l'importance ?

— Oh si ! La passion collectionneuse de l'Empereur était bien connue. Il était facile de se servir de ses deniers... et de garder pour soi, mais pas un Khevenhüller. C'est donc dans le trésor qu'il faut chercher et ce n'est pas le plus simple. Tout n'est pas resté à Prague, tant s'en faut.

— Ça, je le sais. En outre, un spécialiste des objets ayant appartenu à Jeanne la Folle — dont le rubis ! — jure que l'Empereur ne le possédait plus à sa mort...

— La pierre a appartenu à la mère de Charles Quint ?

— C'est certain. Elle la porte même sur l'un de ses portraits.

— Comme c'est étrange ! En tout cas, je ne vois pas comment votre informateur peut être certain qu'il n'était pas dans le trésor. J'imagine mal un collectionneur aussi passionné que Rodolphe se défaisant d'une pièce d'une telle importance, surtout venant de sa propre famille ? En outre, c'était l'homme le plus secret, le plus imprévisible qui soit. Ce rubis a dû être l'un de ses plus chers trésors. Je le verrais assez bien le cachant quelque part. Avec d'autres pierres, peut-être ? Je crois savoir qu'il y en a d'autres qui n'ont jamais été retrouvées.

— Il aurait pu l'offrir à quelqu'un de cher ? Une femme ?

— La seule qu'il ait vraiment aimée ne se serait jamais parée d'un tel joyau !

— Que reste-il comme solution ? Démolir le château du Hradschin pierre par pierre pour découvrir une cachette... qui n'existe peut-être pas ?

— Tout de même pas, sourit le baron. Je crois, moi, qu'il faut étudier d'aussi près que possible la vie de Rodolphe... Encore que nous ne puissions être certains que les Suédois, lorsqu'ils ont pris Prague en 1648, n'aient pas déniché cette hypothétique cachette.

— En ce cas, le rubis aurait été placé dans le trésor suédois, or la reine Christine, lorsqu'elle a abandonné le trône, a emporté les plus beaux bijoux et quelques autres babioles. Elle n'aurait eu garde d'oublier une telle merveille. Je connais le cheminement de son héritage, légué au cardinal Odescalchi, à Rome, et vendu ensuite, en 1721, au régent de France, Philippe d'Orléans. Mon ami Vidal-Pellicorne a déjà inventorié la succession du Régent. Une partie de ses joyaux a rejoint ceux de la Couronne. Je possède le catalogue complet de ceux-ci : le rubis n'y est pas. Quant à la famille d'Orléans actuelle, si elle le détenait, les collectionneurs le sauraient. Évidemment, il y a aussi l'hypothèse du vol, mais je n'y crois guère. On faisait bonne garde chez l'Empereur et un vol de cette importance aurait été durement puni. Non, cette sacrée pierre paraît s'être volatilisée entre les mains de Rodolphe II... et moi, il ne me reste plus qu'à me taper la tête contre les murs !

— Ce serait dommage, fit le baron avec un sourire indulgent. Mais pour en revenir à un vol éventuel, vous pensez bien que, depuis le temps, la pierre aurait fait surface à un moment ou à un autre, et je peux vous assurer que dans ma famille on l'aurait appris. Vous savez avec quelle passion nous traquons objets rares et pierres anciennes. Or jamais aucun de nous ne l'a vu s'inscrire à son horizon. Aussi, j'en viens à une idée toute simple : pourquoi le rubis ne serait-il pas toujours à Prague ?

— Simon l'aurait su. Or, j'ai entendu dire à Vienne qu'il possédait une propriété en Bohême...

— C'est vrai, mais c'est assez loin de Prague. Près de Krumau, si je me souviens bien. Elle a été léguée au « baron Palmer » par une femme dont je tairai le nom. La seule, me semble-t-il, qu'il ait jamais aimée. C'est pourquoi il aime à y résider parfois. Non, oublions Simon pour l'instant et tâchons de retrouver une piste ! Je peux me tromper mais je... oui, je pense que le rubis doit être encore quelque part en Bohême.

— Seriez-vous voyant ? sourit à son tour Morosini.

— Dieu m'en garde, mais pour qui connaît notre histoire et nos traditions, Prague est d'une grande importance. Vous savez sans doute qu'elle forme la plus haute pointe du triangle hermétique dont Lyon et Turin sont les autres angles. Toutes trois se ressemblent. Elles sont bourrées de passages secrets, de ruelles tortueuses, mais c'est Prague la ville magique.

— À cause de Rodolphe et de sa cour de mages, de sorciers, d'alchimistes et de faiseurs d'or ?

— Ça c'est la légende, elle l'était bien avant lui. Notre tradition dit qu'après le sac de Jérusalem, certains Juifs emportant avec eux quelques pierres du Temple incendié par Titus y ont arrêté leur errance. De ces moellons apportés de si loin ils ont construit une synagogue, la plus ancienne de toutes, celle qui s'appelle aujourd'hui Vieille Nouvelle. Vous la verrez si vous allez là-bas... et je crois que vous irez.

Le regard de Rothschild s'évadait. Sa voix se faisait lointaine, comme s'il contemplait une image vénérée.

— J'y songeais... fit doucement Morosini.

— Quelque chose me dit que vous ne le regretterez pas. Il m'arrive d'avoir des intuitions. Celle que j'éprouve est très forte, au point que j'aimerais pouvoir aller à Prague avec vous. Cela m'est malheureusement impossible pour le moment, mais je vais essayer de vous aider.

D'un porte-cartes en galuchat à coins d'or, il tira un bristol à son nom, écrivit quelques mots et enferma le tout dans une enveloppe qu'il colla avec soin. Ensuite, il arracha d'un calepin un feuillet sur lequel il inscrivit un nom, une adresse. C'est ce papier qu'il remit en premier à son compagnon.

— Pouvez-vous retenir ce nom et cette adresse ?

— J'ai une excellente mémoire, dit Aldo qui photographiait le bref texte, devinant qu'on ne le lui donnerait pas. J'ai vu et je n'oublierai pas !

Le baron alors craqua une allumette, fit brûler le mince papier dans une soucoupe et, quand il fut consumé, écrasa les cendres avec une petite cuillère afin qu'elles devinssent fines et impalpables. Après quoi, il souffla dessus et les regarda s'envoler comme de petites mouches noires. Alors seulement, il tendit l'enveloppe à Aldo :

— Vous lui remettrez ceci et j'ose espérer qu'il vous recevra.

— Ce n'est pas certain ?

— Rien n'est jamais certain avec lui. Même ma recommandation peut rester lettre morte. C'est un personnage étonnant... difficile, que le présent n'intéresse pas. Il jouit d'un profond respect. On dit qu'il possède d'étranges pouvoirs et même le secret de l'immortalité

— Simon le connaît ?

— De réputation j'en suis certain, mais je ne crois pas qu'ils se soient rencontrés. Peut-être parce que Simon ne l'a pas voulu. Il sait trop les dangers et la violence qu'il traîne après lui pour oser risquer d'y mêler un être de cette hauteur...

— Et moi je vais oser ce... sacrilège ?

— Il n'y a plus d'autre moyen, soupira le baron Louis. Au point où nous en sommes, vous avez besoin de son aide... Un conseil, cependant : ne vous embarquez pas seul dans cette aventure ! Dans une ville comme Prague le danger peut venir de n'importe où, il faut pouvoir garder ses arrières.

— Entendu. Et pour Simon, que faisons-nous ?

— Je n'en ai aucune idée. En ce qui vous concerne, vous pouvez aller à Krumau, mais soyez prudent ! Il se peut que Simon ait choisi de s'enterrer volontairement et qu'une recherche l'indispose. De mon côté, je compte faire appel aux autres branches de la famille.

Certains le connaissent, l'estiment et, sachez-le, notre service d'informations familial fonctionne aussi bien qu'au temps où notre ancêtre Mayer Amschel tirait, depuis sa boutique de changeur à Francfort, les cinq flèches dont nous avons fait nos armoiries... ses cinq fils lancés à tous les horizons de l'Europe...

— Nous reverrons-nous ?

Le baron ne répondit pas. L'homme qui était le plus proche d'eux venait de replier son journal et demandait son addition au garçon. Rothschild attendit que le serveur se fût éloigné pour répondre :

— Peut-être. Pas dans l'immédiat cependant. Je quitte Venise demain matin pour rejoindre Ancône où, je l'espère, on en aura fini avec mon avarie. Je vous donnerai des nouvelles. Si j'en ai...

À ce moment, l'expression toujours si paisible de son visage se teinta d'une sorte d'effroi :

— Oh, mon Dieu ! Je crois que vous allez avoir une visite. Voulez-vous me permettre de m'éclipser un peu vite ?

En effet, voguant sur la vaste terrasse encombrée comme un navire de haut bord au milieu des petits bateaux rassemblés dans un port, sa tête arrogante empanachée d'une précieuse forêt de plumes de paradis et traînant après elle des mousselines écarlates, la marquise Casati, intriguée sans doute par la longue conversation des deux hommes, se dirigeait avec décision vers leur table. Le baron Louis se leva, serra la main de Morosini, s'inclina devant la dame avec la grâce d'un maître de ballet du XVIIIe siècle et, se faufilant entre les tables, disparut bientôt dans les lointains déjà bleutés du crépuscule. Aldo, cependant, se levait aussi, mais ce fut pour se courber sur la longue main constellée de rubis et de perles qui s'offrait à ses lèvres :

— Je ne me trompe pas, fit la marquise, c'est un Rothschild, ce gentilhomme ?

— Oui, le baron Louis. La branche viennoise...

— Je me disais aussi... Et c'est moi qui le fais fuir ?

— Il ne fuit pas, il repart. Son yacht est en panne à Ancône et il est juste venu faire un tour ici pour passer le temps. Je l'ai connu à Vienne et nous nous sommes rencontrés par hasard dans le hall du Danieli... Satisfaite ?

Les grands yeux noirs abondamment charbonnés de Luisa Casati considérèrent Morosini d'un air un peu contrit :

— Vous trouvez que je suis trop curieuse, n'est-ce pas ? Mais, cher Aldo, je suis surtout votre amie et je viens vous donner un bon avis : vous ne devriez pas laisser votre femme s'afficher ainsi...

S'il était une chose dont Morosini avait horreur, c'était que l'on s'occupe de sa vie privée quand lui-même n'en parlait pas. Il releva un sourcil insolent :

— Prendre un verre chez Florian au coucher du soleil, et avec une cousine, n'a rien de bien choquant, il me semble ?

— Ne montez pas sur vos grands chevaux ! D'abord, tout Venise sait que vous êtes brouillé à mort avec Adriana Orseolo, ce qui n'a rien d'étonnant après son escapade romaine...

— Chère Luisa, coupa Aldo, ne me dites pas que vous avez rejoint l'escadron revêche des douairières qui, oubliant les galipettes de leur jeunesse, fusillent de leurs face-à-main d'or celles qui s'offrent quelques intermèdes galants ?

— Bien sûr que non. J'aurais mauvaise grâce à lui reprocher son valet grec alors que moi-même je... oui, enfin, laissons cela ! Ce qui est plus gênant, pour nous autres vieux Vénitiens, ce sont ses relations actuelles, relations qu'elle semble partager avec votre épouse. Regardez !

Du pas pompeux d'un coq à la parade, bombant le torse sous le drap d'uniforme, les bottes noires étincelantes et le calot penché de façon à dissimuler une calvitie bien décidée à gagner la partie, le commendatore Ettore Fabiani, tentacule arrogant du Fascio étendu sur Venise, venait de rejoindre la table des deux femmes et, la lippe gourmande, l'œil allumé, s'inclinait sur la main d'Anielka avant de prendre place auprès d'Adriana avec laquelle il semblait entretenir les meilleures relations.

— On chuchote, souffla la Casati sur le mode orageux, qu'il ne manque pas une occasion de se trouver en compagnie de votre femme. Il en serait même... très amoureux !

— Qu'est-ce qui lui prend ? Il n'a plus peur de déplaire à son maître en courtisant la fille d'un homme traduit en justice pour ses crimes ? fit Morosini sarcastique.

— Le temps a coulé. Et puis Solmanski s'est suicidé, donc l'honneur est sauf, selon lui. Reste une fort jolie femme devant laquelle ce gros matou vicieux se pourlèche. Ce qui ne l'empêche pas d'entretenir d'excellentes relations avec la comtesse Orseolo. Je trouve d'ailleurs à cette chère Adriana une mine plus prospère depuis quelques jours...

En dépit de leur apparence venimeuse, les paroles de la Casati, Aldo en était persuadé, n'étaient inspirées que par un réel désir de l'aider.

— Si je vous connais bien, Luisa, vous devez garder dans votre manche un bon conseil à mon intention ?

Elle lui offrit un sourire qui, en dépit de son maquillage outrancier et de ses voiles tragiques, gardait l'espièglerie de l'enfance :

— Pourquoi pas ?... Sauvez les apparences, Aldo ! Pour le reste j'ai toujours une ou deux panthères à votre disposition. Si on les laisse à jeun, il ne fait pas bon s'en approcher... et un accident est si vite arrivé !

C'était tellement énorme qu'Aldo ne put s'empêcher de rire bien qu'il sût la Casati, grande éleveuse de fauves et même de serpents, toujours prête à obliger un ami dans l'embarras. Aldo se leva, prit sa main et la baisa :

— J'espère y arriver par des moyens moins drastiques... mais merci tout de même ! À présent, pardonnez-moi de vous raccompagner à votre table, je vais faire le ménage du jour...

Ayant remis la marquise aux mains de son peintre préféré, Morosini opéra un demi-tour et piqua droit sur la table des deux femmes. Là, sans se donner seulement la peine de saluer, il saisit le poignet d'Anielka entre des doigts devenus soudain aussi durs que le fer :

— Saluez vos amis, ma chère, et venez ! Vous oubliez que nous donnons à dîner ce soir...

Le ton n'avait rien d'affectueux et la jeune femme réprima un gémissement. Cependant, elle se levait.

— Vous me faites mal, murmura-t-elle.

— Désolé, mais je suis pressé. Ne vous dérangez pas, commendatore, ajouta-t-il avec un sourire dédaigneux. Je m'en voudrais de troubler vos plaisirs...

Et avant que l'autre ait seulement eu le temps de soulever sa masse, il entraînait Anielka pour rejoindre la gondole qui l'attendait au quai des Esclavons. La jeune femme tenta de se dégager mais il la tenait et, sous peine de causer un esclandre, elle fut bien obligée de suivre :

— Vous êtes devenu fou ? lança-t-elle furieuse tandis qu'il la faisait embarquer.

— C'est une question que je pourrais vous poser : vous n'êtes pas un peu folle de vous afficher ainsi avec Fabiani, sans compter cette femme dont vous savez parfaitement que je l'ai chassée ? Vous tenez à ce que Venise tout entière vous méprise ?

Elle se pelotonna dans l'un des sièges recouverts de velours et se mit à pleurer :

— Qu'est-ce que ça peut vous faire ? J'ai bien le droit de vivre à ma guise ?

— Non. Pas tant que vous porterez mon nom. Après...

Le geste qu'Aldo ébauchait traduisait bien son désintérêt total de cet « après », et cela ralluma la colère d'Anielka :

— Il n'y aura pas d'après ! Que cela vous plaise ou non, il vous faudra bien accepter mon enfant pour votre héritier et moi je resterai !

— Votre enfant ?...

Brusquement, Aldo éclata de rire.

— J'espère pour vous qu'il ne ressemblera pas à Fabiani... Vous auriez bonne mine !

Indifférent à la colère de la jeune femme et même aux épaules rétrécies de Zian qui conduisait et qui, de toute évidence, aurait souhaité disparaître, Aldo riait encore lorsque l'on aborda les marches du palazzo Morosini, mais ce n'était plus le rire spontané, amusé, du début. Il y entrait de la colère et du désespoir. En pénétrant dans la maison, il tourna le dos à Anielka et se dirigea vers son bureau pour annoncer à Guy Buteau qu'il partait le lendemain matin et qu'une fois de plus, le fidèle ami aurait à veiller sur les affaires et les intérêts de la firme Morosini.

Tout en enfermant le nœud de corsage de la tsarine dans son énorme coffre médiéval qu'il avait fait perfectionner pour qu'il devienne le plus moderne et le plus inviolable des coffres-forts, Aldo donna ses dernières directives à son ami, mais sans éprouver l'excitation, la joie qui préludaient toujours à l'un de ses départs en expédition. Ce voyage-là serait plus dangereux que les autres. Cela tenait peut-être à l'aura sanglante, barbare et même hors nature qui émanait de ce rubis. Il ne s'en effrayait pas : la mort ne lui avait jamais fait peur, par inconscience d'abord lorsqu'il était très jeune, et maintenant parce que, depuis l'intrusion des Solmanski dans sa vie intime, il trouvait à celle-ci beaucoup moins de charme que par le passé. La sourde inquiétude qui le rongeait s'adressait aux rares êtres qu'il aimait : Guy, Cecina, Zaccaria et ses autres serviteurs. S'il ne revenait pas, il fallait qu'il les mette à l'abri des entreprises d'Anielka et des siens.

Buteau connaissait trop bien son ancien élève pour ne pas ressentir son état d'esprit :

— Inutile de demander si vous partez à la recherche de la dernière pierre, Aldo, mais j'ai l'impression que, cette fois, vous le faites sans joie. Je me trompe ?

— Non, pourtant le goût de la chasse est toujours aussi ardent en moi, la curiosité toujours aussi aiguë, mais ce que je laisse ici commence à me faire horreur. Une maladie mortelle, un ver ignoble ronge l'arbre fier et vivant qu'était cette demeure. Si je ne revenais pas...

— Ne dites pas une chose pareille ! protesta Guy d'une voix soudain altérée. Je vous l'interdis comme tous ici vous l'interdiraient. Vous « devez » revenir, sinon rien n'aurait plus de sens !

— Je ferai de mon mieux mais je vais, ce soir, rédiger un nouveau testament que je vous demanderai de porter dès l'aube chez maître Massaria après l'avoir signé avec Zaccaria. Si cette femme est enceinte...

— La princesse ?

— Ne l'appelez pas ainsi ! Pas devant moi... Si donc elle s'apprête à procréer, je ne veux pas qu'un être qui ne me sera rien devienne mon héritier... Si je disparaissais, ma demande en annulation ne servirait plus à rien.

— Vous ne disparaîtrez pas ! affirma Guy Buteau avec, au fond des yeux, une petite flamme qui réchauffa Morosini.

— Dieu vous entende !

Enfermé chez lui, Aldo passa une grande partie de la nuit à rédiger le document. Il y renouvelait les legs précédents et refusait tout droit à l'enfant que la « comtesse Solmanska » pourrait mettre au monde, détaillant par le menu ce qu'avaient été leurs relations dans les derniers temps, révélant ce qu'il avait surpris rue Alfred-de-Vigny — et qui pouvait être confirmé par Mme de Sommières et Adalbert Vidal-Pellicorne, ajoutant même qu'il soupçonnait les Solmanski d'avoir fait évader leur père au moyen d'un faux décès. Ensuite seulement il se sentit mieux, alla enfermer le testament dans son coffre et s'octroya les quelques heures de sommeil dont il aurait besoin dans la journée. Afin d'éviter d'être suivi, il avait décidé de partir non par un train dont la destination pouvait être révélatrice mais au moyen de la voiture achetée l'année précédente à Salzbourg et qui l'attendait dans un garage de Mestre[1]. Cela lui permettait en outre de choisir l'heure de son départ.

Au matin, il fit signer le testament par Guy et Zaccaria, le fourra dans la serviette qu'il emportait toujours en voyage, procéda à de rapides adieux comme s'il s'agissait d'un des nombreux petits voyages qu'il accomplissait chaque année à travers l'Italie, et embarqua dans

1. Voir *L'Opale de Sissi.*

le motoscaffo conduit par Zian. On fit une première halte chez maître Massaria que l'on trouva en robe de chambre puis, revenu dans le bassin San Marco, le canot automobile mit les gaz et fonça vers la mer, laissant derrière lui un sillage de plumes blanches...

Il était parti depuis une heure environ quand Cecina noua un fichu sur sa tête où ne paraissaient plus les joyeux rubans colorés d'autrefois, prit un panier et se dirigea vers le marché du Rialto en passant par les rues. Arrivée au Campo San Polo, elle entra un moment dans l'église, alla faire une prière à la Madone, alluma un gros cierge, puis sortit par une porte latérale et s'enfonça dans une ruelle étroite sur laquelle donnaient les arrières de deux demeures patriciennes. Là, elle tira une clé de sa poche, ouvrit une porte basse, referma derrière elle, traversa d'un pas rapide un charmant jardin intérieur où chantait une fontaine et, après avoir frappé quelques petits coups rapides à une haute fenêtre aux verres sertis de plombs anciens, pénétra dans une grande pièce fraîche en disant :

— Il fallait que je vienne. Il y a du nouveau...

Pendant ce temps, au volant de sa petite Fiat, Morosini roulait vers les Alpes qu'il comptait passer au col du Brenner. Mais ce fut seulement quand, la frontière franchie, il atteignit Innsbruck, qu'il adressa à son ami Adalbert un bref télégramme :

« Serai à Prague, hôtel Europa. Confirme arrivée. Aldo. »

À moins qu'il ne se fût brisé un membre ou qu'il eût contracté une dangereuse maladie, il savait qu'Adalbert sauterait dans le premier train...

CHAPITRE 6

UN AMÉRICAIN ENCOMBRANT

Morosini était tombé dessus le soir même de son arrivée à Prague. Assis sur un haut tabouret dans le bar élégant, orné de fresques superbes, de l'Europa, ses grands pieds chaussés de « tennis » blanches bien calés sur les barreaux d'acajou, il mangeait des saucisses au raifort — on peut en déguster à toute heure du jour et de la nuit à Prague mais au bar de l'Europa ce n'était pas recommandé ! — arrosées d'une grande chope de Pilsen-Urquell, la bière nationale.

Il était impossible de ne pas le remarquer : sa carrure de lutteur enveloppée de flanelle blanche et ornée d'une cravate voyante, sa tignasse rousse et sa figure rouge d'être restée trop longtemps au soleil juraient avec les raffinements de ce palace récent, élevé à la gloire de l'Art nouveau local, et surtout avec la musique nostalgique déversée par un violon et un piano abrités sous des plantes vertes. En outre, il était seul en compagnie d'un barman tiré à quatre épingles dont la longue moustache noire à la hongroise dissimulait tant bien que mal le pli réprobateur d'une bouche dédaigneuse...

Fatigué par la longue et surtout difficile route qui d'Innsbruck l'avait amené à pied d'œuvre par Salzbourg et Passau, Morosini souhaitait seulement boire quelque chose de frais et de réconfortant avant de gagner sa chambre. Il commanda un gin fizz et, bien qu'il fût encore en tenue de voyage, le barman le servit avec une extrême déférence. Son œil exercé ne se trompait pas sur la qualité de ce nouveau client. Il poussa la délicatesse jusqu'à mettre une large distance entre lui et le barbare.

Ce qui, d'ailleurs, ne découragea pas celui-ci, ravi d'avoir de la compagnie : il se contenta de véhiculer son assiette et sa chope dans le voisinage d'Aldo et déclara :

— Content de voir arriver quelqu'un qui n'a pas l'air d'un naturel du pays ! fit-il dans sa langue natale. Vous êtes quoi ? Anglais, Français, Autrichien...

— Italien ! grogna Morosini qui détestait qu'on lui saute dessus avec ce sans-gêne, surtout quand il était de mauvaise humeur.

— Tiens ? J'aurais pas cru... Moi, je suis américain...

Puis, sans transition, tendant une main large comme un battoir à linge que sa victime fut bien obligée de prendre :

— Je me présente : Aloysius C. Butterfield de Cleveland, Ohio !

— Aldo Morosini, Venise, fit l'autre machinalement en extrayant ses phalanges d'une poigne redoutable.

Mais s'il pensait en avoir fini avec cette modeste carte de visite, il se trompait lourdement. L'homme de Cleveland poussa une sorte de barrissement qui fit sursauter le barman et, frappant de son poing droit dans la paume de sa main gauche :

— Non ! Vous êtes « le » Morosini qui vend des bijoux anciens ?

— En effet, reconnut Aldo qui ne se croyait pas aussi célèbre, surtout dans le Middle West.

— Ça alors, c'est un morceau de chance comme disent les British ! C'est surtout une chance que je ne sois pas allé chez vous, puisque vous êtes ici !

— Vous vouliez venir chez moi ?

— J'y ai pensé sérieusement. Faut dire que je suis riche... très riche même, et que j'ai une femme qui raffole de ces petites choses qui coûtent si cher. Et, naturellement, je veux lui rapporter un souvenir.

— Dans ce cas, il serait plus simple de passer par Paris et d'aller visiter Cartier, Boucheron ou...

— Non. Ça, c'est des trucs tout neufs ! Ce que Coralie veut, c'est quelque chose avec une histoire.

— Mais je n'ai pas le monopole des joyaux historiques ! Ces grands joailliers en achètent et en vendent eux aussi...

L'Américain fit la grimace :

— De toute façon, c'est moins historique qu'en venant de chez vous. On m'a dit que vous êtes noble, duc ou...

— Prince mais le titre ne fait rien à la chose et, actuellement je n'ai rien d'extraordinaire à vendre...

— Ça, c'est vous qui le dites ! fit l'autre, têtu. Il faudrait voir... Un autre gin fizz ? proposa-t-il comme Aldo achevait de vider son verre.

— Non merci. Je vais même vous demander la permission de vous quitter. Je voudrais prendre possession de ma chambre, me doucher...

— On dîne ensemble ?

— Non, excusez-moi ! Je compte me faire servir là-haut. Ensuite je me coucherai : la route m'a fatigué...

Il descendit de son tabouret pour se diriger vers la sortie, mais on ne se débarrassait pas aussi facilement d'Aloysius C. Butterfield qui d'ailleurs barrait plus ou moins le chemin :

— OK, on se verra demain ! Vous êtes là pour quelque temps ?

— Je ne sais pas encore. Cela dépendra de mes affaires et de mes rendez-vous. Je vous souhaite le bonsoir, Mr. Butterfield !

Le ton était sans réplique. Il fallut bien se résoudre à livrer passage, Morosini gagna sa chambre au second étage avec la sensation d'être un navigateur secoué par la tempête qui atteint enfin un havre de paix. Ce Yankee bruyant, envahissant, était le dernier spécimen humain qu'il souhaitait rencontrer à Prague. Il détonnait par trop dans cette cité d'art, de rêves et de mystère où l'on se sentait à la croisée de mondes multiples. C'était un hiatus, une fausse note dans une sublime symphonie et Aldo détestait les fausses notes. Il allait falloir s'arranger pour le rencontrer le moins possible.

La vaste et luxueuse chambre lambrissée que l'on avait attribuée au voyageur ouvrait sur les tilleuls de l'immense place Venceslas, un long quadrilatère sur lequel régnait la statue équestre du grand roi de Bohême, flanquée des statues pédestres de ses quatre saints protecteurs. Morosini ouvrit sa fenêtre et s'avança sur le balcon pour respirer l'odeur exquise que les arbres en fleur exhalaient à la fin d'une journée estivale. Le paysage d'épaisses forêts et de campagne doucement vallonnée qui enveloppait la Ville dorée était à la fois magnifique et apaisant. À l'extrême droite, le Hradschin, la colline supportant le château royal, ses églises et ses palais surgissait de la profonde verdure de ses jardins à l'italienne et Morosini pensa qu'il allait aimer cette capitale, peut-être parce que, comme à Venise, le dépaysement y était total et le sortilège garanti. À condition, toutefois, d'oublier le brinquebalement métallique des tramways...

Après un moment, Aldo se souvint qu'en lui remettant sa clé le portier lui avait aussi donné une lettre qu'il avait fourrée dans sa poche sans même la regarder, tant il avait hâte de se désaltérer. La rencontre avec l'Américain la lui avait fait oublier. Pensant qu'elle émanait d'Adalbert, il se hâta de l'ouvrir et découvrit avec surprise la signature de Louis de Rothschild.

« J'ai regretté, écrivait le baron Louis, de ne pas vous en avoir dit davantage sur le personnage que je vous envoie rencontrer, mais c'était impossible à la terrasse d'un café. Il m'a été donné une fois, une seule fois, de l'approcher et je me suis trouvé écrasé sous le respect. Cet homme, on dit de lui qu'il est le Roi caché, le Flambeau et l'Unique parce qu'il n'appartient pas à cette terre. Il serait — et je vous livre là l'une des légendes secrètes d'Israël — la réincarnation de ce grand rabbin Loew que Rodolphe II reçut dans son château de Prague et qui une nuit façonna d'argile et de terre un être gigantesque auquel il donnait la vie en introduisant dans sa bouche un morceau de parchemin portant le nom secret de Dieu. Le Golem — c'est ainsi qu'on l'appelait — se déchaîna un soir, veille de sabbat, où son maître oublia de retirer le « chem », le fragment magique, et il détruisit tout sur son passage. Loew réussit à maîtriser sa créature qui, privée de son pouvoir, s'écroula en un tas d'argile et de terre. Mais, pour les gens de Prague, le Golem est toujours prêt à renaître et reparaît avec les temps de grandes catastrophes. Ses restes reposeraient dans le grenier de la synagogue Vieille-Nouvelle qui était celle de Loew... qui est celle de Liwa, le grand rabbin actuel dont le nom, d'ailleurs, est le même que celui de ce maître entre les maîtres d'autrefois.

« Peut-être me prendrez-vous pour un fou. Je ne le crois pas parce que, étant devenu l'ami de Simon, vous savez sur notre peuple beaucoup plus de choses que la majorité des hommes, mais il fallait que je vous apprenne tout cela afin que, découvrant à qui vous aurez à faire, vous sachiez aussi quels mots prononcer. Je souhaite que le Très Haut soit avec vous pour vous aider à mener à bien votre périlleuse mission... »

Songeur, Aldo relut la lettre puis passa dans sa salle de bains, où, après l'avoir réduite en cendres, il la fit disparaître dans le lavabo. Venant d'un homme aussi moderne que le baron Louis, c'était une missive étrange mais pas surprenante. Lui, Morosini, savait depuis longtemps la culture universelle et l'attachement profond des Rothschild à leurs traditions, à l'histoire et aux racines de leur peuple. Quant à lui-même, il avait trop lu sur Rodolphe II pour ignorer Loew, le plus grand de tous les rabbins, et sa créature fantastique le Golem, mais de là à croire que l'un ou l'autre pussent encore se manifester en plein XXe siècle, il y avait une grande marge.

Ayant ainsi réglé la question pour le moment, Aldo s'empara du téléphone pour demander d'abord qu'on lui monte la carte du restaurant et ensuite qu'on appelle, à Paris, le numéro de Vidal-Pellicorne. Comme l'attente risquait d'être longue — plusieurs heures certainement ! — cela lui laissait tout le temps de se laver et même de dîner.

Ce fut seulement à dix heures du soir qu'il obtint la communication avec Paris. Théobald lui répondit. Oui, le télégramme de monsieur le prince était bien arrivé, malheureusement Monsieur était déjà parti pour Zurich où Romuald semblait avoir des problèmes.

— Savez-vous au moins s'il est à l'hôtel où était descendue Mlle du Plan-Crépin ? À propos, est-elle revenue ?

— Oui, monsieur le prince... et en parfait état à ce que j'ai entendu dire. Quant à l'hôtel de Monsieur, je ne saurais rien affirmer, mais j'espère avoir prochainement un appel de Monsieur.

— Bien. Alors, quand vous l'aurez, dites-lui qu'il est de toute première importance qu'il me rejoigne ici au plus vite.

— Très bien, monsieur le prince. Je souhaite une bonne nuit à monsieur le prince !

— Je ferai de mon mieux, Théobald. Merci. Et j'espère que votre frère aura pu sortir de ses problèmes qui sont d'ailleurs les nôtres...

Tout en gagnant enfin un lit dont il avait le plus grand besoin, Aldo, certain désormais de voir arriver son ami dans un avenir proche, n'en éprouvait pas moins une vague inquiétude : pour qu'Adalbert ait été contraint de rejoindre Romuald à Zurich, il fallait qu'il se fût passé quelque chose, mais quoi ? Il se hâta de la chasser, sachant que les cogitations et hypothèses constituaient le meilleur barrage au sommeil. Et il avait vraiment besoin de dormir...

Il s'éveilla au chant des oiseaux qui entrait par ses fenêtres ouvertes. N'ayant jamais aimé paresser au lit, il se leva, prit une douche, se rasa, s'habilla de flanelle anglaise, d'une chemise de tussor léger, et alluma la première cigarette de la journée. En attendant d'autres nouvelles d'Adalbert, il avait décidé de consacrer ce premier jour à la visite d'une ville qu'il ne connaissait pas et qui cependant, par ce qu'il en avait vu à son arrivée, l'enchantait déjà. Il voulait aussi repérer l'adresse confiée par Louis de Rothschild...

Tenté par le beau temps, il hésita à commander une calèche, comme il l'avait fait à Varsovie, parce qu'il en gardait un très agréable souvenir mais il pensa soudain qu'il avait peu de chance de tomber à Prague sur un cocher parlant français, anglais ou italien. Et puis le domicile de l'homme qu'il devait rencontrer, Jehuda Liwa, se situait dans le vieux quartier juif et s'il souhaitait être discret, il serait plus facile de s'y rendre à pied. Il serait bien temps de prendre l'un de ces attelages quand il voudrait se faire hisser jusqu'au château royal pour y chercher l'ombre de Rodolphe II, l'empereur captif de ses rêves... Quant à sa propre voiture, elle ne bougerait pas du garage de l'hôtel.

Tranquillement, il descendit le grand escalier en bois de teck, gloire de l'hôtel où l'on avait accumulé les bois précieux, les ornements dorés, les vitraux, les balcons ouvragés et les peintures évanescentes de Mucha. S'approchant du portier, il lui demanda s'il pouvait lui procurer un plan de la vieille ville.

— Bien entendu, Excellence ! Je ne saurais trop vous recommander, si vous en avez le loisir, de la découvrir à pied...

— C'est une excellente idée, claironna dans le dos de Morosini une voix déjà trop familière. On pourrait faire ça ensemble ?

Accablé par ce coup du sort, Aldo se retourna, considérant avec une sorte d'horreur la flanelle « tennis » et la cravate bariolée d'Aloysius C. Butterfield, complétées ce matin par un chapeau de paille ceint d'un ruban rouge vif : une véritable enseigne ! D'où cet olibrius sortait-il à une heure si matinale ? Avait-il passé la nuit au bar ? S'était-il seulement couché ? L'aspect légèrement fripé de son costume pouvait laisser supposer qu'il ne s'était pas changé depuis la veille ou même qu'il avait dormi avec.

Morosini parvint cependant à armer son visage d'un sourire que ses amis auraient jugé aussi peu naturel que possible :

— Veuillez me pardonner, Mr. Butterfield, fit-il avec autant d'aménité qu'il en fut capable, mais je m'en voudrais de vous détourner de vos projets pour aujourd'hui...

— Oh, je n'ai pas de projets précis, fit Aloysius. Je suis arrivé avant-hier et j'ai tout mon temps. Vous comprenez, je suis venu ici à la demande de ma femme pour y retrouver les membres de sa famille qui existeraient encore. Ses parents qui étaient d'un village des environs ont émigré à Cleveland pour travailler dans les usines comme pas mal d'autres. C'était juste avant sa naissance. Alors, puisque je devais venir en Europe pour traiter quelques affaires, elle m'a demandé de faire des recherches...

— Et elle ne vous a pas accompagné ? C'est étonnant. Elle devrait avoir envie de connaître ce magnifique pays ?

Butterfield baissa le nez, prenant l'air de circonstance qu'il devait arborer dans les enterrements :

— Elle aurait bien voulu mais elle est malade. Il lui est impossible de se déplacer et je dois prendre des photographies pour elle, ajouta-t-il en désignant un appareil posé sur une table voisine.

— Croyez que je suis désolé, compatit Aldo, mais le bavard avait encore quelque chose à dire :

— Vous comprenez pourquoi je suis tellement désireux de lui offrir un bijou selon son cœur ? Alors il va falloir que vous réfléchissiez bien, que vous cherchiez ce qui pourrait lui plaire. Le prix n'a pas d'importance... On pourrait en parler chemin faisant ?

Réprimant un soupir exaspéré, Aldo se décida à lâcher :

— Je réfléchirai et nous en parlerons plus tard, si vous le voulez bien. Pour l'instant, je souhaite sortir seul. Ne m'en veuillez pas, mais lorsque je découvre une ville ou un site j'aime le faire en tête à tête avec moi-même. Je n'aime pas partager mes émotions. Je vous souhaite une bonne journée, Mr. Butterfield, fit-il courtoisement en acceptant le plan que le portier lui tendait avec un regard au ciel qui en disait long sur sa compassion. Et il sortit en priant le bon Dieu que l'autre ait compris et ne s'avise pas de lui courir après. Au bout d'un instant, rassuré, il dirigea ses pas vers la Moldau : le guide du savoir-vivre de tout visiteur arrivant à Prague le conduisait vers le pont Charles, sans doute l'un des plus beaux du monde.

Gardé par deux hautes portes gothiques effilées comme des glaives, le lien de pierre tendu au-dessus de la Moldau entre le Hradschin et la vieille ville formait un chemin triomphal porté par des arches médiévales enjambant le flot rapide et majestueux chanté par Smetana. Une trentaine de statues de saints et de saintes lui composaient une haie d'honneur. L'ensemble, érigé dans un décor exceptionnel et chargé d'histoire, était impressionnant en dépit de la foule que les beaux jours y ramenaient, bruyante, pittoresque, faite de badauds mais aussi de chanteurs, de peintres, de musiciens. Aldo s'y arrêta un moment, séduit par les vives couleurs et la mélodie poignante d'un violon tzigane, et c'est presque à regret qu'il franchit la haute ogive d'une porte pour aller vers la seconde merveille, la place de la Vieille-Ville, dominée par la haute tour Poudrière, les deux flèches de l'église Notre-Dame du Tyn, et dont chaque maison était une œuvre d'art. Diversement colorées, somptueuses dans leur décoration, les demeures qui l'entouraient composaient un ensemble architectural étonnant où se coudoyaient le gothique, le baroque et le renaissance, tout en donnant, grâce à leurs arcades blanches, une grande impression d'harmonie.

De nouveau Morosini évoqua Varsovie, le Rynek où il avait aimé flâner, mais ici c'était encore plus dépaysant : il y avait, en plein vent, des artisans travaillant le cuir, le bois, des montreurs de marionnettes, des cuisines ambulantes offrant du concombre en lanières ou en jus dont les Pragois étaient friands, et puis aussi les fameuses saucisses au raifort. En même temps, on s'attendait à chaque instant à voir surgir le cortège du bourgmestre en route vers le ravissant hôtel de ville, ou encore les gardes croates de l'Empereur traînant quelque condamné vers l'échafaud. Des pigeons blancs s'envolaient de la maison « à la licorne d'or », de celle « au mouton de pierre » ou de celle « à la cloche », des femmes passaient, un panier au bras, riant ou causant, des enfants jouaient à la toupie. Le temps d'autrefois semblait s'être figé pour revivre au rythme de la grande horloge astrologique et zodiacale de l'hôtel de ville avec son cadran d'azur et ses personnages animés : le Christ, ses apôtres, la mort...

Comme à Varsovie aussi, la place donnait accès à la cité juive et, renseigné par son plan, Aldo se dirigeait vers elle quand, en tournant sur ses talons pour contempler une façade rose ornée d'une admirable fenêtre renaissance, il aperçut une silhouette blanche, un chapeau à ruban rouge. Aucun doute ! C'était l'Américain armé de son appareil photo. Saisi d'un doute, Morosini se glissa derrière les toiles d'un éventaire pour observer l'importun : une voix secrète lui soufflait qu'Aloysius le suivait...

Et de fait, il le vit tourner la tête dans tous les sens, le cherchant sans doute. Pour s'en assurer, il reparut et alla se planter devant la statue du réformateur Jean Hus, brûlé à Constance au XVe siècle et qui se dressait, comme un reproche et une malédiction, à la pointe de son bûcher de bronze. Il voulait savoir si l'autre allait l'aborder mais celui-ci n'en fit rien, passant au contraire de l'autre côté du monument. Aldo alors repartit mais, négligeant l'ancien ghetto, il s'enfonça à l'autre extrémité de la place dans les rues tortueuses et pittoresques dont se composait la vieille ville et là ralentit le pas. Il avisa une enseigne ornée d'une chope de bière débordante, des fenêtres basses dont les carreaux en cul-de-bouteille étaient sertis de plomb, entra dans la brasserie et alla s'asseoir à une table près d'une fenêtre. Un instant plus tard, il put voir passer son suiveur qui, l'ayant perdu de vue, le cherchait visiblement. Et ça il n'aimait pas du tout !

Tout en buvant un pot d'une excellente bière, fraîche à souhait servie par une jolie fille en costume national qui l'était tout autant, il s'efforça de réfléchir au problème que posait ce bonhomme indiscret et tenace. Que voulait-il au juste ? En dépit de son bagout et du fait qu'il sût son nom et sa profession, Morosini n'arrivait pas à croire à cette grande envie de lui acheter un bijou historique. Ce n'était pas la première fois qu'il avait affaire à des Américains, parfois à la limite du supportable comme l'arrogante lady Ribblesdal[1] ou certaines de ses pareilles, mais rien de comparable à ce natif de Cleveland, et ce n'était pas naturel.

1. Voir *La Rose d'York.*

Soudain, se souvenant de ce que lui avait dit Rothschild sur la configuration particulière de Prague, il rappela d'un signe la serveuse.

— Dites-moi, Fraulein, fit Aldo en jetant un coup d'œil dans la rue, on m'a dit qu'il y avait une autre sortie à cette maison. Est-ce vrai ?

— Bien sûr, Monsieur. Vous voulez que je vous montre ?

— Vous êtes aussi gentille que belle ! sourit Morosini en payant son écot. Je reviendrai vous voir...

Le chapeau à ruban rouge venait de rentrer dans son champ de vision. Butterfield revenait sur ses pas, dans l'intention évidente de visiter la brasserie, mais quand il en franchit la porte, Morosini entraîné par la fille était déjà au fond d'un couloir obscur menant, après un coude, dans une arrière-cour encombrée de tonneaux au-delà desquels une voûte cintrée laissait voir l'animation d'une autre rue. Aldo s'y précipita, s'arrêta pour se repérer, puis revint vers la place de la Vieille-Ville et gagna l'extrémité d'où partait la rue menant droit au ghetto, dont des pans de murailles gardaient la trace de l'ancienne clôture.

Il atteignit le quartier de Josefov et ses deux pièces maîtresses, le vieux cimetière juif et la synagogue Vieille-Nouvelle qui l'intéressait au premier chef puisque celui qu'il venait chercher, le rabbin Jehuda Liwa, en était le desservant et habitait une maison proche. Un long moment, il contempla le sanctuaire juif, le plus vieux de Prague puisqu'il remontait au XIIIe siècle. C'était, isolé sur une petite place, un vénérable édifice composé d'une base large et basse sur laquelle se dressait une sorte de chapelle à double pignon coiffée d'un toit pentu si haut qu'il semblait enfoncer le bâtiment dans la terre. Aldo en fit le tour à deux reprises, ne sachant trop à quoi se résoudre.

Pour suivre les recommandations du baron Louis, il aurait dû attendre l'arrivée d'Adalbert, mais quelque chose lui soufflait qu'il ferait mieux de délivrer dès à présent son billet de recommandation. Il ne s'y résolvait pas cependant, retenu par une crainte sacrée. Alors il fit quelques pas dans les rues étroites et sombres du quartier.

Contrairement à celui de Varsovie, le ghetto de Prague ne présentait plus son ancienne architecture de ruelles sordides aux baraques entassées plus ou moins de guingois. En 1896, l'empereur François-Joseph l'avait fait démolir afin d'assainir ce domaine préféré des rats et de la vermine. Seuls avaient été épargnés les synagogues et le petit hôtel de ville où se traitaient les affaires internes de la cité juive. Pourtant, en moins de trente ans, le nouveau quartier avait réussi à retrouver son pittoresque d'antan grâce à ses maisons étroites, collées les unes aux autres, ses gros pavés disjoints, ses échoppes de fripiers, de savetiers, de brocanteurs et de marchands de nourriture, ses passages sous voûte, ses escaliers extérieurs où s'accrochait le linge à sécher. Des odeurs de choux, d'oignons cuits et de soupe aux navets, s'y mêlaient à des relents moins nobles même si, devant les lieux de prière, c'était l'encens qui prévalait.

Toujours aux prises avec ses incertitudes, Morosini allait franchir le mur du vieux cimetière qui ressemblait à une mer dont quelque génie aurait figé les vagues, tant ses pierres tombales grises semblaient s'étayer ou se bousculer entre des massifs de jasmin ou de sureau, quand il vit soudain un homme vêtu de noir, coiffé en cadenettes sous un chapeau rond, qui sortait de la synagogue et en refermait soigneusement la porte avec une énorme clé. Morosini s'approcha :

— Veuillez me pardonner de vous aborder ainsi, mais seriez-vous le rabbin Liwa ?

Sous le rebord de son chapeau noir, l'homme scruta ce visage étranger avant de répondre :

— Non. Je ne suis que son serviteur indigne. Que lui voulez-vous ?

Le ton hostile n'avait rien d'encourageant. Aldo cependant refusa de s'en apercevoir :

— J'ai une lettre à lui remettre.

— Donnez !

— À lui remettre en mains propres et puisque vous n'êtes pas le rabbin...

— De qui, cette lettre ?

C'était plus que n'en pouvait supporter Morosini.

— Je commence à croire que vous êtes en effet un « indigne » serviteur. Qui vous permet de prendre connaissance du courrier de votre maître ?

Entre ses tire-bouchons de cheveux noirs, l'homme devint très rouge :

— Que voulez-vous, alors ?

— Que vous me conduisiez vers lui... dans cette maison, fit le prince en désignant la bâtisse dont il savait déjà qu'elle était la bonne. Puis il ajouta : Et, bien entendu, que vous m'introduisiez si rabbi Liwa le veut bien.

— Venez !

À y regarder de plus près, la maison semblait beaucoup plus vieille que ses voisines. Ses murs avaient ce gris profond qu'apportent les siècles et ses fenêtres aux verres de couleur sertis de plomb s'effilaient en ogive, cependant qu'une étoile à cinq branches, usée par le temps, timbrait la porte basse que l'homme ouvrit avec une clé presque aussi grosse que celle de la synagogue. Morosini pensa que l'on avait épargné ce logis au moment des démolitions.

Derrière son guide, il gravit un escalier de pierre étroit tournant autour d'un pilier central, mais quand on arriva devant une porte peinte d'un rouge éteint et garnie de pentures de fer, l'homme pria le visiteur de lui donner enfin sa lettre et d'attendre là :

— Il n'y a que ses mains, à lui, derrière cette porte. Sur mon salut, personne d'autre n'y touchera...

Sans répondre, Aldo donna ce qu'on lui demandait et s'adossa à la vis de pierre pour patienter. Il n'attendit pas longtemps. Bientôt la porte se rouvrait et son guide, avec un respect tout nouveau, s'inclinait devant lui en l'invitant à entrer.

La salle que Morosini découvrit occupait tout l'étage, comme au Moyen Âge, mais la ressemblance ne s'arrêtait pas là. Bien qu'au-dehors il fît soleil, de hautes et épaisses bougies posées dans des chandeliers de fer à sept branches éclairaient une pièce qui, à cause de ses voûtes noires, de ses étroites ouvertures et des verres jaunes et rouges sertis de plomb, en avait grand besoin. Un homme était là, anachronique lui aussi et que l'on ne devait plus pouvoir oublier une fois qu'on l'avait vu : très grand — surtout pour un Juif ! —, très maigre, ses épaules osseuses laissaient couler jusqu'à terre les plis d'une longue robe noire. Longs aussi les cheveux blancs, brillants comme de l'argent, que coiffait une calotte de velours, mais le plus impressionnant était sans doute son visage barbu, ridé, et surtout son regard sombre, profondément enfoncé sous l'orbite impérieuse : il brillait d'un feu intense.

Le grand rabbin se tenait debout près d'une longue table supportant des grimoires et un vieil incunable à couverture de bois, l'Indraraba, le Livre des secrets. On disait de cet homme qu'il n'appartenait pas à ce monde, qu'il connaissait le langage des morts et savait interpréter les signes de Dieu. Non loin de lui, sur un lutrin de bronze, le double rouleau de la Thora reposait dans un écrin de cuir et de velours brodé d'or.

Morosini s'avança jusqu'au milieu de la salle et s'inclina avec autant de respect qu'il en eût montré à un roi, se redressa et ne bougea plus, conscient de l'examen que lui faisaient subir ces yeux étincelants.

Jehuda Liwa laissa retomber sur la table la carte du baron Louis et, de sa longue main pâle, indiqua un siège à son visiteur :

— Ainsi donc, tu es l'envoyé ? dit-il dans un italien si pur que Morosini en fut émerveillé. C'est toi qui as été choisi, de tout temps je pense, pour retrouver les quatre pierres du pectoral.

— Il semble, en effet, que j'aie été choisi.

— Où en es-tu de ta quête ?

— Trois pierres ont déjà fait retour à Simon Aronov. C'est la quatrième, le rubis, que je cherche ici et pour laquelle j'ai besoin d'aide. J'en aurais besoin aussi pour retrouver Simon dont je ne sais ce qu'il est devenu. Je ne vous cache pas que je suis très inquiet...

Un mince sourire détendit un peu les traits sévères du grand rabbin :

— Rassure-toi ! Si le maître du pectoral n'était plus de ce monde, j'en serais informé, mais il sait depuis longtemps, comme tu dois le savoir aussi, que sa vie ne tient qu'à un fil. Il faut prier Dieu pour que ce fil ne casse pas avant qu'il ait accompli sa tâche. C'est un homme d'une immense valeur...

— Sauriez-vous où il se trouve ? demanda Morosini presque timidement.

— Non et je n'essaierai pas de le savoir. Je pense qu'il se cache et que sa volonté doit être respectée. Revenons à ce rubis ! Qu'est-ce qui te fait croire qu'il est ici ?

— Rien, en vérité... ou alors tout ! Tout ce que j'ai pu apprendre jusqu'à ce jour.

— Raconte ! Dis-moi ce que tu sais...

Morosini fit alors un récit aussi complet, aussi détaillé que possible de son aventure espagnole, sans rien omettre, pas même le fait qu'il avait permis à un voleur de conserver le fruit de son larcin.

— Peut-être me jugerez-vous très mal, mais...

D'un geste rapide, Liwa balaya l'objection :

— Les affaires de police ne me regardent pas. Toi non plus d'ailleurs. À présent, laisse-moi réfléchir !

De longues minutes passèrent. Le grand rabbin s'était assis dans son haut fauteuil de bois noir et, le menton dans sa main, semblait perdu dans une rêverie. Il en sortit pour aller consulter un rouleau d'épais papier jauni qu'il prit dans une bibliothèque placée derrière lui et déroula à deux mains. Au bout d'un moment, il remit tout en place et revint à son visiteur :

— Ce soir, à minuit, dit-il, fais-toi conduire devant le château royal. À droite de la grille monumentale tu trouveras, dans un renfoncement des bâtiments, l'entrée des jardins. C'est là que je te rejoindrai...

— Le château royal ? Mais... n'est-il pas à présent la résidence du président Masaryk ?

— C'est justement pour éviter l'entrée principale et les sentinelles que je te donne rendez-vous là. De toute façon, le bâtiment où nous nous rendrons est fort à l'écart du siège de la République. C'est dans le passé que je t'emmènerai et nous n'aurons rien à craindre du présent... Va maintenant, et sois exact ! À minuit...

— J'y serai.

Morosini se retrouva dehors avec l'impression de remonter, justement, de cette plongée dans le passé qu'on lui annonçait pour la nuit suivante. L'animation de la rue le remit d'aplomb. Un marché s'y tenait et c'était, comme à Whitechapel, un étonnant mélange de fripiers, de marchands de légumes, de musiciens ambulants, de savetiers, de marchands de poulets et d'une infinité de petits métiers mais le beau soleil, les arbres en pleines feuilles et les sureaux en fleur du vieux cimetière mettaient une note joyeuse et une grâce que ne possédait pas le quartier juif anglais. Il erra pendant un moment au milieu de ce joyeux désordre, entra par habitude dans la boutique d'un brocanteur qui semblait un peu moins crasseuse que les autres — il lui était déjà arrivé de trouver des objets étonnants dans des échoppes de ce genre — marchanda pour obéir à la tradition un flacon en verre de Bohême d'un beau rouge profond déclaré du XVIIIe alors qu'il était en fait du XIXe mais qui méritait largement son prix. En bon Vénitien il aimait les verreries et admettait volontiers que l'on pût trouver, en France ou en Bohême, d'aussi belles choses qu'à Murano.

Midi sonnant à l'horloge du beffroi posa à Morosini un problème : devait-il rentrer déjeuner à l'hôtel ? La réponse fut non : retourner à l'Europa, c'était risquer de retomber dans les pattes de l'Américain. Il se décida pour la Brasserie Mozart, la plus belle de la vieille ville. Son projet pour l'après-midi, alors qu'il dégustait un goulasch à réveiller un mort tant le cuisinier s'était montré généreux en paprika, était d'aller repérer les lieux de son expédition nocturne. Il se ferait conduire en voiture sur le Hradschin, visiterait ceux des palais accessibles au public et aussi la célèbre cathédrale Saint-

Guy. Restait la façon dont il emploierait sa soirée. Comment faire pour échapper à l'inquisition de Butterfield qui occuperait le bar jusqu'à une heure avancée de la nuit ! Or il était très possible de surveiller, depuis le bar, la sortie de l'hôtel...

Soudain, le regard d'Aldo s'arrêta sur une petite affiche placée dans un cadre en bois verni. Elle annonçait une représentation de *Don Giovanni* pour le soir même. C'est du moins ce qu'il crut comprendre. Appelé à la rescousse, le garçon qui le servait confirma : ce soir, le Théâtre de États donnait un gala. Et comme c'était la salle où la pièce avait été créée en 1787, ce serait certainement une belle soirée.

— Vous pensez qu'il serait encore possible d'avoir des places ?

— Cela dépend du nombre.

— Une seule.

— Oui, je serais fort étonné que Monsieur n'ait pas satisfaction. Si Monsieur est descendu dans un grand hôtel, le portier pourrait se charger de la réservation...

— Bonne idée ! Appelez-moi donc l'Europa au téléphone...

Quelques instants plus tard, Morosini avait sa place, achevait son repas par un café honorable puis demandait une voiture. Il commença par se faire conduire au Théâtre des États afin d'en repérer l'emplacement, puis, de là, directement à l'entrée du château royal. Doué, en effet, d'un sens très vif de l'orientation, il était sûr de retrouver le chemin sans erreur une fois celui-ci parcouru. Et, ce soir, la seule solution pour ne pas éveiller les curiosités serait de prendre sa propre voiture.

L'après-midi passa rapidement. Pour un amateur d'art, la visite de la colline royale possédait de quoi contenter les plus difficiles sans compter l'admirable panorama sur la « ville aux cents tours » dont les toits de cuivre, verdis par le temps, gardaient par endroits un peu de l'éclat qui avait fait surnommer Prague la Cité dorée. Les quelques bâtiments modernes se fondaient dans la splendeur des anciennes constructions et la longue courbe de la Moldau avec ses vieux ponts de pierre et ses îles verdoyantes ceinturait les anciens quartiers d'un ruban bleuté où le soleil allumait des étincelles. La capitale bohémienne ressemblait à un bouquet de fleurs paré d'innocence. Pourtant, Morosini le savait, cette ville avait de tout temps attiré les manifestations du surnaturel. Les traditions païennes s'y étaient mêlées à celles de la Kabbale juive et aux croyances les plus obscures du christianisme. Elle avait été le refuge des sorciers, des démons, des mages et des alchimistes que faisaient proliférer les richesses minérales de la terre. Quant à ce palais cerné de jardins dominant toutes choses du haut de sa colline c'était bien l'endroit susceptible de séduire un empereur épris de beauté, de fantastique et de rêve, mais craignant autant les hommes que les dieux et qu'une prime jeunesse passée dans la lugubre cour de son oncle, Philippe II d'Espagne, éclairée par les flammes des bûchers de l'Inquisition, avait prédisposé à la mélancolie, à la solitude et qui détestait plus que tout l'exercice du pouvoir. Pourtant, ce souverain presque étranger à sa fonction inspirait un prodigieux respect à ses sujets. Cela tenait surtout à sa majesté naturelle, à la noblesse de ses attitudes, à son silence car il parlait peu, et surtout à son regard énigmatique dont personne n'était capable de déchiffrer la vérité... Une chose était certaine : cet homme, jamais, n'avait connu le bonheur et la présence du rubis maléfique au milieu de ses fabuleux trésors n'y était peut-être pas étrangère...

C'était à lui que songeait Morosini en rentrant à l'Europa. Il était même tellement captif du sortilège dégagé par ce qu'il avait vu et devait revoir au cœur de la nuit, qu'il en avait oublié son Américain. Pourtant, il était là, fidèle au poste, installé au bar, et quand Aldo l'aperçut il était trop tard mais, grâce à Dieu, Aloysius semblait s'être trouvé une autre victime : il discutait avec un homme mince et brun, de type méditerranéen.

En se précipitant vers l'ascenseur, Aldo éprouva l'impression fugitive de l'avoir déjà vu quelque part... Mais il avait rencontré tellement de gens divers dans ses nombreux voyages qu'il ne chercha pas à creuser la question.

Quand il déboucha dans le hall, Butterfield qu'il trouva devant lui considéra avec stupeur ses six pieds d'aristocratique splendeur avant de s'exclamer :

— Gee !... Qu'est-ce que vous êtes beau ! Et où allez-vous comme ça ?

— Je sors, comme vous voyez ! Et vous me permettrez de ne pas vous faire le confident de mes rendez-vous ?

— Oui oui, bien sûr ! Eh bien, bonne soirée, grogna l'Américain déçu.

L'automobile, demandée par téléphone, attendait devant l'hôtel. Aldo prit place au volant, alluma une cigarette et démarra en douceur. Quelques instants plus tard, il se garait devant le théâtre où il pénétra en même temps qu'une assistance élégante qui n'avait rien à envier à celles fréquentant les Opéras de Paris, de Vienne, de Londres ou le cher théâtre de la Fenice à Venise. La salle était ravissante avec ses tons verts et or, un peu passés mais le charme n'en était que plus présent... En revanche, lorsqu'il consulta le programme, Morosini retint un juron : la cantatrice qui devait interpréter le rôle de Zerlina n'était autre que le rossignol hongrois qui, durant quelques semaines, l'avait aidé à moins s'ennuyer vers la fin de l'hiver de l'année précédente. Du coup, il regretta que le zèle de son portier d'hôtel ait obtenu pour lui une trop bonne place : si jamais Ida s'apercevait de sa présence, elle allait en conclure Dieu sait quelle romance à son avantage personnel et il aurait toutes les peines du monde à s'en débarrasser !

Il faillit se lever pour chercher une autre place, mais la salle était déjà pleine. Quant à repartir, il ne pouvait tout de même pas errer en habit dans des brasseries ou autre tavernes pour attendre minuit ? Il se rassura vite, cependant : la dame qui vint prendre place auprès de lui, flanquée d'un petit monsieur incolore, était une imposante personne débordant à la fois de chairs plantureuses et d'une abondance de plumes noires pour lesquelles on avait dû dépouiller tout un troupeau d'autruches. Morosini, en dépit de sa taille, disparut en partie derrière cet écran providentiel, s'y trouva bien et put apprécier paisiblement la divine musique du divin Mozart. Jusqu'à la fin de l'entracte tout au moins !

Quand la salle se ralluma, il se dépêcha de vider les lieux pour prendre un verre au bar en grignotant un ou deux bretzels — il n'avait pas pris le temps de dîner — mais hélas, quand il regagna sa place il y trouva aussi une ouvreuse nantie d'un billet qu'elle lui remit avec un coup d'œil complice : il était bel et bien repéré.

« Comme c'est gentil d'être venu ! écrivait la Hongroise. Naturellement nous soupons ensemble ? Viens me chercher après le spectacle. Amour toujours ! Ton Ida. »

Voilà ! C'était la catastrophe. S'il ne répondait pas d'une façon ou d'une autre à l'invite de son ancienne maîtresse, elle était capable de le chercher dans toute la ville et il passerait pour un abominable mufle ! Ce soir, au moins, il faudrait qu'elle se passe de lui. Tout l'or du monde ne lui ferait pas manquer l'étrange rendez-vous du grand rabbin.

Il se contraignit cependant au calme — le feu n'était pas au théâtre ! —, attendit que le deuxième acte soit bien avancé et que Donna Anna ait achevé sous les bravos l'air « Crudele ? Ah no ! mio ben !... » pour sortir de sous ses plumes et s'esquiver discrètement. Hors de la salle, il trouva l'ouvreuse de tout à l'heure, tira un billet de son portefeuille :

— S'il vous plaît, voudriez-vous, lorsque le spectacle sera fini, aller porter ceci à Fraulein de Nagy ?

Au verso du billet qu'il avait reçu, il griffonna rapidement quelques mots : « Comme tu l'as deviné, je ne suis venu que pour t'entendre mais j'ai tout à l'heure une affaire importante à régler. Il ne nous sera pas possible de souper ensemble. Je te donnerai de mes nouvelles dès demain. Ne m'en veux pas. Aldo. »

Tout en repliant la lettre pour la remettre dans son enveloppe il ajouta :

— J'ai aperçu une fleuriste près du théâtre, en arrivant. Voulez-vous aller chercher une vingtaine de roses que vous joindrez à mon message ? Je dois partir.

L'importance du nouveau billet apparu au bout des doigts de cet homme si séduisant élargit encore le sourire de la femme. Elle prit le tout et esquissa une petite révérence :

— Ce sera fait, Monsieur, soyez sans crainte. Il est seulement dommage que vous ne puissiez assister à la fin. Elle promet d'être triomphale...

— Je m'en doute mais l'on ne fait pas toujours ce que l'on veut. Merci de votre obligeance...

En reprenant sa voiture, Aldo eut un soupir de soulagement. La façon dont Ida réagirait lui importait peu : il n'avait pas du tout l'intention de la revoir. Ce qui comptait, c'était d'être à minuit près de l'entrée du château royal... À ce moment, il entendit sonner onze heures à l'horloge historique et pensa qu'il serait très en avance, mais cela valait beaucoup mieux que de faire attendre Jehuda Liwa. Il aurait ainsi tout le temps de garer son automobile dans un endroit tranquille...

Il mit en marche doucement pour entendre encore le faible écho de la musique. À Prague d'ailleurs, tout comme à Vienne, il y avait toujours une mélodie, l'écho d'un violon, d'une flûte de Pan ou d'une cithare qui traînait dans l'air et ce n'était pas l'un de ses moindres charmes. Toutes vitres baissées, Aldo respira les odeurs de la nuit mais pensa que le temps pourrait bien se gâter. Le ciel, encore clair lorsqu'il était arrivé au théâtre, se chargeait de lourds nuages. Il avait fait chaud ce jour-là et le soleil en se couchant n'avait pas ouvert la porte à la fraîcheur. Un lointain roulement de tonnerre annonçait qu'un orage se préparait mais Morosini ne s'en souciait pas. Il devinait qu'une aventure hors du commun l'attendait et il en éprouvait une excitation secrète pas désagréable du tout. Il ignorait pourquoi le grand rabbin l'emmenait là-haut mais l'homme en lui-même était tellement fabuleux qu'il n'eût pas donné sa place pour un empire.

Tandis que sa petite Fiat escaladait les pentes du Hradschin, Aldo avait déjà l'impression de plonger dans un inconnu énigmatique. Les rues obscures, silencieuses au point que le bruit du moteur faisait l'effet d'une incongruité, n'étaient qu'à peine éclairées par d'antiques réverbères placés de loin en loin. Là-haut, l'immense château des rois de Bohême dessinait une masse noire. Parfois, dans le pinceau des phares, les yeux d'un chat allumaient une double lueur. Ce fut seulement en arrivant sur la place Hradcanské sur laquelle ouvraient les grilles monumentales du château que Morosini eut l'impression de regagner le XXe siècle : quelques réverbères éclairaient les huit groupes sculptés dressés sur les colonnes ponctuant les grilles au monogramme de Marie-Thérèse, et aussi les guérites aux rayures grises et blanches abritant les sentinelles chargées de la garde du Président.

Peu désireux d'attirer l'attention des soldats, Morosini alla garer sa voiture près du palais des princes Schwarzenberg, la ferma puis remonta vers le renfoncement où s'ouvrait la double arcade menant aux jardins, clos eux aussi par des grilles. Même si cela paraissait bizarre c'était le lieu du rendez-vous et Aldo se mit en devoir d'attendre à grand renfort de cigarettes. Le silence lui parut total puis, peu à peu, à mesure que passait le temps, des bruits légers lui parvinrent : ceux lointains de la ville au bord du sommeil, le vol d'un oiseau, le miaulement d'un chat. Et puis des gouttes d'eau se mirent à tomber au moment où, quelque part vers le nord, un éclair allumait le ciel comme une pincée de magnésium enflammé. À cet instant précis, la cathédrale Saint-Guy sonna minuit, la grille tourna sans bruit sur ses gonds de fer et la longue silhouette noire de Jehuda Liwa apparut, faisant signe à Morosini de le rejoindre. Il jeta sa cigarette et obéit. Derrière lui, la grille se referma d'elle-même.

— Viens, murmura le grand rabbin. Prends ma main !

L'obscurité était profonde et il fallait les yeux de la foi pour se guider à travers ces jardins peuplés de statues et de pavillons.

Soutenu par la main ferme et froide de Liwa, Aldo atteignit un escalier monumental traversant les bâtiments du palais. Au-delà, il y avait une grande cour dominée par les flèches de la cathédrale dont le portail principal ouvrait juste en face de la voûte, mais Morosini eut à peine le temps de se reconnaître : on franchit une porte basse dans ce qu'il reconnut être la partie médiévale du château. Y étant venu dans l'après-midi, ses souvenirs étaient encore très frais et il savait que l'on se dirigeait vers l'immense salle Vladislav qui occupait tout le deuxième étage du bâtiment. Le guide avait dit tout à l'heure qu'elle était la plus grande salle profane d'Europe : il est vrai qu'elle évoquait assez l'intérieur d'une cathédrale, avec sa haute voûte aux nervures capricieuses, véritables entrelacs végétaux, compliquées et cependant harmonieuses. C'était un joyau du gothique flamboyant, bien que ses hautes fenêtres arborassent déjà les couleurs de la Renaissance.

— Les rois de Bohême puis les empereurs y recevaient leurs vassaux, dit le grand rabbin sans prendre la peine d'étouffer sa voix qui résonna comme un bronze. Le trône était placé contre ce mur, ajouta-t-il en montrant la paroi du fond.

— Que faisons-nous ici ? demanda Morosini en éteignant sa propre voix.

— Nous venons chercher la réponse à la question que tu m'as posée ce matin : qu'est-ce que l'empereur Rodolphe a fait du rubis de sa grand-mère ?

— Dans cette salle ?

— C'est selon moi le lieu le plus propice. À présent, tais-toi et, quoi que tu voies, quoi que tu entendes, reste muet et ne bouge pas plus que si tu étais de pierre ! Va te mettre près de cette fenêtre, regarde mais songe seulement à ceci : un son, un geste et tu es mort...

L'orage à présent déchaîné éclairait spasmodiquement la salle, mais, les yeux de Morosini s'étaient accoutumés à l'obscurité.

Collé contre la profonde embrasure d'une des fenêtres, Aldo vit son compagnon se placer au milieu de la salle, à une dizaine de mètres environ du mur nu devant lequel se tenait autrefois le trône d'un empire. De sa longue robe, il tira plusieurs objets : une dague d'abord, à l'aide de laquelle il traça dans l'air un cercle imaginaire dont il formait le centre, puis quatre chandelles qui s'allumèrent d'elles-mêmes et qu'il posa sur les dalles au nord, au sud, à l'est et à l'ouest de sa position. Les immenses lianes de la voûte semblèrent s'animer d'une vie propre, comme si un berceau de branches venait de naître au-dessus de ce prêtre d'un autre âge.

Celui-ci à présent ne bougeait plus. La tête penchée sur sa poitrine, il était en proie à une profonde méditation qui dura de longues minutes. Enfin, se redressant de toute sa hauteur, il renversa la tête en arrière, leva ses deux bras à la verticale et prononça d'une voix forte ce qui parut à l'observateur muet être une imploration en hébreu. Puis ses bras retombèrent, sa tête se redressa, et aussitôt il étendit vers le mur sa main droite aux doigts écartés en un geste impérieux et lança ce qui pouvait être aussi bien un appel qu'un ordre. Alors une chose incroyable se produisit. Sur ce mur nu une forme se dessina, floue et indécise d'abord comme si les pierres émettaient quelque sombre lumière. Un corps immatériel dans une draperie rouge et au-dessus un visage de douleur : celui d'un homme aux traits puissants à demi cachés par une barbe et une longue moustache d'un blond roux encadrant de fortes lèvres. Les traits pleins de noblesse exprimaient la souffrance et le regard terne semblait noyé de larmes, mais sur le front de l'apparition il y avait la forme vague d'une couronne...

Entre le grand rabbin et le spectre, un étrange dialogue quasi liturgique s'instaura en une langue slave dont Morosini, à la fois fasciné et terrifié, ne comprit pas un mot. Les répons se succédaient, parfois longs mais le plus souvent courts. La voix d'outre-tombe était faible, celle d'un homme à l'extrémité de ses forces. Le bras tendu du rabbin semblait lui arracher les paroles. Les dernières furent prononcées par celui-ci et, à leur douceur, à la compassion qu'elles exprimaient, Aldo comprit que c'était à la fois un apaisement et une prière. Enfin, lentement, très lentement, Jehuda Liwa laissa retomber son bras. À mesure, le fantôme parut se dissoudre dans le mur...

On n'entendit plus que les roulements du tonnerre qui s'éloignait. Le grand rabbin était immobile. Les mains croisées sur sa poitrine il priait encore et Morosini, dans son coin, murmura mentalement les paroles du *De profundis.* Enfin, toujours sans bouger, d'un geste léger, le mage parut ordonner aux chandelles de s'éteindre. Il se baissa pour les ramasser et revint vers l'homme changé en statue qui l'attendait. Son visage était blafard et ses traits profondément las, mais tout son être reflétait le triomphe.

— Viens ! dit-il seulement, nous n'avons plus rien à faire ici...

CHAPITRE 7

UN CHÂTEAU EN BOHÊME

En silence, ils quittèrent le vieux logis mais, au lieu de retourner vers les jardins sur le rempart, ils sortirent de l'aile médiévale sur la place séparant l'abside de la cathédrale et le couvent Saint-Georges, longèrent la rue du même nom, à peine éclairée, puis s'enfoncèrent dans d'étroites artères obscures qui ressemblaient à des failles entre les murs sévères de quelques maisons nobles ou religieuses sans que Morosini posât la moindre question. Encore sous le choc de ce dont il venait d'être le témoin, il n'était pas loin de croire que l'homme dont il suivait la longue robe noire l'avait par magie ramené au temps de Rodolphe et il s'attendait à voir surgir des ténèbres environnantes des hallebardiers en armes, des lansquenets monstrueux, des serviteurs transportant des présents ou encore l'escorte de quelque ambassadeur...

Il ne s'éveilla de cette espèce de songe qu'au moment où le grand rabbin ouvrit devant lui la porte d'une petite maison basse peinte en vert pomme, une toute petite maison semblable à ses voisines diversement colorées. Il se souvint alors de les avoir vues dans la journée et il sut qu'on l'avait amené dans ce que l'on appelait la ruelle de l'Or, ou des faiseurs d'or. Accotée au rempart qui en dominait de haut les toits tous pareils, elle avait été construite par Rodolphe II pour y abriter, selon la légende, les alchimistes que l'empereur entretenait[1]...

— Entre ! proposa Liwa. Cette maison m'appartient. Nous y serons en paix pour causer...

Les deux hommes durent se courber pour pénétrer à l'intérieur. Près de l'âtre sans feu se serraient une table, un buffet, portant un chandelier que le rabbin alluma, deux chaises, une pendule de parquet et un étroit escalier montant à un étage qui était encore plus bas de plafond. Morosini s'assit sur la chaise qu'on lui indiquait tandis que son hôte allait prendre dans le buffet un gobelet et un flacon de vin, remplissait l'un avec le contenu de l'autre et offrait le tout :

— Bois ! Tu dois en avoir besoin. Tu es bien pâle.

— Je le crois volontiers. Il est toujours impressionnant de voir ouvrir devant soi une fenêtre sur l'inconnu... sur l'au-delà.

— Ne t'imagine pas que je me livre souvent à une telle expérience mais il faut, pour les fils d'Israël, que le rubis soit retrouvé et il n'y avait pas d'autre moyen. Tu sais, je pense, qui je viens d'interroger ?

— J'ai déjà vu des portraits : c'était... Rodolphe II ?

— C'était lui, en effet. Et tu avais raison de penser que cette pierre, maléfique entre toutes, n'a plus jamais quitté la Bohême.

— Elle est ici ?

— À Prague ? Non. Je te dirai où tout à l'heure. Auparavant, je dois te raconter une histoire horrible. Il te faut la connaître pour savoir jusqu'où tu devras aller

1. Kafka y logea en 1917 et, plus tard, la ruelle abrita un prix Nobel de littérature : Jaroslav Siefert.

et pour que tu ne commettes pas la folie, une fois la gemme retrouvée, de l'emporter tranquillement afin de la rendre à Simon. C'est à moi que tu devras l'apporter d'abord, et le plus vite que tu pourras afin que je la vide de sa charge meurtrière, sinon tu risquerais d'en être victime toi-même. Tu vas jurer de venir la remettre entre mes mains. Ensuite je te la rendrai. Tu jures ?

— Sur mon honneur et sur la mémoire de ma mère qui fut victime du saphir, je jure ! affirma Morosini d'une voix ferme. Mais...

— Je n'aime pas les conditions.

— Ce n'en est pas une : seulement une prière. Avez-vous le pouvoir de délivrer une âme en peine, vous à qui tout semble obéir ?

— Tu veux parler de la parricide de Séville ?

— Oui. Je lui ai promis de tout faire pour l'aider. Il me semble que son repentir est sincère et...

— ...seul un Juif peut la relever de la malédiction d'un autre Juif. Sois sans crainte : quand le rubis aura perdu son pouvoir, la fille de Diego de Susan pourra connaître le repos. À présent, écoute ! Et bois si tu en as envie...

Sans prendre garde au geste de dénégation de Morosini, le vieil homme remplit à nouveau son gobelet puis s'adossa à sa chaise, ses longues mains croisées sur ses genoux. Enfin, sans regarder son visiteur, il commença :

— En cette année 1583, Rodolphe avait trente et un ans. Il occupait le trône impérial depuis sept ans et, bien que fiancé à sa cousine, l'infante Claire-Eugénie, il ne se décidait pas à conclure le mariage. L'indécision fut d'ailleurs son plus grave défaut durant sa vie. Bien qu'il aimât les femmes, le mariage lui faisait peur et il se contentait d'assouvir ses besoins virils avec des filles de peu ou des femmes faciles. Sa cour où affluaient artistes et savants, charlatans aussi, était à cette époque fort joyeuse et brillante. Le peintre Arcimboldo, l'homme des figures étranges qui fut pour lui ce que Leonardo da Vinci fut pour François Ier en France, y ordonnait des fêtes, inventait des danses, des spectacles et surtout des bals travestis dont l'Empereur raffolait. Ce fut à l'une de ces fêtes qu'il remarqua deux jeunes gens d'une extrême beauté. Ils s'appelaient Catherine et Octavio et, à la surprise de Rodolphe qui ne les avait encore jamais vus, ils étaient les enfants d'un de ses « antiquaires », Jacobo da Strada, venu d'Italie comme Arcimboldo, et lui-même si beau que Titien lui avait consacré une toile. Catherine et Octavio se ressemblaient d'une façon extraordinaire et, devant eux, l'Empereur éprouva un trouble profond, plus grand peut-être que celui ressenti devant la majesté du souverain par ces deux enfants. Ils lui parurent tellement exceptionnels qu'il crut voir en eux des êtres surnaturels et souhaita se les attacher.

« Le père devint conservateur des collections, Octavio, que le Tintoret devait peindre un jour, fut chargé de la bibliothèque. Enfin Catherine, durant des années, fut la compagne de Rodolphe, si discrète qu'à l'exception des familiers nul ne soupçonna cette liaison. Elle était douce et elle aimait l'Empereur à qui elle donna six enfants.

« Le premier, Giulio, naquit en 1585 et tout de suite Rodolphe en raffola, déplorant de ne pouvoir faire de lui son héritier, en dépit des mises en garde de Tycho Brahé, son astronome-astrologue : l'enfant selon l'horoscope de sa naissance serait bizarre, cruel et tyrannique. S'il régnait, il serait une sorte de Caligula et, de toute façon, le peuple ne l'accepterait jamais. Désolé mais résigné, l'Empereur le fit cependant élever auprès de lui d'une façon princière. Malheureusement, l'horoscope ne se révéla que trop exact : l'enfant réunissait toutes les tares des Habsbourg, exactement comme son cousin par le sang don Carlos, fils de Philippe II. À neuf ans, il fut pris du haut mal et il fallut le surveiller de près, ce qui ne l'empêcha pas de faire des fugues avec une astuce qui déroutait ses gens. À seize ans, des bruits commencèrent à courir : le prince attaquait ses servantes, enlevait des petites filles pour les faire fouetter, maltraitait les animaux. Un jour il déchaîna un scandale affreux en se promenant nu dans les rues de Prague et en jouant les satyres avec les femmes rencontrées. Le peuple gronda et l'Empereur, navré, décida de l'éloigner. Et puisque Giulio était passionné de chasse, il lui donna pour résidence le château de Krumau, dans le sud du pays... qu'y a-t-il ?

— Pardonnez-moi de vous interrompre, fit Morosini qui avait tressailli à ce nom, mais ce n'est pas la première fois que j'entends prononcer ce nom...

— Qui t'en a parlé ?

— Le baron Louis. Simon Aronov posséderait une propriété aux environs...

— Tu en es certain ?

— Mais oui.

— C'est étrange parce que, justement, le rubis est à Krumau. C'est, disons... une coïncidence, mais je reprends mon récit. Dans son nouveau domaine, Giulio était maître et seigneur mais les ordres étaient formels : en aucun cas il ne devait revenir à Prague. Seule, sa mère pouvait lui rendre visite. Bientôt la terreur régna dans la région. Chasseur forcené, le « prince » entretenait une meute de molosses qui épouvantaient jusqu'aux garçons chargés de les soigner. En outre, comme Krumau était un grand centre de tannerie, il en avait installé une au château, ainsi qu'un atelier de taxidermiste : il écorchait des bêtes et les empaillait ou tannait leurs peaux suivant son caprice. Les nuits étaient consacrées à des orgies. On se procurait des filles en les payant, parfois en les enlevant, et certaines ne revinrent jamais. La peur grandissait...

« D'abord muette, car personne n'osait avertir l'Empereur. Celui-ci adorait son fils aîné et, sachant qu'il avait, comme lui-même, l'amour des bijoux, surtout des rubis, c'est à lui qu'il offrit, pour ses dix-huit ans, la pierre magnifique rapportée d'Espagne par Khevenhüller. Giulio en montra une joie presque délirante, la fit monter au bout d'une chaîne et ne la quitta plus.

« Un soir, rentrant de la chasse, il remarqua sur sa route une très jeune fille, presque une enfant, mais si belle qu'il s'en éprit sur-le-champ et la ramena au château. Le soir même il la viola. La petite, épouvantée, s'enfuit pendant la nuit mais, affaiblie par ce qu'elle venait de vivre, elle s'évanouit au bord de l'étang où les gardes la trouvèrent à l'aube, le corps zébré d'estafilades. Naturellement on prévint le maître qui la rapporta lui-même au château où, cette fois, il la séquestra dans sa chambre en interdisant les abords aux valets comme aux chambrières. Chaque nuit on l'entendait crier, sangloter, demander grâce. Son père, barbier dans la ville, osa monter au château pour la réclamer. Cela déchaîna la fureur de Giulio qui le chassa à coups de plat d'épée.

« Cependant au bout d'un mois, la pauvre enfant réussit à s'enfuir et se réfugia chez ses parents. Giulio vint l'y réclamer. On lui dit qu'on ne l'avait pas vue, alors, fou de rage, il s'empara du père et dit à la mère en larmes que si sa fille ne venait pas le rejoindre le soir il tuerait son mari... Et le soir, la jeune fille revint. Giulio se montra charmant : il renvoya le père avec des présents, des paroles amicales : il aimait sa « petite colombe » et comptait l'épouser. La nuit qui venait serait celle de leurs noces. L'homme s'en alla, un peu rassuré.

Jehuda Liwa se tut un instant et prit une profonde respiration comme s'il se préparait à une épreuve :

— Le lendemain, les valets ne pouvant ouvrir la porte de la chambre et n'entendant aucun bruit se résolurent à enfoncer le vantail. Leur maître les avait habitués à ses cruautés, pourtant ils reculèrent d'horreur devant le spectacle qu'ils découvraient. La chambre était saccagée, les matelas du lit éventrés, des taches de sang où trempaient des lambeaux de chair jonchaient les tapis. Au milieu de tout cela, Giulio, nu à l'exception de la chaîne où pendait son rubis, étreignait en pleurant le corps... ou ce qu'il restait du corps de la jeune fille : elle était déchiquetée, ses dents étaient cassées, ses yeux crevés, ses oreilles coupées, ses ongles arrachés.

« Les gardes réussirent à emmener Giulio, hagard et à demi inconscient. On rassembla les restes de la morte dans un drap afin de les enterrer chrétiennement puis on envoya prévenir l'Empereur. C'était le 22 février 1608.

« Rodolphe vint. Il avait le cœur brisé mais il donna les ordres qui convenaient : il fallait avant tout étouffer le scandale de ce crime abominable. Les parents de la jeune fille reçurent une fortune et une terre qui les éloignait. Quant à Giulio, devenu fou, on le cloîtra dans son appartement dont on mura les issues, cependant que les fenêtres recevaient d'épais barreaux. À l'exception de deux serviteurs fidèles, personne ne le revit plus, mais on l'entendait hurler toutes les nuits. Il ne supportait aucun vêtement et vivait nu comme une bête. Quatre mois plus tard, on le retrouva mort... et l'Empereur qui avait ordonné cette fin ne se consola jamais. On enterra le jeune homme dans la chapelle du château...

Quand la voix du grand rabbin s'éteignit, Morosini tira son mouchoir, essuya son front en sueur et se versa une rasade qu'il avala d'un trait. Cette plongée dans un passé abominable lui était pénible, mais en face de ces yeux sombres et attentifs qui l'observaient il s'efforça de dissimuler son émotion.

— C'est là, dit-il enfin, ce que l'Empereur vous a révélé ?

— Non. Il n'a pas parlé si longtemps. Je connaissais cette affreuse histoire... mais j'ignorais tout du rubis. Maintenant je sais où il est mais je ne crois pas que tu seras heureux de l'entendre. Tes épreuves ne sont pas finies, prince Morosini.

— Où est-il ?

— Toujours à Krumau... et toujours au cou de Giulio. Son père a exigé qu'on le lui laisse...

De nouveau, Aldo s'épongea le front. Il sentait une sueur glacée couler le long de son échine :

— Vous ne voulez pas dire que je vais devoir...

— Violer une sépulture ? Si. Et moi qui ai des morts un si grand respect, je t'y engage. Il faut le faire, ne serait-ce que pour la paix de l'âme de ce malheureux fou et pour le rachat de celle de la Sevillane. Et puis, surtout, le pectoral doit être reconstitué. Il y va de l'avenir d'Israël.

— C'est effrayant ! murmura Morosini. J'ai juré à Simon Aronov de ne reculer devant rien mais cette fois...

— Tu as peur à ce point ? gronda le rabbin. De quoi ? Les archéologues modernes n'hésitent pas, eux, à s'introduire au nom de la science dans les tombes de personnages morts, il y a des centaines et des centaines d'années.

— Je sais. L'un de mes amis exerce cette profession. Sans états d'âme d'ailleurs.

— Et pourtant, ce qu'ils font est infiniment plus grave. Ils arrachent les corps des défunts pour les exposer à la curiosité publique dans toute leur misère. Toi, tu devras seulement reprendre la pierre sans troubler autrement le sommeil de Giulio, et ce sommeil ensuite n'en sera que plus paisible. Mais tu ne pourras pas faire cela tout seul. Je ne sais ce que tu vas trouver là-bas : une dalle de pierre, un sarcophage... Est-ce que quelqu'un peut t'aider ?

— Je comptais sur cet ami égyptologue, mais il n'a pas l'air de se manifester.

— Attends encore un peu ! S'il ne vient pas, je te donnerai un billet pour le rabbin de Krumau. Il te trouvera quelqu'un...

— Au fait, où est-ce, Krumau ?

— À plus de quarante lieues au sud de Prague, sur la haute vallée de la Moldau. Le château qui appartient au prince Schwarzenberg, a été longtemps une forteresse à laquelle on a ajouté des constructions plus aimables. La chapelle est dans la partie ancienne. Je ne peux rien te dire de plus. À présent, je vais te reconduire jusqu'à l'entrée des jardins mais... ne pars pas sans m'avoir revu ! Je vais essayer de t'aider de mon mieux.

Lorsqu'il eut rejoint sa voiture, Aldo resta un long moment assis au volant, sans bouger. Il se sentait étourdi, assommé par ces heures vécues hors du temps. Il avait besoin d'immobilité, de silence surtout et, à cette heure de la nuit, il était absolu, profond, hors du temps lui aussi...

Ensuite, il alluma une cigarette et la savoura avec autant de volupté que s'il n'avait pas fumé depuis des jours. Il s'en trouva apaisé et pensa qu'il était peut-être temps de rentrer. L'automobile glissa le long des pentes du Hradschin et ramena son maître vers le monde plus prosaïque des vivants.

Il était plus de trois heures du matin quand il regagna l'Europa plongé dans une demi-obscurité. Le bar était fermé, ce qui lui fit grand plaisir : il craignait un peu de voir surgir sa hantise américaine affublée d'un sourire stéréotypé et un verre de bière à la main. Tout était calme, paisible. Le portier de nuit le salua, lui remit sa clé et, en même temps, lui tendit un billet plié en deux qu'il venait de prendre dans le casier :

— Il y a un message pour Votre Excellence...

Morosini déplia le papier et faillit crier de joie : « Je suis au 204, ton voisin immédiat, mais pour l'amour de Dieu laisse-moi dormir ! Tu me raconteras tes fredaines demain », écrivait Vidal-Pellicorne.

Pour un peu Morosini serait tombé à genoux pour remercier le Seigneur. C'était un tel soulagement de savoir qu'Adalbert serait avec lui pour affronter l'épreuve qui l'attendait ! Il se dirigea vers l'ascenseur d'un pas allègre. La vie lui semblait tout à coup beaucoup plus belle...

Morosini ouvrait tout juste les yeux quand Adalbert fit son entrée dans sa chambre, précédé d'une table roulante chargée d'un copieux petit déjeuner pour deux. Les effusions étant rares entre eux, l'archéologue considéra d'abord son ami, assis dans son lit, puis les vêtements de soirée, abandonnés un peu au hasard, d'un œil critique :

— C'est bien ce que je pensais. Tu ne t'es pas ennuyé.

— Pas un instant ! *Don Giovanni* d'abord, au Théâtre des États, puis une impressionnante audience impériale suivie d'une conversation à cœur ouvert avec un homme dont je ne suis pas certain qu'il n'ait pas trois ou quatre siècles d'existence. Et toi, d'où sors-tu ? ajouta Aldo en se mettant à la recherche de ses pantoufles.

— De Zurich où Théobald m'a transmis ton message. J'y suis allé au secours de Romuald que les policiers suisses ont ramassé un matin sur le bord du lac et en assez triste état...

Occupé à enfiler sa robe de chambre, Aldo se figea :

— Que s'est-il passé ?

— Oh, le coup classique ! Cela m'étonne même qu'un vieux renard comme Romuald s'y soit laissé prendre. Il a voulu filer l'« oncle Boleslas » et il s'est retrouvé en compagnie de quatre ou cinq truands qui l'ont passé à tabac et laissé pour mort dans les roseaux. Heureusement qu'il est solide et que les Suisses savent soigner les gens ! Il a un assez mauvais coup à la tête et plusieurs fractures mais il s'en sortira. Je l'ai fait rapatrier à Paris vers la clinique de mon ami le professeur Dieulafoy, sous la surveillance de deux infirmiers costauds. En tout cas, je peux te dire une chose, c'est que l'oncle Boleslas et Solmanski père ne sont qu'une seule et même personne...

— On s'en doutait un peu. Et il est toujours à Zurich... mon charmant beau-père ?

— On n'en sait rien. Romuald l'a suivi jusqu'à une villa sur le lac mais depuis, impossible de savoir ce qu'il est devenu. À tout hasard, j'ai expédié une longue épître à notre cher ami, le superintendant Warren. Quand on est alliés il faut tout partager, même les migraines !

— Ta lettre va lui en avoir donné une fameuse.

Déjà attablé, Adalbert, qui s'était commandé un vrai repas où le breakfast anglais rejoignait les délices viennoises, attaquait un plat d'œufs au bacon après s'être servi une grande tasse de café :

— Viens manger, dit-il, ça va être froid. En même temps, tu me raconteras ta soirée en détail. J'ai l'impression qu'elle a dû être pittoresque ?

— Tu n'imagines pas à quel point ! En tout cas, ton arrivée est providentielle : quand je suis rentré, je n'étais pas loin de croire que j'étais en train de devenir fou.

L'œil bleu d'Adalbert pétilla sous la mèche blonde et frisée qui s'obstinait à tomber dessus :

— J'ai toujours pensé que tu avais des dispositions...

— On verra comment tu seras quand j'en aurai fini avec mon récit. Pour te donner une idée, je sais où est le rubis...

— Ce n'est pas vrai ?

— Oh, que si ! Mais pour le récupérer il va falloir nous transformer en pillards de sépulture : nous avons un tombeau à violer.

Adalbert s'étrangla dans son café :

— Qu'est-ce que tu viens de dire ?

— La vérité, mon vieux et elle ne devrait pas te faire cet effet : un égyptologue est habitué à ce genre d'exercice...

— Tu en as de bonnes, toi ! Quand il s'agit d'une tombe vieille de deux ou trois mille ans et d'une remontant à...

— Trois cents ans environ.

— Ce n'est pas la même chose !

— La différence m'échappe. Un mort est un mort et une momie n'est pas plus agréable à contempler qu'un squelette. Tu ne devrais pas faire la fine bouche...

Vidal-Pellicorne se versa une autre tasse de café et entreprit de beurrer une tartine avant de l'oindre de confiture.

— Bon ! Tu as une histoire à raconter, raconte ! Qu'est-ce que cette histoire d'audience impériale ? Tu as encore vu un fantôme ?

— On peut l'appeler ainsi...

— Ça devient une manie, grogna Adalbert. Tu devrais faire attention...

— J'aurais voulu t'y voir ! Écoute plutôt, et surtout n'ouvre plus la bouche que pour manger.

À mesure que se déroulait le récit d'Aldo, l'appétit de son ami allait curieusement décroissant et quand il se termina, Adalbert avait repoussé son assiette et, la mine grave, fumait nerveusement.

— Tu crois toujours que j'ai des visions ? demanda Morosini avec douceur.

— Non !... Non, mais c'est effarant ! Interroger l'ombre de Rodolphe II à minuit et dans son propre palais ! Qui est-ce, ce Jehuda Liwa ? Un mage, un magicien... le maître du Golem revenu à la vie ?

— Tu en sais autant que moi, mais Louis de Rothschild ne doit pas être loin de penser quelque chose d'approchant...

— Quand partons-nous ?

— Le plus tôt possible, répondit Aldo, pensant soudain à sa cantatrice hongroise dont il ne doutait pas un instant qu'elle aurait vite fait de le retrouver. Pourquoi pas aujourd'hui même ?

Il n'avait pas achevé sa phrase qu'on frappait à la porte. Un groom parut, portant une lettre sur un plateau :

— On vient d'apporter ceci pour monsieur le prince, dit-il.

Saisi d'un affreux pressentiment, Aldo prit la lettre, donna un pourboire au gamin et retourna l'enveloppe dans tous les sens. Il croyait bien reconnaître cette écriture extravagante et, malheureusement, il ne se trompait pas : en quelques phrases dégoulinantes d'autosatisfaction qui se voulaient charmeuses, la belle Ida suggérait qu'ils se retrouvent « pour parler du délicieux autrefois » au restaurant Novacek, dans les jardins de Petrin à Mala Strana, le quartier qui s'étendait au pied du Hradschin.

Il montra le billet qui répandait une violente odeur de santal à Adalbert :

— Qu'est-ce que je fais ? Je n'ai aucune envie de la revoir. C'est le hasard qui m'a amené au théâtre hier soir, et parce que j'avais trois heures à tuer...

— Est-ce qu'elle chante encore ce soir ?

— Oui, je crois. Il me semble avoir vu qu'il y avait trois représentations exceptionnelles...

— Alors, le mieux c'est que tu y ailles. Tu diras n'importe quoi, je te fais confiance, et comme de toute façon nous partirons après déjeuner si tu en es d'accord, elle ne pourra pas te courir après... Ce qu'elle ferait si tu ne te montrais pas au restaurant. Moi, je déjeunerai ici en t'attendant.

C'était la sagesse. Laissant Adalbert s'occuper des préparatifs du départ — ils avaient l'intention de garder leurs chambres pendant leur absence puisqu'il leur faudrait revenir à la vieille synagogue — et veiller à ce que la voiture soit prête pour le début de l'après-midi, Morosini fit appeler une calèche et se rendit à son rendez-vous. Sans trop d'enthousiasme bien sûr.

L'endroit était bien choisi pour une opération charme. Le jardin ombragé et fleuri où s'alignaient les tables offrait une vue ravissante sur la rivière et sur la ville. Quant au rossignol hongrois, il apparut dans une robe de mousseline fleurie de glycines et arborant un sourire éclatant sous une capeline couverte des mêmes fleurs : le tout beaucoup plus adapté à une garden-party dans n'importe quelle ambassade qu'à un déjeuner champêtre... et au solide plat de choucroute dont la belle fit choix, précédé de saucisses au raifort — « j'en raffole, mon cher ! » — et arrosé de bière. Curieux tout de même comme l'ambiance, même vestimentaire, dans laquelle on déguste un plat l'exalte ou l'amoindrit ! Aldo aurait été plus sensible à une mangeuse de choucroute en « dirndl » autrichien, les bras nus dans de courtes manches ballon en lingerie blanche, qu'à une prima donna qui tenait à ce qu'on la remarque. Comme il y avait peu de monde, elle y réussissait fort bien, d'autant qu'elle parlait assez fort, ne laissant ignorer à personne le titre princier de son compagnon :

— Tu ne pourrais pas parler un peu plus bas, finit-il par dire, excédé par la longue énumération des villes dans lesquelles Ida avait connu d'immenses triomphes. Il est inutile de prendre tout le monde à témoin de ce que nous disons...

— Pardonne-moi ! Je me rends compte que c'est une mauvaise habitude mais c'est à cause de ma voix. Elle a besoin d'être exercée sans cesse...

C'était la première fois que Morosini, habitué de la Fenice, entendait dire que l'entretien d'un soprano coloratura exigeait d'incessantes clameurs mais, après tout, chacun sa méthode :

— Ah bon ! Et quel est ton programme à présent ?

— Encore deux jours ici et puis je dois chanter dans plusieurs villes d'eaux célèbres : Karlsbad d'abord, bien entendu, puis Marienbad, Aix-les-Bains, Lausanne... je ne sais plus au juste. Mais, j'y pense, ajouta-t-elle en allongeant sur la nappe une main manucurée, pourquoi ne viendrais-tu pas avec moi ? Ce serait charmant et puisque tu es venu jusqu'ici pour m'entendre...

— Je t'arrête tout de suite : je ne suis pas venu ici pour t'entendre mais pour affaires et j'ai eu l'agréable surprise de voir que tu jouais *Don Giovanni.* Naturellement, je n'ai pas résisté...

— C'est gentil, mais j'espère qu'au moins nous n'allons pas nous quitter jusqu'à mon départ ?

Aldo prit la main qui s'offrait et y posa un baiser rapide :

— Malheureusement si ! Je quitte Prague cet après-midi en compagnie d'un ami avec qui je travaille. C'est désolant, ajouta-t-il hypocritement...

— Oh ! C'est navrant ! Mais, de quel côté vas-tu ? Si c'est vers Karlsbad...

Aldo bénit la célèbre station thermale de se trouver à l'ouest de Prague.

— Eh non ! Je vais au sud, vers l'Autriche. Sinon, tu penses bien que j'aurais été heureux de t'entendre à nouveau...

Il s'attendait à des gémissements, mais Ida semblait décidée aujourd'hui à tout prendre avec une certaine philosophie :

— Ne sois pas triste, carissimo mio ! J'ai une surprise pour toi : à l'automne j'ai un engagement pour Venise. Je dois chanter Desdémone à la Fenice...

Morosini maîtrisa parfaitement le juron qui lui montait aux lèvres et trouva instantanément la parade :

— Quelle chance ! Nous irons t'applaudir avec beaucoup de plaisir... ma femme et moi.

Le sourire s'effaça et fit place à une vive déception.

— Tu es marié ? Mais depuis quand ?

— Novembre dernier. Que veux-tu, il faut bien en venir à se ranger... C'est drôle, ajouta-t-il, ma femme te ressemble un peu...

C'était d'ailleurs cette légère ressemblance qui l'avait attiré vers la chanteuse hongroise mais, en ce temps-là, il aimait Anielka et tout ce qui pouvait la lui rappeler lui était cher. À présent, il en allait différemment : plus aucune femme ne pouvait l'émouvoir... à moins de ressembler à Lisa, mais Lisa était unique et toute similitude même vague lui eût fait l'effet d'un blasphème.

Ce qu'il venait de dire ne consolait pas Ida. L'œil perdu dans le lointain, elle tournait sa petite cuillère dans sa tasse de café. Aldo en profita pour s'intéresser à leur entourage. Il vit soudain se lever quelqu'un qu'il avait déjà vu et n'eut aucune peine à identifier : c'était l'homme qui causait hier soir dans le bar avec Aloysius Butterfield et qui l'avait délivré des importunités de l'Américain. Il avait dû déjeuner à une table voisine et à présent il partait, un journal plié à la main, en rechaussant ses lunettes noires. Aldo n'eut pas le temps de s'y intéresser davantage : la mélancolique songerie d'Ida s'achevait et elle revenait à lui :

— J'espère, dit-elle, que tu viendras bavarder avec moi, durant mon séjour à Venise ? Vois-tu, je crois aux coïncidences, au destin, et ce n'est pas sans raison que nous avons été remis en présence... Qu'en penses-tu ?

— Mais... je pense comme toi, sourit Aldo trop heureux de s'en tirer à si bon compte.

De toute évidence, Ida ne perdait pas espoir : une épouse légitime a-t-elle jamais empêché un homme d'avoir de belles amies ? Les rêves de la cantatrice venaient de prendre une direction différente et, comprenant qu'une bouderie quelconque ne la servirait en rien, elle fut charmante jusqu'à ce que l'on quitte Novacek, ses jardins et sa choucroute.

« Elle est plus intelligente que je ne le croyais », pensa Morosini et, de son côté, il fit preuve de plus d'amabilité que dans les débuts. Tous deux refranchirent la Moldau sur l'admirable pont Charles et la calèche déposa Ida de Nagy au théâtre où quelques raccords devaient être effectués. La chanteuse tendit à son ancien amant une main apparemment sans rancune :

— On se revoit à l'automne ?

— Ce sera un plaisir, répondit-il en s'inclinant avec galanterie sur les doigts offerts. Conduisez-moi à l'hôtel Europa, ajouta-t-il quand les mousselines mauves de la jeune femme eurent disparu sous le péristyle du théâtre.

L'après-midi même Morosini et Vidal-Pellicorne quittaient Prague, l'un au volant, l'autre étalant sur ses genoux une carte routière. Environ cent soixante kilomètres séparaient Krumau de la capitale mais il existait plusieurs routes possibles, les plus importantes passant par Pisek ou par Tabor. Adalbert choisit la seconde qui lui parut la plus facile, toutes aboutissant d'ailleurs à Budweis pour n'en plus former qu'une seule filant sur la frontière autrichienne et sur Linz.

Vers la fin de l'après-midi, ils arrivaient à destination après un voyage sans histoire. Quand ils découvrirent leur objectif après le dernier virage d'une route secondaire tracée à travers l'épaisse forêt bohémienne, ils eurent, en même temps, la même exclamation : « Aie ! », tandis qu'Aldo se garait sur le bord de la route.

— Si c'était un rendez-vous de chasse autrefois, ça a bien grandi, remarqua Vidal-Pellicorne.

— Versailles aussi était un rendez-vous de chasse sous Louis XIII, et tu as vu ce que Louis XIV en a fait ? Le rabbin m'a bien prévenu qu'il s'agissait d'un château important !

— Possible, mais à ce point-là ! Arriverons nous seulement à entrer là-dedans sans y avoir mis le siège pendant plusieurs mois ?

Il est vrai que Krumau était un formidable château et qu'il n'avait rien de rassurant. Posé sur un éperon rocheux au-dessus de la haute vallée de la Moldau et d'une petite ville qu'il avait l'air de couver, le plus important domaine bohémien des princes Schwarzenberg se composait d'un assemblage de bâtiments appartenant à des époques diverses mais ressemblant assez à des casernes sous leurs grands toits pentus, le tout dominé par une haute tour qui avait l'air de sortir d'un film fantastique. Sur ses quatre étages se succédaient les étroites fenêtres géminées du Moyen Âge, une galerie circulaire à minces colonnettes évoquant la Renaissance et couverte d'un toit, puis une curieuse construction sommée de deux clochetons et d'un petit belvédère ajouré, coiffé d'un bulbe de cuivre qui avait dû être doré. Le tout allant en se rétrécissant pour aboutir à une allure générale de pain de sucre décoré et faussement jovial. Cette tour de guet dont il ne devait pas être facile de déloger les occupants prenait racine aux environs du sommet du clocher voisin, ce qui donnait une idée de sa hauteur. L'ensemble offrait une image altière, pleine de noblesse et d'orgueil, mais fort peu rassurante.

— Qu'est-ce qu'on fait ? soupira Morosini.

— On trouve d'abord une auberge et on s'installe. Le portier de l'Europa m'a fourni quelques renseignements utiles...

— Est-ce qu'il t'a donné aussi l'adresse d'un bon quincaillier ? Parce que ce n'est pas avec un canif ni même un couteau suisse qu'on viendra à bout d'un tombeau...

— Sois tranquille. C'est prévu. Dans mon métier on ne s'embarque jamais sans une petite trousse de secours. Quant au gros matériel, pelle ou pioche, on le trouvera facilement ici. Je ne me voyais pas embarquer ça sous l'œil surpris du personnel de l'Europa.

Le regard de Morosini glissa, goguenard, vers son ami. Il savait depuis leur première rencontre qu'avec lui le métier d'archéologue ouvrait presque naturellement sur des tâches plus délicates ayant quelques affinités avec celles du cambrioleur mondain. Il pouvait être tranquille : celui-là ne s'embarquait jamais sans biscuits.

— N'oublie pas que nous allons opérer dans une propriété privée et qu'il faut éviter à tout prix les dégâts. Au moins visibles !

— Que crois-tu que j'aie emporté ? De la dynamite ?

— Cela ne m'étonnerait qu'à moitié...

— Et tu aurais raison, conclut Adalbert avec gravité. C'est très utile, la dynamite. À condition bien sûr de savoir la manier et d'en connaître le dosage.

Les airs angéliques d'Adalbert qui avait souvent la mine d'un chérubin farceur ne trompaient guère son ami. Il n'y aurait rien d'étonnant à ce qu'il eût emporté dans sa « trousse » un ou deux petits bâtons de la découverte du grand Nobel, mais il était préférable de ne pas s'étendre sur le sujet. Il se faisait tard — la crevaison d'un pneu avait retenu les voyageurs sur la route plus que de raison — et Aldo, à présent, avait hâte d'arriver :

— Bon, fit-il en remettant en marche sa voiture. Allons voir de plus près à quoi ressemble la ville. D'ici ça a l'air intéressant et puis surtout, il faut nous loger. Demain matin, si tu veux m'en croire et avant même de monter au château, je te propose de nous mettre à la recherche de la maison de Simon. Je préférerais emprunter pelle et pioche à ses gens plutôt qu'éveiller les curiosités locales sur ce que deux élégants touristes étrangers peuvent bien faire avec ce genre d'outils...

— Bonne idée !

— Elle s'appelle comment, ton auberge ?

— « Zum goldener Adler ». Les franges de la Bohême sont peuplées de gens qui parlent plus volontiers l'allemand que le tchèque. Et puis nous sommes sur les terres des Schwarzenberg que l'Histoire a faits princes bohémiens mais qui n'en sont pas moins originaires de Franconie. Sans compter que l'Autriche a trouvé chez eux nombre de ses plus grands serviteurs.

— Merci du cours magistral ! coupa Morosini goguenard, le Gotha, je connais. C'est tout juste si je n'ai pas appris à lire dedans.

Adalbert haussa des épaules dégoûtées :

— Ce que tu peux être snob quand tu t'y mets !

— Dans certains cas, ça peut servir...

Il n'en dit pas plus, saisi soudain par la beauté dans laquelle il pénétrait. Déjà, depuis Tabor, il admirait le paysage quasi sauvage de forêts profondes, de collines abruptes souvent couronnées de ruines vénérables, de rivières tumultueuses écumant dans des gorges profondes, mais Krumau enserrée dans les boucles de la Moldau « au rapide flot brun et doré » lui apparut comme une sorte de point d'orgue. La ville avec ses hauts toits rouge corail ou brun velours semblait sortie tout droit de l'imagerie du Moyen Âge. La tour arrogante qui la dominait, pointée comme un doigt vers le ciel, renforçait cette impression bien que les antiques murailles et autres ouvrages de défense eussent été détruits : à elle seule, elle suffisait à créer l'atmosphère.

L'auberge annoncée par Aldebert se situait près de l'église. Son maître après Dieu ressemblait beaucoup plus, avec son long nez pointu et ses petits yeux ronds, à un pivert qu'à l'oiseau impérial qui timbrait son enseigne. Il était brun comme une châtaigne et formait un contraste complet avec son épouse Greta. Celle-ci taillée comme un lansquenet avait l'air d'une walkyrie avec son port imposant et ses épaisses nattes blondes. Il lui manquait seulement le casque ailé, la lance et, bien sûr, le cheval dont elle eût sans doute été bien encombrée car de plus placide personne ne se pouvait rencontrer. Une soumission quasi bovine se lisait dans son regard bleu fixé à demeure sur son petit époux comme l'aiguille de la boussole sur le nord magnétique. Mais elle possédait de solides vertus domestiques et se révéla dès le premier soir une excellente cuisinière, ce dont ses hôtes lui furent reconnaissants. Par ses soins ceux-ci furent nantis de deux chambres comme on savait en construire jadis dans une belle maison dont le haut toit à quatre pentes avait dû recevoir son bouquet aux environs du XVIe siècle.

En cette fin de printemps, les voyageurs n'étaient pas nombreux et les nouveaux venus furent l'objet de soins d'autant plus attentifs que tous deux parlaient l'allemand. Le maître, Johann Sepler — un Autrichien qui avait épousé la fille de la maison — causait volontiers et, charmé par l'amabilité de ce prince italien, il tint après le repas à leur faire goûter une vieille prune se mariant à merveille à un café aussi bon qu'à Vienne. Comme rien ne délie la langue autant que la vieille prune, Sepler se trouva très vite en confiance.

En venant à Krumau, expliquèrent les voyageurs, ils souhaitaient obtenir la permission de visiter un château qui intéressait surtout Morosini, désireux de se documenter sur les trésors inconnus d'Europe Centrale en vue d'un livre — ça marchait toujours, ce prétexte ! — et ensuite rendre visite à un vieil ami dont la propriété se trouvait aux environs de la ville.

— Placé comme vous l'êtes, vous devez connaître la région et au-delà, dit Aldo, et vous pouvez sans doute nous indiquer où demeure le baron Palmer ?

Le visage de l'aubergiste prit un air consterné :

— Le baron Palmer ! Mon Dieu... ces messieurs ne savent pas, alors ?

— Savoir quoi ?

— Sa maison a brûlé il y a une quinzaine de jours et il a disparu dans l'incendie...

Morosini et Vidal-Pellicorne s'entre-regardèrent avec un début d'épouvante :

— Mort ? souffla le premier.

— Eh bien... il doit l'être mais on n'a pas retrouvé son corps. En fait, on n'a rien retrouvé du tout : le couple de serviteurs qui loge dans les communs avec le jardinier a seulement récupéré son serviteur chinois blessé et inconscient.

— Comment le feu a-t-il pris ? demanda Adalbert.

Johann Sepler haussa ses maigres épaules en signe d'ignorance :

— Tout ce que je peux vous dire c'est que, cette nuit-là, il y avait de l'orage. Le tonnerre grondait, grondait, et il y avait des éclairs mais c'est seulement peu avant l'aube que les nuages ont crevé. Il est tombé un vrai fleuve et ça a éteint l'incendie mais, de la maison, il ne restait plus grand-chose. C'était... un de vos amis, le baron ?

— Oui, dit Aldo, un vieil ami... et qui nous était cher !

— Je suis bien désolé de vous porter une mauvaise nouvelle. Ici on ne voyait pas beaucoup Pane Palmer[1],

1. Monsieur Palmer.

mais il était bien considéré : on le savait généreux. Encore un peu de prune ? Ça aide à faire passer les coups pénibles...

C'était offert de bon cœur. Les deux amis acceptèrent et, en effet, éprouvèrent un peu de réconfort qui les aida à surmonter le choc brutal qu'ils venaient d'éprouver. L'idée que le Boiteux eût cessé de respirer l'air des hommes leur était insupportable, à l'un comme à l'autre.

— Nous irons faire un tour de ce côté demain matin, soupira Morosini. Vous pourrez sans doute nous indiquer le chemin ? C'est la première fois que nous venons...

— Oh, c'est facile : vous sortez d'ici par le sud en remontant le cours de la rivière et à environ trois kilomètres vous verrez sur votre droite un chemin au milieu des arbres, fermé par une vieille grille entre deux piliers de pierre. Elle est un peu rouillée, cette grille, et même elle n'est jamais fermée. Vous n'aurez qu'à entrer et suivre le chemin. Quand vous serez devant les ruines noircies vous saurez que vous êtes arrivés... Mais au fait, n'avez-vous pas dit que vous vouliez aller au château d'ici ?

— On l'a dit, en effet, dit Adalbert avec un effort visible, mais j'avoue que ça nous était un peu sorti de l'esprit. Nous espérons que le prince voudra bien nous recevoir ?

— Son Altesse est à Prague ou à Vienne, mais pas à Krumau en tout cas.

— Vous en êtes sûr ?

— C'est bien facile à savoir. Il n'y a qu'à regarder la tour : si Son Altesse est là, on hisse sa bannière... mais ne vous faites pas de souci : il y a toujours du monde là-haut. Par exemple le majordome, et surtout le Dr Erbach qui s'occupe de la bibliothèque : il vous donnera tous les renseignements que vous voudrez... Ah, je vais vous demander de m'excuser. On a besoin de moi.

Leur hôte disparu, Aldo et Adalbert remontèrent chez eux, trop soucieux de ce qu'ils venaient d'apprendre pour en parler. Tous deux éprouvaient le besoin d'y réfléchir dans le silence mais, cette nuit-là, ni l'un ni l'autre ne dormit beaucoup...

Quand ils se retrouvèrent le lendemain pour le petit déjeuner dans la salle commune, ils n'échangèrent que peu de paroles, et pas davantage durant le court trajet qui les mena sur le théâtre du drame. Car c'en était un en vérité : le manoir Renaissance — on pouvait déterminer l'époque grâce à quelques pierres d'angle et un fragment de mur portant des traces de ces « sgraffite » [1] si fort prisés au temps de l'empereur Maximilien — avait presque disparu. Le peu qui en restait n'était plus qu'un amas de décombres noircis autour duquel un cercle de grands hêtres semblait monter une garde funèbre. À quelque distance, les écuries et un bâtiment de communs contrastaient par la sérénité de leurs fenêtres ouvertes au soleil au-delà d'un jardin fleuri. Le joyeux froissement de la rivière ajoutait au charme de l'endroit et Morosini se souvint que cette demeure avait été celle d'une femme. Une femme qui avait aimé Simon Aronov et lui avait légué sa maison en ultime preuve d'amour...

Attiré sans doute par le bruit du moteur, un homme accourait vers les visiteurs aussi vite que le permettaient ses lourdes bottes à entonnoir resserrées par une courroie. Il portait une culotte de velours brun brodée sous un gilet croisé rouge et une courte veste à multiples boutons selon la mode des paysans bohémiens aisés, et

1. Dérivé de graffiti. Dessins sur les murs, souvent en trompe-l'œil, fort prisés à l'époque.

ce costume soulignait une vigueur certaine à peine démentie par les cheveux et la longue moustache grise.

Les deux étrangers surent tout de suite qu'ils n'étaient pas les bienvenus. Dès qu'il fut à portée, l'homme aboya :

— Qu'est-ce que vous voulez ?

— Vous parler, dit Morosini calmement. Nous sommes des amis du baron Palmer et...

— Prouvez-le !

Comme c'était facile ! Aldo eut d'abord un geste d'impuissance, puis une idée lui vint :

— On nous a dit, à Krumau...

— Qui à Krumau ?

— Johann Sepler, l'aubergiste. Mais ne m'interrompez pas tout le temps sinon nous n'arriverons à rien. Sepler donc nous a dit que le serviteur asiatique du baron a échappé à l'incendie, qu'il est soigné chez vous. Allez lui dire que je voudrais lui parler. Je suis le prince Morosini et voici M. Vidal-Pellicorne...

Le gardien fronça un visage méfiant : les noms étrangers passaient plutôt mal. D'un même mouvement, les deux amis sortirent une carte de visite et la remirent à l'homme :

— Donnez-lui ça ! Vous verrez bien...

— C'est bon. Attendez ici !

Il regagna la maison dont il ressortit quelques instants plus tard, tenant le bras d'un personnage étayé de l'autre côté par une canne. Aldo n'eut aucune peine à reconnaître Wong, le chauffeur coréen de Simon Aronov qu'il avait vu, un soir dans les rues de Londres, au volant de la voiture du Boiteux. Le visage du serviteur portait d'évidentes traces de souffrance, mais il parut à ses visiteurs qu'une petite flamme brillait dans ses yeux noirs.

— Wong ! dit Aldo en s'avançant vers lui. J'aurais préféré vous retrouver dans d'autres circonstances... Comment allez-vous ?

— Mieux, Votre Excellence, merci ! Je suis heureux de revoir ces messieurs...

— Pouvons-nous parler un instant sans trop vous fatiguer ?

Le Tchèque cependant s'interposait :

— Ces gens sont des amis de Pane Baron ?

— Oui. Ses meilleurs amis... Tu peux me croire, Adolf !

— Alors je demande qu'on m'excuse. Mais les autres aussi s'étaient présentés comme des amis !

— Les autres ? dit Adalbert. Quels autres ?

— Trois hommes qui sont venus un après-midi, grogna le nommé Adolf. J'ai eu beau leur affirmer que Pane Baron n'était pas là, qu'on ne l'avait pas vu depuis longtemps, ainsi que j'en avais reçu l'ordre, ils ont insisté. Ils voulaient « attendre ». Alors j'ai pris mon fusil et j'ai dit que je n'avais pas envie qu'ils s'installent devant notre porte jusqu'au jugement dernier et que s'ils ne voulaient pas s'en aller je me chargeais de les faire filer, et un peu vite...

— Ils sont partis ?

— Pas avec bonne volonté, vous pouvez me croire, mais j'avais des cousins de Hohenfurth venus depuis deux jours aider à repasser la grange à la chaux. Le bruit les a attirés et comme ils sont taillés à peu près comme moi, ces gens ont compris qu'ils n'auraient pas raison contre nous. Alors, ils sont repartis, mais le lendemain soir ils revenaient... et les cousins étaient rentrés chez eux... mais si vous le permettez, je vais faire asseoir Wong sur ce banc de pierre. Il n'est pas encore assez solide pour rester longtemps debout...

— J'aurais dû vous le demander, dit Morosini qui prit la canne du Coréen pour le soutenir jusqu'au siège indiqué.

Celui-ci s'y laissa tomber avec un soupir de soulagement. Il était assez curieux de voir la sollicitude témoignée par ce paysan tchèque envers un être aussi éloigné de lui, tant par la naissance que par la culture, mais à les voir si proches l'un de l'autre, Aldo fut frappé par une similitude dans la forme des yeux, en amande et légèrement étirés. Après tout, la Pannonie des guerriers huns n'était pas bien loin et il se pouvait que ces deux hommes fussent moins étrangers qu'on pouvait le croire.

— Vous disiez, reprit Adalbert, que ces hommes sont revenus ? Mais d'abord, à quoi ressemblaient-ils ?

Adolf haussa les épaules et souffla dans ses moustaches :

— Bouh !... Comment vous dire ? À pas grand-chose de bien en tout cas. L'un d'eux parlait notre langue mais quand il s'adressait aux autres, c'était dans un anglais très nasillard. Tous avaient des costumes de toile bise et des chapeaux de paille avec des rubans de couleur et ils mâchonnaient sans arrêt quelque chose. Mais pour être costauds ils étaient costauds !

— Des Américains, à tous les coups, diagnostiqua Morosini qui revit la silhouette de son crampon de l'Europa. Apparemment, on en trouvait beaucoup cet été en Bohême ! Puis il ajouta : Lequel semblait être le chef ? Celui qui servait d'interprète ?

— On l'a cru d'abord mais le lendemain on a bien vu qu'il n'en était rien parce que, cette fois, il en est venu un quatrième : un beau jeune homme brun, très bien habillé. Distingué aussi et qui commandait à tout le monde. Celui-là avait l'air de parler un tas de langues mais j'aurais juré qu'il était polonais.

Traversés par la même pensée, Aldo et Adalbert échangèrent un bref regard entendu. Le portrait ressemblait trop à Sigismond Solmanski. On le savait en Europe et il avait dû ramener avec lui une solide bande de truands made in USA. Avec la fortune de sa femme et peut-être aussi celle de sa sœur à sa disposition, il ne devait pas manquer d'argent...

— Si vous nous disiez maintenant ce qui s'est passé ? suggéra Vidal-Pellicorne.

— Il n'était pas loin de onze heures et on était à fumer notre pipe, Karl le jardinier et moi, tandis que ma femme rangeait la vaisselle quand on a entendu crier les chiens... Notez que j'ai pas dit aboyer ! C'était un cri affreux et on s'est précipités dehors Karl et moi, mais c'est tout juste si on a eu le temps de se reconnaître : en un rien de temps on était assommés et ligotés sur des chaises dans notre salle. C'est là qu'on a repris conscience et ma femme, ligotée et bâillonnée elle aussi, était près de nous. Par les fenêtres on voyait des gens qui s'agitaient avec des torches. On apercevait aussi la silhouette de Pane Baron derrière le vitrage de son cabinet au premier étage. Le vacarme était assourdissant parce que les bandits avaient ramassé un tronc d'arbre dans la forêt et s'en servaient comme d'un bélier en gueulant comme des ânes...

— Et vous, Wong, où étiez-vous ? Auprès de votre maître ?

Le blessé qui semblait somnoler ouvrit les yeux et, à la grande surprise de ceux qui le regardaient, ils étaient pleins de larmes.

— Non. Le maître m'avait envoyé après le déjeuner à Budweis avec la voiture. Je suis allé déposer un paquet à la banque et faire quelques emplettes, mais je ne devais revenir que tard dans la soirée et ne pas aller jusqu'à la maison. Les ordres du maître étaient que je range la voiture dans le couvent en ruine qui se trouve à trois cents mètres d'ici et que j'attende. C'est là que, pour la première fois, je lui ai désobéi...

— Désobéir, vous ? s'étonna Morosini.

— Oui. Il n'est jamais bon de suivre ses impulsions. J'étais arrivé à l'endroit indiqué quand, tout d'un coup, j'ai entendu un bruit assourdissant et j'ai vu une grande flamme monter vers le ciel. Alors je me suis précipité vers la maison, en laissant la voiture à sa place. Quand je suis arrivé, le château brûlait et des hommes s'agitaient autour mais il n'y avait ni Adolf ni Karl. Les étrangers m'ont aperçu. L'un d'eux a crié : « C'est le Chinois ! » Alors ils se sont jetés sur moi et m'ont traîné chez Adolf où j'ai vu tout le monde ligoté et bâillonné. Ils étaient fous de rage et ils voulaient à tout prix que je leur dise où était le Maître parce qu'ils ne parvenaient pas à croire qu'il ait pu faire sauter lui-même sa maison avec lui à l'intérieur.

— C'est le baron qui a... commença Adalbert stupéfait.

— Oui, c'est lui ! reprit Adolf les larmes aux yeux. Il avait dû tout préparer pour les recevoir. Les malfaisants s'apprêtaient à attaquer la porte au bélier quand tout a sauté. Il en est resté deux sur le carreau et les autres sont devenus enragés...

— Et vous êtes sûrs que le baron était dans la maison quand tout a sauté ?

— Je l'avais aperçu dans son bureau derrière la fenêtre éclairée, dit Adolf. Au moment de l'explosion, la lumière brillait toujours et, de toute façon, il n'aurait pas pu sortir. Il n'y a qu'une seule issue, celle qui passe sur les douves. Oh, il n'y a pas de doute : notre bon seigneur est bien mort. N'oubliez pas sa mauvaise jambe ! En admettant qu'il le veuille, il lui était impossible de sortir par une fenêtre. D'ailleurs, les autres faisaient bonne garde...

— Mais si les choses se sont passées comme ça, pourquoi donc les bandits ont-ils essayé de faire dire à Wong où il se trouvait ?

— Parce qu'ils n'arrivaient pas à y croire ! Surtout le beau jeune homme. Alors ils l'ont brûlé avec des cigarettes, ils lui ont tapé dessus avec un drôle de gant...

— Un coup-de-poing américain, précisa Wong. J'ai eu des côtes cassées, mais je crois qu'ils ont fini par admettre la vérité. Et puis l'explosion et les flammes ont attiré les gens d'alentour : il n'y en a pas beaucoup mais ils sont tout de même venus, alors le beau jeune homme a dit qu'il fallait filer en emportant les deux cadavres. Et c'est ce qu'ils ont fait, mais avant de partir, ce misérable m'a tiré dessus. Heureusement, il était très nerveux et il m'a raté. Ensuite, nous avons été délivrés et Adolf a fait venir un médecin de Krumau...

— Et la voiture ? demanda soudain Morosini. Avez-vous envoyé quelqu'un la chercher ?

— Bien sûr, dit Adolf. Karl qui sait conduire ces engins y est allé mais il a eu beau chercher, il n'a rien trouvé.

— Les bandits l'ont prise, peut-être ?

— Ils étaient bien trop pressés de filer. Et puis croyez-moi, il aurait fallu savoir où elle était...

Laissant Adalbert poser encore quelques questions de détail, Morosini s'éloigna pour aller contempler les ruines. Se pouvait-il que le corps de Simon repose sous cet amas de décombres ? Il avait peine à y croire : de toute évidence, Aronov avait préparé la réception qu'il réservait à ses ennemis. Il avait même pris soin d'éloigner Wong et la voiture dont il comptait sans doute se servir. Connaissait-il donc un moyen de quitter, avant de le détruire à jamais, ce refuge désormais connu ? Un souterrain, peut-être ?

— Gageons que tu penses la même chose que moi ? dit Adalbert qui le rejoignait à cet instant. Difficile de croire que Simon se soit immolé, abandonnant sa mission sacrée, pour le simple plaisir d'échapper à la bande Solmanski... car je suppose que le « beau jeune homme brun » n'est autre que l'ineffable Sigismond ? D'abord, pour quelle raison aurait-il demandé à Wong de rester avec la voiture dans la ferme en ruine ? Il avait dans l'idée de l'y rejoindre...

— Mais comment est-il sorti ? Je pensais à un souterrain...

— C'est à ça qu'on pense toujours quand il s'agit d'un vieux château, mais d'après Adolf il n'y en a pas. Cela dit, j'ai une bizarre impression...

— L'impression que Wong a lui aussi des doutes touchant la mort de son patron mais que pour rien au monde il n'en parlerait devant Adolf, quelles que soient la fidélité et l'amitié que celui-ci voue à Simon. Il n'y a à cela qu'une solution : quand nous partirons d'ici, il faut emmener le Coréen avec nous.

— Où ça ?

— Chez moi, à Venise, et d'abord à l'hôpital San Zaccaria où il sera bien soigné. De toute façon, que Simon soit mort ou vivant, on ne peut pas laisser son fidèle serviteur derrière nous. S'il est mort je prendrai Wong à mon service, et s'il est vivant quelque chose me dit qu'il est peut-être le seul à pouvoir nous conduire vers lui.

— Pas une mauvaise idée ! Essayons de retrouver ce satané rubis et allons revoir les flots bleus de l'Adriatique. Tant que la pierre ne sera pas en ta possession, je ne te quitte plus !

CHAPITRE 8

LE RÉPROUVÉ

Le Herr Doktor Erbach ne ressemblait en rien aux bibliothécaires que Morosini — et même Vidal-Pellicorne — avaient déjà rencontrés. À la limite, on pouvait même trouver surprenant qu'il eût conquis tous les grades ou presque de l'université de Vienne, tant son aspect évoquait celui d'un maître de ballet ou d'un abbé de cour du XVIIIe siècle : cheveux blancs et follets voltigeant sur le col de velours d'une redingote juponnante portée sur des pantalons à sous-pieds, chemise à jabot et manchettes de mousseline, le tout parsemé d'une fine poussière de tabac, des lunettes cerclées de fer calées sur le petit bout d'un nez légèrement retroussé, l'œil pétillant et le sourire affable, l'homme des livres semblait toujours sur le point de s'envoler ou de battre un entrechat en s'appuyant sur la canne autour de laquelle il virevoltait plus qu'il ne marchait.

Accueillir un égyptologue doublé d'un prince-antiquaire ne parut pas le surprendre outre mesure. Il s'en acquitta avec une parfaite bonne grâce et une sorte d'empressement qui fit penser à Morosini que le Dr Erbach devait s'ennuyer ferme dans cet immense château que les quelques domestiques aperçus ne parvenaient pas à peupler.

— Vous avez de la chance de me trouver ici, expliqua-t-il en rejoignant ses visiteurs dans le ravissant salon chinois où ils avaient été introduits. J'assume, en effet, les bibliothèques des autres châteaux Schwarzenberg : Hluboka où la famille réside le plus souvent, celle-ci et Trebon qui est de peu d'importance. Je suis venu à Krumau pour y classer l'énorme correspondance du prince Felix lorsqu'il était ambassadeur à Paris en 1810, au moment du mariage de Napoléon Ier avec notre archiduchesse Marie-Louise. Une bien tragique histoire ! ajouta-t-il en soupirant sans songer un seul instant à offrir un siège à ses visiteurs. Vous qui êtes français, Monsieur — et il se tourna vers Adalbert — vous savez sans doute quel drame a vécu la famille à cette horrible époque ?... Comment, lors du bal donné à l'ambassade, rue du Mont-Blanc, en l'honneur des nouveaux époux, la salle de bal improvisée dans les jardins prit feu, déchaînant une horrible panique et comment notre malheureuse princesse Pauline, la plus exquise des ambassadrices, périt dans les flammes en recherchant sa fille... Quelle chose abominable !

Il avait dévidé tout cela sans respirer mais, après « abominable », il s'accorda un profond soupir qu'Aldo saisit au vol :

— Nous nous intéressons aussi à l'Histoire ainsi que vous le devinez, dit-il, mais notre propos n'est pas de vous interroger sur le glorieux parcours des princes Schwarzenberg, si haut en couleurs soit-il...

— Ça, vous pouvez le dire ! La princesse Pauline est même entrée dans la légende. On prétend qu'à l'instant même où elle expirait, son fantôme apparut ici, à Krumau, à la nourrice qui veillait sur son plus jeune enfant. Mais je vous tiens debout ! Je vous en prie, Messieurs, prenez place !

Il désignait deux élégants cabriolets Louis XV tendus de satin bleu et blanc, se carrait dans un troisième, et reprenait :

— Où en étions-nous ? Ah oui, la malheureuse princesse Pauline ! Vous pourrez, si vous le désirez, admirer son portrait en robe de bal dans les grands appartements où bien des souverains...

Heureux d'avoir un auditoire, il repartait pour quelque interminable digression quand Adalbert décida d'intervenir et saisit la balle au bond :

— C'est justement à propos de souverains que nous sommes ici et que nous nous permettons de vous déranger, Herr Doktor. Il est temps, je crois, que je vous expose le but de notre visite : mon ami le prince Morosini ici présent et moi-même désirons recueillir des documents sur les résidences impériales et royales de l'ancien Empire austro-hongrois.

Les sourcils du bibliothécaire, qui avait profité de l'interruption pour tirer une pincée d'une fort belle tabatière, remontèrent au milieu de son front et il leva en signe d'avertissement une main blanche et soignée digne d'un prélat :

— Permettez, permettez ! Si vaste et si noble qu'il soit, Krumau n'a jamais été résidence impériale, même si ses princes ont été souverains.

— N'a-t-il pas appartenu à l'empereur Rodolphe II ?

L'aimable visage se changea en un masque de la douleur :

— Oh mon Dieu ! Vous avez raison et je ne le sais que trop, mais voyez-vous les habitants de ce château, comme de la ville d'ailleurs, s'efforcent d'oublier. Vous tenez vraiment à ce que je vous en parle ?

— C'est indispensable pour notre ouvrage, dit Aldo. Mais s'il vous est trop pénible de retracer l'horrible histoire du bâtard impérial, sachez que nous la connaissons déjà. Ce qui nous manque, ce sont surtout des dates et des emplacements. Le château, bien entendu, n'était pas ce qu'il est maintenant ?...

— Bien entendu, fit Erbach soulagé. Je vous ferai visiter tout à l'heure ce qui demeure de cette époque. Quant aux dates, l'Empereur n'a gardé Krumau qu'une dizaine d'années. C'est en 1601 qu'il contraignit le dernier des Rozemberk, Petr Vork, perdu de dettes et de débauches, à lui vendre le domaine dont il fit présent en 1606 à... don Giulio à la suite d'un scandale sans précédent. Je devrais dire plutôt qu'il l'y assigna à résidence en espérant que l'éloignement suffirait à faire oublier sa conduite. Et puisque vous savez ce qui s'est passé, je me contenterai de vous dire qu'après l'affreux drame dont il fut le triste héros, le bâtard, enfermé dans ses appartements transformés en prison, y mourut subitement le 25 juin 1608. Après sa mort, l'Empereur conserva le château jusqu'en 1612, date à laquelle il en fit présent à l'un de ses fidèles amis et conseillers, Johann Ulrich von Eggenberg...

— Onze ans, en effet, coupa Adalbert. Mais revenons un instant, s'il vous plaît, à ce Giulio que je connais moins bien que le prince Morosini. Nous croyons savoir qu'il a été enterré dans votre chapelle et nous aimerions que vous nous montriez sa tombe.

Le bibliothécaire prit une mine offusquée :

— Il y a longtemps qu'elle n'y est plus ! Vous pensez bien que le nouveau propriétaire se souciait peu de conserver un tel voisinage ! D'autant que certaines de ses servantes manquèrent mourir de peur après avoir rencontré le fantôme sanglant d'un homme nu... Il s'en ouvrit au supérieur des Minorites dont le couvent se trouve en bas, au quartier de Latran, et le pria de se charger du défunt que la proximité de saints hommes convaincrait peut-être de se tenir tranquille mais celui-ci craignait de soulever une émeute en ville. Ce qui ne manquerait pas de se produire si les restes du fou meurtrier venaient reposer à l'intérieur de la cité. Le drame était encore trop proche.

— Et alors ? Qu'en a-t-il fait ? s'inquiéta Morosini. On l'a jeté à la rivière ?

— Oh, prince !... Ce misérable était tout de même de sang impérial ! Après réflexion, le supérieur eut une idée : à quelque distance de la ville, se trouvait un petit prieuré dépendant de son couvent qui n'était plus habité mais où l'on disait encore la messe à certaines dates. La terre, bien sûr, en était aussi sacrée que pouvait l'être celle de notre chapelle Saint-Georges ou celle du monastère. Johann Ulrich von Eggenberg trouva l'idée excellente, mais on convint d'agir dans le plus grand secret. Ce fut donc de nuit que le lourd cercueil en bois de teck fut transporté dans le cimetière du prieuré où l'on n'enterrait plus personne depuis longtemps...

— ...et qui devait être retourné à l'état sauvage ? remarqua Vidal-Pellicorne sarcastique. Ainsi le mort disparaissait de la surface de la terre ?

— On n'a pas osé aller jusque-là. D'après ce que j'ai pu lire dans les archives du château, une dalle gravée de son nom en latin : Julius, fut placée sur la tombe... mais on s'est arrangé pour que la végétation soit reconstituée autour afin que le secret fût mieux préservé. Il s'agissait d'éviter que le sommeil du défunt fût troublé par une quelconque soif de vengeance... Voilà, je vous ai dit tout ce que je sais, se hâta d'ajouter Erbach en s'épongeant le visage à l'aide d'un vaste mouchoir.

Le sujet, décidément, lui déplaisait fort...

— Pas tout à fait, fit Morosini soudain suave. Où se trouve le prieuré en question ?

— Oh, je ne crois pas qu'il puisse présenter quelque intérêt pour votre ouvrage, Excellence. Il est en ruine à présent...

— Mais ces ruines, où sont-elles ?

— Sur la route du sud, à une petite lieue... mais je vous en prie, parlons d'autre chose ! Voulez-vous visiter le château ?

Pour échapper à un sujet qui le terrifiait, Ulrich Erbach était prêt à ouvrir devant ses visiteurs toutes les portes qu'ils voudraient. N'ayant plus rien à apprendre de lui, les deux hommes le suivirent de bonne grâce, admirant sans réserve les merveilles de cette étrange demeure où les siècles se côtoyaient comme à Prague : la très belle cour Renaissance, le triple pont lancé sur une faille profonde entre deux rochers pour relier les habitations à un étonnant théâtre construit au XVIIIe siècle et dont la scène tournante, la seule en Europe à cette époque, était en avance de quelques décennies. La bibliothèque, bien qu'elle eût été dépouillée d'une partie de ses trésors au bénéfice de celle de Hluboka, n'était pas sans attraits et son conservateur finit par soupirer :

— C'est ici, au fond, que je suis le plus heureux, parce que ici le château a une âme...

— Et pas Hluboka ?

Erbach haussa ses maigres épaules couvertes de velours noir :

— Un pastiche de Windsor ! Un château pour Alice au pays des Merveilles construit il y a peu par une princesse qui avait trop lu Walter Scott ! Certes, la bibliothèque y est magnifique... mais je préfère celle-ci...

On se quitta les meilleurs amis du monde. Reconduits jusqu'au corps de garde par l'obligeant personnage, Aldo et Adalbert redescendirent vers la ville, en silence d'abord, puis Aldo lâcha ce qu'il avait sur le cœur :

— Qu'est-ce que tu penses de ça ? Simon habitait à quelques centaines de mètres du rubis et il ne s'en doutait même pas !

— À condition que la pierre soit encore là. Qui te dit que le cercueil n'a pas été ouvert par ceux qui l'ont amené ?

— Il s'agissait de moines et ces gens-là ont le respect des morts. Même d'un fou meurtrier. Et puis ce devait être déjà assez troublant de contrevenir aux ordres d'un empereur défunt... sans compter la frousse intense que ce Giulio semble susciter encore. Personne, j'en jurerais, n'aura eu l'idée de soulever le couvercle.

— Je veux bien l'admettre, mais comment allons-nous faire pour retrouver la tombe ?

— Il faut compter sur la chance ! De toute façon, ce sera plus facile que d'aller fouiller la chapelle du château. Tu as vu cette merveille baroque ? S'il avait fallu creuser des trous dans le pavage ou fouiller l'un des tombeaux nous aurions eu du souci à nous faire. Sans oublier les gardes du domaine ! Sincèrement, j'aime mieux ça ! En tout cas, le fantôme de l'Empereur ne devait pas être au courant de ce qu'il est advenu de la dépouille de son fils...

— Ils ne savent pas tout. Qu'est-ce qu'on fait maintenant ?

— On reprend la voiture et on se livre à une première exploration. Il n'est pas tard et on a encore tout le temps avant le dîner.

Une demi-heure plus tard, la petite Fiat s'engageait dans le sentier menant aux ruines où Simon Aronov avait ordonné à Wong de dissimuler sa limousine et la première impression de ses occupants fut le découragement.

— Autant chercher une aiguille dans une meule de foin ! marmotta Vidal-Pellicorne.

En effet, passé ce qui devait être un mur d'enceinte, on tombait sur l'énorme amas de pierres qui avait été la chapelle dont il ne restait que la puissante ogive du portail et quelques fragments de muraille encore debout, le tout hérissé d'herbes folles, de ronces et d'un cornouiller qui avait réussi à se frayer un passage.

— Il y a eu un incendie, remarqua Adalbert en désignant les traces visibles du feu. De toute façon, nous n'avons rien à chercher dans l'intérieur de la chapelle. Je suppose que le cimetière était de l'autre côté ?

— Il y a presque autant de parpaings que dans ce qui reste des bâtiments conventuels. On n'y arrivera jamais ! C'est un travail de titan !

— N'exagérons rien ! C'est un travail d'archéologue avant tout. Si tu veux bien, nous allons commencer par délimiter le chantier. Autrement dit, essayer de déterminer l'emplacement de l'ancien cimetière.

Durant deux heures, on arpenta le champ de ruines, soulevant une pierre ici, en retournant une autre. À mesure qu'on progressait la végétation se faisait plus dense et quand, enfin, on trouva une ancienne stèle qui devait marquer une tombe, on atteignait l'orée d'un bois à travers les branches duquel les eaux mortes d'un petit étang reflétaient les derniers rayons du soleil. Adalbert en tira cependant une conclusion :

— Aucun doute : le cimetière est entre ici et le début véritable des ruines. Il doit se cacher sous cette énorme végétation. Il va nous falloir des outils. Rentrons en ville ! Avec un peu de chance, on trouvera une boutique ouverte...

— Et tu n'as pas peur que le marchand se pose des questions ? Je te rappelle qu'on devait les demander chez Simon ?

— Je le sais bien, mais nous allons travailler tellement près de chez Adolf que cela peut être gênant. Il viendra voir ce qu'on fait. Les distractions doivent être rares par ici. Et qu'est-ce que tu crois qu'il dira s'il nous trouve en train de violer une tombe ?

— Alors, dans ce cas, le mieux est qu'on aille s'approvisionner à Budweis. C'est beaucoup plus important que Krumau et ce n'est jamais qu'à vingt-cinq kilomètres.

— Pas une mauvaise idée, mais c'est trop tard pour ce soir. On ira demain matin aux aurores !

Durant quatre jours, armés de cisailles, de sécateurs, d'une fourche, d'une pelle et d'une pioche, Adalbert et Aldo travaillèrent comme des tâcherons sur le périmètre indiqué par le premier et réussirent à dégager plusieurs tombes, mais aucune ne correspondait à ce qu'avait indiqué maître Erbach. C'était une besogne harassante et que la chaleur rendait pénible :

— Je commence à croire qu'on va y passer l'été, soupira Aldo en essuyant à sa manche retroussée son front couvert de sueur. On va me croire mort, à Venise...

Vidal-Pellicorne sourit à son ami sur le mode goguenard :

— Ce que c'est que d'être un aristocrate délicat, habitué au confort et au maniement des pierres précieuses ! Nous autres archéologues qui sommes accoutumés à déterrer des mastabas et à creuser des montagnes sous un soleil de plomb sommes plus endurants !

— Tu oublies de dire que vous avez toujours un tas de fellahs à votre disposition. Pour ce que j'en sais, ce sont eux surtout qui grattent la terre. Vous autres, comme tu dis, vous maniez plutôt le pinceau et l'éponge pour nettoyer ce qu'on vous a dégagé...

Leur aubergiste s'étonnait bien de les voir rentrer le soir harassés et plus poussiéreux qu'il n'est convenable pour des touristes, mais ils lui confièrent sous le sceau du secret qu'ils avaient découvert par hasard les traces d'une ancienne villa romaine et qu'ils essayaient d'en dégager assez pour avoir une preuve. Ravi d'être le seul dépositaire d'une affaire qui pouvait valoir un surcroît d'intérêt à la région, Sepler jura le silence et n'en soigna que mieux des clients aussi passionnants. Chaque matin, il les pourvoyait de solides paniers pique-nique et de bouteilles d'eau minérale, et au dîner il s'enquérait discrètement des progrès réalisés :

— Ça avance, ça avance ! répondait l'archéologue. Mais, vous savez, on ne mène pas à bien ce genre de recherches en quelques heures...

Un après-midi, alors que les deux travailleurs forcés s'accordaient une pause en mangeant des pêches et des prunes, ils virent venir à eux une jeune fille qui leur fit l'effet d'une apparition. C'était une petite paysanne aux longues nattes blondes, jolie comme une image et qui portait dans ses bras une grande gerbe de marguerites et de bleuets. Elle les salua avec l'extrême politesse que l'on rencontre partout en Tchécoslovaquie et leur demanda ce qu'ils faisaient là. Ce fut Aldo qui lui répondit :

— J'ai appris voici peu que l'un de mes ancêtres qui fut moine dans ce prieuré reposait ici. Je cherchais sa tombe.

Elle leva sur cet homme de si haute mine en dépit de son pantalon souillé de terre et de sa chemise ouverte aux manches roulées sur des bras bruns et musclés des yeux qui ressemblaient à des pervenches :

— Comme vous avez raison ! soupira-t-elle. Il ne faut pas abandonner les pauvres morts. Veiller sur le lieu de leur repos et lui rendre hommage est un devoir pieux. Dieu permettra sûrement que vous la retrouviez !

Ayant dit, elle esquissa une petite révérence et poursuivit son chemin dans le soleil, son ample jupe bleue brodée de jaune dansant autour de ses mollets ronds.

— À ton avis, où va-t-elle comme ça ? chuchota Adalbert en la voyant s'engager dans le bois en direction de l'étang.

— Je suppose qu'elle rentre chez elle ?

— Le sentier ne mène nulle part sinon au bord de l'eau et il n'y a pas de maison par là.

— Peut-être s'agit-il... d'un rendez-vous ? Elle est charmante, cette petite...

— Possible mais j'ai tout de même envie de savoir où elle va. Tu n'as pas remarqué qu'elle avait l'air de rêver toute éveillée. Même sa voix avait quelque chose de lointain quand elle t'a approuvé...

Il s'élançait déjà à la suite de la jeune fille. Aldo haussa les épaules :

— Après tout, pourquoi pas ? Ça nous reposera.

Et il suivit son ami.

Cachés dans les arbres, ils virent l'enfant contourner l'étang sur la moitié de sa circonférence pour rejoindre la parcelle de forêt bordant l'autre moitié. Ne sachant jusqu'à quelle profondeur du bois elle se rendait, ils hésitèrent à se lancer sur la rive de l'étang. Si elle les apercevait, elle pourrait prendre peur.

— J'ai bien repéré l'endroit où elle est entrée, dit Aldo. Attendons un moment. Puis on ira voir.

Assis dans l'herbe au pied d'un frêne, ils restèrent là un bon quart d'heure en écoutant chanter une fauvette. Après quoi Aldo regarda sa montre-bracelet :

— Allons-y, maintenant...

Il finissait de parler quand la jeune fille ressortit du bois pour revenir sur ses pas.

— Filons ! souffla Adalbert, et allons vite reprendre notre travail !

— Tu as remarqué, elle n'a plus ses fleurs ? J'aimerais savoir où elle les a laissées !

— On tâchera de les retrouver tout à l'heure. Elle n'a pas dû aller bien loin...

Quand la jeune fille les rejoignit, ils étaient de nouveau à l'ouvrage :

— Comme vous travaillez bien ! remarqua-t-elle. Et par cette chaleur !

— Elle n'a pas l'air de vous faire peur, Mademoiselle. Pouvons-nous bavarder un instant ?

— J'aimerais bien mais je suis pressée. Ma mère m'attend. À bientôt peut-être ?

Elle les salua d'un signe de tête et d'un beau sourire puis disparut dans les ruines. Elle n'avait certainement pas rejoint la route que les deux hommes fonçaient de nouveau en direction de l'étang, puis s'enfonçaient à leur tour dans la forêt en marquant des repères à l'aide de leurs couteaux car il n'y avait plus de chemin. Et soudain, derrière un taillis, ils aperçurent une tache claire : les fleurs de la petite. Mais ce fut seulement quand ils virent l'endroit où elle les avait déposées qu'ils eurent l'impression d'avoir été guidés par une main invisible et que cette enfant blonde était peut-être bien une envoyée du ciel : presque entièrement dissimulée sous des ronces que l'on avait un peu écartées, il y avait là une large pierre moussue mais sur laquelle on pouvait encore lire un nom gravé : Julius...

Machinalement, Morosini mit un genou en terre pour mieux dégager l'inscription.

— C'est ça le cimetière du prieuré ? dit-il amèrement. Le Herr Doktor nous a menti.

— Je ne pense pas. Le mensonge, selon moi, remonte à beaucoup plus haut, beaucoup plus tôt ! Les moines ne devaient pas se soucier plus que le propriétaire du château d'un tel voisinage. Ils ont promis d'enterrer Giulio chez eux et ils sont montés le chercher une belle nuit. Le comte, là-haut sur son rocher, n'en demandait pas plus. Il lui importait surtout d'être débarrassé et il n'a pas cherché plus loin, se contentant sans doute de payer largement... et les saints hommes, au lieu de donner à ce malheureux la sépulture chrétienne qu'on leur demandait, sont venus l'enfouir ici... loin de tout. Comme le réprouvé qu'il a toujours été !

— Encore heureux qu'ils ne l'aient pas jeté dans l'étang...

— C'eût été peut-être beaucoup pour leur conscience peureuse. Quant à nous, sans cette petite, on aurait pu le chercher longtemps ! Son geste, son bouquet sont touchants et j'ai un peu honte maintenant de ce qu'il va falloir accomplir...

— Je pense comme toi, mais nous n'avons pas le choix. On s'arrangera pour effacer toute trace de notre passage. Cette petite doit rêver à cet inconnu abandonné dans sa tombe romantique : je ne veux pas abîmer son rêve. Quant au rubis — s'il est là, ce dont je finis par douter ! — Giulio reposera plus paisiblement lorsque nous l'en aurons débarrassé.

La nuit était noire, lourde, chaude. Le soir tombant n'avait apporté aucune fraîcheur. Tandis qu'Adalbert demeurait sur place, Aldo était retourné à l'auberge pour annoncer à maître Johann qu'un fermier avec qui ils avaient noué amitié leur offrait l'hospitalité ce soir-là :

— Nous rentrerons demain, ne vous tourmentez pas !... Mais j'aimerais que vous me donniez deux bouteilles de votre excellent vin de Melnik pour les offrir à notre hôte.

La mine consternée de l'aubergiste qui craignait la concurrence s'était tout de suite rassérénée. Il avait également proposé un flacon d'eau-de-vie de prune — « C'est très apprécié ici ! » — qu'Aldo s'était bien gardé de refuser. Il emporta le tout puis, avant de rejoindre Vidal-Pellicorne, il passa chez un fruitier pour acheter des pêches et des abricots. Ainsi lestés, ils attendirent la tombée de la nuit en surveillant le ciel où de noirs nuages se déplaçaient lentement :

— Si tout ça nous tombe dessus, on sera trempés et notre tâche n'en sera pas facilitée ! soupira l'archéologue.

— Sur le conseil de notre hôte, j'ai emporté nos imperméables. Ils nous serviront au moins à dissimuler l'état dans lequel nous serons demain.

Pourtant, aucun roulement lointain, aucun éclair fugitif n'annonçait encore le déluge. Dès que la nuit fut totale, les deux hommes jetèrent d'un même geste leurs cigarettes, prirent leur matériel et se dirigèrent vers leur horrible tâche, mais ce fut seulement une fois arrivés à destination qu'ils allumèrent les lanternes sourdes dont la lumière leur était indispensable.

Contrairement à ce qu'ils craignaient, la dalle ne leur donna pas beaucoup de peine : elle était seulement posée sur le sol. Ensuite il fallait creuser. Ce qu'ils firent en se relayant, après s'être signés...

— On aura peut-être plus de mal avec le cercueil, murmura Aldo. Le bois de teck est imputrescible et plutôt lourd... Venise tout entière est construite dessus.

— Tout dépend de la profondeur.

Mais heureusement les moines pressés de se débarrasser de leur sulfureux fardeau avaient bâclé leur travail. Ils s'étaient contentés de l'enfouir sommairement, comptant sur la qualité exceptionnelle du bois et sur la dalle de pierre pour que les bêtes des bois ne soient pas attirées. À un mètre du sol environ, la pioche d'Adalbert rencontra une résistance.

— Je crois qu'on l'a !

Travaillant avec acharnement mais prudence, ils dégagèrent la longue boîte noire, près de laquelle Adalbert descendit avec une lanterne : les armes impériales en métal terni apparurent sur le couvercle. Par chance, celui-ci n'était tenu fermé que par son poids et des crochets de fer rouillés qui n'offrirent pas une très grande résistance au ciseau et aux tenailles de l'archéologue.

— Il n'est peut-être pas utile de faire sauter ceux du bas, dit Adalbert. Descends à présent : on va soulever le couvercle et tu le tiendras ouvert pendant que je chercherai...

De leur vie, les deux hommes ne devaient plus oublier ce qu'ils découvrirent : ils s'attendaient à des ossements, ils virent le corps noirci, momifié d'un jeune homme dont l'extraordinaire beauté demeurait évidente. On avait dû l'envelopper d'un grand manteau de velours pourpre brodé d'or qui n'apparaissait plus que comme une sorte de voile rouge déchiré montrant par endroits des fragments plus épais sous des entrelacs d'un or à peine terni.

— Les alchimistes de Rodolphe II devaient avoir retrouvé certains secrets des Égyptiens, chuchota Adalbert dont les longs doigts, habitués, fouillaient avec légèreté cet amas de tissus fantômes qui recouvrait le corps.

Et soudain, dans la lumière pauvre de la lanterne, un feu sanglant s'alluma : le rubis était là, pendu au cou par une chaîne d'or et qui semblait les regarder comme un œil rouge ouvert soudain au fond de la nuit...

Un instant les deux hommes gardèrent le silence. Puis Adalbert murmura, la voix enrouée :

— C'est toi l'envoyé... c'est à toi de l'enlever. Je vais tenir le couvercle.

Aldo avança une main hésitante qu'il sentait glacée. Avec des gestes doux et précautionneux, il chercha le fermoir de la chaîne, l'ouvrit mais, sans la retirer, fit glisser le pendentif dans sa main, le mit dans sa poche d'où il tira un paquet étroit et plat qu'il déballa : il y avait là une belle croix pectorale en or garnie d'améthystes qu'il mit à la place du rubis. Il l'avait achetée chez un antiquaire dans les beaux quartiers de Budweis.

— Je l'ai fait bénir, dit-il.

Ensuite il arrangea de son mieux les vestiges de tissus, traça sur le corps le signe de la bénédiction et aida Adalbert à reposer le pesant couvercle. Après quoi, d'une même voix et sans s'être concertés, ils murmurèrent un *De profundis*. Il ne restait plus qu'à refermer la tombe...

Quand la dalle ainsi que les fleurs de la jeune inconnue eurent repris leur place, il était difficile d'imaginer le travail de titans accompli par les deux hommes.

Vidés de leurs forces, ils se laissèrent tomber à terre afin de se remettre un peu et de permettre à leurs cœurs battant au rythme de la chamade de s'apaiser. Quelque part dans le lointain, un coq chanta :

— On y a passé la nuit ? s'étonna Adalbert...

Comme si ces quelques mots eussent été un signal attendu par le ciel, un énorme coup de tonnerre suivi de l'aveuglante zébrure d'un éclair éclata au-dessus de leurs têtes en même temps que crevaient enfin les nuages. Des trombes d'eau s'abattirent sur la campagne. En dépit de la protection des arbres, les deux amis furent trempés en un instant mais, loin de songer à fuir l'averse, ils laissèrent avec une sorte de plaisir sauvage l'eau du ciel ruisseler sur eux comme un nouveau baptême. Après tant de chaleur, tant d'efforts, c'était merveilleux...

— Le jour va venir, dit enfin Aldo. Il faudrait songer à rentrer.

Quand ils atteignirent la voiture, leurs pieds étaient boueux mais il ne restait plus trace sur leurs corps du terrible ouvrage qu'ils avaient accompli. Alors ils se déshabillèrent entièrement, étendirent leurs vêtements de leur mieux sur la banquette arrière, s'enveloppèrent dans leurs imperméables et s'endormirent aussitôt.

Le jour était levé depuis longtemps lorsqu'ils s'éveillèrent, et la pluie tombait toujours. Ils se trouvaient au centre d'un univers uniformément gris et dégoulinant mais ils se sentaient tout à fait dispos et l'esprit clair.

— Brr ! fit Adalbert en s'ébrouant. J'ai une faim de loup. Un petit déjeuner et surtout un bon café, voilà ce qu'il me faut.

Aldo ne répondit pas. Il avait tiré le rubis du mouchoir dont il l'avait enveloppé et le contemplait, posé sur sa main : c'était une pierre admirable, d'une magnifique couleur sang-de-pigeon et la plus belle sans doute, avec le saphir, des quatre pierres qu'il leur avait été donné de retrouver.

— Mission accomplie, Simon ! soupira-t-il. Reste à savoir quand et comment nous allons pouvoir te le remettre. Si même c'est encore possible...

À son tour, Vidal-Pellicorne prit le joyau qu'il fit jouer un instant au creux de sa main :

— En ce cas que devient le pectoral ? Si tu veux ma pensée profonde, je n'arrive pas à croire à la mort de Simon. Les circonstances sont trop bizarres pour qu'il n'en ait pas été le maître d'œuvre. Songe qu'il a allumé l'incendie et sans doute connaissait-il un moyen de s'échapper. Et puis il y a cette voiture dans laquelle Wong devait l'attendre et qui a disparu...

— J'ai peine à croire, s'il est toujours vivant, qu'il ne se soit pas soucié de son serviteur.

— C'est dans la logique des choses. Wong a désobéi en retournant vers la maison. Simon ne pouvait prendre le risque de revenir le chercher. Le maître du pectoral n'a pas le droit de jouer sa vie de façon inconsidérée. Quant à nous, il faudrait un moyen de faire parvenir ceci à sa vraie place. La pierre est superbe, mais que d'horreurs autour ! Songe que, depuis le XVe siècle, elle a passé plus de temps sur des cadavres que sur la chair vivante... Je n'ai pas envie de la contempler longtemps...

— De toute façon, je dois la porter au grand rabbin pour qu'il l'exorcise et, du même coup, libère l'âme de la Susana. Lui saura nous dire ce qu'il faut faire. On rentre à Prague ce soir...

— Et Wong ?

— On va passer lui dire que l'un de nous deux reviendra le chercher. Ensuite on l'embarquera sur le Prague-Vienne et de là sur l'express pour Venise. Tu l'accompagneras et moi je rentrerai avec la voiture...

On remit les vêtements et on repartit mais, contrairement à ce que Morosini espérait, le Coréen déclina l'invitation à se rendre à Venise.

— Si le maître est encore de ce monde et s'il me cherche il n'aura jamais l'idée d'aller là-bas. Si vous voulez m'aider, messieurs, conduisez-moi à Zurich aussi vite que possible...

— À Zurich ? dit Adalbert.

— Le maître y possède une villa sur le lac, près de la clinique d'un de ses amis. C'est lui qui nous a permis de fuir et j'y serai bien soigné. Là j'attendrai... s'il y a quelque chose à attendre.

— Et si rien ne vient ?

— J'aurai l'honneur et le regret de vous appeler, Messieurs, pour qu'ensemble nous essayions de trouver une solution finale.

Morosini s'inclina :

— Comme il vous plaira, Wong ! Tenez-vous prêt ! D'ici deux ou trois jours, je reviendrai vous chercher.

Nous irons prendre l'Arlberg-Express à Linz. Pour l'instant, nous avons une affaire à Prague...

— J'attendrai, Excellence. Avec obéissance... J'ai trop de regrets de n'avoir pas suivi les ordres de mon maître.

Lorsque Adalbert et lui pénétrèrent dans le hall de l'hôtel Europa, Aldo eut la désagréable surprise de trouver Aloysius C. Butterfield répandu dans l'un des fauteuils sous l'aile battante d'un journal déployé qu'il envoya promener dès qu'il reconnut les arrivants :

— Ah ! Ça fait plaisir de vous revoir ! barrit-il en arborant un sourire si large qu'il permit d'admirer dans toute sa splendeur l'œuvre d'un chirurgien-dentiste aimant particulièrement l'or. Je me demandais vraiment où vous étiez passé !

— Vous devrais-je compte de mes déplacements ? fit Morosini avec insolence.

— Non... Pardonnez-moi si je m'y prends mal : vous savez à quel point je tiens à conclure une affaire avec vous. Quand je me suis aperçu de votre départ, j'étais désolé et je songeais même à me rendre à Venise mais on m'a dit que vous deviez revenir. Alors, je vous ai attendu.

— J'en suis navré, Mr. Butterfield, mais je croyais avoir été clair : en dehors de ma collection particulière, je n'ai rien en ce moment qui puisse vous convenir. Cessez donc de perdre votre temps ici et poursuivez votre voyage : l'Europe est pleine de joailliers susceptibles de vous offrir de très belles choses...

L'Américain poussa un soupir qui fit saluer la plus proche plante verte.

— Bon ! Mettons aussi que j'ai de la sympathie pour vous ! Renonçons à cette affaire, mais au moins buvons un verre ensemble.

— Si vous voulez, concéda Aldo, mais plus tard ! J'ai le plus vif désir de prendre un bain et de me changer !

Il put enfin rejoindre Adalbert qui attendait sagement devant l'ascenseur.

— Mais enfin, qu'est-ce que tu as fait à ce type pour qu'il s'accroche à toi de cette façon ?...

— Je te l'ai déjà dit : il s'était mis en tête de m'acheter un bijou pour sa femme... et puis il paraît que je lui suis sympathique !

— Et tu trouves ça suffisant ? Je ne l'aime pas du tout, moi, ton Américain.

— Ce n'est pas « mon » Américain et je ne l'aime pas plus que toi. Cela dit, je lui ai tout de même promis de boire un verre avec lui avant le dîner. J'espère qu'après on en sera débarrassés.

— Oui, mais je me demande si on ne ferait pas mieux d'aller dîner ailleurs ? Au cas où il nous aimerait tellement qu'il tiendrait à partager ce repas avec nous ?...

Ce fut exactement ce qui se produisit mais, cette fois, Adalbert s'interposa comme il savait si bien le faire, usant d'un ton à la fois péremptoire et dédaigneux grâce auquel il devenait un tout autre homme. Il se leva, salua sèchement Butterfield, et pria Aldo de se souvenir qu'ils étaient invités ce soir-là chez l'un de ses confrères archéologues. Ce fut miraculeux et l'Américain n'insista pas.

Quelques minutes plus tard, les deux compères parcouraient en calèche le pont Charles en direction de l'île de Kampa où, sur la vieille place, ils trouvèrent refuge dans un restaurant à la fois archaïque et charmant discrètement indiqué par le portier de l'Europa : le Brochet d'argent.

— Je suppose, soupira Vidal-Pellicorne en se laissant aller sur le dossier du banc garni de coussins rouge et or, que tu aurais comme moi préféré aller te coucher après la nuit que nous avons passée.

— Non, j'avais l'intention de sortir après dîner. De cette façon ce sera plus simple : quand nous rentrerons, je demanderai au cocher de me déposer sur la place de la Vieille-Ville et tu m'attendras dans la voiture.

Adalbert fronça les sourcils :

— Ah oui ? Et qu'est-ce que tu feras pendant ce temps-là ?

Aldo tira de sa poche une lettre qu'il avait rédigée dans sa chambre avant de descendre :

— Un saut jusque chez le rabbin pour glisser ceci sous sa porte. Je lui demande de nous recevoir le plus tôt possible. J'ai hâte que cette damnée pierre soit exorcisée. Depuis que nous l'avons, je m'attends à chaque instant à une catastrophe.

— Je ne suis pas superstitieux mais j'avoue que, cette fois, je me sens mal à l'aise. Où est-elle ?

— Dans ma poche. Tu n'aurais pas voulu que je la laisse dans ma chambre ?

— Non, mais pourquoi pas dans le coffre de l'hôtel ? C'est fait pour ça...

— J'aurais trop peur, je crois, que l'Europa flambe cette nuit.

En dépit de la gravité du sujet, Adalbert se mit à rire et avala d'un coup son verre de vin :

— Il est temps qu'on fasse quelque chose ! Tu me parais très atteint, mon vieux !

Adalbert cependant n'avait plus envie de rire quand, de retour à l'hôtel, il s'aperçut que sa chambre avait été fouillée. Oh, avec habileté, mais l'archéologue possédait un œil aigu et attentif auquel rien n'échappait même le plus petit détail. Naturellement, Aldo lui aussi avait été visité et, en dépit de leur fatigue, les deux hommes se livrèrent à un vrai déménagement destiné à leur assurer la nuit de sommeil dont ils avaient le plus grand besoin. Porte et fenêtres dûment barricadées — grâce à Dieu la nuit, douce et assez fraîche, n'offrait pas l'habituelle touffeur de l'été — ils gagnèrent enfin leurs lits sans oublier de glisser une arme sous leurs oreillers. Quant au rubis, Aldo le confia à l'une des vasques style Gallé qui composaient son lustre. Ainsi protégés, on dormit du sommeil du juste.

Le lendemain matin, Aldo trouva une lettre sur le plateau de son petit déjeuner. Un mot du portier expliquait qu'une jeune fille l'avait apportée dès sept heures du matin. Elle émanait de Jehuda Liwa :

« Cette nuit, à onze heures et à la synagogue Vieille-Nouvelle. La paix soit avec toi... »

La paix, Morosini la souhaitait depuis que le rubis fatal était en sa possession. Non qu'il éprouvât quelque remords d'avoir troublé l'éternel sommeil de Giulio : il était certain qu'au contraire le repos du jeune homme n'en serait que plus tranquille, mais le joyau, en lui-même, dégageait une atmosphère pénible chargée de toute l'horreur et de toute la misère que sa possession déchaînait. Et quand il fut sur le point de sortir, Aldo dut se forcer pour aller repêcher la gemme maléfique dans sa cachette de verre coloré. Mieux valait ne pas l'y laisser au cas où les femmes de chambre jugeraient utile de nettoyer le lustre à fond. Il se rasséréna cependant en songeant que, le soir, quand il la rapporterait, la pierre maudite aurait enfin perdu son pouvoir...

On utilisa la journée à faire donner à la voiture les soins nécessaires en vue d'une longue route et à flâner en ville, puis on décida de dîner à la Brasserie Mozart. Cela évitait à la fois de rentrer à l'hôtel pour y subir les questions indiscrètes de Butterfield, et de passer le rituel smoking un peu trop élégant et voyant quand il s'agissait d'excursionner dans le vieux quartier juif.

La nuit était belle, douce, et il y avait beaucoup de monde dans les rues et sur les places quand les deux hommes quittèrent la brasserie. Pendant le temps d'été, Prague vivait volontiers une fête perpétuelle et bon enfant. Éclairés par des lampes à acétylène qui semblaient refléter les étoiles du ciel, les petits marchands de concombre, en jus ou en lanières, de saucisses au raifort et de bière faisaient des affaires d'or sur un fond de musique où les vieux airs bohémiens relayaient le thème de Smetana évoquant la Moldau et plus connu que l'hymne national. Une diseuse de bonne aventure aux yeux de feu et aux longs cheveux noirs mal retenus par un foulard jaune essaya de prendre la main d'Aldo, mais il la lui retira doucement :

— Merci, mais je n'ai pas envie de connaître mon avenir, dit-il en français.

Cette langue ne devait pas lui être familière, car elle eut un geste désolé qui fit tinter ses bracelets d'argent et secoua la tête avec un soupir de regret.

— Tu as peut-être tort, remarqua Vidal-Pellicorne. C'était le moment ou jamais d'en savoir un peu plus sur ce qui va nous arriver...

Quelques instants plus tard, l'entrée de la cité juive les avalait et ils clignèrent des yeux, saisis par l'obscurité. L'agréable odeur des saucisses grillées et de la menthe fraîche disparut, chassée par les relents d'une boucherie et d'une friperie qui se faisaient face. Deux lanternes d'un jaune sale essayaient d'éclairer la rue aux pavés disjoints. Puis les yeux des deux hommes s'habituèrent et distinguèrent bientôt le mur du vieux cimetière et les boules frissonnantes des arbres abritant l'incroyable accumulation de stèles qui faisait ressembler ce champ de mort à une mer grise et démontée. Et soudain, une senteur délicieuse vint caresser l'odorat des visiteurs nocturnes : celle des sureaux et des jasmins du cimetière. Quand ils l'atteignirent, la masse noire et pointue de l'antique synagogue leur apparut...

En approchant, ils virent qu'un filet de lumière jaune filtrait par la porte entrouverte.

— Entre seul ! chuchota Adalbert. Le rabbin ne me connaît pas.

— Et que feras-tu pendant ce temps ?

— Le guet. Ça peut toujours être utile. Ce quartier n'a rien de récréatif.

Pour affirmer sa détermination, il s'assit tranquillement sur les marches usées pour bourrer sa pipe. Aldo n'insista pas et poussa la porte au-dessus de laquelle, dans une ogive, un figuier s'épanouissait sur un ciel semé de grosses étoiles. Le vantail gémit sous sa main mais s'ouvrit sans peine.

Éclairé seulement par l'admirable chandelier à sept branches placé sur la table d'autel et par deux gros cierges au bas des marches qui le soutenaient, le vénérable sanctuaire laissait dans l'ombre ses voûtes gothiques et ses piliers, mais la sobriété de ce qu'il découvrait frappa Morosini. Seul le tympan du tabernacle présentait un beau motif de vigne que l'on retrouvait sur les rares chapiteaux peu éclairés.

Dans ce décor à la fois austère et mystérieux, la haute silhouette de Jehuda Liwa s'enlevait comme un haut-relief. Penché sur l'Indraraba, le Livre des secrets qu'il avait placé auprès des rouleaux de la Thora, il étudiait avec attention mais se redressa au bruit léger des pas du visiteur. Celui-ci observa que, sous son long manteau noir, il portait les habits blancs des défunts.

Impressionné, Morosini s'arrêta au milieu de la nef. La voix profonde du rabbin l'invita à s'avancer jusqu'au bas des marches, puis ajouta :

— Tu n'es pas ici dans une église. Ta tête doit être couverte. Prends la calotte placée à tes pieds et mets-la !

— Veuillez m'excuser. Je suis d'autant plus impardonnable que je le savais mais, ce soir, je sens un grand trouble.

— On l'éprouverait à moins si, comme ta lettre l'indique, tu as trouvé ce que tu cherchais. J'imagine que ce ne fut pas facile... Comment as-tu fait ? C'est un dur labeur d'ouvrir le caveau d'une chapelle princière.

— Le corps n'était plus dans la chapelle.

En quelques phrases, Aldo retraça le chemin suivi depuis son départ de Prague. Sans oublier de mentionner l'incendie du petit château et la disparition de Simon Aronov. Le grand rabbin sourit :

— Apaise tes craintes : le maître du pectoral n'est pas mort. Je peux même te confier qu'il est venu ici...

— Dans cette synagogue ?

— Non, dans notre quartier de Josefov où il a un ami. Je te rappelle que, pour notre bien commun, il vaut mieux que nous ne nous rencontrions pas. J'ajoute qu'il est inutile de le chercher : il n'a fait que toucher terre et il est reparti. Ne me demande pas où il est allé, je l'ignore. À présent, donne-moi la pierre maudite !

Aldo déplia le mouchoir blanc qui enveloppait le joyau et l'offrit sur sa paume où naquit aussitôt un rougeoiement de braise. Le rabbin étendit ses doigts osseux, prit le bijou qu'il considéra fixement. Puis il l'éleva comme s'il voulait en faire hommage à quelque divinité inconnue... Au même moment, une voix vulgaire claqua comme un coup de feu :

— Arrête tes mômeries, le vieux, et donne-moi ça !

Brusquement retourné, Aldo considéra avec stupeur la forme burlesque d'Aloysius Butterfield surgie de l'obscurité comme un gnome maléfique. Le gros Colt qui oscillait entre lui et Jehuda n'avait rien de rassurant.

Le personnage jouissait impudemment de sa surprise :

— Tu ne t'attendais pas à celle-là, mon p'tit prince ? Faut jamais prendre Papa Butterfield pour un simple d'esprit et, si tu veux tout savoir, ça fait un moment qu'on s'intéresse à toi. Mais on n'est pas là pour se faire des politesses ! Tu me le donnes, ce caillou, toi ?

La voix de bronze tonna, répercutée par les profondeurs de l'édifice :

— Viens le chercher si tu l'oses.

— Tu parles que j'vais venir le chercher ! Et toi, Morosini, bouge pas sinon je l'étends raide, ton copain.

Aldo qui se demandait où pouvait bien être passé Adalbert essaya de gagner du temps :

— Comment avez-vous fait pour entrer ? Personne ne vous en a empêché ?

— Tu veux parler du fumeur de pipe ? Il a pris un bon coup derrière les oreilles et pour l'instant il dort comme un bébé... si toutefois mon copain n'a pas jugé bon de l'achever...

— Quel copain ?

— Tu vas le reconnaître. Tu l'as vu à l'Europa et un peu avant à Venise : il a pris un café à côté de toi et de Rothschild au Florian...

À son tour, en effet, le petit homme brun aux lunettes noires venait aborder le cercle de lumière et lui aussi était armé. Aldo se traita d'imbécile. Comment avait-il pu se contenter de penser qu'il l'avait déjà vu quelque part ? En vérité, il devait vieillir !

Butterfield gravissait les marches de pierre, mais son aplomb semblait vaciller à mesure qu'il approchait du grand rabbin, redressé de toute sa taille. On aurait même dit qu'il rapetissait. Le vieil homme, cependant, ne faisait pas un geste, ses yeux sombres étaient pleins d'éclairs et sa terrible voix gronda une fois encore :

— Tu vas être maudit jusqu'à la fin des temps si tu touches à cette pierre et tu ne connaîtras plus jamais le repos...

— En voilà assez ! Tais-toi ! croassa l'Américain avec un tremblement qui annonçait un début de panique mais le rubis était là, aux mains du rabbin, et la cupidité fut plus forte que la peur. Il arracha la pierre, recula, glissa en descendant à reculons et s'abattit sur les dalles. Le rubis lui échappa, roula à quelques pas. Aldo voulut se baisser pour le ramasser, mais l'homme aux lunettes glapit :

— On ne bouge pas !

Sans quitter du regard Morosini qu'il menaçait de son arme, il plia le genou, saisit le pendentif qu'il fourra dans sa poche.

— Amène-toi ! intima-t-il à son complice. Et filons d'ici.

Il disparut avec une soudaineté qui tenait du miracle. Sûr d'être capable de rattraper et de venir à bout sans peine de ce petit bonhomme, Aldo s'élança à sa suite. L'autre se retourna, tira. Atteint par la balle, Aldo chancela et s'écroula au moment même où un second coup de feu, tiré sans doute par Butterfield remis de sa chute, éclatait. Avant de s'évanouir, le blessé entendit gronder la voix du rabbin mais c'était comme un appel. Tout de suite après, il y eut un cri terrible, un cri d'épouvante, et c'était l'Américain qui l'avait poussé. La dernière impression d'Aldo avant de plonger dans les ténèbres fut que le mur de la synagogue s'était soudain mis en marche...

Quand il remonta de ses profondeurs, ce qui l'entourait lui parut si bizarre qu'il se crut passé de l'autre côté du miroir. Il était bien couché dans quelque chose qui devait être un lit, comme il convient à un blessé ou à un malade, et ce lit se trouvait dans une pièce claire qui pouvait être une chambre d'hôpital. Pourtant, l'être humain qui se penchait sur lui ne ressemblait pas à une infirmière : c'était le rabbin Liwa avec sa barbe de fleuve, ses cheveux blancs et ses longs vêtements noirs. Il devait se trouver dans quelque purgatoire, car il ne se sentait pas bien. Il éprouvait une douleur dans la poitrine et une vague nausée. Alors, il referma les yeux, dans l'espoir de retrouver les bienfaisantes ténèbres où, privé de conscience, il l'était aussi de souffrance.

— Allons, réveille-toi ! ordonna avec douceur la voix inoubliable qui aurait pu être celle de l'Ange du Jugement. Tu es encore de ce monde et il est temps d'y reprendre ta place !

Le blessé tenta quelque chose qu'il espérait être un sourire et murmura :

— Je me croyais mort...

— Tu pourrais l'être si le tir avait été mieux ajusté mais — loué soit le Très-Haut ! — le projectile a manqué ton cœur et nous avons pu l'extraire...

— Et où suis-je ?

— Chez un ami, Ebenezer Meisel, qui est un homme riche et un excellent chirurgien. C'est lui qui a extrait la balle. Il est aussi mon voisin et nos maisons communiquent. Cela me permet de venir te voir quand je veux... Je reviendrai demain.

Morosini comprit que cet arrangement offrait l'avantage de ne pas introduire la police dans les affaires du quartier juif, il en fut content, mais à présent qu'il retrouvait sa lucidité, les questions se posaient en foule et il retint par sa manche le rabbin qui se détournait déjà pour s'en aller :

— Encore un moment, s'il vous plaît ? Auriez-vous des nouvelles de l'ami que j'avais laissé à la porte de la synagogue et que l'on a assommé avant de nous attaquer ?

— Il va bien, rassure-toi ! Il prétend que les bosses sur le crâne ne lui ont jamais fait peur. Tu le verras tout à l'heure.

— Et le rubis ?... Qu'est-il advenu du rubis ?

Jehuda Liwa écarta ses longues mains en un geste fataliste :

— Disparu ! Une fois de plus !... Le petit homme aux verres noirs s'est enfui en l'emportant. Ceux d'ici ont essayé de relever sa trace mais on dirait qu'il s'est dissous dans l'air. Personne ne l'a vu...

— C'est dramatique ! Tant de peine pour aboutir à ce que deux minables truands, stipendiés sans doute par Solmanski, viennent tirer les marrons du feu au moment où...

— Il n'y en a plus qu'un seul. L'Américain qui, dans sa folie meurtrière, a tiré sur moi a été abattu. Un de mes serviteurs s'en est chargé.

— Mais comment...

Le rabbin posa sa main sur la tête d'Aldo :

— Tu parles trop !... Reste tranquille ! Ton ami t'en dira davantage.

Et cette fois, il sortit. Resté seul, Aldo examina ce qui l'entourait. Il s'aperçut alors que ce qu'il avait pris en s'éveillant pour une chambre de clinique parce que le décor en était blanc ressemblait beaucoup plus au logis d'une jeune fille. Des nœuds de ruban azuré retenaient les grands rideaux de soie blanche et, en se redressant, ce qui le fit grimacer, il vit deux petits fauteuils du même bleu, un secrétaire de bois fruitier et, entre les fenêtres, une haute glace, un pouf et une tablette supportant des flacons. Curieusement, cette pièce n'avait pas l'air habitée. Tout était trop bien rangé, trop parfait, et l'on ne décelait pas la moindre présence : pas la moindre fleur dans les vases de cristal, un petit secrétaire trop bien fermé et, surtout, pas la moindre trace de parfum. Quant à la femme qui entra peu après le départ du rabbin, portant une écuelle fumante sur un plateau, elle ne ressemblait en rien à une jeune fille : la cinquantaine épaisse, le visage carré, les cheveux ramassés sous un bonnet aussi blanc que son tablier, elle évoquait aussi bien l'infirmière que la gardienne de prison.

Sans un mot, sans un sourire, elle arrangea les oreillers d'Aldo pour le redresser, déposa le plateau devant lui.

— Pardonnez-moi, je n'ai pas faim, dit-il, sincère et d'ailleurs peu tenté par l'espèce de bouillie au lait — cela ressemblait assez à du porridge anglais — qu'on lui proposait, accompagnée d'une tasse de thé.

Sans répondre, la femme fronça les sourcils qu'elle avait touffus et indiqua d'un doigt péremptoire que le blessé n'avait rien d'autre à faire que se restaurer. Et là-dessus, elle sortit.

Aldo qui aurait donné sa main gauche pour le bon café et les petits pains chauds de Cecina pensa que s'il voulait reprendre des forces — et il en manquait singulièrement ! — il lui fallait se nourrir, goûta d'une cuillère prudente, constata que c'était chaud, bien sucré, et que cela sentait la vanille. Et comme d'autre part il était incapable de se débarrasser lui-même du plateau, il entreprit d'ingurgiter son contenu et se sentit un peu mieux. Le thé, il est vrai, était un excellent darjeeling et, après tout, cela aurait pu être pire. Il achevait son repas quand la porte s'ouvrit, livrant passage à Adalbert qui eut un large sourire devant le spectacle offert :

— On dirait que ça va mieux ? Tu as le teint un peu boueux mais j'espère qu'avec le temps ça s'arrangera. En tout cas, c'est beaucoup mieux qu'hier après-midi !

— Hier après-midi ? Je suis là depuis combien de temps ?

— Ça va bientôt faire quarante-huit heures. Et les gens d'ici ne t'ont pas ménagé leurs soins...

— Je les remercierai mais, si j'ai bien compris, je suis toujours dans le ghetto ?

— On dit la ville juive ou Josefov, rectifia Adalbert d'un ton doctoral. Et tu peux en remercier Dieu : ce docteur Meisel a des doigts de fée : la balle a manqué ton cœur d'un demi-centimètre. Tu n'aurais pas été mieux opéré dans n'importe quel grand hôpital occidental...

— Je t'en prie, enlève-moi ça et assieds-toi ! Et puis dis-moi comment toi, tu vas ?

Adalbert ôta le plateau qu'il posa sur une petite table, tira l'un des fauteuils bleus et s'installa.

— J'ai la tête dure, Dieu soit loué, mais cette brute que je n'ai pas entendue venir a tapé comme un sourd et j'ai mis du temps à reprendre connaissance. En fait, c'est cet extraordinaire rabbin qui m'a ranimé. Sur le moment, j'ai cru en le voyant que je rêvais : il a l'air sorti tout droit du Moyen Âge.

— C'est bien possible ! Rien de ce qui se passe ici ne saurait plus m'étonner. Mais parle-moi d'Aloysius. Liwa m'a dit qu'il est mort, qu'un de ses serviteurs s'en était chargé ?

— Oui et ce n'est pas le moindre mystère : moi je n'ai rien vu parce qu'on me réconfortait dans cette maison, mais je sais qu'il a tiré sur le rabbin et l'a touché au bras. Quant à lui, les gens du quartier l'ont retrouvé au matin, couché devant l'entrée du cimetière : il ne portait pas la moindre blessure apparente mais on aurait dit qu'un rouleau compresseur lui était passé dessus.

— J'imagine qu'on a prévenu le consul américain et qu'il en fait toute une histoire ?

De son geste habituel, Adalbert fourragea dans ses boucles blondes mais avec plus de retenue que d'habitude : son crâne devait être encore sensible.

— Eh bien, pas vraiment, soupira-t-il. D'abord, on s'est aperçu que Butterfield qui ne s'appelait pas Butterfield mais Sam Strong était en réalité un gangster recherché dans divers États des États-Unis. Et puis, quand le consul est arrivé dans le quartier, il s'est cru chez les fous. Tu n'imagines pas la terreur qui règne ici depuis la découverte de ce cadavre insolite. Les gens disent que c'est le Golem qui a fait justice parce que ce mécréant a osé tirer sur le grand rabbin... Eh bien, tu en fais une tête ? Ne me dis pas que tu y crois toi aussi ?

— Non... non bien sûr. Ce n'est qu'une légende.

— Mais ici les légendes ont la vie dure, surtout celle-là. Les gens croient que les restes de la créature de rabbi Loew reposent dans les combles de la vieille synagogue et qu'ils se sont reconstitués plusieurs fois au cours des siècles pour faire justice ou semer la crainte du Tout-Puissant...

— Je sais... On dit aussi que notre rabbin est le descendant du grand Loew... peut-être même sa réincarnation, qu'il en possède les pouvoirs, qu'il a percé les secrets de la Kabbale...

Tout en parlant, Aldo retrouvait l'étrange impression qu'un pan de mur s'était mis en mouvement à l'instant où il perdait conscience. Butterfield avait commis l'offense majeure, non seulement en tirant sur l'homme de Dieu mais en l'insultant, et dans l'enceinte même de son temple. Et puis Liwa n'avait-il pas dit tout à l'heure que son serviteur s'en était chargé ? Or le seul serviteur qu'Aldo connaissait était celui qui l'autre jour l'avait introduit auprès de Liwa : un petit homme ayant une tête de moins que l'Américain et tout à fait incapable de l'écraser sous son poids.

L'entrée d'un homme en blouse blanche, un stéthoscope autour du cou, interrompit la conversation. Adalbert se leva et se recula pour lui permettre d'approcher du lit en annonçant :

— Voici le docteur Meisel.

Le blessé sourit et tendit une main que le chirurgien prit dans les siennes qui étaient fortes et chaudes. Il ressemblait à Sigmund Freud, mais son sourire rayonnait de bonté.

— Comment vous remercier, docteur ? murmura Morosini. Vous avez accompli un miracle, si j'ai bien compris ?

— En vous tenant tranquille ! Tant que vous avez été au pouvoir de la fièvre, vous nous avez donné beaucoup de mal. Cela dit, il n'y a pas de miracle : vous possédez une solide constitution et vous pouvez en remercier Dieu. Voyons un peu où nous en sommes !

Dans un profond silence, il examina son patient sous toutes les coutures, refit le pansement posé sur sa poitrine et ses mains étaient d'une extraordinaire légèreté. Enfin, il déclara :

— Tout est pour le mieux. À présent, il vous faut surtout du repos pour assurer la cicatrisation, et puis reprendre des forces en vous nourrissant bien. Dans trois semaines, je vous rendrai à la liberté !

— Trois semaines ? Mais devrai-je vous encombrer tout ce temps ?

— Où prenez-vous que vous encombriez ?

— Mais... simplement cette chambre. Il est évident que c'est celle d'une jeune fille ?

— En effet. C'était celle de ma fille, Sarah, mais elle est morte...

La voix chaleureuse, fêlée un instant, retrouva aussitôt sa sérénité :

— Faites taire vos scrupules ! Sarah était une excellente infirmière et j'accueille parfois chez elle des gens qui préfèrent ne pas avoir affaire à l'hôpital public. Allons, je vous laisse. À demain !... Ne le fatiguez pas trop ! ajouta-t-il à l'adresse d'Adalbert.

— Je reste encore quelques minutes et je pars !

Quand il eut quitté la pièce, Vidal-Pellicorne reprit sa place. Morosini semblait perplexe :

— Qu'est-ce qui t'embête ? demanda Adalbert. Ces trois semaines ?

— Oui, bien sûr ! D'autre part, je dois en avoir besoin : jamais je ne me suis senti aussi faible...

— Ça s'arrangera. Tu veux que je prévienne chez toi ?

— Surtout pas, mais je voudrais que tu fasses quelque chose pour moi.

— Tout ce que tu voudras sauf de rentrer à Paris. Je ne te lâcherai qu'en pleine forme. Moi j'ai tout mon temps...

— Ce n'est pas une raison pour le perdre. Tu devrais bien prendre la voiture, aller chercher Wong et le conduire à Zurich. Il semble y tenir et puis, qui sait, il y trouvera peut-être des nouvelles ? Sinon du rubis au moins de Simon, parce que pour le premier...

— Nous n'avons guère de chance de le retrouver, n'est-ce pas ? Depuis que tu es ici, je fouille Prague à la recherche du petit homme aux lunettes noires mais il a dû filer aussitôt. Pas la moindre trace ! La police aussi le cherche car j'ai, bien sûr, donné son signalement. L'attaque contre le grand rabbin fait du bruit en ville...

— Même si on arrive à mettre la main dessus, on n'aura pas le rubis pour autant : il doit être aux mains de Solmanski. Le petit bonhomme fait sûrement partie de la bande américaine ramenée par Sigismond. Cela dit, je ne désespère pas de l'attraper celui-là. N'oublie pas qu'il est mon beau-frère et puis, le rubis fera peut-être encore des siennes ?

Adalbert se leva et vint poser une main prudente sur l'épaule de son ami :

— J'ai eu très peur, dit-il avec une soudaine gravité. Si tu n'étais plus là il manquerait quelque chose à ma vie. Alors, prends soin de la tienne !

Ayant dit, il se détourna mais Aldo aurait juré qu'il y avait une larme au coin de son œil. D'ailleurs, il était inhabituel qu'Adalbert se mette à renifler avec autant d'énergie...

Troisième partie

LE BANQUIER DE ZURICH

CHAPITRE 9

UN VISITEUR

À demi étendu contre le dossier du grand fauteuil ancien placé devant son bureau, Morosini contemplait avec un mélange de plaisir et d'amertume l'écrin ouvert sur le sous-main de cuir vert et or. Il y avait là deux merveilles, deux girandoles de diamants à peine teintés de rose composées chacune d'une longue larme, d'un bouton en forme d'étoile taillée dans une seule pierre et d'un délicat entrelacs de diamants plus petits, mais tous de cette même teinte rare. Sous l'éclat intense de la puissante lampe de joaillier, les diamants scintillaient d'éclairs tendres qui avaient dû composer, à celle qui les portait, la plus séduisante des parures. Aucune femme ne pouvait résister à leur magie et le roi Louis XV avait essuyé une longue bouderie de sa favorite, la comtesse du Barry, quand, sous son nez, il avait offert les bijoux à la dauphine Marie-Antoinette à l'occasion de son premier anniversaire en France.

Ces pièces ravissantes lui appartenaient. Il les avait achetées quelques mois avant sa rencontre avec le Boiteux à une vieille pairesse d'Angleterre habitée par le démon du jeu et qu'il avait rencontrée au casino de Monte-Carlo, où elle abandonnait peu à peu le contenu de sa cassette à bijoux. Et comme, pris d'une certaine pitié, il lui avait fait remarquer, avant d'acheter, qu'elle lésait gravement ses héritiers, elle lui avait répondu, avec un superbe haussement d'épaules :

— Ces joyaux ne font pas partie des biens reçus de mon défunt époux. Ils m'appartiennent et viennent de ma mère. J'ajoute que je déteste les deux bécasses prétentieuses qui sont mes nièces par alliance et je préfère de beaucoup qu'ils fassent le bonheur d'une jolie femme...

— En ce cas, pourquoi ne pas les confier à Sotheby's ? Les enchères monteraient sans doute très haut...

— Peut-être mais, dans une vente, on ne sait jamais sur qui l'on peut tomber : c'est le plus riche qui l'emporte. Avec vous, je suis tranquille parce que vous êtes un homme de goût. Vous saurez vendre avec discernement... Et puis je suis pressée.

Il offrit alors un prix honnête qui mit sa trésorerie à mal mais, contrairement à ce que pensait Lady X., il n'avait jamais pu se résoudre à se séparer d'une pièce aussi ensorcelante. Elle avait même formé le début d'une collection où était venu la rejoindre par la suite, et entre autres, le bracelet d'émeraudes de Mumtaz Mahal acheté secrètement à la succession de son vieil ami lord Killrenan qui, lui non plus, ne voulait pas entendre parler de laisser aux griffes de ses héritiers ce qui avait été un témoignage d'amour [1]...

Quelques petits coups frappés discrètement arrachèrent Aldo à sa contemplation et, sans même refermer l'écrin, il alla ouvrir la porte qu'il fermait toujours à clé avant d'ouvrir l'énorme coffre médiéval qui valait tous les coffres-forts du monde. Cette précaution était prise à l'encontre d'Anielka qui ne jugeait jamais utile de

1. Voir *L'Étoile bleue.*

frapper avant de pénétrer dans le bureau de son « mari ». Alors que ses plus proches collaborateurs ne manquaient jamais de s'annoncer.

C'était, cette fois, M. Buteau et son regard gris toujours un peu mélancolique se posa sur l'écrin resté ouvert. Il eut ce sourire timide qui lui donnait tant de charme, un charme que l'âge n'atténuait pas :

— Oh, je vous dérange ? Vous contempliez vos trésors ?

— Ne dites pas de sottises, Guy, vous ne me dérangez jamais et vous le savez. Quant à ce trésor-là, j'étais en train de me demander si je ne devrais pas m'en défaire ?

— Grands dieux ! En voilà une idée ? Je croyais que vous préfériez ces girandoles à tous vos autres bijoux ?

Aldo, après avoir donné à nouveau un tour de clé, revint vers son bureau et prit l'écrin dans ses longs doigts minces et nerveux :

— C'est vrai. Je l'avais acheté en pensant l'offrir un jour à celle qui deviendrait ma femme, la mère de mes enfants, la compagne des bons comme des mauvais jours ! Avouez que, dans les circonstances présentes, ceci n'a plus sa raison d'être...

— Sinon tout de même sa beauté et son histoire. La Dauphine a raffolé de cette parure qu'elle portait souvent même devenue reine... À moins que vous n'ayez de gros besoins d'argent ?

— Vous savez bien que non. Nos affaires marchent admirablement, et cela en dépit de mes nombreuses absences.

— ... qui n'ont jamais d'autre but que la plus grande gloire de cette maison.

En effet, depuis qu'il était rentré à Venise sous l'aile d'Adalbert, près de trois mois plus tôt, Aldo s'était lancé dans le travail comme un forcené. Tandis que l'archéologue reprenait le chemin de Paris où le rappelait la proposition d'une tournée de conférences, il avait sillonné l'Italie, la Côte d'Azur et une partie de la Suisse dans l'espoir secret de retrouver une quelconque trace du rubis à travers les diverses manifestations et visites de clients où il se rendait. En fait, il cherchait surtout la trace de Sigismond Solmanski. Il ne doutait pas un seul instant qu'il fût le patron de la bande de gangsters américains dont il avait pu connaître les méfaits. De son côté, Adalbert en faisait autant dans les diverses villes d'Europe où il se rendait. Un moment, pourtant, Aldo crut qu'il n'aurait guère de peine à retrouver la fameuse piste.

Lorsqu'il était rentré chez lui au retour de Prague, Anielka n'était pas là : elle dînait au Lido en compagnie de sa belle-sœur venue s'y reposer quelques jours. Un séjour qui n'avait pas l'air de plaire à Cecina qui, sans même laisser à son maître le temps d'aller prendre un bain, s'était lancée dans une philippique passionnée dans laquelle ni Zaccaria, son époux, ni même Guy Buteau ne réussirent à placer un mot. Ni d'ailleurs Aldo lui-même :

— Si ce n'est pas une honte ! Cette femme se comporte dans cette maison comme si elle était chez elle ! Qu'elle sorte, qu'elle aille voir des gens, ça m'est bien égal et ça la regarde mais qu'elle invite ses soi-disant amis, ça je ne le supporte pas ! Et depuis que sa belle-sœur est arrivée — oh, je n'ai rien contre elle, c'est une étrangère mais bien gentille et plutôt bécasse ! — depuis qu'elle est là, dis-je, la « princesse » a donné deux grandes réceptions en son honneur. Mais tu penses bien que quand elle est venue m'annoncer la première, je lui ai dit ce que je pensais et qu'il ne fallait pas compter sur moi pour régaler sa bande. Car elle a une bande maintenant, composée de quelques godelureaux qui reluquent autant ses bijoux que sa personne et de deux ou trois demi-folles... au nombre desquelles j'ai le regret de constater qu'il y a ta cousine Adriana. Celle-là me paraît avoir perdu tout sens commun : elle a les cheveux courts, elle montre ses jambes et le soir elle porte des espèces de chemises qui ne cachent pas grand-chose !... Mais pour en revenir à la première soirée, mon refus de m'en occuper n'a pas ému la belle dame : elle a tout fait venir de chez Savoy, y compris des serveurs. Des extras ! Ici ! Tu te rends compte ? Un vrai scandale que j'en ai pleuré pendant trois nuits et que j'en ai voulu à Zaccaria parce que lui, il a refusé de quitter son poste et il a reçu tous ces gens-là...

— Il fallait bien surveiller un peu, hasarda la voix timide du majordome dont le masque napoléonien semblait s'affaisser dès qu'il s'agissait d'affronter les « grosses » colères de son épouse.

— Les anges et la Sainte Vierge s'en seraient bien chargés tout seuls ! Je leur avais demandé et ils m'ont toujours exaucée. Alors tu devrais...

Aldo se lança dans la bataille :

— Arrête un peu, Cecina ! Moi aussi, j'aimerais bien faire entendre ma voix et j'ai des questions importantes à poser. Mais d'abord, va me faire du café : on causera ensuite. Puis, se tournant vers son vieux maître d'hôtel : Tu as bien fait, Zaccaria. Je ne peux pas donner tort à Cecina : c'est son droit de refuser ses services en cuisine, mais la maison, c'est à toi qu'elle est confiée.

— On a fait ce qu'on a pu, moi et les petites — sous-entendu les femmes de chambre Livia et Prisca. Monsieur Buteau lui aussi m'a aidé. Il s'était installé dans votre bureau et en interdisait l'accès ainsi qu'aux magasins...

— Je vous en remercie tous les deux. Mais dis-moi : quand cette Américaine est-elle arrivée ?

— Il y a quinze jours. Son mari l'accompagnait...

Aldo bondit du siège où il se reposait des fatigues d'un voyage très pénible pour un convalescent :

— Il était là ? Sigismond Solmanski ?... Il a osé venir chez moi ?

— Manque pas de toupet, le personnage ! commença Adalbert *sotto voce.*

— Oh, il n'a pas habité le palais. La comtesse non plus d'ailleurs. Ils se sont d'abord installés au Bauer Grünwald et puis, quand il est parti, sa jeune femme est allée au Lido qu'elle trouve beaucoup plus gai...

— Et où est-il allé ?

Zaccaria écarta les mains dans un geste d'ignorance. Cecina revenait avec un plateau chargé et annonçait que les femmes de chambre étaient en train de préparer une chambre pour le « signor Adalberto ».

— Si tu veux parler à la Polonaise, elle est là, ajouta le génie familier des Morosini. Elle attend le retour de sa maîtresse pour l'aider à se... déshabiller ! Comme si c'était un grand travail d'enlever une espèce de chemise perlée sous laquelle on ne met autant dire rien !

— Non, c'est inutile ! dit Morosini qui savait quelle crainte il inspirait à cette femme dévouée à sa maîtresse jusqu'au-delà de la mort. Je n'obtiens jamais d'elle qu'un bafouillis incompréhensible.

Une idée lui venait dont il fit part à Vidal-Pellicorne : pourquoi n'irait-il pas saluer la belle-sœur de son épouse momentanée afin de lui exprimer ses regrets de n'avoir pu la recevoir lui-même ? Il connaissait suffisamment les Américaines pour savoir que celle-là serait sans doute sensible à sa démarche. Pendant ce temps, Adalbert réussirait peut-être à apprendre certains détails en bavardant avec Anielka ?...

Le lendemain, pilotant lui-même son motoscaffo, il arrivait vers onze heures et demie à l'estacade du Lido et gagnait à grandes enjambées l'hôtel des Bains.

S'il craignait que l'on fît des difficultés pour le recevoir, il fut vite rassuré. Il eut à peine le temps d'entamer une conversation avec le directeur qu'il connaissait de longue date qu'il vit accourir une toute jeune femme en piqué blanc, armée d'une raquette de tennis, ses cheveux blonds un peu fous retenus à grand-peine par un bandeau blanc. Parvenue devant Aldo qu'elle considérait avec de grands yeux bleus écarquillés, elle rougit, perdit contenance et faillit emmêler ses pieds chaussés de socquettes et de sandales blanches dans sa raquette tenue à bout de bras en amorçant une vague révérence :

— Je suis Ethel Solmans... ka, annonça-t-elle d'une voix qui hésitait encore sur les terminaisons polonaises et dont son visiteur déplora l'accent nasillard made in USA. Et vous... vous êtes le prince Morosini, me dit-on ?

Elle n'avait pas l'air d'en revenir et considérait avec une curiosité naïve mais nettement admirative la haute silhouette élégante et racée, l'étroit visage au profil arrogant casqué de cheveux bruns s'argentant délicatement aux tempes, les yeux bleu acier étincelants et le nonchalant sourire du nouveau venu qui s'inclina courtoisement devant elle :

— C'est bien moi, comtesse. Très heureux de vous offrir mes hommages.

— Le... le mari d'Anielka ?

— Oui, enfin on le dit ! fit Aldo qui ne tenait pas à développer son curieux statut conjugal avec cette petite créature qui ressemblait assez à un bibelot sans peut-être posséder beaucoup plus de cervelle. J'ai appris que vous aviez été reçue chez moi sans que je sois là pour vous accueillir. Je suis venu m'en excuser auprès de vous...

— Oh !... oh vraiment, il ne fallait pas, balbutia-t-elle en devenant plus rouge encore... mais c'est gentil d'être venu jusqu'ici... On... on s'assoit et on boit quelque chose ?

— Ce serait avec plaisir mais je vois que vous vous disposiez à jouer et je ne voudrais pas vous priver de votre partie ?

— Oh, ça ?... C'est sans importance !

Puis, élevant à l'intention d'un groupe de jeunes gens en blanc qui l'attendaient un peu plus loin la capacité sonore de sa voix jusqu'à un registre impressionnant :

— Ne m'attendez pas ! Nous avons à parler, le prince et moi.

Elle avait fait sonner le titre en se rengorgeant, ce qui amusa Morosini, puis elle prit son bras et l'entraîna vers la terrasse où, d'entrée, elle commanda un whisky soda dès qu'elle fut installée dans l'un des confortables fauteuils de rotin.

Aldo l'accompagna dans ses choix puis lui débita un petit discours sur les exigences de l'hospitalité vénitienne et ses vifs regrets d'avoir été obligé d'y manquer, surtout envers une aussi charmante personne. Outre son whisky, Ethel buvait du petit lait et trouva toute naturelle la question finale :

— Comment se fait-il que votre mari vous laisse seule dans une ville aussi dangereuse que Venise ? Pour une jolie femme s'entend...

— Oh, avec Anielka je ne suis pas seule. Et puis, vous savez, il y a toujours beaucoup de monde autour de moi...

— Je viens de m'en apercevoir. D'ailleurs, votre époux va sans doute revenir vous chercher ces jours prochains ?

— Non. Il devait voir diverses personnes en Italie pour ses affaires...

— Ses affaires ? Que fait-il donc ?

Elle eut un sourire désarmant d'innocence.

— Je n'en sais rien du tout. Au moins pour les détails. Il s'occupe de banque, d'importation... Tout au moins je crois. Il refuse toujours de me mettre au courant : il dit que ces choses compliquées ne sont pas faites pour la cervelle d'une femme. Tout ce que je sais, c'est qu'il a dû se rendre à Rome, à Naples, à Florence, à Milan et à Turin d'où il quittera l'Italie. Il ne m'a pas encore dit où je dois le rejoindre...

« Pas de chance ! » pensa Morosini qui enchaîna aussitôt en demandant d'un air distrait :

— Et votre beau-père ? En avez-vous de bonnes nouvelles ?

La jeune femme s'empourpra et Aldo crut qu'il allait devoir réclamer au garçon des sels d'ammoniaque. Elle vida son verre d'un trait puis, l'air gêné :

— Est-ce que vous ne savez pas ce... ce qui lui est arrivé ? Je n'aime pas en parler. C'est une chose tellement affreuse !

— Oh, je vous supplie de m'excuser, fit Aldo d'un air contrit en prenant une main qui ne se refusa pas. Je ne sais vraiment pas où j'avais la tête. La prison, le suicide... et vous qui êtes allée avec votre mari rechercher le corps. Pour le conduire où ?

— À Varsovie, dans la chapelle familiale. Ce fut une belle cérémonie en dépit des circonstances...

Un groom porteur d'une lettre sur un petit plateau vint couper la conversation. Ethel la prit avec empressement et, après s'être excusée auprès de son visiteur, l'ouvrit d'un doigt nerveux et jeta l'enveloppe sur la table, ce qui permit à Morosini de voir qu'elle était timbrée de Rome. Après l'avoir lue, elle la glissa dans sa poche puis revint à son visiteur avec un petit rire :

— C'est de Sigismond ! Il m'engage à rester ici encore quelque temps...

— C'est une bonne nouvelle. Cela nous permettra de nous revoir. À moins que cela ne vous déplaise ? ajouta-t-il avec un sourire ravageur qui ne manqua pas son effet.

Ethel parut ravie de cette perspective mais laissa entendre, avec une curieuse franchise, qu'elle aimerait autant que sa belle-sœur ne soit pas tenue au courant de ces éventuelles rencontres. Ce qui amena tout naturellement Aldo à penser qu'elle ne portait pas Anielka dans son cœur... et aussi qu'il lui inspirait peut-être une certaine sympathie. Un détail qui pouvait se révéler d'une grande utilité mais dont il se promit néanmoins de ne pas abuser. Ce qu'il voulait, c'était retrouver Sigismond et rien d'autre...

Au retour, il trouva Anielka installée avec Adalbert dans la bibliothèque. Comme il n'avait pas encore vu sa femme rentrée fort tard dans la nuit, il lui baisa la main en s'informant de sa santé sans paraître s'apercevoir de sa mine sombre...

— J'aurai à vous parler tout à l'heure ! dit-elle sèchement. Mais déjeunons d'abord, nous avons assez attendu.

— Je peux attendre encore, sourit l'archéologue. Je ne suis pas si affamé...

— Moi si, fit Aldo. L'air de la mer me creuse toujours l'appétit et je viens de faire une promenade agréable. Il fait si beau !...

Guy Buteau s'étant rendu à Padoue, les convives n'étaient que trois dans le salon des Laques mais seuls

Aldo et Adalbert soutinrent la conversation. Toute impersonnelle, d'ailleurs. On parla art, musique, théâtre, sans qu'Anielka vînt une seule fois s'y mêler. Le visage fermé, elle roulait des boulettes en mie de pain sans prêter la moindre attention à ses compagnons. Ce qui permit à Adalbert, au moyen d'une mimique expressive, de faire comprendre à son ami qu'il ignorait tout de la mauvaise humeur de la jeune femme et qu'en tout état de cause, il n'en avait tiré aucune information.

Le café expédié, Adalbert s'éclipsa en annonçant un irrésistible désir de revoir les primitifs de l'Accademia tandis qu'Aldo suivait Anielka dans la bibliothèque où elle entra d'un pas conquérant. À peine la porte refermée, la jeune femme attaqua :

— On me dit que vous avez été blessé, gravement paraît-il ?

Aldo haussa les épaules et alluma une cigarette :

— Tous les métiers ont leurs risques. Adalbert a manqué plusieurs fois se faire piquer par un scorpion, moi j'ai essuyé la balle d'un truand qui venait d'attaquer un vieil homme. Mais, rassurez-vous, je vais très bien...

— C'est ce qui me contrarie : votre mort aurait été pour moi la meilleure des nouvelles !

— Eh bien, au moins vous êtes franche. Il n'y a pas si longtemps, vous prétendiez m'aimer. On dirait que le paysage a changé ?

— En effet, il a changé...

Elle s'approcha presque à le toucher, levant vers lui un visage crispé par la colère, des yeux qui flambaient comme des torches :

— Ne vous avais-je pas conseillé de ne pas introduire cette ridicule demande d'annulation ? Or, j'en ai reçu signification ces jours derniers.

— Et alors ? Vous deviez vous y attendre. Ne vous avais-je pas prévenue ? Il vous appartient maintenant de présenter votre position.

— Vous rendez-vous compte qu'il n'est bruit que de cela dans tout Venise ? Vous nous couvrez de ridicule !

— Je ne vois pas en quoi. J'ai été forcé de vous épouser, je cherche à me libérer, quoi de plus normal ? Mais si je comprends bien votre colère, c'est votre situation mondaine qui vous préoccupe ? Vous auriez dû y songer avant de me mettre au défi.

Tout en déplorant qu'une indiscrétion venue d'on ne sait où eût divulgué son projet, Aldo devinait sans peine comment la société vénitienne — la vraie, pas celle, cosmopolite et bruyante, qui fréquentait le Lido, le Harry's bar et les divers lieux de plaisir — pouvait considérer la position d'une femme suspecte d'avoir empoisonné son premier mari et dont le second cherchait à se défaire.

— Ce que je ne comprends pas, c'est comment le bruit, comme vous dites, s'est répandu. Le Padre Gherardi qui a reçu ma demande et après lui le cardinal La Fontaine ne sont pas bavards et moi je n'ai rien dit...

— Cela se sait. Heureusement, j'ai d'excellents amis qui sont prêts à me soutenir, à m'aider... jusque dans votre famille ! Vous ne gagnerez pas, Aldo, sachez-le ! Je resterai princesse Morosini et c'est vous qui sombrerez dans le ridicule. Avez-vous oublié que je suis enceinte ?

— Ainsi ce serait vrai ? Je pensais que vous souhaitiez seulement exciter ma jalousie, voir quelle tête je ferais...

Elle éclata d'un rire si aigre qu'Aldo le jugea navrant. Cette jeune femme si ravissante que le premier mouvement d'un homme normal devait être de se jeter à ses pieds devenait presque laide quand se révélait sa vraie nature. Le visage était celui d'un ange mais pas l'âme...

— Je tiens à votre disposition un certificat médical, cracha-t-elle avec fureur. Je suis enceinte de deux grands mois. Alors, mon cher, vous n'êtes pas au bout de vos peines. Elle va être bien difficile à obtenir, votre annulation...

Aldo haussa des épaules dédaigneuses et tourna délibérément le dos :

— N'en soyez pas trop sûre : on peut être enceinte un jour et ne plus l'être le lendemain. De toute façon, retenez bien ceci : vous n'êtes pas destinée à vivre ici toute votre existence et cela pour une simple raison : la maison finira par vous rejeter. Vous ne serez jamais une Morosini !

Et il sortit pour se retrouver nez à nez avec Cecina qui devait écouter à la porte. Une Cecina pâle comme une morte mais dont les yeux noirs flambaient :

— Ce n'est pas vrai, ce qu'elle vient de dire ? murmura-t-elle. Cette garce n'est pas enceinte ?

— Il paraît que si. Tu as entendu : elle a vu un médecin...

— Mais... ce n'est pas toi ?

— Ni moi ni le Saint-Esprit ! Je soupçonne un Anglais qui se disait pourtant son ennemi. Tu n'as jamais vu venir ici un certain Sutton ? ajouta-t-il en entraînant la grosse femme loin d'une porte qui pouvait se rouvrir.

— Non, je ne crois pas. Mais des hommes, il en vient ici : tous des étrangers. Elle a beau étaler un deuil ostentatoire, ça ne l'empêche pas de faire la fête.

— Quoi qu'il en soit, je te demande, Cecina, de garder pour toi ce que tu viens d'entendre et de faire comme si tu ne l'avais jamais entendu. C'est promis ?

— Promis... mais si elle essaie de recommencer ici ce qu'elle a fait en Angleterre, alors elle me trouvera. Et ça j'en fais serment devant la Madone ! conclut Cecina en étendant sur le vide du grand escalier une main déterminée.

— Sois tranquille ! Je prendrai soin de moi...

À partir de ce jour, une fois Adalbert reparti pour Paris, une curieuse atmosphère s'installa au palais Morosini devenu une sorte de temple du silence. Anielka sortait beaucoup avec la coterie américaine qu'elle n'osait cependant plus ramener à la maison. Aldo s'absorbait dans ses affaires qu'il coupait de rapides voyages. Chose curieuse, il ne revit pas Ethel Solmanska : lorsque, deux jours après son entrevue avec elle, il vint la demander à l'hôtel des Bains, on lui apprit que la jeune femme était partie soudainement au reçu d'un télégramme. Elle n'avait laissé aucune adresse où faire suivre un courrier d'ailleurs à peu près inexistant. À la suite de cela, Aldo se rendit à Rome, pour suivre une vente aux enchères mais aussi pour essayer de relever la trace de Sigismond. Peine perdue ! En dépit des nombreuses relations qu'il possédait dans la Ville éternelle et d'une discrète enquête dans les grands hôtels, il fut impossible d'apprendre quoi que ce soit. Personne n'avait vu ou seulement entendu parler du comte Solmanski. Il fallait se résigner...

— Vous devriez ranger ça, dit Guy Buteau. Et surtout ne pas désespérer de l'avenir...

Morosini referma l'écrin de cuir blanc, le rangea dans le coffre et sourit à son vieil ami :

— Si vous le dites, Guy... Avouez tout de même que les choses vont mal. La procédure d'annulation n'a pas bougé d'un cheveu ; Anielka, aux prises avec de trop évidentes nausées, ne quitte son lit que pour sa chaise-longue et vice versa ; aussi, lorsque d'aventure je rencontre Wanda, celle-ci me regarde avec un mélange de reproche, de crainte et même d'horreur comme si j'étais en train d'empoisonner sa maîtresse. Enfin, Simon Aronov a disparu et le rubis en a fait autant. Triste bilan !

— Sur ce dernier point, permettez-moi de vous donner un conseil : ne vous acharnez pas ! Jusqu'à présent vous avez eu beaucoup de chance dans cette affaire et, cette chance, il ne faut pas la forcer. Attendez simplement que quelque chose vienne à vous... et puis, si, malheureusement, vous ne deviez jamais revoir le Boiteux de Varsovie, mieux vaudrait tout abandonner et laisser l'Histoire poursuivre son chemin...

— Cela me paraît difficile, Guy ! Si vraiment le sort du peuple juif est attaché à ce pectoral, je ne me reconnais pas le droit d'abandonner et si j'apprenais la mort de Simon, j'essaierais de continuer. Je sais où se trouve le pectoral puisque je l'ai tenu dans mes mains. Le malheur c'est que je suis incapable de retrouver dans les caves et les souterrains du ghetto de Varsovie le chemin de sa cachette secrète... Cela dit, il me faut ajouter que ma détermination est aussi celle de Vidal-Pellicorne. Nous ne sommes prêts à baisser les bras ni l'un ni l'autre et ce qui importe pour l'instant, c'est de récupérer ce damné rubis qui doit être entre les mains des Solmanski. Et ça, il est possible d'y arriver.

— En ce cas je n'ai plus rien à dire. Je me contenterai de prier pour vous, mon cher enfant...

À cette appellation affectueuse qu'il n'avait pas employée depuis l'adolescence d'Aldo, celui-ci mesura l'inquiétude et la tendresse qu'il inspirait à son ancien précepteur. D'ailleurs, en pensant secrètement que la chance pouvait encore lui sourire, celui-ci ne se trompait pas.

Assez tard, ce soir-là, le téléphone sonna. Aldo et Guy s'attardaient dans la bibliothèque à fumer un cigare devant le premier feu de l'automne quand Zaccaria vint dire que l'on demandait Son Excellence de l'hôtel Danieli pour M. Kledermann. C'était le dernier nom auquel Morosini s'attendait et il ne bougea pas :

— Kledermann ? Que peut-il me vouloir ? fit-il nerveusement. M'annoncer le mariage de Lisa ?

Sa voix soudain tendue mais instable fit lever à M. Buteau des sourcils à la fois surpris et amusés.

— Il n'y aurait aucune raison pour cela, dit-il avec beaucoup de douceur. Oubliez-vous qu'il est un grand collectionneur et vous l'un des plus fameux antiquaires d'Europe ?

— Exact, marmotta Aldo un peu gêné d'avoir livré la crainte secrète qui l'habitait depuis le dernier Noël : apprendre que Lisa ne s'appelait plus Kledermann... Je le prends !

Un instant plus tard, la voix précise du banquier zurichois se faisait entendre :

— Veuillez m'excuser de vous déranger à une heure un peu tardive, mais je viens d'arriver à Venise et je ne compte pas y rester longtemps. Pouvez-vous me recevoir demain matin ? J'aimerais repartir dans l'après-midi...

— Un instant !

Aldo dégringola dans son bureau pour y consulter son livre de rendez-vous. C'était du moins l'excuse qu'il se donnait à lui-même pour laisser aux battements désordonnés de son cœur le temps de s'apaiser. En outre, il pouvait poursuivre la communication sur son poste personnel.

— Voulez-vous onze heures ? proposa-t-il.

— Ce sera parfait ! À onze heures donc. Je vous souhaite une bonne nuit...

Elle fut agitée, cette nuit. À la fois excité et légèrement inquiet, Aldo eut quelque peine à trouver le sommeil mais finit par découvrir qu'au fond il était plutôt content d'une visite qui apporterait peut-être un peu de vie dans une maison devenue singulièrement morne. Cecina elle-même ne chantait plus jamais et, de ce fait, les servantes impressionnées semblaient se déplacer sur des semelles de feutre ! Aussi à l'heure dite était-il fin prêt : vêtu d'un costume prince-de-galles gris foncé éclairé par une cravate dans les tons vieil or, il feignait de s'absorber dans l'examen d'un charmant collier ancien fait de corail et de perles fines quand Angelo Pisani ouvrit devant Moritz Kledermann la porte de son cabinet. Il se leva aussitôt pour l'accueillir :

— Heureux de vous revoir, mon cher prince ! fit celui-ci en serrant cordialement la main qu'on lui tendait. Vous êtes sans doute le seul homme capable de démêler pour moi un petit mystère et de m'aider en même temps à satisfaire mes désirs...

— Si c'est en mon pouvoir j'en serai ravi. Asseyez-vous, je vous en prie... Puis-je vous offrir un peu de café ?

Le banquier suisse dont l'allure était celle d'un clergyman américain habillé à Londres offrit à son hôte l'un de ses rares sourires.

— Vous me tentez. Je sais qu'il est chez vous particulièrement savoureux. Votre ex-secrétaire m'en a beaucoup parlé...

Pour toute réponse, Morosini appela Angelo pour qu'il fasse servir le breuvage, puis se rassit et, d'un ton qui se voulait indifférent, demanda :

— Comment va-t-elle ?

— Bien, je suppose. Lisa est, vous le savez, un oiseau migrateur qui ne donne pas souvent de ses nouvelles, hormis à sa grand-mère auprès de qui elle se trouve certainement... À ce propos, étiez-vous satisfait de ses services ?

— Plus que satisfait ! Elle a été une collaboratrice irremplaçable...

Sous les lunettes d'écaille qui barraient son visage rasé aux traits fins, les yeux sombres de Kledermann, si semblables à ceux de sa fille, eurent un éclair, vite éteint :

— Je crois, dit-il, qu'elle se plaisait ici et je regrette d'avoir, par la force des choses, dévoilé son innocent stratagème... Mais ce n'est pas pour vous parler de Lisa que je suis venu à Venise. La raison en est la suivante : dans quinze jours ma femme fêtera son... nième anniversaire en même temps que celui de notre mariage. À cette occasion...

L'arrivée du café porté par Zaccaria vint aider Morosini à surmonter un léger malaise : après Lisa, entendre parler de Dianora, son ancienne maîtresse, était la dernière chose qu'il souhaitait ! Dûment servi par un Zaccaria dont les gestes onctueux cachaient une vive curiosité — lui aussi aimait bien « Mina » et l'arrivée subite de son père faisait événement — Moritz Kledermann reprit son propos interrompu :

— À cette occasion, je souhaite lui offrir un collier de rubis et de diamants. Je sais qu'elle désire de très beaux rubis depuis longtemps. Or le hasard — on peut lui donner ce nom — m'a mis en possession d'une pierre exceptionnelle, provenant sans doute des Indes si j'en juge par la couleur mais certainement très ancienne. Cependant, en dépit de mes connaissances en histoire des joyaux, et vous m'accorderez qu'elles sont honnêtes, je ne parviens pas à démêler d'où elle peut sortir. Le fait qu'il s'agisse d'un cabochon m'a fait supposer un moment que cela pouvait être une nouvelle épave du trésor des ducs de Bourgogne, mais...

— Vous l'avez apportée avec vous ? fit Aldo dont la gorge venait de se sécher et dont la voix s'enrouait.

Le banquier considéra son interlocuteur avec un mélange de surprise et de commisération :

— Mon cher prince, vous devriez savoir qu'on ne se promène pas avec une pièce de cette importance dans sa poche, surtout — permettez-moi de vous le dire ! — dans votre pays où les étrangers sont soumis à des contrôles des plus sévères.

— Pouvez-vous me décrire cette pierre ?

— Naturellement. Environ trente carats... oh, tenez, si j'ai mentionné il y a un instant le Téméraire, c'est parce que ce rubis a environ la même forme et la même grosseur que la Rose d'York, ce sacré diamant qui nous a donné tant de soucis, à l'un comme à l'autre...

Cette fois, le cœur d'Aldo manqua un battement : ce ne pouvait tout de même pas être ?... Ce serait trop beau et, à première vue, tout à fait impossible.

— Comment l'avez-vous eu ?

— De la façon la plus simple. Un homme, un Américain d'origine italienne, est venu me le proposer. Ce sont de ces choses qui arrivent lorsque votre passion collectionneuse est connue. Il l'avait eu lui-même dans une vente de château en Autriche.

— Un petit homme brun avec des lunettes noires ? coupa Morosini.

Kledermann ne songea pas à cacher sa surprise :

— Vous êtes sorcier ou bien connaissez-vous cet homme ?

— Je crois l'avoir déjà rencontré, fit Aldo qui ne tenait pas à donner le détail de ses dernières aventures. Votre rubis n'est-il pas monté en pendentif ?

— Non. Il a dû être monté sur quelque chose mais il a été desserti, fort soigneusement d'ailleurs. À quoi pensez-vous ?

— À une pierre qui faisait partie du trésor de l'empereur Rodolphe II et dont j'ai longtemps cherché la trace bien que j'ignore tout à fait son nom. Et... vous l'avez acheté ?

— Bien entendu, mais vous me permettrez de ne pas vous confier le prix. Je compte en faire la pièce maîtresse du cadeau que je réserve à ma femme et je serais heureux, bien entendu, si vous pouviez m'en dire un peu plus sur l'histoire de ce joyau.

— Je ne suis pas certain. Il faudrait pour cela que je le voie.

— Mais vous le verrez, mon cher ami, vous le verrez. Votre visite me ferait un immense plaisir, surtout si vous pouviez me trouver la seconde partie de ce que je suis venu chercher auprès de vous. En effet je vous ai parlé tout à l'heure d'un collier et j'ai pensé que vous auriez peut-être quelques autres rubis, moins importants mais anciens eux aussi, que l'on pourrait marier avec des diamants pour en faire une pièce unique et tout à fait digne de la beauté de mon épouse. Vous l'avez déjà rencontrée, je crois ?

— En effet, à quelques reprises lorsqu'elle était comtesse Vendramin... mais vous êtes certain qu'elle désire des rubis ? Lorsqu'elle était ici elle raffolait des perles, des diamants et des émeraudes qui convenaient à sa beauté nordique...

— Oh, elle les aime toujours, mais vous savez comme moi combien les femmes sont changeantes. La mienne ne rêve plus que rubis depuis qu'elle a contemplé ceux de la Begum Aga Khan. Elle assure que sur elle, cela ferait l'effet du sang sur la neige, ajouta Kledermann avec un petit rire amusé.

Du sang sur la neige ! Cette folle de Dianora et son fastueux mari n'imaginaient pas à quel point cette image d'un romantisme quelque peu usagé pouvait devenir vraie si la belle Danoise accrochait un jour à son cou de cygne le rubis de Jeanne la Folle et de Giulio le sadique...

— Quand partez-vous ? demanda-t-il brusquement.

— Ce soir, je vous l'ai dit. Je prends le train à cinq heures pour Innsbruck où je rejoins l'Arlberg-Express jusqu'à Zurich.

— Je pars avec vous !

Le ton était de ceux qui ne souffrent pas discussion. Devant la mine un peu offusquée de son visiteur, Aldo ajouta plus doucement :

— Si votre anniversaire est dans quinze jours, il faut à tout prix que je voie votre rubis. Quant à ceux que je peux vous offrir, il se trouve, en effet, que j'ai acheté récemment à Rome un collier qui devrait vous plaire.

Armé de plusieurs clés, il alla vers son antique coffre bardé de fer dont il ouvrit les serrures avant de déclencher discrètement le dispositif en acier moderne doublant à l'intérieur les premières défenses. Il en tira un large écrin qui, ouvert, révéla sur un lit de velours jauni un assemblage de perles, de diamants et surtout de très beaux rubis-balais montés sur des entrelacs d'or typiquement Renaissance. Kledermann eut une exclamation admirative que Morosini se hâta d'exploiter :

— C'est beau, n'est-ce pas ? Ce joyau a appartenu en premier lieu à Giulia Farnèse, la jeune maîtresse du pape Alexandre VI Borgia. C'est pour elle qu'il a été commandé. Ne pensez-vous pas qu'il devrait suffire à contenter Mme Kledermann ?

Le banquier prit entre ses mains le collier qui les recouvrit de splendeur. Il en caressa chaque pierre avec ces gestes d'amour, singulièrement délicats, que peut seule dispenser la vraie passion des joyaux :

— Une merveille ! soupira-t-il. Qu'il serait dommage de démonter. Combien en demandez-vous ?

— Rien. Je vous propose seulement de l'échanger contre votre cabochon...

— Vous ne l'avez jamais vu. Comment en estimeriez-vous la valeur ?

— Sans doute, mais il me semble que je le connais depuis toujours. Quoi qu'il en soit, j'emporte le collier : nous nous retrouverons dans le train...

— Au fond, j'en suis ravi et je vais téléphoner pour que l'on vous prépare une chambre...

— Surtout pas ! protesta Aldo dont les cheveux se dressaient sur la tête à la seule idée de vivre sous le même toit que l'incandescente Dianora. L'hôtel Baur-au-Lac fera tout à fait mon affaire. Je vais y retenir ma chambre. Pardonnez-moi, continua-t-il sur un ton plus amène, mais je suis une espèce d'ours et, en voyage, je tiens beaucoup à mon indépendance...

— C'est une chose que je peux comprendre. À ce soir !

Après son départ, Morosini appela Angelo Pisani pour l'envoyer chez Cook lui retenir trains et hôtel, à la suite de quoi le jeune homme devrait passer à la poste pour expédier un télégramme destiné à Vidal-Pellicorne qu'Aldo rédigea rapidement : « Crois avoir retrouvé objet perdu. Serai Zurich, hôtel Baur-au-Lac. Amitiés. »

Angelo disparu, Aldo resta un long moment assis dans son fauteuil de bureau, à faire jouer dans la lumière le beau collier de Giulia Farnèse. Une extraordinaire excitation montait en lui et l'empêchait de penser clairement. Une voix au fond de lui-même lui soufflait que le cabochon de Kledermann ne pouvait être que le rubis de Jeanne la Folle, mais d'autre part il ne voyait pas pourquoi l'homme aux lunettes noires serait venu le vendre au banquier suisse au lieu de le remettre à ses patrons qui devaient l'attendre avec quelque impatience. Peut-être avait-il pensé que, son complice mort, il pouvait voler de ses propres ailes et tenter de se faire une fortune personnelle ? C'était la seule explication valable encore que, s'il voyait juste, le petit truand fît preuve d'une bien grande légèreté... Mais, après tout c'était son affaire, et celle d'Aldo était maintenant de convaincre Kledermann de lui céder le joyau, si toutefois c'était bien lui.

Perdu dans ses pensées, il n'entendit pas la porte s'ouvrir et c'est seulement quand Anielka se dressa devant lui qu'il s'aperçut de sa présence. Aussitôt, il se leva pour la saluer :

— Vous sentez-vous mieux, ce matin ?

Pour la première fois depuis trois semaines, elle était habillée, coiffée et nettement moins pâle.

— Il semblerait que j'en aie fini avec les nausées, dit-elle distraitement.

Toute son attention était retenue par le collier qu'Aldo venait de reposer et dont elle se saisit avec une expression de convoitise que son mari ne lui avait jamais vue. Un peu de rouge montait même à ses joues :

— Quelle merveille !... Inutile de demander si vous comptez me l'offrir ? Je n'aurais jamais cru que vous puissiez être un époux aussi avare...

Doucement mais fermement, Aldo reprit le bijou qu'il remit dans son écrin :

— Un : je ne suis pas votre époux et, deux, ce collier est vendu.

— À Moritz Kledermann, je suppose ? Je viens de le voir sortir d'ici.

— Vous savez très bien que je refuse de m'entretenir d'affaires avec vous. Vous souhaitiez me parler ?

— Oui et non. Je voulais savoir pourquoi Kledermann est venu ici. Il était de mes amis, vous savez ?

— Il était surtout celui de ce pauvre Eric Ferrals.

Elle eut un geste signifiant qu'elle ne voyait pas la différence.

— Ainsi, c'est la belle Dianora qui portera ces pierres magnifiques ? La vie est vraiment injuste.

— Je ne vois pas en quoi pour ce qui vous concerne. Vous ne manquez pas de bijoux, il me semble ? Ferrals vous en a couverte. À présent, si vous le permettez, nous finirons cet entretien... oiseux. J'ai à faire mais puisque vous êtes là j'en profite pour prendre congé de vous : je ne déjeune pas à midi et je pars ce soir...

Brusquement, le ravissant visage, plutôt serein, s'enflamma sous une poussée de colère et elle saisit le poignet d'Aldo entre ses doigts devenus d'une incroyable dureté :

— Vous allez à Zurich, n'est-ce pas ?

— Je n'ai aucune raison de le cacher. Je vous l'ai dit : je suis en affaires avec Kledermann.

— Emmenez-moi ! Après tout ce ne serait que justice, et j'ai très envie d'aller en Suisse.

Il se dégagea sans trop de douceur :

— Vous pouvez y aller quand vous voulez. Mais pas avec moi !

— Pourquoi ?

Morosini poussa un soupir excédé :

— Ne recommencez pas tout le temps la même querelle ! Notre situation — fort désagréable j'en conviens — est ce que vous l'avez faite. Alors, vivez votre vie et laissez-moi la mienne ! Ah, Guy, vous arrivez à propos, ajouta-t-il à l'intention de son fondé de pouvoir qui entrait avec son habituelle discrétion.

Anielka tourna les talons et quitta la grande pièce sans ajouter un mot. Elle emportait un tel poids de rancune qu'Aldo eut soudain l'impression que l'air s'allégeait. Il passa le reste de la journée à régler les affaires courantes avec Guy, fit préparer sa valise par Zaccaria — une valise à double fond dont il se servait pour dissimuler les pièces précieuses qu'il lui arrivait de transporter — puis alla réconforter Cecina que la perspective de ce nouveau départ semblait consterner et qui traça un signe de croix sur son front avant de l'embrasser avec une sorte d'emportement :

— Prends bien garde à toi ! recommanda-t-elle. Depuis quelque temps, je suis inquiète dès que tu mets le nez dehors...

— Tu as tort et, pour cette fois, tu devrais être contente : c'est avec le père de... Mina que je vais voyager. Nous allons chez lui à Zurich mais, bien sûr, je résiderai à l'hôtel. Tu vois que tu n'as aucun souci à te faire.

— Si ce monsieur n'était que le père de notre chère Mina, je ne me tourmenterais pas mais il est aussi l'époux de... de...

Elle n'arrivait pas à prononcer le nom de Dianora qu'elle détestait au temps où elle était la maîtresse d'Aldo. Celui-ci se mit à rire :

— Qu'est-ce que tu vas chercher ? Tu remontes à l'histoire ancienne. Dianora n'est pas idiote : elle tient beaucoup à l'époux richissime qu'elle s'est trouvé. Dors tranquille et soigne bien M. Buteau !

— Comme si c'était une recommandation à me faire ! grogna Cecina en haussant ses épaules dodues...

En arrivant à la gare, Aldo vit que l'on était en train d'installer quelques affiches du Théâtre de la Fenice, annonçant plusieurs représentations d'*Otello* avec le concours d'Ida de Nagy et se promit d'allonger autant que possible son séjour en Suisse. Le banquier zurichois ne se douterait jamais du service qu'il venait de lui rendre en l'emmenant avec lui ! Aussi fut-ce avec un sentiment de profonde satisfaction que Morosini le rejoignit... Il échapperait au moins à ça !

Le soir venu tandis que le train roulait vers Innsbruck et que le palais Morosini s'endormait, Cecina enveloppa sa tête d'une écharpe noire sous l'œil de son époux qui fumait une dernière cigarette en faisant une patience.

— Tu ne crois pas qu'il est un peu tard pour sortir ? Si l'on te demandait ?

— Tu répondrais que je suis allée prier !

— À San Polo ?

— À San Polo, justement ! C'est l'apôtre des païens et si quelqu'un peut amener au repentir la fille de rien que nous avons ici, c'est bien lui. En plus, il a quelque chose à voir dans la guérison des aveugles...

Zaccaria leva le nez de sur ses cartes et sourit à sa femme.

— Alors, offre-lui mes respectueux hommages...

CHAPITRE 10

LA COLLECTION KLEDERMANN

Lorsqu'une fois à Zurich il découvrit les demeures du banquier, Morosini comprit pourquoi Lisa aimait tant Venise et les résidences de sa grand-mère : il s'agissait de palais, sans doute, mais de palais à l'échelle humaine et dépourvus de gigantisme. La maison de banque était un véritable temple Néo-Renaissance à colonnes corinthiennes et cariatides ; quant à l'habitation privée, c'était au bord du lac, dans ce que l'on appelait la Goldküste — la rive dorée — un immense palais « à l'italienne » ressemblant assez à la villa Serbelloni, sur le lac de Côme, en plus orné. C'était fastueux, plutôt écrasant, et il fallait le solide appétit de splendeur de l'ex-Dianora Vendramin pour s'y trouver à l'aise. C'eût été même un peu ridicule sans l'admirable parc animé de fontaines descendant jusqu'aux eaux cristallines du lac et sans le magnifique cadre de montagnes neigeuses. Quoi qu'il en soit, Morosini, tout prince qu'il était, pensa qu'il n'aimerait pas vivre là-dedans quand, le soir venu, il découvrit le monument. En attendant, le banquier l'avait déposé à son hôtel en lui conseillant de prendre quelque repos avant de le rejoindre pour dîner :

— Nous serons seuls, précisa-t-il. Ma femme est à Paris chez son couturier. Elle choisit la robe qu'elle portera pour son... trentième anniversaire.

Morosini se contenta de sourire tout en se livrant à un rapide calcul : lors de sa première rencontre avec la belle Dianora, le soir de Noël 1913, il avait lui-même trente ans et Dianora, veuve à vingt et un ans, en comptait vingt-quatre ce qui, tout bien compté et si les bases étaient réelles, amenait au chiffre trente-cinq en cette année 1924.

— Je croyais, dit-il en souriant, qu'une jolie femme n'avouait jamais son âge ?

— Oh, mon épouse n'est pas comme les autres. Et puis nous célébrerons en même temps notre septième anniversaire de mariage. D'où mon désir de donner à l'événement un éclat particulier.

En arrivant à son hôtel — un palace style XVIIIe siècle pourvu de magnifiques jardins — Aldo eut la surprise de trouver un télégramme d'Adalbert : « Attends-moi, j'arrive. Serai Zurich le 23 au soir. » Autrement dit, l'archéologue serait là le lendemain. Sachant d'expérience que les choses n'étaient jamais simples quand un vestige du pectoral était en vue, il en fut content. D'autant qu'on parlait beaucoup de la plus importante des villes suisses depuis quelque temps. Outre qu'elle était la base financière de Simon Aronov, c'était là que le vieux Solmanski avait échappé à Romuald, là qu'il semblait posséder un port d'attache comme Simon lui-même, là encore que Wong avait demandé qu'on le ramène... Et comme l'acquisition de Kledermann avait toutes les chances d'être le joyau trouvé dans la tombe de Giulio, on pouvait s'attendre à un proche avenir agité !

Vers huit heures, la Rolls étincelante du banquier conduite par un chauffeur d'une irréprochable tenue déposait Morosini devant le perron où un valet de pied le recueillit sous un vaste parapluie. Depuis la fin de l'après-midi, de véritables trombes d'eau se déversaient sur la région, noyant le paysage. Ainsi escorté, l'invité rejoignit un maître d'hôtel d'une raideur toute britannique, ce qui ne l'empêchait pas d'être certainement natif des Cantons. Cela se voyait au gabarit exceptionnel et à la puissance du cou enfermé dans un col à coins cassés.

Ayant laissé son manteau aux mains d'un valet, Aldo suivit l'imposant personnage dans le vaste escalier de pierre après avoir appris que Monsieur attendait Monsieur le prince dans son cabinet de travail.

À l'entrée de Morosini, le banquier lisait un journal qu'il offrit aussitôt avec une mine soucieuse :

— Regardez ! Il s'agit de l'homme qui m'a vendu le rubis. Il est mort...

L'article enrichi d'une assez mauvaise photo annonçait que l'on avait retiré du lac le cadavre d'un Américain d'origine italienne, Giuseppe Saroni, plus ou moins recherché par la police de New York. L'homme avait été étranglé puis jeté à l'eau, mais, auparavant, on l'avait torturé. Suivait une description qui acheva de lever les derniers doutes d'Aldo, si tant est qu'il en conservât encore : c'était, au détail près, le portrait de l'homme aux lunettes noires.

— Vous êtes certain qu'il s'agit de lui ? demanda-t-il en rendant le quotidien.

— Tout à fait. C'est d'ailleurs le nom qu'il m'a donné.

— Comment avez-vous payé ? Par chèque ?

— Naturellement. Mais maintenant je suis un peu inquiet parce que je commence à me demander s'il ne s'agissait pas d'un bijou volé. En ce cas, si l'on retrouve mon chèque, je risque des ennuis...

— C'est possible. Quant au vol, n'en doutez pas ! Le rubis a été enlevé des mains du rabbin Liwa il y a trois mois dans la synagogue Vieille-Nouvelle à Prague. Le voleur s'est enfui après m'avoir logé une balle à un demi-centimètre du cœur. Le grand rabbin Jehuda Liwa a été blessé lui aussi mais sans gravité...

— C'est incroyable. Que faisiez-vous dans cette synagogue ?

— Au cours de sa longue histoire, le rubis a appartenu au peuple juif et il a été l'objet d'une malédiction. Le grand rabbin de Bohême devait lever l'anathème. Il n'en a pas eu le temps : ce misérable a tiré, s'est enfui, et on n'a pas pu le retrouver...

— Mais... dans ce cas, le rubis serait à vous ?

— Pas vraiment. Je le cherchais pour un client et je l'avais retrouvé dans un château près de la frontière autrichienne.

— Comment pouvez-vous être certain qu'il s'agit bien du même ? Après tout, ce n'est pas l'unique rubis cabochon...

— C'est simple ! Montrez-le-moi ! Je suppose que vous ferez suffisamment confiance à ma parole pour n'en pas douter ?

— Certes, certes... je vous le montrerai, mais d'abord allons souper ! Vous devez savoir par votre cuisinière qu'un soufflé n'attend pas. Vous me raconterez votre aventure à table.

Le maître d'hôtel venait d'annoncer que Monsieur était servi. Tout en descendant l'escalier avec son hôte qui parlait chasse, Aldo réfléchissait à la façon dont il présenterait l'histoire. Pas question d'évoquer si peu que ce soit le pectoral. Encore moins son aventure sévillane et les heures étranges vécues auprès de Jehuda Liwa. En fait, il allait falloir élaguer sérieusement, le banquier zurichois étant sans doute fermé à tout ce qui, de près ou de loin, touchait au fantastique, à l'ésotérisme et aux apparitions... Certes, en bon collectionneur de joyaux, il ne devait rien ignorer des traditions maléfiques attachées à certains d'entre eux, mais jusqu'à quel point était-il perméable à ce que le commun des mortels traitait de légendes ? C'est ce qu'il fallait découvrir.

Le soufflé était parfait et Kledermann qui devait porter un grand respect à son cuisinier n'ouvrit la bouche que pour le déguster tant qu'il y en eut dans son assiette mais, quand les valets eurent desservi, il vida d'un trait son verre empli d'un délicieux vin de Neuchâtel et ouvrit le feu.

— Si j'ai bien compris, vous me contestez la propriété du cabochon de rubis ?

— Pas en fait puisque vous l'avez acheté en toute bonne foi, mais moralement oui. Je ne vois à cette situation qu'une sortie possible : vous me dites ce que vous l'avez payé et je vous rembourse.

— Moi j'en vois une autre encore plus simple : c'est moi qui rembourse ce que vous l'avez payé en Bohême, en tenant compte bien sûr des peines que vous avez prises pour vous le procurer.

Morosini étouffa un soupir : il se doutait bien qu'il avait affaire à forte partie. La beauté de la pierre avait fait son œuvre et Kledermann était prêt à la payer deux ou trois fois s'il le fallait. Quand la passion d'un collectionneur est éveillée, il y a peu de moyens de lui faire lâcher prise.

— Comprenez donc que ce n'est pas une question d'argent ! Si mon client tient tellement au rubis, c'est pour faire cesser la malédiction qui s'y attache et qui frappe tous ses possesseurs.

Moritz Kledermann éclata de rire :

— Ne me dites pas qu'un homme du XXe siècle, sportif et éclairé, peut croire à ces fariboles ?

— Que j'y croie ou non est de peu d'importance, dit Aldo avec une grande douceur. Ce qui compte, c'est mon client qui est aussi un ami. Lui en est persuadé. D'ailleurs, après tout ce que j'ai pu découvrir du parcours du rubis depuis le XVe siècle, je lui donne volontiers raison...

— Eh bien, racontez-moi ça ! Vous savez à quel point je suis passionné par l'histoire des joyaux anciens.

— Celle-ci commence à Séville, peu de temps avant l'institution de l'Inquisition. Les Rois Catholiques règnent et le rubis appartient à un riche *converso*, Diego de Susan, mais il est considéré comme sacré par la communauté juive...

Dès les premières phrases, Aldo sentit qu'il venait d'éveiller la curiosité passionnée de son hôte. Lentement, en s'attachant à l'Histoire et en passant sous silence ses propres aventures, il remonta le temps : la pierre offerte à la reine Isabelle par la Susana parricide, Jeanne la Folle et sa passion insensée, le vol et la vente du bijou à l'ambassadeur de l'empereur Rodolphe II, le don fait par celui-ci à son bâtard préféré et, finalement, la récupération du rubis par lui-même et Vidal-Pellicorne « dans un château de Bohême dont le propriétaire connaissait de grands revers de fortune ». Du fantôme de la Susana, de l'amoureux de Tordesillas, de l'évocation de l'ombre impériale dans la nuit de Hradschin et de la violation de la tombe abandonnée, pas un mot bien sûr. Quant à ses relations avec le grand rabbin, Morosini révéla simplement que, sur le conseil de Louis de Rothschild, il était allé lui poser des questions comme il l'avait fait pour d'autres personnages.

Mais il n'oublia pas d'insister sur les désastres jalonnant le parcours de la gemme sanglante.

— J'en ai moi-même été victime dans la synagogue et celui qui vous l'a vendue vient de le payer de sa vie.

— C'est un fait mais... votre client n'a pas peur, lui, de cette prétendue malédiction ?

— Il est juif et seul un Juif peut effacer l'anathème lancé par le rabbin de Séville...

Kledermann garda le silence un instant puis laissa un sourire malicieux détendre les traits un peu sévères de son visage. On en était au café et il offrit à son hôte un somptueux havane qu'il lui laissa le temps d'allumer et d'apprécier :

— Et vous l'avez cru ? dit-il enfin.

— Qui, mon ami ? Bien sûr, je le crois...

— Vous devriez pourtant savoir de quoi sont capables mes frères collectionneurs quand il s'agit d'une pièce aussi rare et aussi précieuse ? Pierre sacrée !... symbole de la patrie perdue portant en soi toutes les misères et les souffrances d'un peuple opprimé !... moi je veux bien, mais il ressort surtout de ce que vous venez de m'apprendre qu'il s'agit avant tout d'un joyau chargé d'Histoire. Vous vous rendez compte ? Isabelle la Catholique, Jeanne la Folle, Rodolphe II et son effroyable bâtard ? Je possède des pierres qui ne sont pas moitié aussi passionnantes...

— L'homme qui m'a demandé ce bijou n'usait d'aucun stratagème. Je le connais trop pour en douter : c'est pour lui une question de vie ou de mort.

— Hum !... Il faut y réfléchir ! En attendant, je vais vous montrer la pierre en question et aussi ma collection. Venez !

Les deux hommes regagnèrent le grand cabinet-bibliothèque du premier étage dont, cette fois, Kledermann ferma la porte à clé.

— Vous craignez que l'un des membres de votre personnel n'entre ici sans frapper ? fit Morosini amusé par cette précaution qui lui semblait puérile.

— Pas du tout. Vous allez comprendre : cette pièce n'est jamais fermée à clé sauf lorsque je désire pénétrer dans ma chambre forte. En fait, c'est en tournant cette clé que l'on permet l'ouverture de la porte blindée. Vous allez voir...

Traversant son bureau, le banquier qui avait pris une petite clé pendue à son cou sous le plastron glacé de sa chemise alla l'introduire dans une moulure de la bibliothèque occupant le fond de la pièce : une épaisse porte doublée d'acier tourna lentement sur d'invisibles gonds, entraînant avec elle son habile décor de faux livres. Kledermann sourit :

— J'espère que vous appréciez votre chance. Il n'y a guère plus d'une demi-douzaine de personnes qui sont entrées ici. Suivez-moi !

La chambre forte avait dû être d'assez belles proportions mais l'espace y était réduit par les coffres dont les parois étaient revêtues :

— Chacun a une combinaison différente, poursuivit le banquier. Moi seul les connais. Je les transmettrai à ma fille quand l'heure en sera venue...

Rapidement, ses longs doigts manipulaient deux grosses mollettes placées sur le premier coffre suivant le code qui convenait : à droite, à gauche, encore et encore. Les chiffres cliquetaient mais, en peu de temps, l'épais vantail s'ouvrit, dévoilant une pile d'écrins.

— Il y a ici une partie des bijoux de la Grande Catherine et quelques bijoux russes.

Entre ses mains, une boîte habillée de velours violet révéla un extraordinaire collier de diamants, une paire de girandoles et deux bracelets. Morosini ouvrit de grands yeux : cette parure, il la connaissait pour l'avoir admirée avant la guerre sur la gorge d'une grande-duchesse apparentée à la famille impériale et dont la disparition soudaine laissait supposer qu'elle avait pu être assassinée. Elle avait bien appartenu à la Sémiramis du Nord, mais Aldo lui refusa son admiration : il avait horreur de ce que l'on appelait dans la profession « bijoux rouges » : ceux que l'on s'était procurés en versant le sang. Il ne put s'empêcher de lâcher avec sévérité :

— Comment vous êtes-vous procuré cette parure ? Je sais à qui elle appartenait avant la guerre et...

— ...et vous vous demandez si je l'ai achetée au meurtrier de la grande duchesse Natacha ? Rassurez-vous, c'est elle-même qui me l'a vendue... avant de disparaître en Amérique du Sud avec son maître d'hôtel dont elle était tombée follement amoureuse. Je vous livre là un secret mais je pense que vous ne me ferez pas regretter de vous avoir montré ces joyaux.

— Vous pouvez en être certain. Vous devez savoir que notre secret professionnel est aussi exigeant que celui des médecins...

— J'avoue, fit Kledermann en riant, qu'en dépit de votre réputation je n'imaginais pas un instant que vous les reconnaîtriez. Cela dit, la grande-duchesse a eu tout à fait raison de filer en Amérique avant la révolution bolchevique. Elle a au moins sauvé sa vie et une partie de sa fortune...

Après les diamants, Morosini put admirer la fameuse parure d'améthystes, célèbre dans l'étroite confrérie des grands collectionneurs, et quelques autres babioles de moindre importance avant de passer à l'exploration d'autres coffres, d'autres écrins. Il vit l'admirable émeraude ayant appartenu au dernier empereur aztèque et rapportée du Mexique par Hernan Cortes, deux des dix-huit « Mazarins », un bracelet fait de gros diamants provenant du fameux Collier de la Reine, jadis dépecé et vendu en Angleterre par le couple La Motte, de très beaux saphirs ayant appartenu à la reine Hortense, les nœuds de corsage en diamants de la Du Barry, de fantastiques émeraudes qui avaient brillé sur la poitrine d'Aurengzeb, l'un des sautoirs de perles de la Reine vierge et tant d'autres merveilles qu'Aldo ébloui et surtout sidéré contemplait avec émerveillement : il n'imaginait pas que la collection Kledermann pût atteindre cette importance. Encore l'un des coffres garda-t-il ses secrets :

— Ce sont les bijoux de ma femme, fit le banquier. Ils sont tellement plus beaux lorsqu'elle les porte... Mais vous semblez surpris ?

— Je l'avoue. Je ne connais guère au monde que trois collections susceptibles de s'aligner avec la vôtre...

— J'avoue m'être donné beaucoup de mal mais le mérite n'en revient pas à moi seul. Mon grand-père et mon père ont commencé ceci bien avant moi... Maintenant, voici ce que j'ai acheté à cet Américain.

Il venait d'ouvrir un nouvel écrin de velours noir : tel l'œil d'un cyclope rougi au feu des forges infernales, le rubis de Jeanne la Folle regarda Morosini.

Celui-ci le prit à deux doigts et n'eut pas besoin d'un grand examen pour s'assurer que c'était bien la pierre qu'il avait eu tant de peine à trouver :

— Aucun doute ! dit-il. C'est bien le bijou qui m'a été volé à Prague...

Pour plus de sûreté — une contrefaçon étant toujours possible encore qu'improbable ! — il repassa dans le bureau, tira de sa poche une loupe de joaillier, la logea dans son orbite et se pencha sous la lumière de la grande lampe moderne posée sur la table. Inquiet, Kledermann se hâta de refermer la chambre aux trésors et le rejoignit :

— Tenez ! dit Aldo en indiquant de l'ongle un point minuscule sur le revers de la pierre et en offrant sa loupe au banquier. Voyez cette étoile de Salomon imperceptible à l'œil nu ! Elle vous confirmera qu'il s'agit bien d'un joyau d'origine juive...

Kledermann fit ce qu'on lui demandait et fut bien obligé d'accepter une évidence qui lui déplaisait. Il ne dit rien sur le moment, posa l'écrin sur le cuir vert foncé de son bureau, y remit le rubis, puis sonna et alla rouvrir sa porte :

— Prendrez-vous encore un peu de café ? J'avoue en avoir besoin.

— Vous ne craignez pas l'insomnie ? fit Aldo avec un demi-sourire...

— Je possède la faculté de dormir quand j'en ai envie. Mais que faites-vous donc ?

Morosini avait sorti un carnet de chèques et un stylo emportés très intentionnellement, et écrivait sur le coin de la table :

— Un chèque de cent mille dollars, répondit-il avec le plus grand calme.

— Je ne crois pas avoir dit que j'acceptais de vous rendre ce bijou, articula le banquier avec une froideur polaire qui n'impressionna guère Morosini.

— Je ne vois pas comment vous pourriez faire autrement ! riposta-t-il. Nous parlions il y a un instant de « bijoux rouges ». Celui-ci l'est plus que tout ce que vous pouvez imaginer...

Kledermann haussa les épaules :

— Il ne saurait en être autrement pour une pièce chargée d'histoire. Puis-je vous rappeler la Rose d'York, ce diamant du Téméraire qui nous a rapprochés à Londres ? Vous la convoitiez autant que moi et vous vous souciiez comme d'une guigne de son passé tragique.

— Sans doute, mais ce n'était pas moi qui l'avais découverte au risque de ma vie... Cette fois, c'est différent ! Enfin, réfléchissez ! ajouta Morosini. Vous avez vraiment envie de voir briller sur la gorge de votre femme une pierre qui a passé des dizaines d'années sur un cadavre ? Cela ne vous fait pas horreur ?

— Vous avez le sens des évocations désagréables, grogna le banquier, mais autant vous le dire tout de suite : maintenant que je connais les aventures de ce rubis, je ne souhaite plus du tout l'offrir à ma femme. Elle aura pour son anniversaire le collier que vous avez apporté... et moi je garderai cette merveille...

Aldo n'eut pas le temps de répondre : rejetant la porte plus qu'elle ne l'ouvrit, Dianora, dispensant autour d'elle la fraîcheur de la nuit jointe aux senteurs suaves d'un parfum précieux, fit une entrée de reine tumultueuse :

— Bonsoir, cher ! lança-t-elle de sa belle voix de contralto. Albrecht me dit que vous avez ici le prince Morosini... et c'est ma foi vrai ! Quel plaisir de vous revoir, cher ami !

Tendant ses deux mains dégantées, elle s'élançait vers Aldo quand, soudain, elle s'arrêta et obliqua résolument vers la droite :

— Qu'est-ce là ?... Oh Dieu !... Quelle splendeur !

Rejetant l'ample manteau ourlé de renard bleu assorti à la toque posée sur ses cheveux de lin, elle le laissa tomber sur le tapis comme un simple papier froissé et se précipita sur le rubis qu'elle saisit avant que son époux ait pu l'en empêcher. Son visage rayonnait de joie. La pierre entre les mains, elle revint vers Kledermann.

— Moritz très cher ! Vous n'avez jamais hésité à remuer ciel et terre pour me faire plaisir, mais cette fois vous me comblez. Où avez-vous trouvé ce merveilleux rubis ?

Elle avait oublié Aldo mais celui-ci n'était pas disposé à se laisser évincer : l'enjeu était trop gros.

— C'est moi qui l'ai trouvé à l'origine, Madame. Votre époux n'a fait que l'acheter, en toute innocence d'ailleurs, à celui qui me l'a volé. Aussi m'apprêtais-je à le rembourser, ajouta-t-il en détachant le chèque de sa souche.

Dianora tourna vers lui ses yeux transparents qu'une brusque colère traversait d'éclairs :

— Êtes-vous en train de me dire que vous prétendez emporter « mon » rubis ?

— Je ne prétends qu'obtenir justice. La pierre n'est même pas à moi. Je l'avais achetée pour un client...

— Il n'y a pas de client qui tienne lorsqu'il s'agit de moi, fit la jeune femme avec arrogance. D'autant qu'il n'est pas certain que vous disiez la vérité ? On n'en est pas à un mensonge près, quand on est collectionneur comme vous.

— Calmez-vous, Dianora ! intervint Kledermann. Nous étions justement en train de discuter la question quand vous êtes arrivée. Non seulement je n'avais pas accepté le chèque du prince, mais j'entendais lui en offrir un pour le dédommager de ce qu'il a subi du fait d'un voleur...

— Tout cela m'a l'air bien compliqué. Répondez moi franchement, Moritz ! Avez-vous, oui ou non, acheté ce bijou pour mon anniversaire ?

— Oui, mais...

— Pas de mais ! Il est donc à moi et je le garde ! Je le ferai monter à mon idée...

— Vous devriez, intervint Aldo, laisser votre mari développer ce « mais » ! Il en vaut la peine : l'homme qui lui a vendu la pierre vient d'être retrouvé dans le lac... étranglé. J'ajoute qu'il m'avait logé une balle pas loin du cœur, il y a trois mois.

— Mon Dieu... mais comme c'est excitant ! Raison de plus pour y tenir !

Et Dianora éclata de rire au nez de Morosini qui se demanda comment il avait pu manquer mourir d'amour pour cette folle. Tant de beauté et pas plus de cervelle qu'un petit pois ! songea-t-il en regardant la jeune femme voltiger à travers le cabinet de son époux. Les années glissaient sur elle comme une eau vivifiante. En surimpression de son image actuelle, il la revoyait telle qu'elle lui était apparue un soir de Noël chez lady de Grey. Une fée nordique ! Une sylphide des neiges dans l'enroulement givré de sa robe couleur de glacier qui épousait si tendrement chaque courbe d'un corps juvénile aussi ravissant que le visage !... Il l'avait revue par deux fois : à Varsovie où tous deux avaient retrouvé pour une nuit les folles délices d'autrefois et au mariage d'Eric Ferrals avec Anielka Solmanska. À cette occasion, il n'était pas retombé au pouvoir de son charme. Uniquement d'ailleurs parce qu'il était prisonnier de celui de la jolie Polonaise ! Ce soir, il ne pouvait s'empêcher de penser qu'elles se ressemblaient de singulière façon.

Comme Anielka, Dianora sacrifiait à la nouvelle mode, au moins dans sa façon de se vêtir car elle avait gardé entière sa magnifique chevelure de soie pâle — peut-être pour ne pas déplaire à un mari si fastueux ? — mais sa robe de fin lainage d'un gris bleuté découvrait jusqu'au-dessus du genou des jambes parfaites et laissait deviner la grâce du corps, toujours aussi mince et libre de toute entrave, qu'elle recouvrait...

Pour l'instant, elle glissait son bras sous celui de son époux en le regardant avec une tendre supplication. Quant à lui, si jamais visage avait exprimé la passion c'était bien celui de cet homme d'aspect si sévère et si froid. Peut-être restait-il là une carte à jouer ?

— Soyez raisonnable, Madame ! dit Morosini doucement. Quel mari amoureux pourrait accepter de gaieté de cœur de voir celle qu'il aime en danger ? Et ce sera votre cas si vous vous obstinez à garder ce redoutable caillou.

Toujours pendue au bras de Kledermann et le regard perdu dans le sien, elle haussa les épaules :

— Qu'importe ! Mon époux est assez fort, assez puissant et assez riche pour me préserver de tout danger. Vous perdez votre temps, cher Morosini ! Jamais, vous entendez, jamais je ne vous rendrai ce bijou ! Je suis sûre que pour moi, il sera un vrai talisman de bonheur.

— Fort bien ! Vous venez de remporter cette bataille, Madame, mais je ne désespère pas de gagner la guerre. Gardez le rubis, mais, je vous en supplie, réfléchissez ! Je n'ai pas pour habitude de jouer les épouvantails, pourtant vous devez savoir qu'en le conservant c'est le malheur que vous allez attirer. Je vous souhaite une bonne nuit !... Ne me raccompagnez pas, ajouta-t-il à l'adresse de Kledermann. Je connais le chemin et je compte rentrer à mon hôtel à pied !

Kledermann se mit à rire et, lâchant sa femme, rejoignit son invité rebelle :

— Vous savez qu'il y a plusieurs kilomètres ? Et en souliers vernis ce n'est pas le comble du confort. Ne soyez pas mauvais perdant, mon cher prince, et permettez à mon chauffeur de vous raccompagner. Ou alors laissez-moi vous prêter des brodequins ?

— Vous êtes décidé à ne me laisser l'initiative en rien, ce soir ? fit Aldo avec un sourire qui n'alla pas jusqu'à Dianora. Va pour la voiture. J'opterais bien pour les grosses chaussures, mais je craindrais l'œil réprobateur du portier du Baur !

La pluie avait cessé quand la longue voiture glissa à travers le jardin mouillé. Le ciel s'éclaircissait mais une froide humidité montait des eaux noires du lac et, tout au long de la route ramenant vers le centre de la ville, on roulait dans de larges flaques où frissonnait la lumière inversée des réverbères. Il était déjà tard et, le mauvais temps aidant, les rues étaient désertes. Zurich était triste, ce soir, en dépit de ses brillants éclairages et Aldo envoya une pensée reconnaissante à Kledermann : une longue promenade dans ce désert dégoulinant n'aurait rien eu d'agréable ! Au fond, il serait aussi bien dans son lit pour réfléchir au problème tel que le posait à présent le couple Kledermann. Il ne voyait pas comment il allait pouvoir s'en sortir. Même avec l'aide d'Adalbert. À moins de se livrer à un cambriolage en règle du palais Kledermann ?...

Il y pensait encore en empruntant le large couloir feutré d'épaisse moquette, menant à sa chambre. Il enfonça sa clé dans la serrure... et oublia ses préoccupations : un coup sur la nuque, et il s'écroulait comme un vêtement abandonné sur le moelleux tapis qui étouffa le bruit de sa chute...

Quand il se réveilla, il était couché sur un petit lit de fer dans une pièce si tristement meublée qu'un trappiste n'en aurait pas voulu. Une lampe à pétrole posée sur une table éclairait des murs fendus et salpêtrés. Tout d'abord il se crut l'objet d'un cauchemar, mais sa bouche pâteuse et son crâne douloureux plaidaient pour une désagréable réalité, sans qu'il parvienne à comprendre ce qui lui arrivait. Ses idées en se remettant en place lui restituaient ses derniers gestes conscients : il se voyait devant sa porte, introduisant sa clé. Puis le trou noir. La question, alors, était celle-ci : comment avait-il pu passer des couloirs d'un palace international à cette cave mal entretenue ? Était-il seulement pensable que ses agresseurs eussent réussi, même en pleine nuit, à le sortir de là et à l'emmener ailleurs ?

Chose plus curieuse encore, il était libre de ses mouvements : on ne l'avait pas attaché. Alors il se leva, alla vers l'unique fenêtre, étroite et défendue par des volets solidement cadenassés. Quant à la porte, vétuste, sans doute, elle était dotée d'une serrure neuve contre laquelle Aldo s'avoua impuissant. Il ne possédait pas les talents de son ami Adalbert et le regretta :

— Si on se revoit un jour je lui demanderai des leçons ! marmotta-t-il en s'étendant de nouveau sur le matelas nu qui semblait rembourré avec des cailloux. Quelqu'un viendra bien un jour et, en attendant, mieux vaut prendre mon mal en patience...

Il n'attendit pas longtemps. Une dizaine de minutes à sa montre — on ne lui avait rien pris — et la porte s'ouvrait pour laisser passer une sorte de batracien dont la ressemblance avec un crapaud, aux pustules près, était frappante. Derrière lui venait un homme dont la vue arracha au prisonnier une exclamation de surprise. Il s'agissait d'un personnage qu'il n'aurait jamais cru revoir en cette vie pour l'excellente raison qu'il le supposait au fond d'une prison française ou dûment extradé en direction de Sing-Sing : Ulrich, l'Américain qu'il avait rencontré dans une villa du Vésinet au cours d'une nuit agitée deux ans plus tôt. Loin de l'inquiéter, cette résurrection l'amusa[1] : mieux valait avoir affaire à quelqu'un qu'il connaissait déjà.

— Encore vous ? fit-il avec bonne humeur. Auriez-vous été nommé ambassadeur des gangsters américains en Europe ? Je vous croyais en prison ?

— En sortir ou y rester, c'est souvent une question d'argent, fit la voix froide et coupante dont Aldo gardait le souvenir. Les Français ont eu le tort de vouloir me transférer aux States : j'en ai profité pour prendre le large mais pas celui de l'Atlantique. Sors, Archie, mais ne t'éloigne pas !

Ulrich alla établir son long corps osseux habillé de tweed bien coupé sur l'unique chaise, laissant à Morosini l'entière disposition de son lit. Celui-ci bâilla, s'étira puis se recoucha aussi tranquillement que s'il eût été chez lui :

— Je n'ai rien contre une conversation à cœur ouvert avec vous, mon cher, mais nous aurions pu causer aussi bien à l'hôtel où vous semblez avoir vos petites entrées ? On est très mal chez vous.

— Ce n'est pas vraiment un lieu de villégiature. Quant à ce que j'ai à vous dire, ça tient en deux mots : je veux le rubis.

— C'est une manie chez vous ? La dernière fois, vous couriez après un saphir. Maintenant, c'est un rubis. Avez-vous l'intention de me convoquer chaque fois que vous aurez envie d'une pierre précieuse ?

— Ne faites pas l'idiot ! Vous savez très bien ce que je veux dire. Le rubis a été vendu à Kledermann par cet abruti de Saroni qui a cru pouvoir faire cavalier seul et s'approprier l'objet. Et ce soir, Kledermann vous l'a

1. Voir *L'Étoile bleue.*

revendu. Alors dites-moi où il est et on vous ramène en ville !

Morosini éclata de rire :

— Où êtes-vous allé pêcher votre psychologie du collectionneur ? Vous vous imaginez que le banquier m'a fait venir ici pour lui racheter la pièce rare sur laquelle il a réussi à mettre la main ? Vous rêvez, mon vieux ! Il m'a fait venir pour l'estimer et lui en raconter l'histoire, un point c'est tout ! Cela dit, je désirais en effet racheter ce rubis mais Kledermann y tient comme à la prunelle de ses yeux. J'ai échoué.

— Moi je n'échouerai pas et vous allez m'aider.

— Du fond de cette cave ? Je ne vois pas comment ? Au fait, c'est vous qui avez arrangé de si belle façon ce pauvre Saroni ?

— Ce n'est pas moi, c'est mon... employeur, fit Ulrich avec une nuance de dédain qui n'échappa pas à Morosini. C'est lui qui a mené l'interrogatoire et c'est son exécuteur qui l'a tué. Moi j'ai horreur de me salir les mains...

— Je vois. Vous êtes le cerveau de l'association ?

Un éclair d'orgueil traversa les yeux pâles de l'Américain.

— On peut dire ça, en effet !

— Étrange ! Que l'on ne laisse pas les responsabilités au jeune Sigismond qui est loin d'être une lumière, je le conçois mais... le vieux Solmanski est toujours vivant, lui, en dépit de la comédie du suicide jouée à Londres. Et à moins qu'il ne soit devenu subitement gâteux ?...

— Eh bien, vous en savez des choses ! Non, il n'est pas gâteux mais il est malade. Le produit qu'il a avalé pour simuler la mort a laissé des traces. Il ne peut plus diriger lui-même les opérations. Pourquoi croyez-vous qu'il ait pris la peine de me faire évader pour me mettre à la tête de la bande de malfrats ramenés d'Amérique par Sigismond ?

La conversation prenait un tour inattendu qui était loin de déplaire à Morosini. Il poussa son avantage :

— Il est certain que le besoin d'un homme à poigne devait se faire sentir. Sigismond n'est qu'un agité dangereux et cruel. Je crois même que son père partage mon opinion.

— Sans aucun doute ! acquiesça Ulrich toujours aux prises avec les joies de l'autosatisfaction.

— Autrement dit, vous prenez vos ordres directement de lui. Il est ici ?

— Non. À Varsovie...

Entraîné par le rythme de la conversation, il avait parlé trop vite et le regretta aussitôt :

— De toute façon, ça ne vous regarde pas !

— Que voulez-vous de moi ? Je vous ai déjà dit que Kledermann veut garder le rubis. Je ne vois pas ce que vous pourriez me demander de plus ?

Un sourire qui n'avait rien d'aimable vint se poser comme un masque sur le visage taillé à coups de serpe de l'Américain :

— Oh, c'est simple : vous allez vous arranger pour le récupérer. Vous avez vos grandes et vos petites entrées : ce doit être assez facile ?

— Si c'était aussi facile j'aurais déjà trouvé un plan, mais ce que vous êtes en train de me demander c'est de cambrioler une chambre forte qui ne vole pas son nom. C'est Fort-Knox en plus petit !

— Il ne faut jamais désespérer de rien. En tout cas, arrangez-vous comme vous l'entendrez mais il me faut le rubis, sinon...

— Sinon quoi ?

— Vous pourriez vous retrouvez veuf !

C'était tellement inattendu que Morosini ouvrit de grands yeux :

— Ce qui veut dire ?

— C'est assez facile à comprendre : nous tenons votre femme ! Vous savez, cette ravissante créature que vous êtes venu arracher de nos mains au péril de votre vie dans la villa du Vésinet ?

— J'entends bien mais... elle est la sœur et la fille de vos patrons ? Et ce sont eux qui vous ont donné l'ordre d'enlever ma femme ?

Ulrich prit un instant de réflexion avant de répondre, puis releva la tête avec l'air d'un homme qui vient de prendre un parti :

— Non. Je dirais même qu'ils ignorent ce détail. Voyez-vous, il m'a semblé qu'il ne serait pas mauvais de prendre une assurance contre eux tout en me procurant un moyen de pression sur vous !

Le cerveau d'Aldo travaillait à toute vitesse. Il y avait là quelque chose de bizarre. Sa première pensée pencha pour un bluff.

— Quand l'avez-vous enlevée ? demanda-t-il d'une voix égale.

— Hier soir, vers onze heures, alors qu'elle sortait du Harry's Bar avec une amie... Cela vous suffit ?

— Non. Je veux téléphoner chez moi !

— Pourquoi ? Vous ne me croyez pas ?

— Oui et non. Le délai me semble un peu court pour l'amener ici...

— Je n'ai pas dit qu'elle était ici. Mais que je la tienne, vous pouvez en être sûr !

À son tour, Aldo prit un temps de réflexion. Quand il avait quitté Anielka, elle venait tout juste d'être débarrassée de ses nausées mais sa forme n'était pas éblouissante. Il l'imaginait mal se précipitant au Harry's Bar pour y siroter des cocktails, même avec une amie qui pouvait être Adriana. En tout cas, une chose était certaine : Ulrich savait qu'il avait épousé la veuve de Ferrals mais il ignorait l'état actuel de leurs relations. Un instant, il caressa l'idée de déclarer avec un grand sourire : « Vous avez ma femme ? À merveille ! Gardez-la donc, vous n'avez pas idée du service que vous me rendez ! » Il imagina la tête d'Ulrich à l'annonce de cette nouvelle... D'autre part, il savait d'expérience que cet homme était dangereux et qu'il n'hésiterait pas un instant à faire souffrir Anielka pour parvenir à ses fins. Or, si Aldo voulait récupérer sa liberté, il ne souhaitait pas la mort de la jeune femme et encore moins qu'elle subît une quelconque torture. La seule chose à faire était de jouer le jeu tel qu'on le lui offrait. C'était l'unique façon de remonter à l'air libre...

— Eh bien ? fit Ulrich. Vous ne dites plus rien ?

— Ce genre de nouvelle mérite qu'on y réfléchisse, non ?

— Peut-être, mais je trouve que c'est suffisant. Alors ?

Morosini se composa un visage qu'il espérait suffisamment angoissé :

— Vous ne lui avez pas fait de mal, au moins ?

— Pas encore et je dirais même qu'elle est fort bien traitée !

— En ce cas, je n'ai pas le choix. Que voulez-vous au juste ?

— Je vous l'ai dit : le rubis.

— Vous ne pensez pas que je vais vous le chercher cette nuit ? Et demain, le rubis partira chez quelque joaillier pour être monté en vue d'être offert à Mme Kledermann pour son anniversaire.

— C'est quand, cet anniversaire ?

— Dans treize jours.

— Vous y serez ?

— Naturellement ! fit Aldo en haussant les épaules avec une lassitude bien imitée. À moins que vous ne me gardiez ici ?

— Je ne vois pas trop à quoi vous pourriez me servir dans ce trou. Alors, écoutez-moi bien ! On va vous ramener en ville où vous vous tiendrez à ma disposition, monsieur le prince ! Et, bien entendu, pas question d'approcher la police : je le saurais et votre femme en pâtirait. Pas question non plus de quitter votre hôtel. Je vous indiquerai par la suite un rendez-vous. Vous pouvez toujours essayer d'apprendre quel joaillier est chargé de la monture ?

Ulrich se leva et se dirigea vers la porte mais se retourna avant de l'ouvrir :

— Ne faites pas cette tête-là. Si les choses marchent comme je le veux, il se peut que vous y trouviez votre intérêt.

— Je ne vois pas en quoi ?

— Allons, réfléchissez ! Au cas où, grâce à vous, je pourrais visiter la chambre forte de Kledermann, il se peut que je vous laisse le rubis...

— Comment ? lâcha Aldo abasourdi. Mais je croyais...

— Les Solmanski le veulent à tout prix mais qu'ils l'aient ou non, ça m'est égal ! Il fallait être aussi bête que Saroni pour s'imaginer qu'un truc comme ça pouvait se vendre sans faire de vagues. Dans le coffre du banquier, il doit y avoir de quoi se remplir les poches plus facilement...

— Il a beaucoup de bijoux historiques. Pas commodes à vendre non plus.

— Vous tourmentez pas pour ça. En Amérique tout se vend et à des prix plus intéressants qu'ici. À bientôt !

Assis sur son lit, Aldo leva la main dans un vague salut négligent. Un instant plus tard, le batracien nommé Archie effectuait sa rentrée, arborant ce qu'il croyait être un sourire :

— On va te ramener en ville, mon gars, fit-il, mais Morosini n'eut même pas le temps d'articuler un mot : un coup de matraque appliqué à une vitesse incroyable le renvoya au pays des songes...

Le second réveil eut lieu dans des circonstances encore moins confortables que le premier : au moins, dans la maison inconnue, il y avait un lit. Cette fois, Morosini ouvrit les yeux dans un univers obscur, froid et humide. Il s'aperçut vite qu'on l'avait posé sur l'herbe d'une pelouse autour de laquelle il y avait de beaux arbres. Au-delà on apercevait le lac, des hangars à bateaux, des restaurants sur pilotis. La nuit était toujours là et les réverbères continuaient à brûler. Transi, en dépit de son manteau de vigogne qu'on avait eu la grâce de lui remettre, Aldo repéra vite les lumières du Baur-au-Lac qui ne lui parut pas très éloigné. En dépit de sa tête douloureuse, il se mit à courir dans le triple but de sortir du jardin, de rentrer chez lui et de se réchauffer.

Lorsqu'il pénétra dans le hall de l'hôtel, le portier s'autorisa à lever un sourcil en voyant rentrer en aussi triste état un client apparemment sobre et qu'il croyait couché depuis longtemps, mais il se serait fait couper la langue plutôt que d'oser une question. Aldo le salua d'un geste vague de la main et marcha d'un pas tranquille vers l'ascenseur : il avait, en effet, retrouvé la clé de sa chambre au fond de sa poche.

Une douche chaude, deux comprimés d'aspirine, et il se plongeait dans son lit en repoussant fermement toute pensée défavorable au sommeil. Dormir d'abord, on verrait après !

Il n'était guère plus de dix heures quand il se réveilla, plus dispos qu'il ne l'aurait imaginé. Il commença par se commander un copieux petit déjeuner puis demanda qu'on lui appelle Venise au téléphone. Bien qu'il n'y crût guère, cette histoire d'enlèvement d'Anielka le tarabustait. Si c'était vrai, il allait trouver la maison sens dessus dessous et peut-être même envahie par la police ? Il n'en fut rien : la voix qui lui répondit — celle de Zaccaria — était calme et paisible, même lorsque Aldo demanda à parler à sa femme :

— Elle n'est pas là, dit le fidèle serviteur. Votre départ lui a donné des envies de bouger : elle est allée passer quelques jours chez donna Adriana.

— Elle a emporté des bagages ?

— Bien sûr. Ce qu'il faut pour un petit séjour. Y a-t-il quelque chose qui ne va pas ?

— Tout va bien, ne te tourmente pas. Je voulais seulement lui dire un mot. Au fait, Wanda est avec elle ?

— Bien entendu...

— C'est parfait. Je vais téléphoner chez ma cousine.

Il n'y eut pas plus de succès. Une voix mâle et rogue lui apprit que ni la comtesse Orseolo ni la princesse Morosini n'étaient là : ces dames avaient quitté Venise la veille au matin en direction des grands lacs. Elles n'avaient pas laissé d'adresse, ne sachant encore où elles se fixeraient.

— Et vous êtes qui, vous ? demanda Aldo qui n'aimait ni le ton ni la voix du personnage.

— Moi, je suis Carlo, le nouveau serviteur de madame la comtesse. C'est tout ce que Votre Excellence désire savoir ?

— C'est tout. Merci.

Aldo raccrocha. Plutôt perplexe. Ce qui se passait à Venise était encore plus bizarre qu'il ne l'avait cru. Où était Anielka ? Prisonnière d'Ulrich, ou paisible touriste sur le lac Majeur ? À moins que les deux femmes, plus Wanda, n'aient été enlevées ensemble ou qu'Adriana, non contente d'entretenir des relations avec le cirque Solmanski, n'en eût noué d'autres avec les gangsters yankees ? Jusqu'à ce nouveau valet qui péchait par singularité : le nom était italien mais, vu l'accent, Morosini aurait eu tendance à penser que Karl ou Charlie conviendraient mieux. Qu'est-ce que tout cela voulait dire au juste ?

Une longue succession de points d'interrogation l'occupa jusqu'à l'arrivée pétaradante d'Adalbert et de son roadster Amilcar rouge vif doublé de cuir noir qui valut à son propriétaire la considération respectueuse du voiturier persuadé d'avoir affaire à un échappé de la Targa Florio ou de la toute nouvelle course des Vingt-Quatre Heures du Mans. Morosini, lui, n'apprécia pas :

— Tu ne pouvais pas venir par le train comme tout le monde ? grogna-t-il.

— Si tu tenais à la clandestinité il fallait le dire... et descendre dans une auberge de campagne. Devons-nous vraiment passer inaperçus ? J'ajoute que mon « char », comme disent les Canadiens, est maintenant hérissé de carburateurs, de compresseurs et de je ne sais trop quoi qui en font une véritable bombe. En cas d'urgence, ça peut toujours être utile. Toi, tu es de mauvais poil ? Des ennuis ?

— Si en une seule nuit, la dernière, on t'avait assommé par deux fois, tu trouverais la vie moins rose. Quant aux ennuis, il en pleut de tous les côtés...

— Allons boire un verre au bar et raconte !

Il n'y avait presque personne au bar et les deux hommes, installés à une table de coin sous un palmier en pot, purent causer tranquillement. Ou plutôt Aldo put parler tandis qu'Adalbert dégustait un cocktail en reniflant de temps en temps. Tant et si bien que Morosini, un peu agacé, finit par lui demander s'il était enrhumé :

— Non, mais j'ai découvert que le reniflement pouvait être un moyen capable d'exprimer toutes sortes de nuances : la tristesse, le dédain, la colère. Alors je m'entraîne... Il n'empêche que nous nous trouvons, toi surtout, dans une situation difficile. Une véritable histoire de fous mais je t'applaudis des deux mains pour ton attitude en face du gangster. Tu as bien fait d'entrer dans son jeu et je me demande même si cela ne nous permettrait pas de faire coffrer toute la bande.

— Tu crois ?

— Mais bien sûr. Le fait qu'Ulrich fasse cavalier seul est une très bonne chose. Que pouvons-nous rêver de mieux que jouer une bande contre l'autre ?

— D'accord, mais Anielka dans tout ça ?

— Je parierais ma chemise contre un rond de carotte qu'elle n'est pas prisonnière et que le type t'a bluffé. Il s'est simplement servi de circonstances favorables et, si j'étais toi, je ne me tourmenterais pas outre mesure.

— Oh, mais je ne me tourmente pas « outre mesure » ! Je ne voudrais pas faire un faux pas dont elle serait victime. Cela dit, comment vois-tu la suite des événements ?

— Dans l'immédiat, je te propose de nous partager le travail : toi, tu pourrais avoir une entrevue avec la belle Dianora pour essayer de lui faire entendre raison. Pendant ce temps, je vais aller voir si Wong est toujours à Zurich et s'il sait où se trouve Simon en ce moment.

— Que lui veux-tu ?

— Savoir s'il possède une copie du rubis aussi fidèle que celles du saphir et du diamant. Ce serait le moment où jamais de nous l'envoyer.

— Sans doute, mais tu oublies que pour l'instant le rubis doit avoir été remis à un joaillier chargé de lui donner la monture somptueuse qui conviendra à sa nouvelle propriétaire ?

— Avant qu'il procède à l'enchâssement, cela va bien prendre quelques jours ? Il faudrait pouvoir opérer la substitution chez l'homme de l'art. Si nous obtenions la copie, nous n'aurions aucune peine, je pense, à obtenir de Kledermann ou de sa femme qu'on nous emmène admirer la merveille. Moi qui viens d'arriver, j'ai très envie de la contempler...

— Et tu te sens capable de faire l'échange sous le nez de trois ou quatre personnes ?

— Mon Dieu... oui. Quelque chose me dit qu'à ce moment-là je me sentirais inspiré, fit Adalbert en levant vers le plafond un regard chargé d'angélisme. Mais bien sûr j'aimerais mieux que dame Kledermann se montre raisonnable et accepte ton collier.

— Je veux bien essayer, cependant je doute fort de réussir. Si tu l'avais vue devant le rubis...

— Tâche au moins de savoir qui est son joaillier ! On ira faire un tour chez lui. En bonne logique ce devrait être Beyer, mais ils sont quelques-uns ici.

— C'est entendu. Demain, j'irai la voir à une heure où on peut supposer que Kledermann sera à sa banque. J'emporterai le collier et on verra bien. Pour ce soir, si tu veux, on dîne et je vais me coucher. Je te conseille d'ailleurs d'en faire autant. La route a dû te fatiguer ?

— Moi ? Je me sens frais comme un gardon. Je me demande si je ne vais pas, cette nuit même, faire une visite à Wong. On n'a pas beaucoup de temps et moins on en perdra, mieux ça vaudra...

Aldo n'eut pas à se demander longtemps quelle heure serait la plus propice à son entretien avec Dianora : sur le plateau de son petit déjeuner, une longue enveloppe d'épais papier s'épanouissait entre la corbeille à pain et le pot de miel. C'était une invitation en bonne et due forme à venir prendre le thé vers cinq heures à la villa Kledermann.

— Enfin quelque chose de positif ! commenta Vidal-Pellicorne revenu bredouille de son expédition nocturne. Je commençais à croire que le Dieu d'Israël nous en voulait !

— Tu n'as trouvé personne chez Wong ?

— Pas même un chat : des volets fermés, des portes bouclées et des tonnes de pluie par-dessus. Je vais y retourner cet après-midi pour essayer d'apprendre quelque chose chez les voisins. Un Chinois c'est assez peu courant chez les Helvètes. On doit s'intéresser à ses allées et venues.

— Il est peut-être parti rejoindre Aronov ?

— Si la maison est vide je le saurai. Hier soir, il se peut que Wong, s'il était là, ne m'ait pas entendu.

— Et tu n'as pas essayé d'entrer ? Les portes, d'habitude, ne te résistent pas longtemps ?

— Si Wong est parti, c'eût été du temps perdu. Et puis il vaut mieux faire un peu de repérage de jour avant de s'attaquer, de nuit, à un quelconque objectif.

— Suivant ce que tu apprendras, on pourrait y aller ensemble ce soir...

Il était exactement cinq heures quand un taxi déposa Morosini devant le perron qu'il connaissait déjà. La pluie étant aussi au rendez-vous, le cérémonial de l'autre soir se déroula jusqu'en haut de l'escalier où le maître d'hôtel, au lieu d'aller vers le cabinet de travail, obliqua à gauche et ouvrit une double porte : Madame attendait Son Excellence dans ses appartements privés.

Si l'appellation fronça légèrement le sourcil du visiteur, il fut vite rassuré : le salon d'un irréprochable Louis XVI où on l'introduisit ressemblait beaucoup plus à un musée qu'à un boudoir propice à toutes sortes de défaillances. Quant à la femme qui y pénétra cinq minutes après, elle était en parfait accord avec le côté somptueux mais un rien trop apprêté du décor : robe de crêpe gris nuage à manches longues dont le drapé s'achevait en écharpe nouée autour du cou et servant de présentoir à un triple sautoir de perles fines assorti à celles qui ornaient les oreilles. Jamais Dianora n'était apparue à Aldo vêtue de façon si austère, mais il se rappela que Zurich, protestante, devait obliger ses enfants catholiques, même milliardaires, à un comportement un rien solennel.

Dianora offrit à son visiteur une main royale, chargée de bagues précieuses, et un sourire moqueur :

— Que c'est aimable à vous, cher ami, d'avoir accepté mon invitation, si peu protocolaire qu'elle soit !

— Ne vous excusez pas. Je comptais, Madame, vous demander une entrevue. Il faut que je vous parle...

— Les grands esprits se rencontrent, dit-on. Le thé sera servi dans un instant et nous aurons tout le temps de causer.

On se contenta donc de dévider des lieux communs jusqu'à ce que le maître d'hôtel flanqué de deux caméristes eût disposé devant Dianora le plateau à thé en vermeil et porcelaines de Saxe, et, sur deux tables annexes, des assiettes de sandwichs, de pâtisseries, de petits fours et de chocolats, tout en quantité suffisante pour une dizaine de personnes.

Tandis que Mme Kledermann procédait à une « cérémonie du thé » presque aussi compliquée qu'au Japon, Morosini ne pouvait s'empêcher d'admirer la grâce parfaite de cette femme dont il avait été amoureux fou dix ans plus tôt. Elle semblait avoir découvert le secret de l'éternelle jeunesse. Le visage, les mains, la masse soyeuse des cheveux pâles tout était lisse, frais et pur de tout défaut. Exactement comme autrefois ! Quant aux grands yeux frangés de longs cils, leur teinte d'aigue-marine conservait son éclat. Même si c'était pour lui une découverte récente, Aldo comprenait la passion du banquier pour ce chef-d'œuvre humain même si lui-même n'y était plus sensible : il préférait tellement les taches de rousseurs et le sourire frondeur de Lisa !

— Laissez-moi deviner le sujet dont vous désirez m'entretenir, dit Dianora en reposant la tasse où elle venait de boire. Je parie qu'il s'agit du rubis ?

— Ce n'est guère difficile à deviner. Il faut que nous en parlions très sérieusement. Cette histoire est beaucoup plus grave que vous ne l'imaginez.

— Quel ton sinistre ! Je vous ai connu plus gai, mon cher Aldo... ou bien devons-nous oublier que nous avons été amis ?

— Certains souvenirs ne s'effacent jamais et c'est justement au nom de cette amitié que je vous demande de renoncer à cette pierre.

— Trop tard ! fit-elle avec un petit rire amusé.

— Comment cela, trop tard ?

— Même si je le voulais — et il n'en est pas question ! — il me serait impossible de vous la rendre. Moritz est parti pour Paris hier matin. Seul Cartier lui paraît digne de composer le cadre qui convient à cette merveille...

— Il y a pourtant ici des artistes de valeur ?

— Sans doute, mais seule la perfection est digne de moi, vous le savez bien ?

— Je n'ai jamais dit le contraire et c'est pourquoi il me répugne que cette pierre sanglante au passé terrifiant devienne votre propriété. Vous allez jouer avec le Diable, Dianora !

— Ne dites pas de sottises ! Nous ne sommes plus au Moyen Âge.

— Très bien, soupira Morosini. J'espère seulement qu'il n'arrivera rien à Kledermann pendant son séjour...

— Oh, le séjour sera bref : il rentre cette nuit. Le bijou achevé sera rapporté à temps pour la fête par un émissaire secret. N'est-ce pas excitant ?... À ce propos je compte sur votre présence ?

— Il vous faudra inviter aussi mon ami Vidal-Pellicorne : il m'a rejoint hier.

— Vraiment ? Oh, je suis ravie. J'adore cet homme-là !... Mais à présent, parlons un peu de vous. En fait, c'est uniquement pour cela que je vous ai appelé.

— De moi ?... Je n'en vois pas l'intérêt !

— Ne soyez donc pas modeste ! Cela ne vous va pas du tout et j'ai de grands reproches à vous faire. Ainsi, vous êtes marié ?

— S'il vous plaît, Dianora, j'aimerais autant que nous parlions d'autre chose. Ce n'est pas de bon gré que je me suis marié.

— Est-il donc possible de vous obliger à quelque chose ? Cette jeune bécasse qui avait pris dans ses filets ce pauvre Eric Ferrals opère de vrais miracles. Expliquez-moi ça, à moi qui croyais vous connaître ?

— Il n'y a rien à expliquer. Vous comprendrez quand vous saurez que j'ai introduit une action en annulation devant la cour de Rome.

Le visage moqueur de la jeune femme se fit soudain grave :

— J'en suis heureuse, Aldo. Cette femme est d'autant plus dangereuse qu'on lui donnerait le bon Dieu sans confession. J'avoue que, lorsque j'ai appris la nouvelle, j'ai eu peur pour vous. Moritz aussi d'ailleurs car il vous estime. Nous avons l'un comme l'autre la ferme conviction qu'elle a tué Ferrals... et il serait dommage de perdre un homme de votre valeur... Puis, passant brusquement au mode allègre : Et maintenant si vous me racontiez vos aventures avec Lisa, ma belle-fille ? J'ai appris avec stupeur, il n'y a pas si longtemps, qu'à votre retour de guerre on vous avait proposé de l'épouser ?

— En effet, murmura Aldo, mal à l'aise.

— Incroyable ! s'écria Dianora en riant. Dire que j'ai failli devenir votre belle-mère ! Quelle horreur ! Je ne crois pas que j'aurais aimé ça. À l'époque tout au moins...

— Pourquoi cette restriction ? Auriez-vous changé d'avis à présent ? fit Morosini un peu surpris.

— Oui. C'est dommage, au fond, que vous ayez refusé, même si c'est tout à votre honneur. Vous ne seriez pas actuellement aux prises avec une situation déplaisante. Et puis Lisa est un peu folle mais c'est une fille bien. Son aventure vénitienne, ce déguisement incroyable ! Tout cela m'a beaucoup amusée. J'en ai conçu pour elle une certaine estime. Elle aurait fait une parfaite princesse Morosini.

La surprise d'Aldo grandissait au fil des mots :

— Vous ? C'est vous Dianora qui me dites cela ? Je n'en crois pas mes oreilles ! N'êtes-vous donc plus à couteaux tirés ?

— Nous l'étions, mais bien des choses ont changé l'hiver dernier. Vous ne le savez sans doute pas mais

Moritz a subi une sérieuse intervention chirurgicale. J'ai eu très peur... Au point... d'avoir compris à quel point je tenais à lui.

Depuis un instant, elle baissait les yeux et jouait nerveusement avec les perles de ses colliers. Et puis, soudain, elle les releva pour les planter droit dans ceux d'Aldo :

— Tandis que je tournais en rond dans ce salon de clinique en attendant le résultat de l'opération, je me suis juré, si elle réussissait, d'être désormais une épouse sans reproches. Une épouse tendre... et fidèle !

Morosini, se penchant, prit entre les siennes les mains de la jeune femme qui tremblaient un peu :

— Vous avez découvert que vous l'aimiez, dit-il avec beaucoup de douceur. Et si vous m'avez appelé cet après-midi c'est pour me le dire. Je me trompe ?

Elle lui offrit un sourire un peu tremblant. Une jeune fille avouant à son père un premier amour devait avoir le même, pensa Aldo un peu ému.

— Non, dit Dianora. C'est bien ça ! J'ai découvert, un peu tard peut-être, que j'avais un mari extraordinaire, alors...

— Si vous pensez à ce que nous avons été l'un pour l'autre jadis, oubliez-le sans hésiter !... ou plutôt enterrez-le au plus profond de votre cœur. Personne n'ira l'y chercher. Surtout pas moi !

— Je ne doutais pas de votre discrétion. Vous êtes un grand seigneur, Aldo, mais il fallait tout de même que ces choses soient dites et qu'entre nous il n'y ait plus d'ombres...

Soudain, elle demanda :

— Puisque nous sommes à présent de vieux amis, me permettez-vous une question ?

— C'est votre privilège.

— Qui aimez-vous ? En admettant que vous aimiez quelqu'un ?

À son grand mécontentement, il se sentit rougir et tenta de s'en tirer avec une pirouette :

— En cet instant précis, c'est vous que j'aime, Dianora. Je viens de découvrir une femme inconnue qui me plaît beaucoup.

— Pas de fadaises !... Encore que je veuille bien vous croire. Lisa, je crois, a fait elle aussi cette découverte...

Le nom, inattendu, augmenta sa rougeur. Dianora se mit à rire :

— Allons, je ne veux pas vous faire souffrir... mais sachez que vous venez de me répondre.

En quittant Dianora un moment plus tard, Aldo éprouvait un sentiment complexe fait de soulagement à la pensée qu'il n'affronterait plus les avances de son ancienne maîtresse, et surtout de douceur. En choisissant d'aimer son époux, elle lui devenait chère. D'autant que, s'il l'en croyait, Lisa, elle aussi, avait rendu les armes. À tout cela cependant s'ajoutait une angoisse à la pensée du désastre que le rubis maudit pouvait attirer sur une famille désormais unie. Comment faire pour l'éviter ?

— Pas facile ! reconnut Adalbert quand Aldo lui eut raconté son entrevue. Notre marge de manœuvre rétrécit de plus en plus. Wong est parti. Une voisine l'a vu quitter la villa il y a cinq jours avec une grosse valise. Je suis allé à la gare pour essayer de savoir quels trains partaient ce soir-là aux environs de huit heures. Il y en avait plusieurs, dont un en direction de Munich et de Prague. Mais je ne vois pas pourquoi il retournerait là-bas ?

— Il allait peut-être plus loin ? Si tu tires une ligne droite joignant Zurich, Munich et Prague et si tu la continues, tu arrives droit à Varsovie.

— Simon serait là-bas ?

Morosini écarta les deux mains dans un geste d'ignorance.

— Nous n'avons aucun moyen de le savoir et, de toute façon, nous n'avons pas le temps de chercher pour avoir la copie du rubis. En revanche, on pourrait peut-être faire surveiller par tes jumeaux les abords de la maison Cartier à Paris ?

Adalbert regarda son ami avec une curiosité amusée :

— Dis-moi un peu, toi qui es franc comme l'or, tu n'aurais pas dans l'idée d'intercepter l'émissaire chargé de rapporter le bijou ?

— Bien sûr que si ! Tout plutôt que permettre à ce maudit joyau de s'attaquer aux Kledermann ! Mais comme la monture sera somptueuse, on s'arrangera pour que la police la retrouve...

— Tu fais des progrès ! Et... ton copain le gangster ? Qu'est-ce que tu vas lui dire ? Parce que ça m'étonnerait qu'il tarde beaucoup à se manifester, celui-là ?

Il ne tarda pas, en effet. Le soir même, en remontant dans sa chambre pour se changer avant d'aller dîner, Aldo trouva un petit mot l'invitant à aller fumer un cigare ou une cigarette aux environs de onze heures près du kiosque de la Bürkli Platz toute proche de son hôtel.

Quand il y parvint, à l'heure dite, Ulrich était déjà là, assis sur un banc d'où l'on découvrait les eaux nocturnes du lac encadrées de milliers de lumières.

— Vous avez appris quelque chose ? demanda-t-il sans préambule.

— Oui, mais d'abord donnez-moi des nouvelles de ma femme !

— Elle va très bien, rassurez-vous ! Je n'ai aucun intérêt à la malmener tant que vous serez fair play.

— Et vous me la rendrez quand ?

— Dès que je serai en possession du rubis... ou d'une fortune en bijoux. Vous avez ma parole.

— Bien. Alors voilà les nouvelles : le rubis est parti pour Paris, chez le joaillier Cartier chargé de l'enchâsser au milieu de diamants, sans doute pour en faire un collier. C'est Kledermann lui-même qui l'a emporté... et je suppose qu'il ira le rechercher mais sa femme n'a pas pu me le dire puisqu'en principe il s'agit d'une surprise pour son anniversaire.

L'Américain réfléchit un instant en tirant furieusement sur un cigare gros comme un barreau de chaise.

— Bon ! soupira-t-il enfin. Mieux vaut attendre qu'il soit revenu ici. Maintenant écoutez-moi bien ! Le soir de la fête, je serai chez Kledermann — il leur faudra sûrement du personnel supplémentaire. Quand je le jugerai bon, je vous ferai signe et vous me conduirez à la chambre forte dont vous allez m'expliquer comment on y accède. Ensuite, vous retournerez surveiller les salons en observant, bien entendu, le banquier en priorité. S'il fait mine de sortir vous le retiendrez. Maintenant, je vous écoute !

Morosini dressa un tableau assez exact du cabinet du banquier et des accès à la chambre forte. Il n'éprouvait aucun scrupule à renseigner le bandit, car il lui réservait une surprise de dernière minute. Qu'il livra d'ailleurs à la fin de son exposé :

— Il faut que vous sachiez ceci : la petite clé qui ouvre le panneau de la chambre forte est pendue au cou de Kledermann et je ne vois pas comment vous pourriez vous la procurer.

La nouvelle ne fit aucun plaisir à Ulrich. Il mâchonna quelque chose entre ses dents mais, si Aldo pensait qu'il allait s'avouer vaincu, il se trompait. Au bout de quelques instants, le visage assombri de l'Américain s'éclaira :

— L'important, c'est de le savoir, conclut-il.

— Vous n'avez pas l'intention de le tuer ? fit Morosini sèchement. En ce cas, il ne faudrait pas compter sur moi !

— L'aimeriez-vous plus que votre femme ? Rassurez-vous, j'ai l'intention de résoudre ce nouveau problème à ma façon... et sans violence excessive. Je suis, sachez-le, un grand professionnel. À présent, écoutez ce que j'ai à vous dire.

Avec beaucoup de clarté, il détailla pour Aldo ce qu'il aurait à faire, ne se doutant pas que celui qu'il croyait tenir était bien décidé à tout tenter pour récupérer le rubis sans laisser pour autant le joyeux Ulrich disparaître dans la nature avec l'une des plus belles collections de bijoux au monde. Quand ce fut fini, Morosini se contenta de nasiller dans le meilleur style de Chicago :

— C'est OK pour moi !

Ce qui ne laissa pas de surprendre son interlocuteur, mais celui-ci ne fit aucun commentaire et l'on se sépara pour se retrouver au soir du 16 octobre.

CHAPITRE 11

L'ANNIVERSAIRE DE DIANORA

Fidèles au style de leurs façades, les salles de réception de la « villa » Kledermann empruntaient à l'Italie de la Renaissance leur décoration intérieure. Colonnes de marbre, plafonds à caissons enluminés et dorés, meubles sévères et tapis anciens offraient un cadre estimable à quelques très belles toiles — un Raphaël, deux Carpaccio, un Tintoret, un Titien et un Botticelli qui affirmaient la richesse de la maison plus encore que la somptuosité ambiante. Aldo en fit compliment à Kledermann lorsque, après un tour de salon, il revint vers lui :

— On dirait que vous ne collectionnez pas seulement les joyaux ?

— Oh, c'est une petite collection réunie surtout pour essayer de retenir plus souvent ma fille dans cette maison qu'elle n'aime pas.

— Votre femme l'aime, j'imagine ?

— C'est peu dire. Dianora l'adore. Elle dit qu'elle est à ses dimensions. Personnellement un chalet dans la montagne ferait aussi bien mon affaire pourvu que je puisse y installer ma chambre forte.

— J'espère, en tout cas, qu'elle est en bonne santé ? Est-ce qu'elle ne reçoit pas avec vous ?

— Pas ce soir. Vous le savez sans doute, vous qui la connaissez de longue date, elle aime à ménager ses effets. Aussi ne fera-t-elle son apparition que quand tous les invités du dîner seront arrivés.

La soirée se partageait en deux parties comme cela se pratiquait souvent en Europe : un dîner pour les personnalités importantes et les intimes — une soixantaine — et un bal qui en compterait dix fois plus.

Adalbert, de l'air le plus naturel du monde, posa la question qui brûlait la langue d'Aldo :

— J'ai l'impression que nous allons assister à une fête magnifique. Est-ce que nous y verrons Mlle Lisa ?

— Cela m'étonnerait. Ma sauvageonne déteste ces « grands machins mondains » comme elle dit, presque autant que ce cadre qu'elle juge trop pompeux. Elle a fait parvenir à ma femme une magnifique corbeille de fleurs avec un mot gentil mais je pense qu'elle s'en tiendra là.

— Et où est-elle en ce moment ? demanda Morosini qui s'enhardissait.

— Vous devriez poser la question au fleuriste de la Bahnhofstrasse. Moi je n'en sais rien... Monsieur l'Ambassadeur, Madame, c'est un grand honneur que vous recevoir ce soir, ajouta le banquier en accueillant un couple qui ne pouvait être qu'anglais.

Les deux amis, naturellement, s'étaient écartés aussitôt et entreprenaient un nouveau tour des salons pourvus, pour la circonstance, d'une débauche de roses et d'orchidées mises en valeur, comme les femmes présentes d'ailleurs, par l'éclairage d'où la froide électricité était bannie. D'énormes candélabres de parquet chargés de longues bougies étaient seuls admis à ce qui devait être le triomphe de Dianora. Une véritable armée de serviteurs en livrées à l'anglaise, sous les ordres de l'imposant maître d'hôtel, veillaient à l'accueil et au confort des invités où le gratin de la banque et de l'industrie suisse se mêlait à des diplomates étrangers et à des hommes de lettres. Aucun artiste, peintre ou comédien, n'émaillait cette foule à l'élégance diverse mais dont les femmes arboraient des bijoux parfois anciens, toujours d'importance. Peut-être les invités du bal seraient-ils moins empesés, mais pour l'instant on était entre gens solides et sérieux.

Dès son arrivée, Aldo n'avait eu aucune peine à repérer Ulrich : ainsi qu'il l'avait prédit, le gangster transformé en serviteur à l'allure irréprochable avait réussi à se faire embaucher parmi les extras et s'occupait du vestiaire proche du grand escalier où s'entassait déjà une fortune en fourrures. Il se contenta d'échanger avec lui un battement de paupières. Il était convenu que, pendant le bal, Morosini conduirait son étrange associé au cabinet de travail du banquier et lui donnerait les indications nécessaires.

Des valets circulaient avec des plateaux chargés de coupes de champagne. Adalbert en prit deux au passage et en offrit une à son ami :

— Tu connais quelqu'un ? demanda-t-il.

— Absolument personne. Nous ne sommes pas à Paris, à Londres ou à Vienne et je n'ai pas le moindre cousinage, même lointain, à t'offrir. Tu te sens isolé ?

— L'anonymat a du bon. C'est assez reposant ! Tu crois que nous allons revoir le rubis, ce soir ?

— Je suppose. En tout cas, l'émissaire de notre ami a fait preuve d'une discrétion et d'une habileté exemplaires. Personne n'a rien vu, rien remarqué.

— Non. Théobald et Romuald se sont relayés aux abords de chez Cartier mais rien n'a attiré leur attention. Ton Ulrich avait raison : essayer d'intercepter le joyau à Paris relevait de l'impossible... Doux Jésus !

Toutes les conversations s'étaient arrêtées et la pieuse exclamation d'Adalbert résonna dans le silence soudain, résumant la stupeur admirative des invités : Dianora venait d'apparaître au seuil de ses salons.

Sa longue robe de velours noir pourvue d'une petite traîne était d'un dépouillement absolu et Aldo, le cœur serré, revit dans un éclair le portrait de sa mère, par Sargent, qui était l'un des plus beaux ornements de son palais à Venise. La robe de Dianora ce soir, comme celle de la défunte princesse Isabelle Morosini, laissait nus les bras, la gorge et les épaules dans un léger mouvement de drapé cachant la poitrine et rattrapé à la taille. Dianora, jadis, avait admiré ce portrait et elle s'en était souvenue en commandant sa toilette de ce soir. Quel plus merveilleux écrin que sa chair lumineuse pouvait-elle en effet offrir au fabuleux bijou scintillant sur sa gorge ? Car il était bien là, le rubis de Jeanne la Folle, éclatant de ses feux maléfiques au milieu d'une guirlande composée de magnifiques diamants et de deux autres rubis plus petits. Contrairement à l'habitude, les bras et les oreilles de la jeune femme étaient vierges de tout bijou. Rien non plus dans la soie argentée de sa magnifique chevelure coiffée en hauteur pour dégager le long cou. Seul rappel de la teinte fascinante du joyau, de petits souliers de satin pourpre pointaient au rythme de la marche sous la vague sombre de la robe. La beauté de Dianora, ce soir, coupait le souffle à tous ces gens qui la regardaient s'avancer, souriante, vite rejointe par son époux qui après lui avoir baisé la main la conduisait vers ses hôtes les plus importants...

— Aide-moi un peu ! chuchota Vidal-Pellicorne qui ne manquait pas de mémoire. Est-ce que ta mère porte le saphir sur le portrait qu'en a fait Sargent ?

— Non. Seulement une bague : une émeraude carrée. Toi aussi tu as remarqué que c'est la même robe ?

Le silence soudain éclata. Quelqu'un venait d'applaudir, et tout le monde fit chorus avec enthousiasme. Ce fut au milieu d'une véritable atmosphère de fête que l'on passa à table.

Le dîner servi dans du vieux saxe, du vermeil et de ravissants verres gravés d'or, fut ce qu'il devait être pour les deux étrangers en de telles circonstances : magnifique, succulent et ennuyeux. Le caviar, le gibier et les truffes s'y succédèrent, escortés de crus français étourdissants, mais c'était le voisinage qui manquait de charme. Aldo, pour sa part, avait hérité d'une grosse gourmande, gentille sans doute, mais dont la conversation tournait uniquement autour de la cuisine. Son autre voisine, maigre et sèche sous une cascade de diamants, ne mangeait rien et parlait moins encore. Aussi le Vénitien voyait-il défiler les plats avec un mélange de soulagement et d'appréhension. À mesure que l'on allait vers le dessert, l'heure approchait où il allait devoir jouer l'une des parties les plus difficiles de sa vie : guider un cambrioleur vers les trésors d'un ami en faisant en sorte qu'il n'emporte rien. Pas commode !

Adalbert, pour sa part, se trouvait mieux partagé : en face de lui, il avait découvert un professeur de l'Université de Vienne fort versé dans le monde antique et, depuis le début du repas tous deux, indifférents à leurs compagnes, se renvoyaient joyeusement Hittites, Égyptiens, Phéniciens, Mèdes, Perses et Sumériens avec une ardeur soigneusement entretenue par les sommeliers chargés de leurs verres... Ils étaient tellement pris par leur sujet qu'il fallut quelques « chut ! » énergiques pour que le bourgmestre de Zurich pût adresser à Mme Kledermann un charmant petit discours en l'honneur de son anniversaire qui valait à tous une fête si magnifique. Le banquier à son tour dit quelques mots aimables pour tous et tendres pour sa femme. Enfin, on se leva de table afin de gagner la grande salle de bal décorée de plantes vertes et d'une profusion de roses qui ouvrait de l'autre côté du grand escalier sur un jardin d'hiver et sur un salon disposé pour les joueurs. Un orchestre tzigane en dolmans rouges à brandebourgs noirs relayait le quatuor à cordes qui avait, invisible et présent, accompagné le repas. Les invités du bal commençaient à arriver, apportant avec eux la fraîcheur de l'air nocturne. Ulrich et ses camarades avaient fort à faire dans les vestiaires. L'aventure était prévue quand la fête serait lancée...

Peu avant minuit, Aldo pensa que le moment approchait et il aurait donné cher pour l'éviter. La plupart des invités étaient arrivés. Kledermann s'accordait le répit d'une partie de bridge avec trois autres messieurs fort graves. Quant à Dianora, libérée de ses devoirs d'hôtesse accueillante, elle venait d'accepter de danser avec Aldo.

C'était la première fois qu'il réussissait à approcher la jeune femme depuis le début de la soirée. À présent, il la tenait dans ses bras pour une valse anglaise et pouvait apprécier à leur juste valeur l'éclat de son teint, la finesse de sa peau, la douceur soyeuse des cheveux et la fulgurance triomphante du rubis étincelant au creux de sa gorge. Il ne pouvait éviter de lui en faire compliment.

— Cartier a fait une merveille, dit-il ; mais il aurait réussi quelque chose de tout aussi somptueux avec une autre pierre.

— Croyez-vous ? Un rubis de cette taille ne se trouve pas facilement, et moi je l'adore.

— Et moi je le déteste ! Dianora, Dianora ! Pourquoi ne voulez-vous pas croire qu'en portant ce maudit caillou vous êtes en danger ?

— Oh, je ne le porterai pas souvent. Un joyau de cette importance passe beaucoup plus de temps dans les coffres-forts que sur sa propriétaire. Dès la fin du bal, il rejoindra la chambre forte !

— Et vous n'y penserez plus. Vous aurez eu ce que vous vouliez : une pierre splendide, un moment de triomphe. Savez-vous que vous me faites peur, que je ne vais plus cesser de trembler pour vous ?

Elle lui offrit le plus éblouissant des sourires en se serrant un peu contre lui :

— Mais que c'est donc agréable à entendre ! Vous allez penser à moi sans cesse ? Et vous voudriez que je me sépare d'un bijou aussi magique ?

— Avez-vous oublié notre dernière conversation ? Vous aimez votre mari ?

— Oui, mais cela ne veut pas dire que je renonce pour autant à cajoler quelques jolis souvenirs. Je crois que je vous dois les plus beaux, ajouta-t-elle, redevenue sérieuse, mais Aldo ne la regardait plus.

Avec stupeur, il considérait le trio qui, le sourire aux lèvres, était en train de franchir le seuil de la salle. Un homme et deux femmes : Sigismond Solmanski, Ethel... et Anielka. Il s'arrêta de danser :

— Que viennent-ils faire ici, gronda-t-il entre ses dents.

Dianora, d'abord surprise de cet arrêt, avait suivi la direction de son regard :

— Eux ? Oh, j'avais oublié qu'ayant rencontré il y a deux ou trois jours le jeune Sigismond et sa petite épouse je les avais invités. Nous sommes de vieux amis, vous le savez, puisque j'étais avec lui quand nous nous sommes retrouvés à Varsovie. En revanche... j'ignorais que sa sœur était là et qu'il comptait l'emmener. Mais au fait, mon cher, vous ne saviez pas que votre femme était à Zurich ?

— Non, je ne le savais pas ! Dianora, vous devez être folle d'avoir invité ces gens. Ce n'est pas vous qu'ils viennent voir, c'est ce que vous avez au cou !

Avec inquiétude, Mme Kledermann considéra un instant le masque soudain tendu et si pâle de son danseur, tout en portant la main à son collier.

— Vous me faites peur, Aldo !

— Il est bien temps !

— Pardonnez-moi... il faut que j'aille les accueillir ! C'est... c'est mon devoir.

Adalbert aussi avait aperçu le groupe et fendait la foule des danseurs pour rejoindre son ami.

— Qu'est-ce qu'ils viennent faire ici, ceux-là ? murmura-t-il.

— C'est une question à laquelle tu dois pouvoir répondre aussi bien que moi. En tout cas, ricana Morosini, tu peux constater que pour une pauvre créature, enlevée, séquestrée et en danger de mort, cette chère Anielka ne se porte pas trop mal !

— Alors, pourquoi l'autre t'a-t-il dit qu'il l'avait enlevée ?

— Parce qu'il a cru pouvoir le dire et qu'à sa manière c'est une sorte d'innocent. Probable que cet intermède ne doit pas lui plaire plus qu'à moi. Mais je vais régler ça tout de suite.

Et, sans vouloir en entendre davantage, il se dirigea vers la porte en effectuant un détour assez long pour permettre à Dianora de conduire ses invités plus ou moins attendus vers un buffet, lui laissant ainsi le champ libre. Aldo n'avait aucune envie d'échanger des politesses de commande avec ses pires ennemis au nom d'on ne sait quel code de bienséance bourré d'hypocrisie.

Il trouva Ulrich près du départ de l'escalier, un pied sur la dernière marche comme s'il voulait monter mais hésitait encore. Sa mine était sombre et son regard que Morosini capta plein d'inquiétude. Il n'en fonça sur lui qu'avec plus de détermination :

— Venez ! fit-il entre ses dents, nous avons à parler.

Il essaya de l'entraîner au-dehors, mais l'autre résista :

— Pas par là ! Il y a un meilleur endroit...

Les deux hommes s'enfoncèrent dans les profondeurs des vestiaires à peu près déserts après qu'Ulrich eut prié l'un de ses aides de le remplacer. Le lieu était calme, paisible, les bruits de la fête se trouvant étouffés par l'épaisseur des manteaux, capes, et autres pelisses. Parvenu suffisamment loin, Morosini sauta sur son compagnon qu'il empoigna par les revers de son habit :

— À nous deux, maintenant ! Vos explications ?

— Il est inutile de me secouer. Je parlerai aussi bien sans ça !

L'homme était embêté mais sa voix ne tremblait pas et Morosini lâcha prise.

— Pourquoi pas ? Alors, j'attends ! Expliquez-moi comment ma femme que vous teniez captive vient de faire son entrée au bal en robe perlée ?

Tout en parlant, Morosini avait tiré son étui à cigarettes, en prenait une qu'il tapota sur le boîtier d'or avant de l'allumer. Ulrich toussota :

— Vous n'en auriez pas une pour moi ? Ça fait des heures que je n'ai pas fumé.

— Quand vous m'aurez répondu.

— Oh, c'est pas compliqué. Je vous l'ai dit, je n'ai pas grande confiance dans Sigismond et depuis que le vieux est plus ou moins hors de service je me méfie de tout. Aussi, j'ai décidé de penser un peu à moi. Comme j'avais été chargé de vous surveiller, l'idée m'est venue de vous faire chanter et de rafler grâce à vous la plus grande partie du magot. C'est pour ça que je vous ai fait croire que j'avais votre épouse. Ça a eu l'air de marcher.

— Ça n'en a eu que l'air. Si vous voulez tout savoir, j'ai bien failli vous dire « Gardez-la », mais laissons cela de côté. Comment se fait-il que je vienne de la voir arriver avec les Solmanski ?

— Je n'en sais rien. Quand je l'ai aperçue, j'ai cru que le plafond me tombait sur la tête...

— Et eux vous ont vu ?

— Non, je me suis hâté de disparaître. Vous n'allez plus m'aider à récupérer ce qu'il y a là-haut ? ajouta-t-il avec un regard vers le plafond.

— Non... mais je peux peut-être vous offrir une... compensation.

L'œil atone du gangster se ralluma un peu.

— Quoi ?

— Un fort beau collier de rubis qui se trouve dans le coffre de l'hôtel et que j'avais apporté pour l'échanger contre la pierre achetée par Kledermann à votre ami Saroni !

— Ah, celui-là quel imbécile ! Essayer de faire cavalier seul...

— C'est exactement ce que vous faites, mon garçon, mais je vous propose de vous en tirer avec les honneurs de la guerre... et mon collier si vous m'aidez à mettre la main sur la bande. Et d'abord, qu'est-ce que les Solmanski viennent faire ici ce soir ?

— Je vous jure que je n'en ai aucune idée. Oh, c'est pas bien difficile à deviner : ils vont chercher à mettre la main sur le rubis. Surtout qu'installé comme il est au milieu d'un tas de diamants, ça devient une bonne affaire.

— C'est ridicule. Kledermann n'est pas un enfant et il doit y avoir des gardes en civil partout...

— Je vous dis ce que je pense. Dites donc, ce collier, il est intéressant ?

— Je viens de vous dire que je pensais à un échange. Il vaut au moins cent mille dollars.

— Oui, mais vous ne l'avez pas sur vous. Qu'est-ce qui me dit que je l'aurai si je vous aide ?

— Ma parole ! Jamais je n'y ai manqué, mais je suis capable de tuer quiconque en douterait. Ce que je veux savoir...

Une détonation lui coupa la parole, presque aussitôt suivie d'une tempête de cris et d'exclamations. D'abord figés, les deux hommes se regardèrent.

— C'est un coup de feu, fit Ulrich.

— Je vais voir. Restez au vestiaire, je reviendrai !

Il partit en courant mais dut faire des efforts pour fendre la foule qui se pressait devant l'un des buffets de rafraîchissements et que trois serviteurs s'efforçaient de repousser. Ce qu'il découvrit au bout de sa percée lui coupa le souffle : Dianora était couchée sur le parquet, face contre terre. Dans son dos, le sang coulait d'une blessure. Plusieurs personnes étaient penchées sur elle, dont son époux, plié en deux de douleur sur la tête de sa femme qu'il tenait entre ses mains.

— Mon Dieu ! souffla Aldo. Qui a fait ça ?

Quelqu'un qu'il ne vit même pas lui répondit :

— On a tiré sur elle de l'extérieur, depuis cette fenêtre. C'est horrible !

Cependant, l'un des serveurs semblait prendre les choses en mains. Quand il eut déclaré qu'il appartenait à la police, personne ne s'y opposa. Il commença par écarter ceux qui s'étaient accroupis auprès du corps, parmi lesquels il y avait Anielka. En se relevant, la jeune femme se trouva nez à nez avec Aldo.

— Tiens ! Vous revoilà ? Où étiez-vous passé ?

— Je pourrais vous demander, à vous, ce que vous faites là ?

— Pourquoi n'y serais-je pas, puisque vous y êtes ?...

— Taisez-vous un peu, ordonna le policier. Ce n'est ni le lieu ni l'instant de se disputer. Et d'abord, qui êtes-vous ?

Aldo déclina son identité et celle de sa femme par la même occasion, mais celle-ci avait encore quelque chose à dire :

— Vous devriez demander à mon cher mari où il se trouvait pendant que l'on abattait Mme Kledermann. Comme par extraordinaire, il n'était pas dans la salle.

— Qu'est-ce que vous essayez d'insinuer ? gronda Aldo, pris d'une dévorante envie de gifler ce visage insolent.

— Je n'insinue rien. Je dis que le meurtrier, ce pourrait bien être vous. N'aviez-vous pas toutes les raisons de la tuer ? D'abord pour vous emparer du collier... ou tout au moins du gros rubis qui est dessus. Elle n'avait pas voulu vous le céder, n'est-ce pas, quand vous êtes allé la voir il y a une dizaine de jours ?

Aldo regarda la jeune furie avec stupeur. Comment diable pouvait-elle savoir ça ? À moins qu'il n'y eût, chez Kledermann, un espion à la solde de Solmanski ?

— Lorsqu'une dame m'invite à prendre le thé, il m'arrive d'accepter. Quant à vous, rappelez-vous quel nom vous portez et ne vous conduisez pas comme une fille de rien !

— Une tasse de thé ? Vraiment ? Aviez-vous l'habitude d'en boire lorsque vous étiez son amant ?

Le policier ne cherchait plus à interrompre ce couple qui se disait des choses si intéressantes mais, au dernier mot lancé par la jeune femme, Kledermann redressa la tête et, abandonnant le corps inerte aux mains d'un médecin qui se trouvait là, il s'approcha. Dans son regard sombre, le désespoir faisait place à une stupeur indignée :

— Vous étiez son amant ? Vous ?... Vous à qui...

— Je l'étais quand elle était comtesse Vendramin et c'est la guerre qui nous a séparés. Définitivement ! coupa Aldo.

— Je peux en témoigner ! s'écria Adalbert qui venait de rejoindre son ami. Vous n'avez aucun reproche à lui faire, Kledermann. Ni à lui ni à votre femme ! Seulement, madame... Morosini honore son mari de sa rancune depuis qu'il a demandé l'annulation de leur mariage. Elle dirait n'importe quoi pour lui nuire.

— On voit bien que vous êtes son ami, lança Anielka plus venimeuse que jamais. Néanmoins, vous vouliez le rubis, vous aussi. Alors, votre vertueux témoignage...

— Le rubis ? Quel rubis ? intervint le policier.

— Celui-ci, voyons ! dit le banquier en se tournant vers le corps. Mais...

Il se rejeta à genoux, glissa une main sous les cheveux de sa femme, découvrant le cou nu. Avec une infinie douceur, aidé du médecin, il retourna le corps : le collier avait disparu.

— On a tué ma femme pour la voler ! tonna-t-il au comble de la fureur. Je veux l'assassin et je veux aussi le voleur !

— Ce n'est pas difficile, siffla Anielka. Vous avez l'un et l'autre devant vous. L'un a tué et l'autre a profité du tumulte pour s'emparer du collier.

— Si c'est à moi que vous faites allusion, gronda Vidal-Pellicorne, j'étais dans le salon de jeu quand c'est arrivé. Vous étiez plus près, vous... ou votre frère ? Au fait, où est-il ?

— Je ne sais pas, il était là il y a un instant mais ma belle-sœur est très impressionnable et il a dû l'emmener dehors.

— On va vérifier tout ça, intervint à nouveau le policier. Messieurs, avec votre permission, je vais d'abord vous fouiller.

Aldo et Adalbert se laissèrent faire de la meilleure grâce du monde et, bien sûr, on ne trouva rien.

— À votre place, persifla Morosini, j'irais voir si la comtesse Solmanska va mieux et ce qu'il peut y avoir dans les poches de son époux.

— On verra ça tout à l'heure. Pour l'instant je vous ferai remarquer que vous ne m'avez pas confié où vous étiez au moment où l'on a tiré sur Mme Kledermann.

— C'est simple, inspecteur : il était avec moi.

Aux yeux émerveillés d'Aldo, Lisa faisait son apparition au détour d'une colonne et s'avançait vers son père dont elle prit la main avec tendresse.

— Toi ? fit celui-ci. Je croyais que tu ne voulais pas paraître à la soirée.

— J'ai changé d'avis. Je descendais l'escalier pour vous faire plaisir et aller embrasser Dianora quand j'ai vu Aldo... je veux dire le prince Morosini, sortir de la salle dans l'intention évidente d'aller fumer une cigarette dehors. J'ai été surprise de le voir, contente aussi puisque nous sommes de vieux amis, et nous sommes sortis tous les deux.

— Vous étiez dehors et vous n'avez rien vu ? grogna le policier.

— Nous étions à l'opposé de la salle de bal. À présent, je vous en prie, inspecteur, laissez tous ces gens rentrer chez eux. Ils n'ont rien à voir dans ce meurtre et, certainement, l'assassin n'est pas parmi eux...

— Avant de les lâcher, on va leur demander s'ils n'ont rien remarqué. Voici d'ailleurs mes hommes qui arrivent, ajouta-t-il tandis qu'un groupe de policiers pénétrait dans la salle.

— Comprenez donc que mon père a besoin de ménagements, que nous voulons être seuls et qu'il serait peut-être préférable de ne pas laisser son épouse sur ce parquet poussiéreux !

Le ton était sévère. L'inspecteur baissa pavillon aussitôt :

— On va transporter Mme Kledermann chez elle et vous pourrez en prendre soin... Je m'occupe de tout le reste. Messieurs, ajouta-t-il en se tournant vers Aldo et Adalbert, je vous demanderai de rester encore un moment pour éclaircir certains détails. Vous aussi, Madame, bien entendu... mais, où est-elle ? s'écria-t-il en constatant qu'Anielka n'était plus là.

— Elle a dit qu'elle allait chercher son frère, fit un serveur.

— Eh bien, nous allons l'attendre...

Deux agents s'approchaient pour enlever le corps de la malheureuse Dianora, mais son époux s'interposa :

— Ne la touchez pas ! C'est moi qui vais l'emporter !

Avec une vigueur qui semblait incompatible avec son long corps mince, le banquier souleva la forme inerte et se dirigea d'un pas ferme vers le grand escalier. Sa fille voulut le suivre, mais Aldo tenta de la retenir :

— Lisa ! Je voudrais vous dire...

Elle eut, pour lui, un petit sourire :

— Je sais tout ce que vous pourriez me dire, Aldo, et ce n'est pas le moment ! Nous nous reverrons plus tard. Pour l'instant, c'est lui qui a besoin de moi...

Le cœur serré, Morosini regarda sa mince forme blanche suivre la traîne de velours noir qui glissait derrière Kledermann. L'inspecteur revint à Morosini :

— Vous connaissez mademoiselle Kledermann depuis longtemps ?

— Plusieurs années, mais je ne l'avais pas vue depuis des mois et j'ai été très heureux de la retrouver ce soir.

Ce policier n'imaginerait certainement jamais à quel point l'apparition de la jeune fille l'avait rendu heureux. Il n'insista pas sur le sujet :

— Votre femme n'a pas l'air de revenir. Je vais la chercher.

Aldo n'osa pas le suivre. Près de la porte, plusieurs agents recueillaient les noms et les absences de témoignage des invités avant de les laisser partir. Résignés, ceux-ci formaient une longue queue se réduisant petit à petit. Aldo prit une cigarette après en avoir offert une à son ami. Les deux hommes, conscients d'être entourés de policiers, ne disaient rien. Quand enfin l'inspecteur — il s'appelait Grüber — revint, il était d'une humeur massacrante :

— Personne !... Je n'ai trouvé personne ! Et au vestiaire on m'a dit que la dame en paillettes noires avait repris son manteau depuis un moment. Quant à la belle-sœur, je ne sais pas si elle se sentait mal mais, toujours au vestiaire, on a vu peu après le coup de feu un beau jeune homme brun accompagné d'une jeune dame en robe bleu ciel qui pleurait à chaudes larmes mais n'avait pas l'air en train de s'évanouir. Ils ont filé comme si le diable était à leurs trousses...

« Non sans raisons, pensa Aldo. Ils emportaient le collier que Sigismond ou Anielka elle-même ont dû subtiliser... » Il se garda bien d'exprimer son sentiment qui lui eût valu une recrudescence de soupçons. Il n'échappa pourtant pas aux questions qui suivirent. Grüber tira son carnet :

— Bon ! De toute façon c'est votre famille, alors donnez-moi vos adresses !

— La seule adresse que je connaisse pour un beau-frère que je n'apprécie pas, c'est le palais Solmanski à Varsovie. Sa jeune femme est américaine et je crois me souvenir qu'outre-Atlantique, ils habitent Long Island, à New York. Quant à... ma « femme », c'est à Venise : palazzo Morosini.

Le policier devint rouge vif :

— Ne vous fichez pas de moi ! C'est votre adresse ici que je veux.

— La mienne ? Hôtel Baur-au-Lac ! fit Aldo tranquille jusqu'à la suavité. Mais ne vous imaginez pas qu'ils y sont descendus aussi. J'ignore où ils logent.

— Vous voulez me faire croire que votre femme n'habite pas avec vous ?

— Il faudra bien que vous le croyiez, puisque c'est un fait. Vous avez vu, tout à l'heure, quelles relations affectueuses nous entretenons ? J'ai été le premier surpris de la voir ici : je la croyais partie pour les Lacs italiens avec une cousine...

— On arrivera bien à les retrouver. Ont-ils des relations ici ?

— Je l'ignore. Quant aux miennes, elles se réduisent à la famille Kledermann.

— Parfait ! Vous pouvez regagner votre hôtel mais j'aurai sans doute à vous revoir encore. Ne quittez pas Zurich sans mon autorisation !

— Pouvons-nous saluer mademoiselle Kledermann avant de partir ?

— Non.

Les deux hommes se le tinrent pour dit et allèrent à leur tour reprendre leur vestiaire. Ce fut Ulrich lui-même qui tendit le sien à Morosini. Celui-ci murmura :

— Vous savez où ils habitent ?

— Oui. Dans une heure je serai chez vous.

Le gangster à demi repenti tint parole. Une heure plus tard il frappait à la porte de la chambre où les deux amis l'attendaient après avoir prévenu le portier de nuit qu'ils devaient recevoir une visite et demandé une bouteille de whisky. Lorsqu'il lui ouvrit la porte, Aldo se demanda s'il n'allait pas s'évanouir entre ses bras. Naturellement pâle, Ulrich était blême jusqu'aux lèvres et, après lui avoir indiqué un fauteuil, Morosini lui tendit un verre bien plein qu'il avala sans respirer.

— Belle descente ! apprécia Adalbert. Mais un pur malt vingt ans d'âge mérite un autre traitement !

— Je vous promets de déguster le second ! fit l'homme avec un pâle sourire. Je vous jure que j'en avais besoin.

— Si je vous comprends, vous n'étiez pas au courant de ce qui allait se passer ?

— En aucune façon. Je ne savais même pas que les Solmanski devaient venir à la fête. Alors, le meurtre !...

— Je vous ai connu moins sensible quand nous nous sommes rencontrés au Vésinet, remarqua Aldo.

— Je ne crois pas avoir tué qui que ce soit, cette nuit-là ? Sachez-le, je ne tue que pour me défendre et j'ai horreur de l'assassinat gratuit.

— Gratuit ? ricana Adalbert. Comme vous y allez. Un collier qui vaut peut-être deux ou trois millions... Car, bien sûr, ce sont vos amis qui l'ont subtilisé ?

— Trêve de mondanités ! coupa Aldo. Vous m'avez dit que vous saviez où ils sont ? Alors, vous buvez encore un verre et vous nous emmenez !

— Hé là ! Un instant ! À propos de collier, vous m'en aviez promis un. J'aimerais le voir !

— Il est dans le coffre de l'hôtel. À notre retour je vous le remettrai. Je vous le répète : vous avez ma parole !

Ulrich ne considéra qu'un instant le regard d'acier froid du prince-antiquaire :

— C'est OK ! Au retour. En attendant, si j'ai un conseil à vous donner, c'est de prendre des flingues...

— Soyez tranquille ! Nous savons à qui nous avons affaire ! dit Adalbert en sortant un imposant revolver de sa poche de pantalon.

À leur retour à l'hôtel, lui et Aldo avaient, en effet, troqué leurs habits de soirée pour des vêtements plus adaptés à une expédition nocturne.

— On y va ?

Entassés dans l'Amilcar de l'archéologue, les trois hommes se dirigèrent vers la rive méridionale du lac.

— C'est loin ? demanda Aldo.

— Environ quatre kilomètres. Si vous connaissez le coin, c'est entre Wollishofen et Kilchberg...

— Ce qui m'étonne, dit Aldo, c'est que vous, vous connaissiez si bien Zurich et ses environs.

— Ma famille est originaire de par ici. Ulrich, ce n'est pas un prénom américain... et mon nom c'est Friedberg.

— Vous m'en direz tant !

Trois heures sonnaient à l'église de Kilchberg quand la voiture atteignit l'entrée du village. Une odeur inattendue vint alors caresser les narines des voyageurs :

— Ça sent le chocolat ! fit Adalbert qui reniflait avec ardeur.

— La fabrique Lindt et Sprüngli est à une centaine de mètres, le renseigna Ulrich. Mais, tenez, voici la maison que vous cherchez, ajouta-t-il en désignant, au bord du lac, un beau vieux chalet dont la nuit, claire, permit d'admirer le colombage compliqué, encore enrichi par un décor peint.

Un joli jardin l'entourait. Adalbert, pour sa part, se contenta de jeter un coup d'œil et alla garer sa voiture, assez bruyante, un peu plus loin. On revint à pied et, un moment, on considéra la maison aux volets clos dans laquelle tout semblait dormir.

— C'est curieux ! remarqua Ulrich. Ils ne sont pourtant pas rentrés depuis bien longtemps et ce ne sont pas des couche-tôt !

— De toute façon, fit Morosini, je ne suis pas venu ici pour contempler une vieille demeure. La meilleure façon de savoir ce qui s'y passe est d'y aller voir. L'un de vous saurait-il ouvrir cette porte ?

Pour toute réponse, Adalbert sortit de sa poche un trousseau comportant divers objets métalliques, gravit les deux marches du petit perron et s'accroupit devant le vantail. Sous l'œil admiratif d'Aldo, l'archéologue fit une brillante démonstration de ses talents cachés en ouvrant sans bruit et en quelques secondes une porte d'un abord plutôt rébarbatif.

— On peut y aller ! souffla-t-il.

Guidés par la torche électrique confiée à Ulrich, les trois hommes s'avancèrent le long d'un couloir dallé ouvrant d'un côté sur une vaste pièce meublée où, dans la grande cheminée de pierre, brûlaient encore quelques tisons. De l'autre côté du couloir c'était la cuisine, où flottaient des odeurs de choucroute, et, au fond du couloir, un bel escalier en bois sculpté montait vers les étages que la double pente du toit rétrécissait au fur et à mesure. L'arme au poing, les trois hommes explorèrent le rez-de-chaussée puis, avec d'infinies précautions, commencèrent à gravir l'escalier recouvert d'un chemin en tapis. Au premier ils trouvèrent quatre chambres, vides. Il en allait de même à celles du second étage, et toutes portaient la trace d'un départ précipité.

— Personne ! conclut Adalbert. Ils viennent de filer.

— C'est la meilleure preuve qu'ils ont le collier, grogna Morosini. Ils ont eu peur que la police les découvre.

— Il aurait pu se passer pas mal de temps avant qu'on les trouve, remarqua Ulrich. C'est grand, Zurich, et les environs encore plus.

— Il a raison, dit Aldo. Pourquoi cette fuite précipitée ? Et vers quelle destination ?

— Pourquoi pas chez toi ? Ta chère épouse tenait tellement à te faire arrêter ! Elle rapporte peut-être le collier, avec ou sans rubis, dans ta noble demeure où, quand tu seras revenu, elle pourrait s'arranger pour qu'il soit découvert par les flics ?

— Elle en est bien capable, fit Aldo songeur. Je ferais peut-être mieux de rentrer chez moi au plus vite ?

— N'oublie pas ce que nous a dit ce brave inspecteur : défense de quitter Zurich jusqu'à nouvel ordre !

À ce moment, Ulrich qui était allé inspecter la cuisine plus en détail les rejoignit :

— Venez voir ! J'ai entendu du bruit à la cave. Quelque chose comme une plainte... un râle. On y descend par une trappe...

Par prudence, on décida qu'Ulrich passerait le premier, puisqu'il connaissait la maison. On se précipita à la suite de l'Américain qui, arrivé en bas, tourna le bouton de l'éclairage. Ce qu'ils découvrirent les fit reculer d'horreur : un homme dont le corps n'était plus qu'une plaie marquée de traces de brûlures gisait à même le sol. Le visage tuméfié, saignant, était à peine reconnaissable, pourtant les deux amis n'hésitèrent pas à identifier Wong. Aldo se laissa tomber à genoux auprès du malheureux, cherchant par où il fallait commencer pour lui porter secours...

— Mon Dieu ! murmura-t-il. Comment ces salauds l'ont arrangé ! Et pourquoi ?

Ulrich, décidément de plus en plus utile, avait déjà été chercher une carafe d'eau, un verre, des torchons propres et même une bouteille de cognac.

— Leur idée fixe, en dehors du rubis, c'était de savoir où se trouvait un certain Simon Aronov. En revanche, j'ignore d'où sort celui-là !

— Une villa à trois ou quatre kilomètres d'ici, répondit Adalbert. J'ai essayé d'aller le voir mais je n'ai trouvé personne. Et pour cause ! Une voisine m'a même dit qu'elle l'avait vu partir un soir avec un taxi et une valise.

— Elle a vu partir quelqu'un mais ce n'était sûrement pas lui, fit Aldo occupé à passer un peu d'eau sur le visage blessé. Tu penses bien que lorsqu'ils l'ont enlevé, ils n'ont pas convoqué les voisins pour assister à la scène.

— Comment va-t-il ?

— Laissez-moi voir ! dit Ulrich. Dans ma... profession on a l'habitude de toutes sortes de blessures et puis... je suis un peu médecin !

— Il faut trouver une ambulance, le faire conduire dans un hôpital, dit Aldo. La Suisse en est pavée !

Mais l'Américain secouait la tête :

— Inutile ! Il est en train de mourir. Tout ce qu'on peut faire c'est essayer de le ranimer au cas où il aurait quelque chose à nous dire ?

Avec d'infinies précautions étonnantes chez cet homme voué à la violence, il nettoya la bouche où le sang séchait et fit avaler un peu d'alcool au mourant. Cela dut le brûler car il réagit faiblement, gémit mais ouvrit les yeux. Il reconnut sans doute le visage anxieux d'Aldo penché sur lui. Il essaya de lever une main que le prince prit entre les siennes.

— Vite !... chuchota-t-il. Aller vite !...

— Où voulez-vous que nous allions ?

— Var... Varsovie... Le maître ! Ils savent... où il est !

— Vous le leur avez dit ?

Dans les yeux éteints, une faible flamme se ralluma, une flamme d'orgueil :

— Wong... n'a pas parlé mais ils savent... Un traître... Würmli ! Les attend là-b... as.

Le dernier mot sortit avec le dernier souffle. La tête glissa un peu entre les mains d'Aldo qui la soutenait. Celui-ci releva sur l'Américain un regard interrogateur.

— Oui. C'est fini... dit celui-ci. Qu'est-ce que vous comptez faire ? reprit-il. Prévenir la police ?

— Sûrement pas ! dit Adalbert. La police, il va falloir qu'on lui fausse compagnie alors que nous n'avons pas le droit de quitter la ville. On s'arrangera pour la prévenir quand on sera loin.

— C'est la sagesse ! Et on fait quoi maintenant ? En ce qui me concerne, je n'ai pas envie de m'éterniser...

— On peut comprendre ça, soupira Morosini. Je vous propose de rentrer à l'hôtel avec nous et d'attendre qu'il soit une heure décente pour faire ouvrir le coffre. Pendant ce temps, nous préparerons notre départ. Je vous remets ce que je vous ai promis et nous nous séparons.

— Un instant, coupa Adalbert. Sauriez-vous par hasard qui est ce Würmli dont Wong vient de prononcer le nom ?

— Absolument pas.

— Moi je sais qui c'est ! dit Aldo. Allons-nous-en, maintenant, mais croyez bien que je regrette de ne pas pouvoir rendre quelques honneurs à ce fidèle serviteur qu'était Wong. C'est affreux de devoir le laisser là.

— Oui, dit Adalbert, mais c'est plus prudent !

Peu après huit heures du matin, Vidal-Pellicorne et Morosini quittaient Zurich par la route en direction du lac de Constance. Ulrich était parti vers une destination inconnue avec, en poche, le beau collier de Giulia Farnèse complété d'un certificat de vente que lui avait signé Aldo pour lui éviter tout problème ultérieur. Les bagages avaient été faits rapidement puis, tandis qu'Aldo écrivait une lettre pour Lisa afin de lui expliquer qu'ils partaient à la recherche des voleurs et sans doute aussi des meurtriers de Dianora, Adalbert procédait à la mise en condition de son petit bolide en vue d'une longue distance. Il avait calculé, en effet, qu'en se relayant au volant, lui et Aldo arriveraient peut-être à Varsovie avant Sigismond.

— Ça doit faire douze ou treize cents kilomètres ; ça n'est pas la mer à boire et si tu te sens le courage...

— Plutôt deux fois qu'une ! Je veux la peau des Solmanski. Ce sera eux ou moi...

— Tu pourrais dire « eux ou nous ». Je n'ai pas l'intention de rester en arrière. Au fait : tu as bien dit tout à l'heure que tu savais qui était Würmli ?

— Oui. Toi aussi tu le sais, mais tu as oublié son nom : c'est le type de la banque qui servait de liaison entre Simon et nous...

— C'est pas vrai ?... Ce bonhomme de toute confiance ?

— Eh bien, il a cessé de l'être. Avec de l'argent on arrive à faire des miracles et les Solmanski n'en manquent pas. J'ignore comment ils ont découvert cet Hans Würmli, mais si Wong dit que c'est lui le traître, nous avons toutes les raisons de le croire. On verra à s'occuper de lui par la suite. Quelque chose me dit que ce qui nous attend à Varsovie, bon ou mauvais, sera le dénouement de l'affaire.

Adalbert hocha la tête et ne répondit rien. La route était mauvaise à cet endroit et requérait toute son attention. Quand on eut franchi le passage délicat, Aldo eut un sourire en coin :

— Tu crois pouvoir m'amener là-bas en bon état ?

— Comme nous partageons le temps de conduite, tu n'auras qu'à t'en prendre à toi-même s'il arrive quelque chose. Mais tâche de ne pas abîmer ma voiture. J'y tiens ! C'est une vraie merveille !

Et pour mieux affirmer l'excellence de son engin, Adalbert appuya d'un pied solide sur l'accélérateur. La petite Amilcar partit comme une bombe...

CHAPITRE 12

LE DERNIER REFUGE

Le lendemain, en début d'après-midi, Aldo arrêtait la voiture devant l'hôtel de l'Europe à Varsovie. Couverte de boue et de poussière, l'Amilcar n'avait plus de couleur visible mais s'était comportée vaillamment — seulement deux crevaisons ! — tout au long de l'interminable trajet qui, par Munich, Prague, Breslau et Lodz, avait mené ses conducteurs à bon port. Ils n'étaient pas très frais, eux non plus : la pluie leur avait tenu compagnie une partie du chemin. Ils arrivaient moulus, rompus, n'ayant dormi que par instants dans un engin apparemment pris de folie et qui dévorait la route sans se donner la peine d'en épargner les cahots à ses passagers. Cependant, ceux-ci étaient soutenus par l'espoir tenace d'arriver avant l'ennemi, soumis à des horaires de train qui ne concordaient pas toujours.

Un souci demeurait vif pour Aldo : il allait devoir retrouver sans guide le chemin caché dans les souterrains et les caves du ghetto, le chemin qui menait à la demeure secrète du Boiteux. Après plus de deux années, sa mémoire, si fidèle habituellement, ne lui ferait-elle pas défaut ? La pensée que les Solmanski, eux, semblaient connaître ce chemin l'obsédait. En arrivant, il voulait se précipiter aussitôt dans la vieille cité juive mais Adalbert se montra ferme : dans l'état de nerfs où était Aldo, il ne ferait pas du bon travail. Alors, d'abord une douche, un repas, et un peu de repos jusqu'à la tombée de la nuit.

— Je te rappelle que je vais devoir forcer la porte d'entrée d'une maison plantée au milieu d'un quartier grouillant de vie. Un coup à se faire lyncher ! Et puis l'urgence n'est peut-être pas extrême ?...

— Elle l'est pour moi ! Alors, va pour la douche et le casse-croûte, mais on dormira plus tard. Songe que je ne suis pas sûr de retrouver mon chemin. Qu'est-ce qu'on fera, si je nous perds ?

— Pourquoi pas une émeute ? Après tout, Simon est juif et nous serons en plein ghetto. Ses coreligionnaires se mobiliseraient peut-être...

— Tu y crois vraiment ? Ici ils ont encore le souvenir des bottes russes : ils sont fragiles et détestent le bruit... Et puis on verra bien. Pour l'instant, pressons-nous !

Nantis de chambres immenses, les deux hommes s'accordèrent le délassement d'un bain chaud qu'Aldo fit suivre d'une douche froide car il avait failli s'y endormir. Puis ils dévorèrent le contenu d'un vaste plateau où les traditionnels zakouskis au poisson fumé voisinaient avec un grand plat de koldounis, ces moelleux raviolis à la viande qu'Aldo avait appréciés lors de son dernier passage. Après quoi, ayant vérifié avec soin l'état de leurs armes et leur provision de cigarettes, Aldo et Adalbert emballés dans des imperméables qui les faisaient jumeaux — le temps, déjà froid, était gris et pluvieux — s'embarquèrent pour une nouvelle et dangereuse aventure.

— On y va à pied ! décida Morosini. Ce n'est pas si loin !

La casquette enfoncée jusqu'aux yeux, le col des Burberry's relevé, le dos arrondi et les mains au fond des poches, on partit sous une espèce de bruine ressemblant comme une sœur à un crachin breton, qui ne ralentissait pas l'activité de la ville et ne cachait pas davantage sa beauté. Adalbert, qui n'était jamais venu, admirait les palais et les bâtiments de la Rome du Nord. Le Rynek avec ses demeures Renaissance aux longs toits obliques l'enchanta, et singulièrement la célèbre taverne Fukier dont Aldo lui dit quelques mots avant d'ajouter :

— Si l'on s'en sort vivants et si l'on n'est pas obligés de se sauver à toutes jambes, on restera deux ou trois jours ici et je te promets la cuite de ta vie chez Fukier. Ils ont des vins qui remontent aux croisades et j'y ai bu un fabuleux tokay...

— On aurait peut-être dû commencer par là ? Le verre du condamné... Au lieu de ça, je risque de mourir idiot !

— Défaitiste, toi ? On aura tout vu ! Tiens, voilà l'entrée du ghetto, ajouta-t-il en désignant les tours marquant la limite du vieux quartier juif...

Le mauvais temps aidant, la nuit s'annonçait déjà et, dans les guérites à guichet où les petits marchands de tabac tenaient leurs assises, les lampes à pétrole s'allumaient l'une après l'autre. Sans hésiter, Morosini s'engagea dans la rue principale, la plus large de l'antique cité marquée par les rails du tramway, mais il la quitta bientôt au profit d'une ruelle tortueuse dont il avait gardé le souvenir à cause de son aspect de faille entre deux falaises et aussi de la présence, à l'entrée, d'une boutique de brocanteur. Tout allait bien jusqu'à présent : il savait que l'artériole en question débouchait sur la placette pourvue d'une fontaine où était la maison d'Élie Amschel dont la cave gardait l'entrée secrète des souterrains.

Elle était bien là en effet, muette et noire avec ses marches usées et la petite niche de la « mezuza » que tout Juif se devait de toucher en pénétrant dans une maison :

— Espérons que la porte ne résistera pas trop longtemps et que nous aurons l'air d'entrer de façon assez naturelle ! marmotta Vidal-Pellicorne. Il n'y a personne en vue : c'est le moment d'en profiter.

— De toute façon, il faut la franchir. Si c'est en force, tant pis ! On nous prendra pour des policiers et voilà tout !

Mais la porte leur évita cette peine en s'ouvrant avec facilité sous les doigts agiles de l'archéologue et les deux hommes s'engouffrèrent dans le vestibule étroit et sombre, refermèrent soigneusement puis passèrent dans la vaste pièce du rez-de-chaussée que Morosini, lors de son premier passage, avait trouvée accueillante avec ses grandes bibliothèques, ses fauteuils en tapisserie et surtout le poêle carré qui répandait alors une bonne chaleur. Rien de tel aujourd'hui. Non seulement il n'y avait personne, mais la maison semblait abandonnée. Le froid, l'humidité générant une odeur de moisi, des toiles d'araignée et la fuite menue des souris furent seuls à accueillir les visiteurs. Personne n'avait pris la suite du malheureux Élie Amschel assassiné par les Solmanski.

L'électricité ne fonctionnait plus mais les fortes lampes de poche d'Adalbert et d'Aldo y suppléèrent.

— Nous ferions mieux, dit le second, de n'en allumer qu'une à la fois afin d'économiser les piles puisque, selon toi, nous avons un assez long voyage souterrain à effectuer...

— On peut peut-être même économiser les deux. Il y avait dans un coin des lampes à pétrole qui éclairaient bien.

Il les découvrit sans peine, posées sur un vieux coffre, et en prit une dont le réservoir était rempli. Il l'alluma et la tendit à Adalbert :

— Tiens ça ! Je vais soulever la trappe.

Écartant le vieux tapis usé, il empoigna l'anneau de fer et mit au jour l'escalier menant à la cave.

— Jusqu'à présent, je n'ai pas commis de faute, soupira Aldo. Espérons que ça va continuer et que je vais me souvenir du casier à bouteilles qu'Amschel manœuvrait...

Il s'arrêta, surpris : le casier et le mur auquel il était attaché avaient été manipulés ; le passage était grand ouvert. Quelqu'un était passé là, peut-être depuis peu et, craignant de ne pouvoir faire jouer le mécanisme de l'autre côté, on avait préféré laisser ouvert. Les deux hommes échangèrent un regard et, d'un même mouvement, mirent l'arme au poing. À présent, ils allaient avancer en terrain miné et il fallait éviter de se laisser surprendre...

— Dans ces conditions, murmura Adalbert, je laisse la lampe ici, ma torche est moins encombrante et avec elle, au moins, on ne risquera pas de flamber si on nous tire dessus.

Aldo approuva d'un signe de tête et le voyage souterrain commença. Plus fébrile qu'avant la découverte de l'ouverture. Peut-être qu'à cet instant même, Simon Aronov était en train de mourir. Morosini n'avait pas droit à l'erreur.

— Essaie de te détendre, conseilla doucement Adalbert. Si tu es trop nerveux, tu vas t'embrouiller...

Ce n'était, hélas, que trop facile ! Une suite de galeries s'ouvrait dont le sol était fait de vieilles briques pour les unes et de terre battue pour les autres. Aldo se souvenait d'avoir marché plutôt droit à la suite de l'homme au chapeau rond. Avec un peu de soulagement, il retrouva une ogive de pierre à demi écroulée qui se trouvait inscrite dans sa mémoire. Il se souvenait aussi d'avoir marché longtemps mais, quand il se trouva en face d'une patte d'oie, il fut obligé de s'arrêter, l'angoisse au cœur. Fallait-il prendre à droite, à gauche, ou aller tout droit ? Les trois couloirs ne s'écartaient que faiblement les uns des autres et lui s'était contenté de suivre son guide...

— Restons au milieu, conseilla Adalbert, et faisons encore quelques pas ! Si tu as l'impression qu'on se trompe, on reviendra en arrière pour essayer un autre boyau.

Ils continuèrent donc mais, assez vite, Aldo sut que ce n'était pas le bon chemin. Celui-là s'enfonçait dans la terre alors qu'il se rappelait avoir eu l'impression de remonter vers la surface. On revint donc à l'embranchement.

— Et maintenant ? souffla Adalbert. Qu'est-ce que tu choisis ?

— Il faut trouver une porte basse... sur la droite. C'était la première que l'on voyait depuis un moment...

En effet si, au départ, on avait trouvé de chaque côté plusieurs ouvertures fermées, soit de grilles, soit de vantaux en bois qui étaient des caves de particuliers, Aldo se souvenait d'avoir parcouru une sorte de boyau sans coupures.

— C'est une vieille porte à pentures de fer pour laquelle il faudrait la clé que possédait Amschel. Elle ne sera pas facile à ouvrir si on la trouve.

— Laisse-moi donc en juger !

Ils repartirent en s'efforçant d'aller aussi vite que possible. Le cœur d'Aldo battait lourdement dans sa poitrine, étreinte par un affreux pressentiment. Et soudain quelqu'un sortit d'un passage latéral, ou plutôt surgit. C'était un Juif roux portant barbe et cadenettes sous un bonnet crasseux. En tombant presque sur les deux hommes, il poussa un cri de terreur.

— N'ayez pas peur, dit Morosini en allemand. Nous ne vous voulons aucun mal...

Mais l'homme hocha la tête. Il ne comprenait pas, et son regard ne perdait rien de sa méfiance apeurée.

— Je suis désolé, dit Adalbert dans sa propre langue. Nous ne parlons pas le polonais...

Un vif soulagement se peignit sur le visage barbu.

— Je... parle français ! dit-il. Qu'est-ce que vous cherchez ici ?

— Un ami, répondit Aldo sans hésiter. Nous le croyons en danger et nous venons l'aider...

Au même moment, étouffé par la distance mais tout à fait identifiable, l'écho d'un râle de souffrance leur parvint. L'homme bondit comme sous un coup de fouet.

— Il faut que j'aille chercher du secours ! Laissez-moi passer !

Mais Aldo l'empoignait par le col de sa lévite.

— Du secours pour qui ?... Il ne s'appellerait pas Simon Aronov par hasard ?

— Je ne sais pas son nom mais c'est un frère...

— Celui que nous cherchons est aussi un frère pour nous. Il habite quelque chose qui ressemble à une chapelle...

Une nouvelle plainte arriva. Aldo secoua son prisonnier plus violemment :

— Tu parles, oui ou non ? Dis-nous pour qui tu voulais du secours.

— Vous... vous êtes des ennemis... vous aussi !

— Non. Sur ma vie et sur le Dieu que j'adore, nous sommes des amis de Simon. Nous sommes venus l'aider mais je ne retrouve plus le chemin.

Un reste de méfiance tremblait encore dans le regard du Juif mais il comprit qu'il devait jouer cette carte inattendue.

— Lâ... lâchez-moi ! gargouilla-t-il. Je... vous conduis.

Il se retrouva aussitôt sur ses pieds.

— Venez par ici ! dit-il en s'enfilant dans le boyau d'où il sortait.

Aldo le rattrapa par sa lévite :

— Ce n'est pas le chemin. Jamais je ne suis passé par ici.

— Il y en a deux et c'est le plus court. Je suis obligé de vous faire confiance, moi. Vous pourriez me rendre la pareille...

Les hurlements de douleur continuaient :

— Vas-y, décida Adalbert. On te suit et gare si tu bronches !

Au bout d'une centaine de mètres, une faille s'ouvrit soudain dans la muraille et l'on déboucha dans la cave encombrée de débris dont Aldo se souvenait. L'inconnu indiqua alors l'escalier de fer dissimulé par l'amas de ruines. En haut, il y avait la porte, en fer elle aussi, datant des anciens rois. Elle n'était pas fermée. Là-haut, le cri n'était plus qu'un long gémissement. Sans plus s'occuper de leur guide qui en profita pour s'enfuir, Aldo et Adalbert, la tête en feu, foncèrent dans le petit escalier couvert d'un tapis pourpre que masquait la porte. Il n'y avait personne et personne non plus dans la courte galerie qui suivait : les bandits étaient trop sûrs qu'on ne viendrait pas les déranger ! Mais le spectacle que les assaillants découvrirent dans l'ancienne chapelle leur fit dresser les cheveux sur la tête : sur la grande table de marbre aux pieds de bronze, sous l'éclairage du chandelier à sept branches, Simon Aronov était étendu, dépouillé de ses vêtements. Ses mains et ses pieds étaient attachés aux pieds de la table avec une incroyable férocité : on avait brisé à nouveau sa jambe malade qui formait un angle tragique. Deux hommes étaient penchés sur lui : un colosse armé de tenailles rougies au feu d'un brasero qui lui arrachait des lambeaux de chair et, de l'autre côté, Sigismond, bavant d'une joie sadique, qui posait sans arrêt la même question :

— Où est le pectoral ? Où est le pectoral ?...

Tout était bouleversé dans les bibliothèques que l'on avait dû fouiller à fond mais, sur le haut fauteuil en ébène du Boiteux, le vieux Solmanski trônait, l'œil allumé, le cou tendu, l'une de ses mains crispée sur le collier de Dianora. Près de lui, un comparse regardait et riait.

— Parle ! croassait le comte. Parle, vieux démon ! Ensuite on te permettra de mourir.

Les deux coups de feu partirent en même temps : Sigismond, le front troué par la balle d'Aldo, et le bourreau, la tête à demi explosée par le coup d'Adalbert, moururent sans même s'apercevoir de ce qui leur arrivait. Quant à Solmanski père, il put tout juste pousser un cri d'horreur : Aldo le tenait sous la menace de son arme tandis que Vidal-Pellicorne abattait l'homme qui s'amusait tellement, avant de courir s'occuper du supplicié dont le corps n'était plus qu'une plaie, mais qui pourtant gardait conscience. Sa voix s'éleva, faible, chuintante, encore impérieuse :

— Ne le tuez pas, Morosini ! Pas encore !

— À vos ordres, mon ami. Mais ce ne serait jamais que le renvoyer là où il devrait être : n'est-il pas mort à Londres il y a quelques mois ? Puis, cessant de persifler : Vieille ordure ! J'aurais dû vous abattre sans explications quand vous souilliez ma maison de votre présence.

— Tu aurais eu tort, remarqua Adalbert qui essayait de faire boire un peu d'eau à Simon. Il mérite mieux qu'une balle ou un nœud coulant au petit matin. Fais-moi confiance, on va y veiller...

— L'Éternel y a déjà veillé, murmura Simon. Il ne peut plus marcher et ses hommes l'ont porté ici. Il tenait à me montrer lui-même qu'il avait le rubis... comme il possédait déjà le saphir... et le diamant.

— Pour ces deux-là, goguenarda Vidal-Pellicorne, il peut les mettre à la poubelle : ce ne sont que des copies...

Il s'attendait à des protestations furieuses, mais Solmanski ne voyait plus qu'une chose : le cadavre de Sigismond et le trou au milieu du front du beau visage cruel...

— Mon fils ! balbutiait-il... Mon fils ! Vous avez tué mon fils !

— Vous en avez tué d'autres, et sans le moindre regret ! fit Morosini dégoûté.

— Ces gens n'étaient rien pour moi. Lui, je l'aimais...

— Allons donc ! Vous n'avez jamais connu que la haine... Et, ma parole vous pleurez ?

Des larmes, en effet, coulaient sur les joues blanches et plates, mais elles n'émurent pas Aldo. D'un geste négligent, il prit le collier et s'approcha de Simon qu'Adalbert venait de détacher mais qui, après une si longue et si douloureuse résistance, ne pouvait plus bouger. Aldo regarda autour de la pièce.

— Y a-t-il ici un lit où l'on puisse vous porter ?

— Oui... mais c'est inutile. Je veux mourir... ici même. Là où ils m'ont mis... là où j'ai supplié... le Très-Haut de me délivrer... Je suis... plus fort... que je ne le croyais.

Les deux amis glissèrent un coussin sous sa tête et recouvrirent de la robe de chambre en soie arrachée par les bourreaux le corps brisé. Aldo, avec beaucoup de douceur, prit sa main :

— On va vous sortir d'ici... vous soigner ! Maintenant, il n'y a plus de danger et...

— Non... Je veux mourir... Ma tâche est finie et je souffre trop. Vous avez réussi votre mission, vous deux, à vous de l'achever.

— Vous voulez nous remettre le pectoral ?

— Oui... afin que vous y ajoutiez ce... magnifique rubis, mais il n'est pas ici. Je vais vous dire...

— Un instant ! recommanda Adalbert. Laissez-moi tuer ce vieux truand. Vous ne voulez pas lui apprendre maintenant ce qu'il n'a pas pu vous arracher ?

— Si... justement ! Il n'en sera que plus malheureux quand... vous disposerez... ici la bombe à retardement que j'ai toujours tenue préparée en cas de besoin dans mes diverses résidences. Nous partirons ensemble... et je verrai si la haine... peut exister encore dans... l'éternité.

— Vous voulez faire sauter une partie de la ville ? demanda Aldo horrifié.

— Non... rassurez-vous !... Nous sommes... en pleine campagne. Vous le verrez quand vous sortirez... par cette porte !

Sa main se leva pour indiquer le fond de l'ancienne chapelle mais retomba aussitôt, sans forces, sur celles d'Aldo qui voulut dire quelque chose. Le Boiteux l'en empêcha :

— Laissez-moi parler... Vous allez emporter ce collier... Vous irez à Prague : c'est là qu'est le grand pectoral... dans une tombe du cimetière juif... Donnez-moi à boire !... Du cognac !... Il y en a dans l'armoire à droite.

Adalbert se précipita, remplit un verre et, avec des soins de mère, en fit boire quelques gouttes au blessé dont les joues blêmes aux narines pincées reprirent un peu de couleur.

— Merci... Là-bas, vous chercherez la tombe de Mordechai Meisel, qui fut maire de notre cité sous l'empereur Rodolphe. C'est là que je l'ai enfoui après... m'être sauvé de mon château bohémien... Jehuda Liwa vous aidera quand vous lui aurez tout dit...

— Il sait déjà beaucoup de choses, dit Aldo, que j'aimerais pouvoir vous raconter. Nous vous avons suivi de près et...

Une lueur d'intérêt s'alluma dans l'unique œil d'un bleu si intense naguère mais à présent presque décoloré. La bouche déchirée aux dents cassées esquissa même l'ombre d'un sourire :

— C'est vrai... j'ignore toujours où... était le rubis. Comment l'avez-vous retrouvé ?... Ce sera mon dernier plaisir...

Sans plus s'occuper du vieux Solmanski qu'Adalbert avait ligoté à son fauteuil avec les liens enlevés à sa victime, Morosini fit le récit de l'aventure depuis la nuit de Séville jusqu'à l'assassinat de Dianora. Aronov le suivit avec une passion qui semblait agir comme un baume sur ses chairs déchirées.

— Ainsi mon fidèle Wong est... mort ? exhala-t-il enfin. Il était mon dernier serviteur, le plus fidèle avec Élie Amschel. Je... me suis séparé des autres quand j'ai dû me cacher... Quant à vous deux... je ne vous remercierai jamais assez... de ce que vous avez accompli. Grâce à vous, le grand pectoral reverra la terre d'Israël... mais malheureusement, je n'ai plus d'argent à vous donner...

La voix croassante de Solmanski s'éleva, passant comme une rape sur les nerfs des trois hommes...

— On t'a bien dépouillé, hein, vieille fripouille ? Le jour où mon cher fils a mis la main sur Würmli et s'en est fait un ami a été un jour béni. On t'a ruiné, poursuivi, traqué, presque tué !

— Il n'y a pas de quoi être fier, lui jeta Morosini avec un écrasant mépris. Tu vas mourir et tu n'auras même jamais vu le pectoral. Tu as tout manqué de ta vie.

— Il y a encore ma fille... ta femme, et crois-moi elle a toujours su ce qu'elle faisait. Elle est chez toi maintenant ; elle porte un enfant qui aura ton nom, tous tes biens, et que tu ne verras même pas naître parce qu'elle nous vengera...

Aldo haussa les épaules et lui tourna le dos :

— Oui ? Eh bien c'est ce que nous verrons ! Ne compte pas trop sur cette idée consolante pour te faciliter la mort ! Mais... tu as bien fait de me prévenir ! Puis, revenant vers Simon : À propos du grand rabbin de Prague, puis-je poser une question ?

— Je n'ai rien à vous refuser... mais faites vite ! J'ai hâte à présent d'en finir avec cette loque de chair et d'os...

— Comment se fait-il que vous n'ayez jamais été en contact, Jehuda Liwa et vous ? Cependant, il vous connaît, ainsi que votre mission ?

— Je n'ai jamais voulu faire appel à lui pour ne pas le mettre en danger. Il a trop d'importance pour Israël car il est, lui, le grand prêtre, le maître naturel du pectoral. À présent ce sont ses ordres qu'il faudra exécuter... Maintenant, il faut que vous trouviez la porte cachée...

Il voulut se soulever mais ses os brisés lui arrachèrent un cri de douleur. Aldo le prit dans ses bras avec une infinie douceur et il en fut remercié par un regard reconnaissant.

— Le rideau de velours noir entre... les deux bibliothèques... Tirez-le, Adalbert !

— Il n'y a que le mur derrière, fit celui-ci en obéissant. Et aussi un étroit vitrail.

— Comptez cinq moellons au-dessous du coin gauche... de ce vitrail et cherchez une aspérité sur le sixième... Quand vous l'aurez trouvée, appuyez !

Tous regardaient à présent Adalbert qui exécutait point par point les instructions. On entendit un léger déclic et, dans le mur même, une ouverture laissa passer l'air froid de la nuit.

— C'est bien, souffla Simon. Maintenant... la bombe ! Enlevez la torchère qui est la plus proche du coffre en fer... et le tapis qui est dessous.

— Il y a une petite trappe.

— L'engin est là... Apportez-le...

Un instant plus tard, l'égyptologue sortait un paquet composé de bâtons de dynamite et d'un détonateur assorti d'un mouvement d'horlogerie qu'il vint déposer sur la table de marbre souillée.

— Quelle heure est-il ? demanda Simon.

— Huit heures et demie, dit Aldo.

— Bien... réglez la montre... à neuf heures moins le quart... appuyez sur le bouton rouge... et allez-vous-en aussi vite que vous pourrez !...

Un spasme de souffrance le tordit dans les bras d'Aldo qui s'insurgea :

— Un quart d'heure ? Vous voulez souffrir encore tout ce temps ?

— Oui... oui, parce que lui... là-bas... qui est bien vivant encore... il va subir une agonie encore pire... Allez-vous-en !... Adieu... mes enfants !... Et merci ! Si quelque chose vous plaît ici... prenez-le et priez pour moi... surtout quand Israël retrouvera sa terre... Oh ! mon Dieu !... Reposez-moi... Aldo !

Morosini obéit. Simon haletait, la sueur coulant de son front, et ne pouvait retenir des gémissements.

— Vous n'allez pas me laisser là ? grogna Solmanski... Je suis riche, vous savez, et vous, vous en êtes de votre poche dans cette affaire. Je vous donnerai...

— Rien ! coupa Aldo. Je vous défends de m'insulter...

— Mais je ne veux pas mourir... Comprenez donc ! Je ne veux pas...

Pour toute réponse, Adalbert fit un bâillon d'une écharpe qui traînait à terre et l'appliqua sur la bouche du prisonnier. Puis il se mit à souffler les bougies :

— Appuie sur le bouton, dit-il à Aldo qui regardait le Boiteux endurer son martyre avec des larmes plein les yeux... et puis fais vite, si toutefois ta main ne tremble pas !

Morosini tourna la tête vers lui. Ils n'échangèrent qu'un bref regard, puis le prince déclencha la minuterie mortelle. Enfin, prenant son revolver où restait une balle, il l'approcha de la tête de l'homme qu'il respectait le plus au monde et tira... Le corps torturé se détendit. L'âme, délivrée, pouvait s'envoler.

— Viens, pressa Adalbert. Et n'oublie pas le rubis...

Aldo fourra le collier dans sa poche et s'élança tandis que son ami soufflait les dernières bougies... La porte se referma sur ce tombeau où restait encore un vivant...

Ils se retrouvèrent dans des éboulis et, après avoir couru quelques dizaines de mètres, ils se retournèrent pour voir ce qu'ils pensaient être une chapelle. À leur grande surprise, ils n'aperçurent qu'un tumulus formé de terre, de pierres et d'herbes folles et où n'apparaissait aucune trace d'ouverture...

— Incroyable ! souffla Vidal-Pellicorne. Comment avait-il pu réussir pareille installation ?

— De lui, rien ne m'étonne... C'était un homme prodigieux et je ne remercierai jamais assez le Ciel de m'avoir permis de le rencontrer...

Il avait une affreuse envie de pleurer et sans doute n'était-il pas le seul car Adalbert venait de renifler à plusieurs reprises. Il chercha la main de son ami et la serra brièvement :

— Allons-nous-en, Adal ! Nous n'avons pas beaucoup de temps et ça va sauter...

Ils reprirent leur course dans la direction où apparaissaient quelques lumières, peut-être les dernières maisons de Varsovie. Ils trouvèrent bientôt une route plantée d'arbres déjà dénudés mais au-delà desquels luisaient les eaux sombres d'un cours d'eau qu'Aldo reconnut aussitôt.

— C'est la Vistule et cette route, c'est celle de Wilanow qui doit être derrière nous. On sera très vite en ville...

Le bruit de l'explosion lui coupa la parole. Là-bas, le ciel s'embrasait. Puis une gerbe de flammes et d'étincelles jaillit du cœur du tumulus. D'un même mouvement, Aldo et Adalbert firent un signe de croix. Non qu'ils crussent à une quelconque rédemption de l'homme qui venait de payer ses crimes et ses forfaitures, mais par simple respect de la mort, quel que soit celui qu'elle atteignait...

— Je me demande, fit Vidal-Pellicorne, ce que penseront de ce bizarre tumulus les archéologues qui auront à travailler dessus prochainement ou dans des années...

— Disons qu'ils auront des surprises...

Et ils poursuivirent leur chemin en silence.

Dès le lendemain matin, ils partaient pour Prague, pressés qu'ils étaient de se débarrasser de la pierre meurtrière.

Ce même soir et à l'heure même où Morosini et Vidal-Pellicorne frappaient à la porte du grand rabbin dans la rue Siroka, à Venise Anielka et Adriana Orseolo s'installaient pour dîner dans le salon des Laques. En tête à tête...

Les deux femmes s'étaient quittées à Stresa, où Adriana avait séjourné vingt-quatre heures avant de regagner Venise tandis que sa « cousine » prenait le train pour rejoindre son frère à Zurich. Aussi, dès son retour au bord du Grand Canal, Anielka s'était-elle hâtée d'inviter à dîner « chez elle » celle qui était devenue sa meilleure amie. En effet leurs relations, entamées pour complaire à Solmanski père, jadis l'amant d'Adriana, et aussi pour déplaire à Morosini, s'étaient changées peu à peu en une complicité affectueuse.

Ce dîner que la « princesse » avait annoncé à Cecina sur le ton hautain qui lui était familier devait marquer, dans son esprit, un profond changement dans ses habitudes : persuadée qu'Aldo ne se tirerait pas si vite des griffes de la police helvétique et ayant, d'autre part, jeté au visage d'un époux détesté le masque de patience qu'elle portait, Anielka entendait se comporter désormais en dame et maîtresse du palais. Si Aldo réussissait à revenir avant la naissance du bébé, il n'aurait plus qu'à s'incliner devant le fait établi : sa réputation serait détruite — Anielka et sa « chère amie » comptaient bien s'en charger — il serait père et n'aurait plus d'autre solution que de marcher droit. C'était ce nouvel état de choses que l'on allait fêter dans l'intimité en attendant le grand dîner que la « princesse Morosini » comptait offrir prochainement à sa coterie d'amis internationaux et à quelques Vénitiens bien choisis, c'est-à-dire suffisamment désargentés pour être prêts à se faire les chantres laudateurs d'une femme à la fois riche, généreuse et belle.

— Je donnerai ce grand dîner dans une quinzaine de jours, déclara-t-elle à « sa cuisinière ». Ensuite, il me faudra compter avec l'enfant à naître et me ménager mais, pour ce repas avec la comtesse Orseolo, je veux de la cuisine française et du champagne... Pas question de me faire avaler votre tambouille italienne que je déteste et que, d'ailleurs, vous feriez mieux d'oublier.

— Le maître l'aime !

— Mais il n'est pas là et ne rentrera pas de sitôt. Alors, mettez-vous bien dans la tête que si vous voulez rester ici, il faudra m'obéir. C'est compris ?

— Oh, c'est tout à fait clair ! fit Cecina du bout des lèvres. Madame la princesse commence son règne ?

— Vous pouvez le dire... encore que j'aimerais que ce soit sur un ton plus poli. Sachez ceci : je ne tolérerai plus vos insolences. Vous n'êtes rien d'autre ici que la cuisinière et vous pourrez en informer votre mari et mes autres domestiques...

Cecina s'était retirée sans autre commentaire, se contentant comme on venait de le lui ordonner de répéter à Zaccaria, Livia et Prisca ce qu'elle venait d'entendre. Zaccaria en avait été atterré. Quant aux jeunes femmes de chambre, elles s'étaient signées d'un même mouvement tandis que leurs yeux s'emplissaient de larmes :

— Qu'est-ce que ça veut dire, madame Cecina ? demanda Livia qui au fil des années était devenue le bras droit et la meilleure élève de Cecina.

— Que madame la princesse entend faire sentir son pouvoir à tout et tous dans cette maison.

— Mais enfin, s'écria Zaccaria, don Aldo n'est pas mort, que je sache ?

— Elle se comporte exactement comme s'il l'était.

— Et nous allons supporter ça ?

— Pour un temps, mon bonhomme, pour un temps...

À l'heure prévue pour l'arrivée de l'invitée, la cuisine du palais embaumait de senteurs exquises, il y avait des fleurs partout et la table ronde dressée au milieu des laques chinois portait les couverts de vermeil aux armes des Morosini, comme le ravissant service de Sèvres rose et les verres gravés d'or. Des roses s'épanouissaient dans un cornet de cristal et Zaccaria, vêtu de sa plus belle livrée, accueillit donna Adriana avec sa courtoisie habituelle avant de servir aux deux femmes, dans la bibliothèque, le champagne de bienvenue.

— Fêtons-nous quelque chose ? demanda Adriana en découvrant cette accumulation de raffinement dont elle ne pouvait s'empêcher d'éprouver un peu de gêne.

Tout eût été tellement différent si Aldo en personne était venu à elle, les mains tendues comme autrefois !

— Votre retour dans ces murs, ma chère Adriana, répondit Anielka très souriante. Et le début d'une nouvelle ère pour les Morosini.

On causa des événements qui avaient marqué l'anniversaire tragique de Mme Kledermann. En dépit de son empire sur elle-même, Adriana ne cacha pas sa surprise en apprenant qu'Anielka, après avoir subtilisé le collier, glissé ensuite à son frère, avait osé accuser son mari du meurtre :

— N'était-ce pas un peu... exagéré ? Je connais Aldo depuis l'enfance : il est incapable de tuer une femme...

— Je le sais, sinon il y a longtemps que je serais morte. Non, c'est un... ami de mon frère qui a tiré depuis le jardin avant de s'enfuir par le lac, mais Aldo avait besoin d'une leçon. J'espère que celle-ci sera profitable... et longue.

— Cela m'étonnerait. Les policiers suisses ne sont pas stupides. Ils s'apercevront vite de son innocence...

— Ce n'est pas sûr. Quand je me suis esquivée les choses prenaient une tournure peu sympathique pour lui. De toute façon, s'il échappe à ce petit piège, mon frère saura s'occuper de lui. Si vous voulez tout savoir, chère Adriana, j'espère bien ne jamais revoir mon cher mari, ajouta-t-elle en levant sa coupe.

Un toast auquel la comtesse Orseolo ne fit pas écho. Si forte que fût sa haine envers Aldo, elle n'aimait pas l'idée qu'un grand seigneur vénitien soit livré ainsi à une clique polono-américaine...

Heureusement, à cet instant, Zaccaria vint annoncer que madame la princesse était servie et les deux femmes passèrent à table en bavardant gaiement d'un avenir qu'Anielka, surtout, envisageait plein d'agréments :

— La maison d'antiquités peut très bien se passer d'Aldo, disait-elle en dégustant d'une cuillère délicate la bisque de langouste que le vieux maître d'hôtel venait de leur servir. D'ailleurs, ces dernières années elle s'en est passée plus souvent qu'à son tour. Je compte garder le cher monsieur Buteau...

— Au fait, où est-il ce soir ? Il ne dîne pas avec nous ?

— Non. Il est chez le notaire Massaria et je préfère qu'il en soit ainsi : il est beaucoup trop attaché à mon cher époux pour entendre ce que je voulais vous dire mais je n'aurai aucune peine à le garder. Aldo disparaîtra dans un accident... tout naturel et Guy s'attachera à l'enfant que je vais mettre au monde. Je veux que ce soit un fils !

— Il est difficile de forcer la nature, sourit Adriana. Il faudra bien prendre ce que D... le ciel vous enverra.

— Ce sera mon enfant à moi seule. Je garderai aussi le petit Pisani. Il m'adore bien qu'il se tienne à distance, mais il accourra au premier claquement de doigts. Je compte aussi faire venir mon père afin de veiller sur lui. Son infirmité l'éprouve beaucoup moralement mais il se sentira mieux ici, auprès de moi et de son petit-fils. S'il n'avait une affaire importante à régler à Varsovie, je ne lui aurais jamais permis de retourner dans notre palais, si froid, si lugubre par moments...

Le potage terminé, Zaccaria desservit mais ce fut Cecina qui apporta le plat suivant : un superbe soufflé. Anielka leva un sourcil mécontent.

— Comment se fait-il que vous serviez ? Où est Zaccaria ?

— Il faut l'excuser, madame la princesse. Il vient de glisser sur une épluchure dans la cuisine et il s'est fait très mal. En attendant que ça lui passe, je sers : un soufflé, ça n'attend pas.

— En effet, ce serait dommage, dit Adriana en contemplant avec plaisir la belle croûte aérienne et dorée. Ça sent merveilleusement bon !

— Qu'est-ce que c'est ? demanda Anielka.

— Truffes et champignons mélangés, avec un rien de vieil armagnac...

Avec autant d'habileté et d'autorité que Zaccaria lui-même, Cecina, superbe dans sa plus belle robe de soie noire, un petit bonnet de même étoffe perché sur un chignon pour une fois rigoureux, remplit les assiettes puis se retira un peu à l'écart, sous le portrait de la princesse Isabelle, mère d'Aldo, et resta là, les mains croisées sur son ventre.

— Eh bien ? s'impatienta Anielka, qu'attendez-vous ?

— J'aimerais seulement savoir si mon soufflé est au goût de madame la princesse et de madame la comtesse ?

— C'est assez naturel, plaida Adriana. Dans les grandes maisons, le chef vient assister à la dégustation de son plat principal lors d'un grand dîner... N'est-ce pas, Cecina ?

— En effet, madame la comtesse.

— En ce cas... admit Anielka en plongeant sa cuillère dans l'odorante préparation.

Ce devait être délicieux car les deux convives se régalèrent. Debout au pied du grand portrait, Cecina regardait... attendant les premiers symptômes avec une avidité cruelle. Ils vinrent rapidement. La première, Anielka lâcha sa cuillère et porta la main à sa gorge.

— Que se passe-t-il ? Je ne vois plus rien... et j'ai mal, mal...

— Moi non plus... Je ne vois plus... Oh, mon Dieu !

— Il est bien temps d'appeler le Seigneur ! gronda Cecina. Vous allez avoir des comptes à lui rendre. Moi, j'ai réglé ceux de mes princes...

Et, aussi calmement que si elle assistait à une comédie de salon, Cecina regarda mourir les deux femmes...

Quand tout fut fini, elle alla chercher une petite fiole contenant de l'eau bénite, s'agenouilla auprès du cadavre d'Anielka et procéda, sur son ventre, à l'ondoiement de l'enfant qui ne naîtrait jamais. Puis elle se releva, revint au portrait de la mère d'Aldo, en baisa le pied comme elle eût fait d'une icône, murmura une fervente prière et enfin releva sa bonne figure givrée de larmes :

— Priez Dieu de m'absoudre, Madonna mia ! À présent, notre Aldo n'a plus rien à craindre et vous êtes vengée... mais moi je vais avoir besoin de votre secours. Priez, je vous en supplie, priez pour mon âme en péril !

Elle alla prendre sur la table le plat où il restait un peu de sa préparation meurtrière, rentra dans sa cuisine où elle avait fait le vide en expédiant son Zaccaria chez le pharmacien lui chercher d'urgence de la magnésie pour de soudaines et mythiques douleurs d'estomac — Livia et Prisca étaient l'une au cinéma l'autre chez sa mère — et là, elle s'assit devant la grande table où pendant tant d'années elle avait fait manger son petit Aldo et préparé des merveilles pour ses maîtres bien-aimés. Elle essuya ses larmes à un torchon qui traînait là, fit un signe de croix et avala une grande cuillerée du soufflé fatal.

CHAPITRE 13

LE PECTORAL DU GRAND PRÊTRE...

Il était près de minuit et, le mauvais temps aidant, tout était si calme dans Prague que l'on pouvait entendre le murmure de la rivière. L'un derrière l'autre, les trois hommes franchirent la porte étroite du jardin des morts mais, presque aussitôt, Jehuda Liwa s'arrêta :

— Restez ici ! dit-il à ses deux compagnons, et veillez ! La tombe de Mordechai Meisel se trouve dans la partie basse du cimetière non loin de celle de Rabbi Loew, mon ancêtre. Vous devez empêcher quiconque de me suivre... en admettant qu'il y ait quelqu'un à cette heure tardive.

Les deux hommes hochèrent la tête, comprenant que leur guide ne tenait pas à leur montrer comment il s'y prendrait pour ouvrir la sépulture, mais ils ne s'en offensèrent pas, soulagés au contraire de ne pas participer à un nouveau viol de tombe.

— Je me demande, fit Aldo, comment on peut s'y retrouver au milieu de ce chaos de pierres qui ont l'air plantées dans tous les sens. On dirait qu'elles ont été semées là au hasard par la main d'un géant négligent. Et il y en a beaucoup !

— Douze mille, répondit Adalbert. J'ai lu quelque chose sur ce cimetière. On y enterre depuis le XVe siècle mais, le territoire du ghetto étant limité, on a empilé les morts les uns sur les autres, parfois jusqu'à dix. Cependant, deux ou trois personnages illustres ont droit à des demeures à quatre murs ; ce doit être le cas de ce Meisel. Et il faut qu'il en soit ainsi car, chez les Juifs, troubler le repos des morts est un crime grave...

— Chez nous aussi...

Un bruit de pas se fit entendre au-dehors et les deux hommes se turent : il était inutile de faire savoir à qui que ce soit qu'il y avait du monde dans le cimetière. Puis les pas s'éloignèrent et Aldo, qui s'était glissé entre un tronc d'arbre et le mur pour essayer d'identifier le visiteur éventuel, reparut. Adalbert frotta ses mains l'une contre l'autre :

— Quel endroit lugubre... et glacial ! Je suis gelé...

— C'est beaucoup plus aimable en été. Il y a des fleurs sauvages qui poussent entre les tombes et surtout cela embaume : le jasmin, le sureau, une odeur de paradis...

— Te voilà bien romantique ! Tu devrais pourtant te sentir plus joyeux : nos ennuis sont finis... nos aventures aussi, d'ailleurs !

Le soupir d'Adalbert amena un sourire de son ami :

— On dirait que tu le regrettes ?

— Un peu, oui... Il va falloir se contenter de l'égyptologie. Et puis, ajouta-t-il soudain grave, la vie aura moins de sel à présent que Simon nous a quittés...

— Moi aussi je le regretterai mais je te rappelle que mes ennuis, à moi, sont toujours d'actualité. La dernière des Solmanski continue à sévir sous mon toit... et ça peut durer encore longtemps.

— Tu penses à ton annulation ?

— Oui. Quand je l'obtiendrai, si j'y arrive, il y aura l'enfant d'un autre chez moi et j'aurai des cheveux blancs. Quant à Lisa... elle aura épousé Apfelgrüne ou quelqu'un d'autre.

Il y eut un silence que troubla seulement le passage lointain d'une voiture. Assis côte à côte sur une grosse pierre comme deux moineaux sur une branche, Aldo et Adalbert l'écoutèrent décroître.

— Tu avoues enfin que tu l'aimes ? murmura le second.

— Oui... et quand je pense que je pourrais être son mari depuis des années, je me battrais !

— Il ne faut pas ! Je vous vois mal engagés l'un et l'autre dans un mariage arrangé d'avance. Tu as joué ton rôle d'honnête homme en refusant de te marier pour de l'argent. Quant à elle, je ne suis pas certain qu'elle aurait accepté de devenir ta femme dans ces conditions. D'ailleurs, elle t'aurait méprisé...

— Tu as raison. Mais au fait, toi ? Tu pourrais épouser Lisa. Tu es libre comme l'air et tu l'aimes aussi ?

— Oui, mais moi elle ne m'aime pas... Et puis, je crois que je suis le type parfait du célibataire. Je ne me vois pas marié — les jumeaux n'aimeraient pas ! — à moins... à moins que j'épouse Plan-Crépin ?

— Tu veux rire ?

— Pas vraiment. C'est une fille cultivée, une fouineuse doublée d'une acrobate qui ferait sans doute merveille sur un chantier de fouilles. Sans compter ses talents de détective !

— Mais enfin, tu l'as regardée ?

— À moins d'une grave disgrâce physique, il n'y a rien qu'un bon couturier et un bon coiffeur ne puissent accomplir comme transformation. Cela dit, rassure-toi ! Je ne vais pas priver Mme de Sommières de son fidèle bedeau mais il se peut que, plus tard, j'offre à Marie-Angéline... un poste de secrétaire... ou d'amie fidèle ! Je suis certain qu'on travaillerait très bien ensemble... Je la trouve marrante, moi, cette fille !

Le temps passait sans ramener le rabbin. Aldo commençait à s'inquiéter :

— J'ai envie d'aller voir ce qu'il devient...

— Vaut mieux pas. Ça pourrait ne pas lui plaire. Il nous a dit de veiller, veillons !

— Tu as sans doute raison mais je n'aime pas cette atmosphère... ni cet endroit. Je me fais l'effet d'être un revenant. Ça me fait penser à un poème de Verlaine que j'aime bien pourtant...

— « Dans le grand parc solitaire et glacé, deux ombres ont tout à l'heure passé... », récita Vidal-Pellicorne. Moi aussi j'y ai pensé... à cette différence près que nous ne sommes pas un couple d'anciens amoureux.

Morosini eut un petit rire bas qui ne le réchauffa pas :

— Comment fais-tu pour savoir presque toujours ce qui me passe par la tête ?

Adalbert haussa les épaules :

— Ça doit être ça, l'amitié !... Tiens, le voilà qui revient !

La haute forme noire aux longs cheveux blancs venait d'apparaître.

— Rentrons ! dit-elle seulement quand elle fut auprès des guetteurs.

En silence ils quittèrent le cimetière, regagnèrent la maison où les chandelles brûlaient toujours. De sous son ample vêtement, Jehuda Liwa tira un paquet enveloppé de forte toile grise et de fin tissu blanc qu'il déballa sur sa table : le grand pectoral apparut, magnifique et brillant, tel que Morosini l'avait vu deux ans plus tôt entre les mains de Simon Aronov. À une seule différence près : il ne manquait plus qu'une pierre, une seule au milieu des quatre rangées de cabochons sertis d'or. Les trois autres, le saphir, le diamant et l'opale avaient été remis en place et ce n'est pas sans émotion qu'Aldo, penché sur le joyau, toucha du doigt la pierre étoilée que sa mère portait jadis...

— Donnez-moi le collier, à présent, dit Liwa qui était allé chercher dans un meuble un sac de peau contenant des outils qu'il étala devant lui avant de prendre place sur son fauteuil à haut dossier.

Pendant un moment, ses doigts déliés s'activèrent à dessertir le rubis avec un soin extrême. Puis, le gardant sur sa paume, il alla le poser sur le rouleau ouvert de la Thora où Morosini eut l'impression qu'il lançait des feux plus intenses que jamais, comme s'il cherchait à se défendre. Le grand rabbin étendit au-dessus de lui ses mains en prononçant des paroles incompréhensibles, mais qu'au ton de la voix on pouvait deviner des ordres. Un fait étrange se produisit alors : peu à peu, les éclairs rouges faiblirent, rentrèrent dans la pierre qui, lorsque les mains s'écartèrent, ne fut plus qu'une gemme d'un beau rouge profond brillant sous la lumière blonde des chandelles. Liwa le reprit :

— Voilà ! dit-il. Désormais, il ne fera plus de mal à personne et je vais le replacer dans le pectoral. Cherchez dans cette armoire, ajouta-t-il en désignant un buffet ancien : vous y trouverez des verres et du vin d'Espagne. Servez-vous et asseyez-vous pour attendre !

— Pourquoi attendre ? demanda Aldo. Tout va rentrer dans l'ordre et le pectoral est désormais en votre possession. C'est, je pense, sa meilleure destination ?

— Non. Ce n'est pas ainsi que s'accomplira la prédiction. Quelqu'un doit le rapporter sur la terre de nos ancêtres. C'est ce qu'aurait fait Simon Aronov que l'Éternel accueille à sa droite ! Vous êtes son envoyé, prince Morosini, et, à défaut de lui, c'est à vous qu'incombe le soin de le rapatrier !

— Mais à qui le remettre ?

— Je vous le dirai. Laissez-moi travailler !

Vaincu mais non résigné, Aldo accepta le verre qu'Adalbert lui tendait et le vida d'un trait, puis en prit un autre. Pendant un moment, les deux hommes attendirent en silence. Enfin Adalbert osa élever la voix :

— Pouvons-nous vous parler ? demanda-t-il. Ou bien en serez-vous troublé dans votre tâche ?

— Non. Vous pouvez parler. Que voulez-vous savoir ?

— Pourquoi ne pas aller vous-même en Terre sainte ?

— Parce que je dois demeurer ici et qu'en partant je remettrais peut-être le pectoral en danger. Il faut qu'il arrive en de certaines mains. Un étranger noble, riche et bien introduit, sera beaucoup mieux accueilli par les Anglais.

— Et vous pensez que les Juifs vont se rendre en masse là-bas quand il y sera ?

— Quelques-uns, sans doute, mais l'exode se fera plus tard... dans une vingtaine d'années. En ce moment mes frères sont bien implantés dans divers pays. Ils sont riches, pour la plupart, et heureux. Ils n'ont aucune envie d'abandonner tout ça pour la vie incertaine des pionniers. Pour les y décider, il faudra l'aiguillon du malheur, le grand malheur que rien ni personne ne peut éviter maintenant parce qu'il est déjà en train de se préparer.

— Simon disait pourtant, intervint Morosini, que si nous faisions assez vite pour reconstituer le pectoral, Israël pourrait être sauvé ?

— Il lui fallait vous exciter à la chasse... et puis peut-être voulait-il y croire ? De toute façon, la tradition n'a pas dit qu'Israël retrouverait sa souveraineté dès que le pectoral serait rentré au bercail, mais bien que notre peuple ne pourrait retrouver sa terre et sa puissance tant que le symbole sacré des tribus ne serait pas de retour. Cependant, il est une épouvantable épreuve que nous ne pourrons pas éviter. Israël passera par les feux de l'Enfer avant de se retrouver.

Une heure plus tard, le pectoral était reconstitué dans son antique splendeur et le rabbin l'enveloppait du linge immaculé et de sa toile.

— J'aimerais mieux que vous le gardiez, soupira Morosini qui le regardait faire. Avant de mourir, Simon nous a dit que vous étiez le dernier Grand Prêtre du Temple dont certaines pierres sont imbriquées dans votre synagogue. Vous pourriez l'y cacher... dans le grenier, par exemple ?

Les yeux de Jehuda Liwa s'attachèrent à ceux du prince, perçants comme des flèches de feu :

— Ce n'est pas sa place. Ce que recouvre le toit de Vieille-Nouvelle ressort de la Justice et de la Vengeance divines. Le pectoral doit porter l'espoir en revenant là d'où il n'aurait jamais dû partir.

— Très bien ! Il en sera fait selon votre volonté...

Il avait étendu les mains, pris le paquet gris qu'il cacha contre sa poitrine, retenu par la ceinture serrée de l'imperméable.

— Est-ce que tu n'oublies rien ? dit le grand rabbin, voyant qu'il se disposait à partir.

— Si vous voulez ajouter votre bénédiction, je ne refuse pas.

— Je pense à cette femme de Séville dont l'âme en peine...

— Seigneur ! gémit Morosini qui devint tout rouge. La Susana ! Comment ai-je pu oublier celle à qui nous devons le rubis ?

— Tu as quelques excuses. Tiens !

Il prit sur le lutrin où reposait la Thora un mince rouleau de parchemin qu'il enferma dans un étui de cuivre avant de le donner à Aldo :

— Encore un voyage, mon ami ! Tu iras là-bas. Tu entreras, à la nuit close, dans la maison de cette malheureuse, tu sortiras le parchemin, tu l'étaleras sur les marches de l'escalier et tu repartiras sans te retourner. C'est son passeport pour la rédemption...

— Je le ferai !

— Nous le ferons, précisa Adalbert alors qu'ils regagnaient à pied par les petites rues nocturnes l'hôtel Europa. J'ai toujours adoré les histoires de fantômes !

Ce n'est qu'une fois dans l'hôtel qu'il obtint une approbation :

— Je serais content que tu viennes avec moi, mais j'espérais que tu me proposerais de m'accompagner à Jérusalem, fit Aldo en déposant le paquet du pectoral sur sa table de chevet et en en tirant la lettre que Jehuda Liwa avait glissée sous la toile.

— J'en avais bien l'intention ! En attendant qu'est-ce qu'on fait ?

— Il est trois heures du matin. Tu ne crois pas qu'on pourrait dormir un peu ? À mon réveil, j'appellerai chez moi pour savoir si Anielka est revenue. Il est temps que je lui arrache les griffes, à celle-là !

— Comment ?

— Je ne sais pas encore, mais je pense que l'annonce de l'extinction de sa famille devrait l'inciter à plus de compréhension. J'espère arriver à la convaincre d'aller vivre ailleurs...

— Je me demande, soupira Adalbert, si tu ne crois pas encore au Père Noël ? Bonne nuit, en attendant !

— Je serais étonné qu'elle soit mauvaise...

Il y avait longtemps, en effet, qu'Aldo n'avait dormi d'aussi bon cœur. L'anéantissement quasi total de la tribu Solmanski ainsi que la reconstitution du pectoral l'emplissaient d'une vraie joie qui se traduisit par un repos parfait. Vers le milieu de la matinée, il revint à la conscience avec l'impression de renaître accompagné d'une formidable envie d'activité. Dès son réveil, il demanda Venise au téléphone et, en attendant, fit sa toilette — pour la première fois depuis des mois, il chanta sous la douche — et dévora un copieux petit déjeuner. Il allumait une cigarette en regardant un allègre petit soleil d'automne caresser les volutes modern style de sa fenêtre quand on lui passa la communication. Et tout de suite sa belle joie de vivre subit une rude atteinte :

— Aldo ! Enfin c'est vous ? fit au bout du fil la voix angoissée de Guy Buteau. Dieu soit loué ! Où êtes-vous ? Je vous croyais à Zurich mais au Baur on m'a dit que vous étiez parti depuis plusieurs jours en voiture avec monsieur Vidal-Pellicorne... Et nous, nous avons tellement besoin de vous !

— Nous sommes à Prague... mais, pour l'amour de Dieu, calmez-vous, mon ami. Qu'est-ce qui se passe ?

— Votre femme et votre cousine Adriana sont mortes... empoisonnées par un soufflé aux champignons... et Cecina ne vaut guère mieux.

— Empoisonnées ? Mais ça s'est passé où ?

— Ici, bien sûr. Au palais !... Anielka entendait fêter avec la comtesse Orseolo sa prochaine prise de pouvoir. Elle avait ordonné à Cecina de leur cuisiner un dîner français... Elles ne l'ont jamais fini.

— Vous voulez dire que Cecina les a...

— Oui... et ensuite elle en a mangé aussi, de ce soufflé, mais...

Le téléphone se mit soudain à crépiter, Aldo n'entendit plus rien en dépit de ces « allô ! » frénétiques. Sinon la voix de la préposée de l'hôtel :

— Désolée, Monsieur, il doit s'être passé quelque chose... un orage peut-être, mais la ligne est interrompue !

Aldo raccrocha si violemment que l'appareil sauta et tomba. Sans plus s'en occuper, il se rua chez Adalbert qu'il trouva installé dans son lit en train de déguster un café viennois mousseux à souhait et tout enveloppé des fumées d'un odorant cigare. L'archéologue offrait une telle image de la béatitude que Morosini eut presque honte de troubler une félicité si bien gagnée.

— Quelle belle journée, hein ? émit Adalbert. Il y a longtemps que je ne me suis pas senti aussi bien. Qu'est-ce qu'on fait aujourd'hui ?

— Toi, je ne sais pas, mais moi je prends le premier train pour Vienne où je pense attraper le Vienne-Trieste-Venise...

— Qu'est-ce qu'il y a, le feu ?

— Presque... il faut que je rentre au plus vite.

En quelques mots, Aldo raconta sa trop brève communication téléphonique. Adalbert s'étrangla dans son café, jeta son cigare et sauta à bas de son lit...

— Je vais avec toi ! Pas question de te laisser rentrer tout seul.

— Et ta voiture ? Tu vas l'abandonner ?

— Ah, c'est vrai ! Écoute, va prendre ton train, moi je règle l'hôtel, je fais le plein et je repars. Je te rejoins là-bas... Pas fâché de voir d'ailleurs si je peux battre le chemin de fer !

— La route n'est pas facile, alors pas d'imprudences, s'il te plaît. J'ai mon compte de catastrophes !

Il se dirigeait vers la porte. Adalbert le rappela :

— Aldo !

— Oui ?

— Tu peux être franc avec moi ? Anielka et la meurtrière de ta mère, ça ne doit pas te causer une peine immense ?

— C'est vrai, mais Cecina, c'est autre chose ! Elle fait partie de moi et l'idée qu'elle m'ait tout sacrifié jusqu'à sa vie, ça, crois-moi, c'est intolérable...

Le dernier mot buta sur un sanglot. Aldo se jeta hors de la chambre dont il claqua la porte derrière lui. Dix minutes plus tard, un taxi le conduisait à la gare.

Prévenu par le télégramme qu'Aldo avait pris la peine d'envoyer avant de quitter l'Europa, Guy Buteau l'attendait à la gare de Santa Lucia avec le motoscaffo. Dans ce matin de novembre gris et pluvieux, l'ancien précepteur vêtu de noir ressemblait à l'image même de la désolation en dépit de l'angle guilleret sous lequel il plaçait toujours son chapeau melon. Lorsqu'il vit paraître Morosini, il se jeta dans ses bras en pleurant sans pouvoir dire un mot.

Jamais Aldo ne l'avait vu pleurer. La douleur de cet homme fin et courtois, toujours si discret, lui serra le cœur :

— Est-ce que... Cecina est ?...

Le vieux monsieur se redressa en tamponnant ses yeux :

— Non... pas encore ! C'est presque un miracle... on dirait qu'elle attend quelque chose !

— Mais enfin, comment cela s'est-il passé ?

— Madame Anielka, comme je vous l'ai dit, avait invité votre cousine pour fêter ce qu'elle appelait sa prise de pouvoir. Cecina n'a rien dit mais elle m'a fait savoir qu'elle aimerait que je sois absent. Ça tombait bien : je dînais chez Massaria. Elle a envoyé Livia au cinéma et Prisca chez sa mère en disant que, pour deux personnes seulement, elle et Zaccaria suffiraient. Après le premier plat qui était une bisque, Cecina se plaignit de douleurs « dans ses intérieurs » comme elle disait et expédia son mari chez Franco Guardini pour lui chercher de la magnésie...

— Il devait être fermé à cette heure ?

— Justement. Elle savait qu'il ouvrirait mais que ça prendrait du temps. Ensuite, elle a servi elle-même un magnifique soufflé aux truffes et aux champignons. Je vous l'avoue, je ne connais rien aux champignons. Toujours est-il que ceux dont Cecina s'est servi étaient mortels : les deux femmes ont dû mettre un quart d'heure environ à mourir. Ensuite, Cecina a mangé elle-même de son soufflé...

— Comment se fait-il alors...

— Qu'elle ne soit pas morte peu après ? C'est grâce à Zaccaria. Il a trouvé suspectes les soudaines douleurs de sa femme; il s'est douté qu'elle préparait quelque chose et, au lieu d'aller chez Guardini, il s'est précipité chez Mlle Kledermann...

La valise d'Aldo lui tomba des mains et faillit rouler dans le canal :

— Lisa ? Ici ?

— Mais oui. Au début de cette année, elle a acheté discrètement, avec l'aide de notre notaire, le petit palais de San Polo où elle s'est installée avec une servante et un domestique pour y vivre sous un nom d'emprunt. Cecina allait la voir souvent. Elle disait que c'était bon pour son moral et je la crois volontiers... Elle était toujours plus gaie quand elle en revenait ; Zaccaria aussi d'ailleurs !

— Et vous ? Vous étiez au courant ?

— Oui, pardonnez-moi !... Voyez-vous, à la fin de l'année dernière Cecina a écrit à Mlle Lisa pour lui expliquer comment vous avez été amené à épouser lady Ferrals. Alors elle a décidé de revenir et, chez elle, nous avons formé un petit club dont le but était de veiller au grain et de vous protéger le plus possible, parce que nous étions persuadés qu'auprès de cette malheureuse vous étiez en danger. Surtout quand vous avez annoncé votre intention de faire annuler votre mariage...

Les deux hommes embarquèrent dans le rapide canot dont Zian, en deuil lui aussi, garda les commandes, Aldo se contentant de s'asseoir à l'arrière avec son vieil ami :

— À l'hôpital ! ordonna M. Buteau, mais pas trop vite que nous puissions parler...

Le bateau démarra lentement, recula puis s'engagea dans le Grand Canal.

— Pourquoi ne m'avoir rien dit ? reprocha Morosini. Moi aussi, cela m'aurait fait du bien !

— Vous n'auriez pas pu vous empêcher d'aller la voir, et tout Venise en aurait conclu que vous aviez une maîtresse. Et surtout, elle ne voulait pas que vous connaissiez sa présence. Question d'orgueil, mon cher Aldo !

— Mais pourquoi ?

— Nous savons tous que vous l'aimez... mais le lui avez-vous jamais dit ?

— J'avais bien trop peur qu'elle me rie au nez. N'oubliez pas qu'elle a été ma secrétaire pendant deux ans et qu'elle n'a rien ignoré de mes aventures... sentimentales. Et puis, quand elle est venue m'apporter l'opale, quand j'aurais dû n'avoir d'autre geste que tendre les bras, Anielka est entrée... et Lisa s'est enfuie.

— Oh, elle avait bien l'intention de ne plus vous revoir. Sans Cecina, ce serait chose faite...

— Mais comment se trouvait-elle à Zurich ces jours derniers ? Elle est apparue pour me sauver au moment même où la femme qui portait mon nom m'accusait de meurtre.

— Elle a su que vous partiez avec son père. Elle a pris le train suivant...

— Et elle n'est pas restée là-bas ? Kledermann qui est déchiré de douleur doit pourtant avoir besoin d'elle ?

— Tous les hommes ne comprennent pas la douleur de la même façon. Sa femme confiée à la terre, Kledermann a choisi de se lancer dans ses affaires. Il est parti pour l'Afrique du Sud. Lisa est aussitôt revenue ici, plus inquiète que jamais de votre sort. C'est elle qui a empêché que Cecina ne meure peu après les deux autres. Elle est accourue avec Zaccaria et il n'a fallu qu'un instant pour comprendre ce qui s'était passé. Cecina était déjà à terre. Alors Mlle Lisa l'a noyée sous le lait et l'huile d'olive et a réussi à la faire vomir. Je suis arrivé à ce moment-là. Zaccaria avait envoyé Zian me prévenir et j'ai averti la police...

— Mon Dieu !

— Il le fallait bien. Cependant j'ai pris grand soin de téléphoner chez lui au commissaire Salviati qui a pour vous une sorte de vénération depuis le cambriolage de la comtesse Orseolo. Il est accouru aussitôt et tout s'est passé le mieux du monde : il a conclu qu'il s'agissait d'un de ces regrettables accidents comme il s'en produit parfois à l'automne, avec ces sacrés champignons que tant de gens prétendent connaître. Même une grande cuisinière comme Cecina pouvait se tromper : ce drame en était la preuve, puisqu'elle était elle aussi victime de sa préparation raffinée ! Que voulez-vous ajouter à ça ?

— Rien, sinon la vérité sur son état. Est-ce qu'on va la sauver ?

— Je ne sais pas. Les médecins pensent avoir réussi à éliminer le poison mais il semblerait que son cœur ait du mal à suivre. Elle était très grosse et ces émotions violentes, la passion qu'elle mettait en toutes choses ont fini par l'user...

— Était très grosse ? Ne l'est-elle plus ?

— Vous verrez. Elle a incroyablement changé en quelques jours...

Le bateau tournait dans le rio dei Mendicanti, dépassait San Giovanni e Paolo, la Scuola di San Marco, pour toucher terre enfin devant l'entrée de l'hôpital. À la suite de M. Buteau, Morosini grimpa un escalier, suivit un long couloir sans remarquer les saluts qu'on lui adressait, jusqu'à ce qu'enfin une porte s'ouvre devant lui et que le chagrin emplisse son cœur. Cecina était là, et il aurait pu ne pas la reconnaître. Immobile dans ce lit d'hôpital, déjà gisante, elle semblait diminuée de moitié. Le visage aux joues flasques, creusé, tragique, les cernes qui marquaient les yeux clos la retranchaient déjà du monde des vivants. Aldo n'eut besoin que d'un regard pour comprendre que celle qu'il aimait tant, sa presque mère, le génie familier de sa demeure vivait là ses derniers instants et qu'il n'y avait plus rien à faire.

La douleur lui tordit le cœur au point qu'il n'osa pas approcher. Debout au pied du lit, les poings crispés aux barreaux de fer peint, il chercha autour de lui un secours, une réponse encourageante, l'assurance que ce qu'il voyait n'était pas la vérité... et rencontra le beau regard sombre de Lisa qui, en le voyant entrer, s'était retirée dans un coin. Et ce regard-là était plein de larmes...

— Elle est... ?

— Non. Elle respire encore...

Alors, il alla vers Lisa, vers cette chaude lumière que sa chevelure mettait dans cette chambre d'agonie. Un instant, il resta planté devant elle sans pouvoir faire un geste, hypnotisé par le clair visage levé vers lui. Et puis, d'un geste qui lui vint naturellement parce qu'il l'avait rêvé tant de fois, il la saisit dans ses bras en éclatant en sanglots.

— Lisa ! balbutia-t-il en couvrant de baisers la tête qu'elle laissait tomber sur son épaule. Lisa... Je t'aime tant !

Ils restèrent un instant liés l'un à l'autre, unis à la fois par le chagrin et par l'éblouissement de l'amour qui ose enfin dire son nom, oubliant presque où ils se trouvaient. Mais, soudain, une voix se fit entendre, faible, exténuée :

— Eh bien... Tu y auras mis le temps !

Ce furent les dernières paroles de Cecina. Ses yeux, entrouverts, se refermèrent et, comme si elle n'avait attendu que ce moment, elle abandonna la lutte et glissa dans l'éternité...

Deux jours plus tard, la longue gondole noire aux lions de bronze, aux velours amarante brodés d'or, glissait sur la lagune en direction de l'île San Michele. Zian, tout de noir vêtu, lui donnait l'impulsion mais il n'avait, ce jour-là, qu'un seul passager : le cercueil de Cecina recouvert d'une housse de velours frappé aux armes des princes Morosini sous un monceau de fleurs.

Derrière, Aldo, Lisa, Zaccaria, Adalbert et la maisonnée suivaient dans d'autres gondoles, et tout Venise après eux parce que tout Venise connaissait et aimait Cecina. Aussi, aux élégants esquifs de l'aristocratie se mêlaient des barques, des barges même portant des maraîchers, des amis connus ou inconnus et surtout une imposante troupe de femmes vêtues de noir : les gouvernantes et les cuisinières de toute la ville. Tout ce monde chargé de bouquets ou de couronnes : la modeste enfant des quais de Naples recueillie durant son voyage de noces par la princesse Isabelle s'en allait vers le tombeau princier où elle reposerait avec un faste digne d'une dogaresse, au *Bucentaure* près !

Chose étrange, personne ne s'étonnait de l'éclat voulu par Aldo pour ces funérailles. Ce que ne savait pas l'une des cités les plus secrètes du monde, elle le devinait et les étranges événements qui s'étaient déroulés chez les Morosini depuis près d'un an ne laissaient personne indifférent. En outre, Venise qui renâclait déjà sous la poigne des fascistes voyait là une occasion de se réunir, de se retrouver...

Personne non plus pour s'étonner de ce que les corps d'Anielka et d'Adriana fussent encore déposés dans un caveau provisoire en dépit du fait que toutes deux, l'une par mariage, l'autre par droit de naissance, auraient dû être dirigées vers la tombe des Morosini. On savait qu'Aldo leur destinait une tombe commune. Leur complicité s'étendrait ainsi au-delà de la mort...

Le soir même, Aldo accompagnait Lisa au train pour Vienne où elle attendrait, auprès de sa grand-mère, le moment où tous deux pourraient se rejoindre et se donner l'un à l'autre sans provoquer de scandale. Mais il était déjà convenu qu'Aldo irait passer Noël en Autriche et qu'une bague de fiançailles serait son cadeau. Jusque-là, il aurait beaucoup à faire pour régler avec son notaire le sort des biens de son éphémère épouse dont il entendait ne rien garder : tout devrait rejoindre soit la succession Ferrals, soit une œuvre de charité. En outre, Morosini devait encore accomplir un voyage, le dernier sans doute en célibataire. Quelques jours après l'enterrement, il partait pour Séville en compagnie d'Adalbert. La Susana, elle aussi, avait droit au repos...

ÉPILOGUE

Dix mois plus tard, un beau matin de septembre 1925, le yacht du baron Louis de Rothschild quittait son mouillage du bassin San Marco pour se diriger vers la passe du Lido. Le temps s'annonçait superbe et la fine étrave du puissant bateau blanc fendait sur un rythme allègre la soie changeante d'une mer tout juste un peu plus bleue que le ciel.

Debout sur la plage avant, le bras de l'un entourant les épaules de l'autre, le prince et la princesse Morosini regardaient l'avenir s'ouvrir devant eux. Trois jours plus tôt, le cardinal-archevêque de Vienne — un cousin de Mme von Adlerstein ! — les avait mariés dans sa chapelle privée en la seule présence de quelques amis et des témoins : Adalbert Vidal-Pellicorne et Anne-Maria Moretti pour le marié et, pour la jeune fille, son cousin Frédéric von Apfelgrüne — il venait d'épouser une jeune baronne un peu sotte mais très jolie dont il était tombé amoureux à un bal chez les Kinsky en lui marchant sur les pieds et en déchirant sa robe — et le ministre des Affaires étrangères autrichien, autre cousin de la grand-mère de Lisa. Moritz Kledermann, un peu moins impassible que d'habitude, avait trouvé un sourire pour remettre sa fille à celui qui devenait son époux. Une Lisa toute en mousseline blanche, ravissante et très émue sous l'immense capeline transparente ! Elle était si rayonnante que la vieille marquise de Sommières, désormais sa grand-tante, avait perdu tout son quant-à-soi en versant d'abondantes larmes au moment de l'engagement mutuel.

Ensuite, après le déjeuner servi au palais Adlerstein avec un faste digne d'une archiduchesse, le nouveau couple s'était enfui en automobile pour passer ses premières heures d'intimité dans une charmante auberge des bords du Danube, donnant seulement rendez-vous sur le quai des Esclavons, à Venise, à ceux dont il souhaitait la compagnie durant le voyage que leur offrait leur ami Louis de Rothschild : Adalbert, Mme de Sommières et Marie-Angéline du Plan-Crépin. Autrement dit, ceux qui avaient été les compagnons d'aventure d'Aldo durant la quête des pierres perdues.

Car, en fait, le baron Louis et son bateau ne se contentaient pas d'emmener un couple d'amoureux. C'était vers Haïfa que l'on se dirigeait pour gagner, de là, Jérusalem où les recevrait le président de l'Agence sioniste, Chaïm Weitzmann, le grand chimiste qui, durant la dernière guerre, dirigeait les laboratoires de l'Amirauté britannique et grâce à qui, durant cette période, Juifs et Arabes vivaient assez paisiblement en leur pays de Palestine. C'était à lui ainsi qu'au grand rabbin que Morosini et Vidal-Pellicorne remettraient le pectoral du Grand Prêtre, actuellement enfermé dans le coffre-fort du yacht. En résumé, tous les participants de la croisière, jeunes époux et amis, se contentaient de lui composer une escorte digne de lui.

— Qui a jamais entendu parler d'un voyage de noces à six ou sept participants ! soupira Morosini en arrangeant tendrement l'écharpe que Lisa avait nouée autour de sa tête. Tu aurais sûrement préféré quelque chose de plus romantique ?

La jeune femme se mit à rire :

— Des voyages, nous en ferons beaucoup d'autres, puisque nous ne nous quitterons plus et que Mina va reprendre du service ! Et celui-là est exaltant...

— Ne me dis pas que je vais voir reparaître les tailleurs en forme de cornet de frites et les gros richelieux à lacets ?

— Tout de même pas ! Je tiens trop à te plaire et tu peux rassurer Angelo Pisani qui meurt de peur à la pensée que l'ancien gendarme de la maison pourrait reprendre sa place. Je serai heureuse de travailler avec toi mais j'ai aussi l'intention de jouer un peu à la princesse... ne serait-ce que quand il me faudra me ménager pour ne pas compromettre ta descendance.

— C'est vrai ? fit Aldo ému en la serrant un peu plus fort contre lui. Tu veux bien avoir des enfants ?

Elle fronça son petit nez en déposant un baiser sur la joue de son mari :

— Mais je suis là pour ça, mon cher ! Et j'en veux une ribambelle ! Nous userons... deux ou trois nurses... et aussi un maître-nageur pour les empêcher d'aller barboter dans le Grand Canal chaque fois qu'ils en auront envie.

— Quelle folle tu fais ! Mais que je t'aime !

Et Aldo embrassa sa femme d'une façon fort peu conjugale.

En se dégageant, Lisa prit la main de son mari pour l'entraîner vers la proue du navire. Elle était redevenue sérieuse :

— Pourquoi si grave tout à coup ? s'inquiéta Morosini.

— Je me demande si nous arriverons un jour à ce rendez-vous de Jérusalem. On ne peut pas dire que le pectoral ait eu beaucoup de chance depuis qu'il existe !

— Qu'est-ce que tu vas imaginer ?

— Je ne sais pas, moi : des pirates barbaresques... une tempête ou même un ouragan ? Le feu du ciel ?

— Lisa, Lisa ! C'est mauvais d'être aussi optimiste, fit Aldo en riant de bon cœur. Mais si tu tiens à divaguer, retiens bien ceci : en cas de naufrage, je te prends dans mes bras et je ne te lâche plus ! Si le pectoral veut aller faire un tour au fond de l'eau, ça le regarde, mais toi tu es ce que j'ai de plus précieux au monde, alors on vit ensemble ou on meurt ensemble.

— Hummm ! Quelle douce musique ! Tu ne voudrais pas bisser, s'il te plaît ?

— Je n'aime pas me répéter ! grogna Aldo en fermant la bouche de Lisa sous un long baiser...

Saint-Mandé, juillet 1996.

TABLE DES MATIÈRES

Aubin Imprimeur
LIGUGÉ, POITIERS

Cet ouvrage est imprimé
sur du papier sans bois et sans acide

Achevé d'imprimer en septembre 1997
pour le compte de France Loisirs
123, bd de Grenelle, 75015 Paris
N° d'édition 29062 / N° d'impression L 54524
Dépôt légal, septembre 1997
Imprimé en France